HADÈS
&
PERSÉPHONE

Ce livre est une fiction.
Toute référence à des événements historiques, des personnages ou des lieux réels serait utilisée de façon fictive. Les autres noms, personnages, lieux et événements sont issus de l'imagination de l'auteur, et toute ressemblance avec des personnages vivants ou ayant existé serait totalement fortuite.

Ouvrage dirigé par Bénita Rolland
Traduit par Robyn Stella Bligh
Couverture créée par Regina Wamba of MaeIDesign.com

34-36, rue La Pérouse
75116 - Paris
www.hugopublishing.fr

ISBN : 9782755696073
Dépôt légal : septembre 2022
Imprimé en France par CPI Brodard et Taupin en décembre 2022
N° d'impression : 3051102

NEW ROMANCE®

SCARLETT ST. CLAIR

HADÈS & PERSÉPHONE

TOME 1
A TOUCH OF DARKNESS

Hugo Roman

Ashley Elizabeth Steele et Molly Kathleen McCool,
merci de m'aimer.
MEILLEURES AMIES POUR LA VIE.

Chapitre I

LES NARCISSES

Assise au soleil, Perséphone avait choisi sa place habituelle au Coffee House, une table en terrasse avec vue sur la rue piétonne animée. Celle-ci était bordée d'arbres et de jardinières regorgeant d'asters violets et d'alysses odorantes roses et blanches. Une légère brise portait le parfum du printemps, et l'air sucré était plutôt doux.

C'était une journée parfaite et, si Perséphone était venue là pour étudier, elle peinait à se concentrer car son regard était sans cesse attiré par le bouquet de narcisses planté dans un petit vase posé sur sa table. Un bouquet maigre, qui n'était fait que de deux ou trois fines tiges dont les pétales, secs et bruns, se recroquevillaient sur eux-mêmes comme les doigts d'un cadavre.

Les narcisses étaient le symbole d'Hadès, le dieu des Morts, et ils décoraient plus souvent les cercueils que les tables. Leur présence au Coffee House laissait penser que le propriétaire était en deuil, car c'était bien le seul moment où les mortels vénéraient le dieu des Enfers.

Perséphone s'était toujours demandé comment Hadès vivait cela, ou s'il s'en fichait. Après tout, il était bien plus que le dieu des Enfers. Surnommé Le Riche, il était le plus fortuné de tous les dieux et il avait investi son argent dans certaines des boîtes de nuit les plus prisées de Nouvelle Grèce. Or, ce n'était pas des clubs ordinaires mais des maisons de jeux d'élite. Il se disait qu'Hadès appréciait un bon pari et qu'il acceptait rarement d'autre gain que l'âme humaine.

Perséphone avait beaucoup entendu parler de ces boîtes depuis qu'elle était à l'université. Sa mère, qui exprimait fréquemment son dédain pour Hadès, avait souvent critiqué les affaires du dieu des Enfers.

« *Il a endossé le rôle de marionnettiste*, disait Déméter. *Il décide des destins comme s'il endossait les pouvoirs des Moires*[1]. *Il devrait avoir honte.* »

Perséphone n'était jamais entrée dans une des boîtes d'Hadès, mais elle était curieuse de savoir qui étaient ces gens qui s'y rendaient, et ce dieu qui les détenait. Qu'est-ce qui pouvait pousser les gens à parier leur âme ? Était-ce le désir d'argent, d'amour ou de toute autre richesse ?

Et qu'est-ce que cela disait d'Hadès ? Que possédant déjà toutes les richesses de la terre, il cherchait à peupler son royaume plutôt qu'à aider les gens ?

Cependant, les réponses à ces questions devraient attendre.

Perséphone avait du travail.

Elle cessa de contempler les narcisses et se concentra sur son ordinateur portable. C'était jeudi, et cela faisait une heure qu'elle était partie de la fac. Elle avait commandé son latte vanille habituel et devait terminer son devoir afin de pouvoir se concentrer sur son stage dans l'un des plus gros titres de presse de Nouvelle Athènes, le *New Athens News*.

---

1. Les Moires (ou Parques, dans la mythologie romaine) sont trois divinités du Destin : Clotho (la Fileuse), Lachésis (la Répartitrice) et Atropos (l'Inflexible). Elles sont associées aux cycles cosmiques, aux grandes déesses de la nature, de la végétation et de la fertilité. (NdT, ainsi que pour les notes suivantes)

Elle commençait le lendemain et, si tout se passait bien, elle aurait du travail lorsqu'elle obtiendrait son diplôme dans six mois.

Elle avait hâte de faire ses preuves.

Son stage se déroulait au soixantième étage de l'Acropole, un monument de Nouvelle Athènes qui était, avec ses cent un étages, le plus haut gratte-ciel de la ville. Une des premières choses que Perséphone avait faites, lorsqu'elle s'était installée à Nouvelle Athènes, avait été de prendre l'ascenseur jusqu'à l'observatoire du dernier étage, d'où elle avait pu admirer la vue. Elle n'avait pas été déçue, la ville était belle, vaste et palpitante. Quatre années plus tard, elle avait encore du mal à croire qu'elle se rendrait à l'Acropole tous les jours pour le travail.

Le téléphone de Perséphone vibra sur la table, attirant son attention. Elle y vit un message de sa meilleure amie, Lexa Sideris. Lexa avait été sa première amie lorsqu'elle avait déménagé à Nouvelle Athènes. Elle s'était tournée vers Perséphone, en cours, et lui avait demandé si elle voulait travailler avec elle sur un exposé. Depuis, elles étaient inséparables. Perséphone avait été attirée par son style rebelle, avec ses tatouages, ses cheveux noirs comme la nuit et son amour pour Hécate, la déesse de la Magie.

T'es où ?

Perséphone répondit aussitôt : Au Coffee House.

Pourquoi ? On doit faire la *fête* !

Perséphone sourit. Depuis qu'elle avait annoncé à Lexa, deux semaines plus tôt, qu'elle avait décroché son stage, son amie la harcelait pour aller boire des coups. Perséphone avait réussi à repousser la sortie, mais elle commençait à manquer d'excuses, et Lexa le savait.

Mais je fais la fête, répondit Perséphone. Avec un latte vanille.

Non, pas avec du café. Il nous faut de l'alcool. Des shots. Toi + Moi. Ce soir.

Perséphone n'eut pas le temps de répondre car une serveuse arrivait avec son latte fumant. Elle venait ici suffisamment souvent pour savoir que la jeune fille était aussi nouvelle que les narcisses. Elle était coiffée de deux nattes et ses yeux étaient sombres, bordés de cils épais.

– C'est bien pour vous, le latte vanille ? demanda la serveuse en souriant.

– Oui, répondit Perséphone.

La serveuse posa le mug sur la table et rangea son plateau sous son bras.

– Il vous faudra autre chose ?

Perséphone la regarda dans les yeux.

– Vous pensez que Lord Hadès a le sens de l'humour ?

Sa question n'était pas sérieuse, et Perséphone la trouvait drôle, plus qu'autre chose, mais la jeune fille écarquilla les yeux et marmonna sa réponse.

– Je ne vois pas de quoi vous parlez.

Elle était clairement mal à l'aise, sans doute d'avoir entendu le nom d'Hadès. La plupart des gens évitaient de le prononcer, préférant l'appeler *Aïdôneus* pour ne pas attirer son attention, mais Perséphone n'avait pas peur. Peut-être parce qu'elle aussi était une déesse.

– Moi, je pense qu'il a de l'humour. Les narcisses sont le symbole du printemps et de la renaissance, expliqua-t-elle en survolant les fleurs du bout des doigts.

En fait, les narcisses auraient dû plutôt être *son* symbole à elle.

– Pour quelle autre raison les prendrait-il comme symbole ?

Perséphone dévisagea la serveuse, qui devint toute rouge.

– F… faites-moi signe si vous avez besoin de quelque chose, bégaya-t-elle en inclinant la tête avant de disparaître.

Perséphone prit une photo de son latte et l'envoya à Lexa avant d'en boire une gorgée.

Elle mit ses écouteurs et consulta son agenda. Elle aimait être organisée mais, plus que tout, elle aimait être occupée. Les semaines à venir seraient très chargées ; elle avait cours les lundis, mercredis et jeudis, et jusqu'à trois heures de travail à effectuer tous les jours pour son stage. Plus elle en ferait, plus elle aurait d'excuses pour ne pas rentrer à Olympe et voir sa mère.

La semaine prochaine, elle avait un examen d'histoire et un devoir à rendre pour le même cours. Mais elle n'était pas inquiète, l'histoire était une de ses matières préférées. Ils étudiaient la Grande Descente, le nom donné au jour où les dieux étaient venus sur Terre, et la Grande Guerre, les batailles terribles et sanglantes qui avaient suivi.

Perséphone fut bientôt captivée par ses recherches. Elle lisait l'article d'un chercheur selon lequel la décision d'Hadès de ressusciter les héros de Zeus et d'Athéna avait été un facteur décisif dans la bataille finale, lorsque des mains manucurées fermèrent brusquement son ordinateur. Elle sursauta et leva la tête vers de superbes yeux bleus et un visage ovale bordé d'épais cheveux noirs.

– Devine quoi ?!

Perséphone enleva ses écouteurs.

– Lexa, qu'est-ce que tu fais ici ?

– Je rentrais de cours et j'ai voulu m'arrêter pour t'annoncer la nouvelle !

Elle sautillait sur place, agitant ses cheveux bleu noir.

– Quelle nouvelle ? demanda Perséphone.

– Je nous ai fait entrer à Nevernight !

Lexa peinait à maîtriser sa voix et plusieurs personnes tournèrent la tête vers elles en entendant le nom de la célèbre boîte.

– Chuuut ! gronda Perséphone. Tu veux notre mort ?

– Ne sois pas ridicule, répondit son amie en levant les yeux au ciel.

Elle baissa toutefois d'un ton. Il était presque impossible d'entrer à Nevernight. Il y avait une liste d'attente de trois mois, et Perséphone savait pourquoi.

Nevernight était la boîte d'Hadès.

La plupart des entreprises détenues par des dieux étaient immédiatement célèbres.

Les vins de Dionysos se vendaient en quelques secondes car on disait qu'ils contenaient de l'ambroisie. Et il était fréquent que des mortels se retrouvent aux Enfers après avoir bu trop de ce nectar des dieux.

Les robes haute couture d'Aphrodite étaient si convoitées qu'une jeune femme avait récemment commis un meurtre pour en obtenir une. Le procès avait été très médiatisé.

Nevernight suivait la même tendance.

– Comment tu as réussi à nous mettre sur la liste ? demanda Perséphone.

– Un mec de mon stage ne peut pas y aller, il est sur liste d'attente depuis deux ans. Tu te rends compte de notre chance ? Toi. Moi. Nevernight. Ce soir !

– Je ne peux pas y aller.

Les épaules de Lexa s'affaissèrent.

– Allez, Perséphone, je nous ai fait entrer à Nevernight ! Je ne veux pas y aller toute seule !

– Emmène Iris !

– Mais c'est *toi* que j'ai envie d'emmener. On est censées faire la fête. Et, de toute façon, c'est un passage obligé quand on est à la fac !

Perséphone savait que Déméter ne serait pas du même avis. Elle avait promis plusieurs choses à sa mère avant de venir à Nouvelle Athènes pour intégrer l'université, et l'une de ces promesses était de ne pas s'approcher des dieux.

Certes, elle n'avait pas tenu beaucoup de ses promesses. Elle avait changé de majeure au cours de son premier semestre, troquant la botanique pour le journalisme. Elle n'oublierait jamais le sourire pincé de sa mère ni sa façon de dire « *super* » en grinçant des dents lorsqu'elle avait appris la vérité. Perséphone avait gagné la bataille, mais Déméter avait déclaré la guerre. Depuis, où qu'elle aille, une des nymphes de Déméter lui emboîtait le pas.

Cela dit, un diplôme en botanique n'était pas aussi important que d'éviter les dieux, car les dieux ne connaissaient pas l'existence de Perséphone.

Enfin, ils savaient que Déméter avait une fille, mais elle n'avait jamais été présentée à la cour d'Olympe. Et surtout, ils ne savaient pas qu'elle se faisait passer pour une mortelle. Perséphone ignorait comment les dieux réagiraient en découvrant son identité, mais elle savait en revanche comment le reste du monde le prendrait et ce serait une catastrophe. Ils auraient une nouvelle déesse à étudier et à scruter. Perséphone ne pourrait plus exister ; elle perdrait la liberté qu'elle venait tout juste d'obtenir, et cela ne l'intéressait aucunement.

Perséphone était rarement d'accord avec sa mère, mais elle savait qu'il valait mieux qu'elle mène une vie de mortelle normale. Elle n'était pas comme les autres dieux et déesses.

– J'ai vraiment besoin de réviser et de rédiger mon devoir, Lexa. Et puis, je commence mon stage demain.

Elle était déterminée à faire bonne impression et démarrer son premier jour avec la gueule de bois, en ayant peu dormi, n'était pas le meilleur moyen d'y parvenir.

– Mais tu as révisé !

Lexa désigna l'ordinateur de Perséphone ainsi que la pile de notes sur la table. En vérité, Perséphone avait surtout étudié une fleur en pensant au dieu des Morts.

– Et on sait toutes les deux que tu as déjà rédigé ton devoir ; c'est juste que tu es perfectionniste.

Perséphone se sentit rougir. Et alors, si c'était vrai ? L'université était la première chose pour laquelle elle était douée.

– *S'il te plaît,* Perséphone ! On rentrera tôt pour que tu puisses dormir.

– Mais qu'est-ce que je vais faire à Nevernight, Lex ?

– Danser ! Boire ! Embrasser quelqu'un ! Peut-être même jouer un peu ? Je ne sais pas, mais c'est justement pour ça que c'est fun, non ?

Perséphone rougit à nouveau et détourna le regard. Les narcisses semblaient la dévisager, lui renvoyant tous ses échecs à la figure. Elle n'avait jamais embrassé un garçon. Elle n'avait jamais fréquenté d'hommes avant l'université, et aujourd'hui encore, elle les tenait à distance, de peur que sa mère ne se matérialise pour les punir.

Perséphone n'exagérait pas. Déméter l'avait toujours mise en garde contre les hommes.

« *Aux yeux des dieux, tu es l'une de ces deux choses*, lui avait-elle dit quand elle était toute petite. *Un coup de force ou un coup d'un soir.*

– *Tu dois te tromper, mère. Les dieux aiment. De nombreux dieux sont mariés.* »

Déméter avait éclaté de rire.

« *Les dieux se marient pour le pouvoir, ma fleur.* »

En grandissant, Perséphone avait compris que sa mère disait la vérité. Tous ces dieux qui étaient mariés ne s'aimaient pas vraiment, passant leur temps à se tromper puis à chercher à se venger de la trahison de l'autre.

Cela signifiait donc que Perséphone mourrait vierge, car Déméter lui avait également fait comprendre que les hommes mortels n'étaient pas non plus une option.

« *Ils… vieillissent* », avait-elle déclaré d'un ton dégoûté.

Perséphone avait décidé de ne pas contredire sa mère en lui disant que l'âge n'avait pas d'importance s'il était question du grand amour, parce qu'elle avait compris que sa mère ne croyait pas à l'amour.

En tout cas, pas à l'amour romantique.

– Je… je n'ai rien à me mettre, tenta Perséphone sans conviction.

– Tu peux m'emprunter une robe. Je peux même te coiffer et te maquiller. S'il te plaît, Perséphone.

Elle fronça les sourcils en réfléchissant.

Il lui faudrait semer les nymphes que sa mère avait postées devant leur appartement et renforcer son Charme, ce qui lui vaudrait des ennuis. Déméter lui demanderait forcément pourquoi elle avait soudain besoin de plus de magie. Cela dit, elle pourrait l'expliquer par son besoin de se cacher pour son stage.

Sans Charme, l'anonymat de Perséphone serait foutu, puisque tous les dieux et déesses avaient un trait commun : leurs cornes. Celles de Perséphone étaient blanches et se dressaient en spirales à la verticale, comme les cornes d'un grand koudou, et si son Charme ne lui avait jamais fait défaut auprès des mortels, elle n'était pas certaine qu'il fonctionne face à un dieu aussi puissant qu'Hadès.

– Je n'ai pas très envie de rencontrer Hadès, finit-elle par dire.

Ces mots lui laissèrent un goût amer, car ils étaient faux. En vérité, il l'intriguait, lui et son monde. Elle trouvait intéressant qu'il soit aussi discret, et elle était dégoûtée par les paris qu'il effectuait avec des mortels. Le dieu des Morts représentait tout ce qu'elle n'était pas : les ténèbres et la tentation.

La tentation, parce qu'il était un mystère et que les mystères étaient des aventures ; c'est ce dont Perséphone rêvait plus que tout. Peut-être était-ce la journaliste en elle, mais elle rêvait de lui poser quelques questions.

– Hadès ne sera pas là, dit Lexa. Les dieux ne gèrent jamais leurs propres entreprises !

C'était vrai, et ça l'était sans doute encore plus d'Hadès. Tout le monde savait qu'il préférait les ténèbres des Enfers.

Lexa dévisagea Perséphone pendant un long moment, puis elle se pencha à nouveau sur la table.

– C'est à cause de ta mère ? chuchota-t-elle.

Surprise, Perséphone fixa son amie longuement. Elle ne voulait pas parler de sa mère. Elle pensait que moins elle en dirait, moins son amie lui poserait de questions et moins elle aurait à mentir.

– Comment tu as su ?

Perséphone n'avait pas trouvé d'autre réponse.

Lexa haussa les épaules.

– Ben, tu ne parles jamais d'elle et elle est passée à l'appartement, il y a quelques semaines, quand tu étais en cours.

– Quoi ? s'exclama Perséphone, abasourdie. Qu'est-ce qu'elle a dit ? Pourquoi tu ne m'en as pas parlé ?

Lexa leva les mains devant elle.

– Attends ! Premièrement, ta mère est flippante. Enfin, elle est sublime, comme toi, mais…

Lexa marqua une pause, secouée par un frisson.

– … elle est froide. Deuxièmement, elle m'a demandé de ne rien te dire.

– Et tu l'as écoutée ?

– Ben ouais. Je pensais qu'elle te le dirait. Elle a prétendu qu'elle voulait te faire la surprise, mais que comme tu n'étais pas là, elle t'appellerait.

Perséphone leva les yeux au ciel. Déméter ne l'avait jamais appelée. Sans doute parce qu'elle était venue pour chercher quelque chose.

– Elle est entrée chez nous ?

– Elle a demandé à voir ta chambre.

– Merde !

Perséphone serait obligée de vérifier les miroirs. Sa mère avait sans doute laissé un sort afin de surveiller la jeune déesse.

– Bref, j'ai eu l'impression qu'elle était… surprotectrice.

C'était le moins qu'on puisse dire. Déméter était surprotectrice au point que Perséphone n'avait littéralement jamais été en contact avec le monde extérieur durant les dix-huit premières années de sa vie.

– Ouais, c'est une garce.

Lexa haussa les sourcils, amusée.

– C'est toi qui l'as dit, pas moi, déclara-t-elle avant de marquer une pause. Tu veux en parler ?

– Non, répondit Perséphone.

Il ne servait à rien d'en parler, ça ne l'aiderait pas à se sentir mieux, contrairement à une virée à Nervernight.

– Mais je viens avec toi à Nevernight.

Elle le regretterait sans doute le lendemain, surtout si sa mère l'apprenait, mais elle se sentait soudain rebelle, et quel meilleur moyen y avait-il de se rebeller que de fréquenter la boîte de nuit du dieu que Déméter détestait le plus ?

– Tu es sérieuse ? s'exclama Lexa en frappant des mains. Oh mes dieux, on va tellement s'amuser, Perséphone, s'écria son amie en se levant d'un bond. Faut qu'on se prépare !

– Il est seulement quinze heures.

– Ben ouais, dit Lexa en tirant sur ses longs cheveux noirs. Mes cheveux sont dégueus. Je mets toujours des heures à les coiffer, et en plus, je dois m'occuper des tiens et de ton maquillage. Faut qu'on s'y mette tout de suite !

Perséphone resta assise sur sa chaise.

– Je te rejoins dans un moment, dit-elle. Promis.

Lexa sourit.

– Merci, Perséphone. Ça va être génial. Tu verras.

Lexa la prit dans ses bras avant de partir d'un pas léger et dansant, et Perséphone la regarda s'éloigner en souriant. C'est alors que la serveuse revint pour débarrasser son mug vide, et la déesse saisit le poignet de la jeune fille, le serrant fort dans sa main.

– Si tu répètes quoi que ce soit à ma mère, je te tue.

C'était la même jeune femme qui l'avait servie tout à l'heure, avec ses jolies nattes et ses yeux sombres, mais sous le charme de l'étudiante se cachaient les traits d'une nymphe : un petit nez, des yeux vifs et des traits anguleux. Perséphone l'avait remarqué lorsqu'elle lui avait apporté son latte, mais elle n'avait pas ressenti le besoin de la confronter. Après tout, elle faisait simplement ce que Déméter lui avait dit de faire : elle espionnait sa fille. Mais après sa conversation avec Lexa, Perséphone ne voulait pas prendre de risques.

La jeune femme se racla la gorge et évita son regard.

– Si votre mère découvre que j'ai menti, elle me tuera.

– Qui crains-tu le plus ?

Perséphone avait appris depuis longtemps que les mots étaient son arme la plus puissante.

Elle serra plus fort le poignet de la nymphe avant de le relâcher. La serveuse se dépêcha de nettoyer la table et déguerpit aussi vite que possible. Perséphone s'en voulait de l'avoir menacée, mais elle détestait être suivie et surveillée. Les nymphes étaient comme les griffes de Déméter et elles étaient plantées dans la peau de Perséphone.

Son regard se posa sur les narcisses fanés et elle caressa du bout des doigts les pétales flétris. Si Déméter les avait touchées, les fleurs auraient été à nouveau gorgées de vie, mais au contact de Perséphone, elles se recroquevillèrent et les pétales tombèrent sur la table.

HADÈS ET PERSÉPHONE

Perséphone avait beau être la fille de Déméter et la déesse du Printemps, elle était bien incapable de faire pousser quoi que ce soit.

Chapitre II

NEVERNIGHT

La boîte de nuit était bâtie comme une fine pyramide en obsidienne noire, sans fenêtre, plus haute et contrastant avec les bâtiments qui l'entouraient. La tour était visible de n'importe où dans Nouvelle Athènes. Déméter disait que si Hadès avait construit une tour aussi haute, c'était pour rappeler aux mortels que leur vie était limitée.

Plus elle attendait dans l'ombre de Nevernight, plus Perséphone était anxieuse. Lexa était partie parler à des filles qu'elle connaissait de l'école, la laissant garder leur place. Elle n'était pas dans son élément, entourée d'inconnus, se préparant à entrer dans le territoire d'un autre dieu et vêtue d'une robe aguichante. Elle se mit à croiser et décroiser les bras, incapable de décider si elle préférait cacher son décolleté ou le mettre en avant. Elle avait emprunté à Lexa sa robe à paillettes roses. Ses cheveux tombaient en boucles lâches autour de son visage, et Lexa l'avait légèrement maquillée pour révéler sa beauté naturelle.

Si sa mère l'avait vue, elle l'aurait immédiatement renvoyée dans l'orangerie, ou plutôt, comme Perséphone l'avait rebaptisée, la prison de verre.

Son estomac se noua en y pensant. Elle regarda autour d'elle en se demandant si les espionnes de Déméter étaient dans le coin. Est-ce que sa menace avait suffi pour réduire la serveuse au silence en ce qui concernait sa sortie avec Lexa ? Depuis qu'elle avait accepté, elle n'avait cessé d'imaginer toutes les punitions que Déméter lui infligerait si elle l'apprenait. Sa mère avait beau être protectrice, elle était également dotée d'un terrible esprit de vengeance. D'ailleurs, Déméter avait tout un parterre, dans l'orangerie, dédié à ses punitions ; chaque fleur qui y poussait avait été une nymphe, un roi ou une créature qui l'avait mise en colère.

C'était cette colère qui rendait Perséphone parano et l'avait poussée à scruter chaque miroir de son appartement lorsqu'elle était rentrée, quelques heures plus tôt.

– Oh mes dieux !

Lexa était sublime dans sa robe rouge, et tous les regards la suivirent lorsqu'elle rejoignit Perséphone.

– Ce n'est pas magnifique ?

Perséphone faillit éclater de rire. Elle n'était pas impressionnée par la folie des grandeurs des dieux ; ils pouvaient exhiber leur richesse, leur immortalité et leur pouvoir autant qu'ils le souhaitaient, mais le minimum aurait été d'aider l'humanité. Au lieu de cela, les dieux passaient leur temps à monter les mortels les uns contre les autres, détruisant ou reconstruisant le monde pour leur propre divertissement.

Perséphone leva de nouveau les yeux vers la tour et fronça les sourcils.

– Le noir n'est pas vraiment ma couleur.

– Tu changerais de discours si tu posais les yeux sur Hadès, répondit Lexa.

Perséphone fusilla sa coloc du regard.

– Tu m'as dit qu'il ne serait pas là !

Lexa posa ses mains sur les épaules de Perséphone et plongea son regard dans le sien.

– Perséphone. Qu'on soit d'accord, tu es canon, et tout, mais… tu crois vraiment que tu pourrais attirer l'attention d'Hadès ? La boîte est pleine à craquer.

Lexa n'avait pas tort, mais… et si son Charme la trahissait ? Hadès verrait immédiatement ses cornes. Et il ne ratait jamais une occasion de confronter une divinité sur son territoire, surtout une déesse qu'il ne connaissait pas.

Son estomac se noua et elle trifouilla ses cheveux avant de lisser sa robe, sans savoir que Lexa l'observait.

– Tu sais, tu pourrais être honnête et avouer que tu aimerais le rencontrer.

Perséphone rit d'un ton fébrile.

– Je ne veux pas rencontrer Hadès.

Il était hors de question qu'elle avoue son envie de rencontrer le dieu, même si elle ne savait pas pourquoi elle refusait de l'admettre à sa meilleure amie.

Lexa lui lança un regard lourd de sous-entendus, mais elle n'eut pas le temps de répondre car des cris éclatèrent au début de la file. Perséphone se pencha pour voir ce qui se passait.

Un homme essayait de frapper l'ogre imposant qui protégeait la porte de la boîte, une des célèbres brutes qu'Hadès payait pour garder sa forteresse. Bien sûr, l'homme avait eu une idée stupide. L'ogre ne cligna même pas des yeux, refermant sa main sur le poignet du mortel. Soudain, deux autres ogres sortirent de la pénombre, massifs et vêtus de noir.

– Non ! Attendez ! S'il vous plaît ! Je veux juste… je dois la récupérer ! cria l'homme alors que les créatures l'empoignaient par les bras pour le traîner dans le club.

Perséphone entendit ses cris pendant un long moment.

Lexa soupira à ses côtés.

– Y en a toujours un…

Perséphone la regarda d'un air incrédule.

– Quoi ? Tous les jours, dans le *Delphi Divine*, il y a un article sur un mortel qui a essayé d'entrer aux Enfers par effraction pour récupérer un être cher.

Le *Delphi Divine* était le magazine people préféré de Lexa. En fait, peu de choses rivalisaient avec son obsession pour les dieux, excepté peut-être la mode.

– Mais c'est impossible, rétorqua Perséphone.

Tout le monde savait qu'Hadès protégeait les frontières de son royaume de façon féroce ; aucune âme ne pouvait y entrer ou en sortir sans qu'il le sache.

Perséphone avait le sentiment qu'il en allait de même pour sa boîte, et cela la fit frissonner.

– Mais ça n'empêche pas les gens d'essayer, dit Lexa.

Lorsqu'elle et Lexa furent enfin devant l'ogre, Perséphone se sentit horriblement exposée et elle faillit faire demi-tour en voyant les yeux globuleux de la créature. Mais, au lieu de cela, elle croisa les bras et évita de regarder trop longtemps le visage difforme du monstre. Celui-ci était couvert de furoncles, et sa mâchoire prognathe révélait des dents pointues et aiguisées. Si la créature ne pouvait voir à travers son Charme, puisque la magie de sa mère surpassait celle des ogres, elle savait que Déméter avait de nombreux espions dans tout Nouvelle Athènes. Mieux valait rester prudente.

Lexa donna son nom et l'ogre s'arrêta pour parler dans le petit micro fixé au col de sa veste. Après quelques secondes, il se pencha pour leur ouvrir la porte de Nevernight.

Perséphone fut surprise de se retrouver dans un petit espace silencieux et très peu éclairé, occupé par les deux ogres qui avaient emporté l'homme un peu plus tôt.

Les créatures étudièrent Lexa et Perséphone de la tête aux pieds avant de hausser les sourcils.

– Vos sacs ?

Elles ouvrirent leurs pochettes pour que les vigiles en inspectent le contenu, car la seule règle de Nevernight était que les photos y étaient interdites. D'ailleurs, Hadès faisait appliquer cette règle où qu'il aille.

« *Comment Hadès le saurait si un curieux prenait une photo en cachette ?* avait-elle demandé à Lexa lorsqu'elle lui avait expliqué la première règle de Nevernight.

– *Je ne sais pas comment il le sait*, avait admis Lexa, *mais je sais qu'il le sait et que les conséquences n'en valent pas la peine.*

– Et quelles sont les conséquences ?

– Un téléphone cassé, un bannissement à vie de Nevernight, un article dans un magazine people. »

Perséphone avait grimacé. Hadès était sérieux, et elle se dit que c'était logique. Tout le monde savait combien le dieu était secret. On ne lui connaissait aucune liaison. Perséphone doutait qu'il ait fait vœu de chasteté comme Artémis et Athénée, en tout cas, il parvenait à protéger sa vie privée.

Quelque part, elle admirait cela chez lui.

Lorsque les ogres furent satisfaits, ils ouvrirent une double porte située derrière eux. Lexa prit Perséphone par la main et la tira à l'intérieur. Une brise fraîche caressa leurs visages, apportant avec elle une odeur d'alcool, de transpiration et un parfum qui ressemblait à de l'orange amère.

Des narcisses, se dit Perséphone.

La déesse du Printemps se trouvait sur un balcon qui surplombait la piste du club. Il y avait des gens partout, agglutinés autour des tables, jouant aux cartes, coude à coude au bar, leurs silhouettes éclairées par une lumière rouge. Il y avait aussi des box avec des banquettes, également pris d'assaut, mais c'est le centre de la vaste pièce qui attira l'attention de Perséphone. La piste de danse était en contrebas du reste de la salle, de sorte que les corps qui s'y mouvaient étaient comme des poissons dans un bassin. Les gens dansaient les uns contre les autres dans un rythme hypnotique, sous la lumière rouge du club. Perséphone leva la tête et vit que le plafond était décoré de chandeliers en cristal et en fer forgé.

– Allez, viens! dit Lexa en tirant Perséphone vers les escaliers qui menaient à l'étage principal.

Elle tint fort la main de son amie, craignant de la perdre tout en se faufilant à travers la foule.

Il lui fallut un moment pour comprendre dans quelle direction elles allaient, mais elles parvinrent bientôt au bar, se serrant à deux dans une place à peine assez grande pour une personne.

– Deux Manhattans, demanda Lexa.

Elle allait ouvrir sa pochette lorsqu'un bras se glissa entre elles pour poser des billets sur le bar.

– C'est moi qui offre, dit une voix.

Lexa et Perséphone se retournèrent pour découvrir un homme à la mâchoire aussi angulaire qu'un diamant, aux boucles aussi sombres que ses yeux et à la superbe peau brune. Perséphone avait rarement vu un aussi bel homme.

– Merci, soupira Lexa.

– Il n'y a pas de quoi, répond-il en dégainant un splendide sourire étincelant, une vision agréable après les crocs atroces de l'ogre. C'est votre première fois à Nevernight?

– Oui, s'empressa de répondre Lexa. Et toi?

– Oh… je suis un habitué, ici.

Perséphone jeta un coup d'œil à Lexa, qui devança sa question.

– Comment c'est possible?

L'homme rit chaudement.

– J'ai de la chance, je suppose, dit-il avant de leur tendre la main. Je suis Adonis.

Il serra la main de Lexa, puis celle de Perséphone tandis qu'elles se présentaient.

– Vous voulez venir à ma table ?

– Pourquoi pas, répondirent-elles à l'unisson, en gloussant.

Leur verre à la main, Perséphone et Lexa suivirent Adonis vers l'un des box qu'elles avaient aperçus depuis le balcon. Chaque table était entourée de deux canapés en velours, en forme de croissant de lune. Plusieurs personnes y étaient déjà installées ; six mecs et cinq filles, mais ils se serrèrent pour faire une place à Lexa et Perséphone.

– Tout le monde, voici Lexa et Perséphone, dit Adonis en leur présentant ses amis, mais Perséphone n'entendit le prénom que de ceux assis tout près.

Il y avait Aro et Xerxès, des jumeaux plutôt maigres, avec les mêmes cheveux roux, taches de rousseur et yeux bleus. Sybil était blonde et sublime, avec de longues jambes qui dépassaient de sa robe blanche et simple. Elle était assise entre les jumeaux et se pencha devant Aro pour parler à Perséphone et Lexa.

– Vous venez d'où ? demanda-t-elle.

– De Ionie, répondit Lexa.

– D'Olympe, dit Perséphone.

La jeune fille écarquilla les yeux.

– Tu as vécu à Olympe ? Je parie que c'est magnifique !

Perséphone avait vécu loin, très loin de la cité, dans l'orangerie de sa mère, et elle n'avait pas vu grand-chose d'Olympe. C'était une des destinations touristiques les plus populaires de Nouvelle Grèce, où les dieux siégeaient pour leur Conseil et possédaient d'immenses et somptueuses demeures. Lorsque les divinités n'étaient pas chez elles, beaucoup de manoirs et leurs jardins étaient ouverts au public.

– C'est très beau, acquiesça Perséphone. Mais la ville de Nouvelle Athènes est belle, aussi. Je… n'avais pas beaucoup de liberté à Olympe.

Sybil lui offrit un sourire compatissant.

– Les parents ?

Perséphone hocha la tête.

– On vient de Nouvelle Delphes. On est venus pour la fac, il y a quatre ans, dit Aro en désignant son frère et Sybil.

– Nous aussi, on aime la liberté qu'on a ici, plaisanta Xerxès.

– Vous étudiez quoi ?

– L'architecture, répondirent les jumeaux. À l'université d'Hestia.

– Moi je suis à l'université du Divin, dit Sybil.

– Sybil est une Oracle, expliqua Aro en désignant Sybil du pouce.

La jeune fille rougit et baissa les yeux.

– Alors tu vas servir un dieu ! s'exclama Lexa, bouche bée.

Être Oracle était un poste convoité parmi les mortels, et pour le devenir, il fallait naître avec certains dons de prophétie. Les Oracles servaient de messagers pour les dieux. Il fut un temps où cela signifiait qu'ils étaient serviteurs dans un palais, mais aujourd'hui, ils servaient les dieux comme attachés de presse. Les Oracles donnaient des conférences de presse et organisaient les tournées, surtout quand un dieu avait un communiqué prophétique à faire.

– Apollon la convoite déjà, dit Xerxès.

Sybil leva les yeux au ciel.

– C'est moins cool que ça n'y paraît. Ma famille n'est pas ravie.

Sybil n'eut pas besoin d'en dire plus pour que Perséphone comprenne. Ses parents étaient ce que les fidèles et les dévots appelaient des Impies.

Les Impies étaient un groupe de mortels qui avaient rejeté les dieux lorsque ceux-ci étaient venus sur Terre. S'étant sentis abandonnés par eux, ils ne souhaitaient par leur obéir. Il y avait eu une révolte, et deux camps s'étaient formés. Même les dieux qui soutenaient les Impies avaient utilisé les mortels comme des marionnettes, les traînant sur les champs de bataille si bien que, pendant un an, il ne régna sur Terre que destruction, chaos et combats. Lorsque la guerre prit fin, les dieux promirent aux mortels une vie nouvelle, plus belle encore que l'Élysée (apparemment, Hadès n'avait pas apprécié), et les dieux avaient tenu leur promesse, réunissant les continents, baptisant cette terre moderne Nouvelle Grèce, la divisant en territoires dotés de grandes et belles villes.

– Ben moi, mes parents auraient été ravis, dit Lexa.

Perséphone regarda Sybil dans les yeux.

– Je suis désolée qu'ils ne soient pas contents pour toi.

La jeune Oracle haussa les épaules.

– Ça va mieux, maintenant que je suis ici.

Perséphone eut le pressentiment qu'elle et Sybil avaient beaucoup en commun, en matière de parents.

Plusieurs shots plus tard, tandis que le trio racontait une anecdote hilarante après l'autre, Perséphone se laissa distraire en regardant autour d'elle. Elle remarqua de petits détails, comme les délicates guirlandes lumineuses suspendues au-dessus d'elle qui ressemblaient à des étoiles dans la nuit, ou les soliflores sur chaque table qui contenaient un narcisse, ou encore la rambarde en fer forgé d'un balcon où se tenait une silhouette solitaire.

C'est là que son regard se figea, croisant deux yeux sombres.

Avait-elle vraiment pensé qu'Adonis était le plus bel homme qu'elle n'avait jamais vu ?

Elle s'était trompée.

L'homme en question la dévisageait en retour.

Elle ne parvenait pas à voir la couleur de ses yeux, mais ceux-ci embrasèrent son sang et sa peau, ce que l'homme sembla deviner car ses lèvres s'étirèrent en un sourire machiavélique, attirant l'attention de Perséphone sur sa mâchoire carrée recouverte d'une barbe de trois jours. Il était grand, peut-être plus de deux mètres, et il était vêtu de pénombre, de ses cheveux ébène à son costume noir.

Sa gorge se fit soudain sèche et elle se sentit mal à l'aise. Elle gigota et croisa les jambes, regrettant immédiatement son geste, car le regard de l'homme se posa sur ses cuisses et y resta un moment avant de remonter lentement vers son visage, s'arrêtant sur chacune de ses courbes. Un tourbillon brûlant naquit dans son ventre, lui rappelant combien elle se sentait vide, lui rappelant son désespoir de se sentir enfin comblée.

Qui était cet homme, et comment pouvait-elle avoir de telles sensations à la vue d'un inconnu ? Il lui fallait rompre ce lien qui avait créé cette énergie étouffante.

Or, il lui suffit de voir des mains délicates se glisser par-derrière sur la taille de l'homme. Elle n'attendit pas de découvrir le visage de la femme, elle se tourna vers Lexa en se raclant la gorge.

Le groupe parlait désormais du Pentathlon, une compétition annuelle d'athlétisme comportant cinq disciplines sportives comme le saut en longueur, le lancer de javelot, le lancer de disque, des combats de lutte et une série de courses rapides. L'événement était très populaire au sein des villes de Nouvelle Grèce et, si Perséphone n'aimait pas particulièrement le sport, elle appréciait l'esprit du Pentathlon et aimait encourager Nouvelle Athènes durant le tournoi. Elle essaya de suivre la conversation, mais son corps crépitait et elle avait l'esprit ailleurs, imaginant par exemple ce que ce serait d'être prise par l'homme du balcon. Sans doute pourrait-il combler ce vide, nourrir cette flamme et mettre fin à ses souffrances.

Sauf qu'à l'évidence, il était pris. Et s'il n'était pas pris, il était assurément *occupé* avec une autre femme.

Elle se retint de regarder par-dessus son épaule pour voir s'il était encore sur le balcon, mais sa curiosité finit par l'emporter. Lorsqu'elle tourna la tête, le balcon était vide. Elle fronça les sourcils, déçue, et se contorsionna pour scruter la foule des yeux.

– Tu cherches Hadès ? plaisanta Adonis, et Perséphone tourna la tête vers lui d'un coup sec.

– Ah ! non…

– J'ai entendu dire qu'il était là ce soir, interrompit Lexa.

– Ouais, en général, il est à l'étage, ricana Adonis.

– Y a quoi, à l'étage ? demanda Perséphone.

– Le lounge. Un salon plus calme et intime. Je suppose qu'il aime être tranquille quand il négocie ses conditions.

– Ses conditions ? répéta Perséphone.

– Ouais, tu sais, pour ses contrats. Les mortels viennent ici pour parier avec lui et obtenir des choses, argent, amour ou je ne sais quoi d'autre. Le truc le plus tordu, c'est que si le mortel perd, c'est Hadès qui fixe la mise. Et en général, il leur demande de faire quelque chose d'impossible.

– Comment ça ?

– Apparemment, il peut voir les vices des gens, ou quelque chose comme ça. Donc il demande à un alcoolique de rester sobre ou à l'accro au sexe de rester chaste. S'ils remplissent les conditions, les mortels restent en vie. Sinon, il obtient leur âme. C'est comme s'il voulait qu'ils perdent, en fait.

Perséphone eut soudain la nausée. Elle n'avait pas pris la mesure de ce qu'Hadès était prêt à parier. Le pire qu'elle avait entendu jusqu'à présent était qu'il exigeait l'âme du mortel, mais ce qu'Adonis venait d'expliquer était pire, bien pire encore. C'était… de la manipulation.

Comment Hadès connaissait-il les faiblesses des mortels ? Est-ce qu'il consultait les Moires du Destin, ou possédait-il lui-même ce pouvoir ?

– Est-ce que l'accès à l'étage est autorisé ? demanda Perséphone.

– Si on te donne le mot de passe, répondit Adonis.

– Et comment on obtient le mot de passe ? s'enquit Lexa.

Adonis haussa les épaules.

– Aucune idée. Je ne viens pas ici pour parier avec le dieu des Ténèbres.

Bien qu'elle n'ait eu aucun désir de parier contre Hadès, Perséphone se demandait comment les gens obtenaient le mot de passe. Comment Hadès acceptait-il un pari ? Est-ce que les mortels exposaient leur situation au dieu, qui déterminait ensuite s'il la jugeait digne d'intérêt ?

Lexa se leva et prit sa main.

– Perséphone, accompagne-moi aux toilettes.

Elle la traîna à travers la salle jusqu'aux toilettes. Tandis qu'elles faisaient la queue, Lexa se pencha vers Perséphone en souriant jusqu'aux oreilles.

– Tu as déjà vu un mec plus beau ? gloussa-t-elle.

Perséphone fronça les sourcils.

– Adonis ?

– Bien sûr, Adonis ! Qui d'autre ?!

Perséphone aurait aimé dire à Lexa que pendant qu'elle bavait sur Adonis, elle avait raté le plus bel homme de la terre, mais elle se retint.

– Tu as le béguin.

– Je suis amoureuse.

Perséphone leva les yeux au ciel.

– Tu ne peux pas être amoureuse, tu viens de le rencontrer !

– Bon, d'accord. Je ne suis peut-être pas amoureuse, mais s'il me demandait d'être la mère de ses enfants, je dirais oui.

– Tu es ridicule.

– Je suis juste honnête, répondit-elle.

Elle sourit un instant, puis elle reprit son air sérieux.

– Il n'y a pas de mal à être vulnérable, tu sais ? dit-elle.

– De quoi tu parles ? rétorqua Perséphone d'un ton plus sec qu'elle ne le souhaitait.

– Laisse tomber, dit Lexa en haussant les épaules.

Perséphone allait demander à son amie de préciser sa pensée, mais une porte s'ouvrit et Lexa se précipita dans les toilettes. Elle l'attendit donc dans le couloir, essayant de comprendre ce que Lexa avait voulu dire, lorsqu'un autre w.-c. se libéra.

Lorsque Perséphone en sortit, elle chercha Lexa des yeux, pensant qu'elle l'aurait attendue, mais elle ne la vit pas dans la foule. Elle leva les yeux vers le balcon où Hadès était censé conclure ses accords ; son amie y était-elle montée ?

Son regard croisa alors les yeux vert bouteille d'une femme qui était appuyée contre un pilier, au pied de l'escalier. Perséphone eut l'impression de l'avoir déjà vue, mais elle ne parvint pas à se rappeler où. Ses cheveux soyeux étaient couleur or, aussi brillants que le soleil d'Hélios, sa peau était pâle comme de la crème et le péplum moderne qu'elle portait était assorti à ses yeux.

– Tu cherches quelqu'un ?

– Mon amie, répondit Perséphone. Elle porte une robe rouge.

– Elle est montée, répondit la femme en désignant l'étage d'un mouvement de tête, et Perséphone suivit son regard. Tu y es déjà allée ?

– Euh… non, répondit Perséphone.

– Je peux te donner le mot de passe.

– Comment tu as eu le mot de passe ?

La femme haussa les épaules.

– Je l'ai glané, ici et là, déclara-t-elle avant de marquer une pause. Alors ?

Perséphone était curieuse. C'était le frisson qu'elle cherchait, l'aventure qu'elle désirait ardemment.

– Dis-moi.

La femme gloussa et son regard brilla d'une lueur sombre qui inquiéta Perséphone.

– Pathos.

Tragédie. Perséphone se dit que c'était peut-être de mauvais augure.

– M… merci, dit-elle avant de gravir l'escalier.

Lorsqu'elle arriva à l'étage, elle ne trouva rien d'autre qu'une double porte noire, décorée d'or, gardée par une Gorgone.

Le visage de la créature était couvert de cicatrices, visibles malgré le foulard blanc qui masquait ses yeux. Comme les autres de son espèce, il fut un temps où des serpents avaient remplacé ses cheveux, mais à présent, une cape et une capuche blanches recouvraient son corps.

Perséphone approcha et remarqua que les murs étaient réfléchissants. Elle s'y observa et nota ses joues rosées ainsi que ses yeux étincelants. Son Charme avait faibli depuis qu'elle était arrivée. Si quelqu'un s'en apercevait, elle espérait pouvoir mettre ça sur l'effet de l'excitation et de l'alcool. Perséphone ne savait pas pourquoi elle se sentait aussi nerveuse ; peut-être parce qu'elle ne savait pas à quoi s'attendre, derrière ces portes.

La Gorgone leva la tête, mais ne dit rien. Il y eut un court silence, puis la créature inspira et Perséphone se figea.

– Divine, ronronna la Gorgone.

– Pardon ?

– Déesse.

– Vous vous trompez.

La créature éclata de rire.

– J'ai beau ne pas avoir d'yeux, je sais reconnaître un dieu quand je le sens. Quel espoir avez-vous en entrant ici ?

– Vous êtes bien impertinente pour une créature qui sait qu'elle parle à une déesse, répondit Perséphone !

La Gorgone sourit.

– Alors vous n'êtes une déesse que quand cela vous arrange ?

– Pathos ! gronda Perséphone.

Tout en souriant, la Gorgone ouvrit la porte sans plus de question.

– Profitez, *Milady*.

Perséphone fusilla le monstre du regard et entra dans une salle plus petite, et enfumée. Contrairement à l'étage du dessous, cet espace était intime et silencieux. Un unique chandelier offrait juste assez de lumière pour éclairer les visages et les tables, mais guère plus. Il y avait plusieurs groupes, occupés à jouer aux cartes, et personne ne sembla la remarquer.

Lorsque la porte se referma derrière elle, Perséphone explora la pièce à la recherche de Lexa, mais elle fut distraite par les joueurs et leurs cartes. Elle observa la grâce des mains qui distribuaient les cartes et écouta les plaisanteries des joueurs. Elle s'approcha d'une table ovale, que les occupants quittaient. Sans savoir ce qui l'attirait précisément, elle décida de s'asseoir.

– Madame, dit le donneur en hochant la tête.

– Vous jouez ? dit une voix derrière elle.

C'était une voix grave qu'elle sentit vibrer dans sa poitrine.

Elle se tourna et découvrit un regard profond. L'homme du balcon se tenait dans son ombre. Son sang s'embrasa pour atteindre un degré insupportable, la faisant rougir. Elle croisa fermement les jambes et serra les poings pour s'empêcher de gigoter sous son regard.

De près, Perséphone pouvait contempler ce qu'elle avait deviné de son apparence. La beauté de l'homme était sombre comme une promesse de cœur brisé. Ses yeux étaient de la même couleur que la pierre obsidienne qui couvrait les murs de Nevernight, bordés de cils épais, et ses cheveux étaient attachés en chignon. Elle avait eu raison de penser qu'il était grand, elle dut lever la tête pour trouver son regard.

Quand sa poitrine commença à la faire souffrir, elle réalisa qu'elle retenait son souffle depuis qu'il était arrivé. Elle inspira lentement, découvrant en même temps son parfum de fumée, d'épices et d'hiver. Or ce parfum combla soudain tout le vide en elle.

Tandis qu'elle le dévisageait, il but une gorgée et se lécha les lèvres. Cet homme était l'incarnation du péché. Elle le sentait à la réaction de son corps en présence du sien. Ne voulant pas qu'il le remarque, elle se força à sourire et à répondre.

– Je veux bien jouer, si vous m'apprenez.

Ses lèvres s'étirèrent et il haussa un sourcil noir. Il but une nouvelle gorgée et s'approcha pour s'asseoir à ses côtés.

– Vous êtes courageuse de vous asseoir à une table sans connaître le jeu.

Elle le regarda dans les yeux.

– Quel autre moyen y a-t-il pour apprendre ?

– Hmmm, dit-il en réfléchissant, alors que Perséphone décidait qu'elle adorait sa voix. Malin, conclut-il.

L'homme la dévisageait comme s'il cherchait à savoir d'où il la connaissait, et elle frissonna.

– Je ne vous ai jamais vue.

– Eh bien, je ne suis jamais venue, répondit-elle avant de marquer une pause. Vous devez venir souvent…

Il esquissa un sourire.

– En effet.

– Pourquoi ? demanda Perséphone, elle-même surprise d'avoir posé la question à voix haute.

L'homme sembla étonné également, il haussa les sourcils.

– Enfin, vous n'êtes pas obligé de répondre, s'empressa d'ajouter Perséphone.

– Je veux bien répondre si vous acceptez de répondre à une de mes questions.

Elle le dévisagea longuement avant de hocher la tête.

– Très bien.

– Je viens parce que c'est... *fun*, dit-il sans toutefois sembler connaître le sens du mot. Maintenant à vous : pourquoi êtes-vous venue ce soir ?

– Mon amie Lexa était sur la liste, répondit-elle.

– Non. Ça, c'est la réponse à une question différente. Pourquoi êtes-vous venue ici ce soir ?

Elle y réfléchit un instant.

– Ça m'a paru rebelle, sur le moment.

– Et vous n'en êtes plus sûre, à présent ?

– Oh, je suis certaine que c'est rebelle, admit Perséphone en promenant son doigt sur la table. C'est juste que je ne sais pas ce que j'en penserai demain.

– Contre qui te rebelles-tu ?

Elle chercha son regard, surprise qu'il la tutoie, puis elle sourit.

– Tu avais dit *une* question.

Son sourire imita le sien et son cœur se mit à battre la chamade.

– En effet.

Tandis qu'elle plongeait dans ses yeux, elle eut l'impression qu'il pouvait voir en elle ; pas son Charme ni même sa peau ou ses os, mais son cœur, au plus profond de son être, et cela la fit frissonner.

– Tu as froid ? demanda-t-il.

– Pardon ?

– Tu frissonnes depuis que tu es assise.

Elle se sentit rougir.

– Qui était la femme avec toi, tout à l'heure ?

Il parut d'abord confus, puis il comprit.

– Ah, Menthé ! Elle met toujours ses mains là où elle ne devrait pas.

Perséphone pâlit ; cette femme avait l'air d'une maîtresse, et si c'était le cas, elle n'était plus intéressée.

– Je… je devrais y aller.

Il l'arrêta en saisissant son poignet. Son toucher était électrique et la réchauffa de la tête aux pieds. Elle retira brusquement sa main.

– Non, dit-il d'un ton presque autoritaire, et Perséphone le fusilla du regard.

– Je te demande pardon ?

– Ce que je veux dire, c'est que je ne t'ai pas encore appris à jouer. Permets-moi, ajouta-t-il de cette voix grave et ronronnante qui l'hypnotisait.

Soutenir son regard fut une erreur, car elle se trouva bien incapable de dire non. Elle déglutit et parvint néanmoins à se détendre.

– Alors apprends-moi.

Son regard s'embrasa avant de se poser sur les cartes, qu'il mélangea tout en parlant. Elle remarqua qu'il avait des mains gracieuses et de longs doigts. Jouait-il du piano ?

– Nous jouons au poker à cinq cartes, et nous commençons par la mise.

Perséphone baissa les yeux sur ses cuisses ; elle n'avait pas pris sa pochette, mais l'homme s'empressa de se corriger.

– Une réponse à une question, alors. Si je gagne, tu réponds à la question de mon choix, et si tu gagnes, je répondrai à la tienne.

Perséphone grimaça. Elle savait déjà ce qu'il allait lui demander, mais répondre à ses questions était bien mieux que de perdre tout son argent ou son âme.

– Marché conclu.

Ses lèvres sensuelles esquissèrent un sourire, accentuant les lignes de son visage et le rendant plus attirant encore. Qui était cet homme ? Elle devrait lui demander son prénom, mais elle n'avait aucune envie de se faire des amis à Nevernight.

Il leur distribua cinq cartes à chacun tout en lui expliquant qu'au poker, dix mains déterminaient le vainqueur ; la plus basse était la carte haute, et la plus haute était la quinte flush royale. Le but était de tirer une main plus haute que l'autre joueur. Il lui expliqua d'autres choses, comme l'action de checker, de se coucher ou de bluffer.

– Bluffer ? répéta Perséphone.

– Parfois, le poker se résume à un jeu de déception… surtout quand on perd.

Perséphone étudia sa main et essaya de se rappeler les rangs qu'il avait expliqués. Elle posa ses cartes et l'homme en fit de même.

– Tu as une paire de reines, dit-il. Et moi, une main pleine.

– Donc… tu gagnes, dit-elle.

– Oui, acquiesça-t-il en empochant immédiatement sa mise. Contre qui te rebelles-tu ?

Elle sourit timidement.

– Ma mère.

Il haussa un sourcil.

– Pourquoi ?

– Tu dois gagner une autre partie si tu veux que je réponde.

Il redistribua les cartes et gagna à nouveau. Cette fois, il ne posa pas la question, se contentant de la regarder.

Perséphone soupira.

– Parce que… elle m'a mise en colère.

Il la dévisagea, attendant autre chose, et elle sourit.

– Tu n'as jamais dit que les réponses devaient être détaillées.

Il sourit à son tour.

– J'en prends note pour l'avenir, crois-moi.

– L'avenir ?

– Eh bien, j'espère que ce n'est pas la dernière fois que l'on joue au poker.

Des papillons firent irruption dans son ventre. Elle aurait dû lui dire que c'était la première et la dernière fois qu'elle venait à Nevernight…

Mais elle ne parvint pas à se forcer à prononcer ces mots.

Il distribua les cartes et gagna à nouveau. Perséphone commençait à se lasser de perdre et de répondre à ses questions. Pourquoi s'intéressait-il à elle, d'ailleurs ? Où était la femme avec qui elle l'avait vu tout à l'heure ?

– Pourquoi es-tu en colère contre ta mère ?

Elle réfléchit un instant avant de répondre.

– Elle veut que je sois quelqu'un que je ne peux pas être, dit-elle avant de regarder ses cartes. Je ne comprends pas pourquoi les gens font ça.

Il pencha la tête sur le côté.

– Tu n'aimes pas notre jeu ?

– Si. Mais… je ne comprends pas pourquoi les gens jouent contre *Hadès*. Pourquoi veulent-ils lui vendre leur âme ?

– Ils n'acceptent pas de jouer parce qu'ils souhaitent vendre leur âme, dit l'homme. Ils le font parce qu'ils pensent pouvoir gagner.

– Et ça arrive ? Qu'ils gagnent ?

– Parfois.

– Et ça l'énerve, tu penses ?

Sa question était censée ne pas passer ses lèvres, mais elle lui échappa sans le vouloir.

Il ricana et elle le sentit jusque dans ses entrailles.

– Chérie, je gagne d'une façon ou d'une autre.

Elle écarquilla les yeux et son cœur cessa de battre un instant. Elle se leva brusquement et prononça son nom comme une insulte.

– *Hadès !*

Entendre son nom dans sa bouche sembla lui faire de l'effet, mais elle ne sut si c'était positif ou négatif. Son regard s'assombrit et son visage devint dur et indéchiffrable malgré son sourire.

– Je dois y aller.

Elle fit volte-face et sortit de la petite pièce.

Cette fois, elle ne le laissa pas l'arrêter ; elle se précipita dans l'escalier et se fondit dans la foule en contrebas. Pendant tout ce temps, elle resta très consciente de l'endroit où Hadès l'avait touchée sur son poignet. Exagérait-elle en pensant que sa peau était brûlante ?

Il lui fallut un moment pour trouver la sortie, et elle s'y engouffra. Une fois dehors, elle prit plusieurs profondes inspirations avant de héler un taxi. Elle s'y installa et envoya un message à Lexa pour lui dire qu'elle partait. Elle s'en voulait, mais cela aurait été injuste d'obliger Lexa à partir plus tôt, simplement parce qu'elle ne supportait pas de rester dans cet endroit une minute de plus.

La gravité de ce qu'elle venait de faire la frappa soudain.

Elle avait permis à Hadès, le dieu des Enfers, de l'instruire, de la toucher, de jouer avec elle et de la questionner.

Et il avait gagné.

Mais ce n'était pas le pire.

Non, le pire, c'était qu'une part d'elle-même, une part dont elle ne connaissait pas l'existence jusqu'à ce soir, désespérait d'y retourner en courant, de le trouver et d'exiger qu'il lui fasse une leçon sur l'anatomie de son corps.

Chapitre III

« NEW ATHENS NEWS »

Le lendemain matin arriva vite.

Perséphone se regarda dans le miroir pour s'assurer que son Charme était bien en place. La magie était de faible puissance puisqu'elle l'avait empruntée, mais elle parvenait à couvrir ses cornes et à réduire l'intensité de ses yeux, les faisant passer d'un vert émeraude à un vert mousse.

Elle leva la main pour ajouter un peu de Charme à ses iris ; c'était la chose la plus difficile à réussir et il fallait beaucoup de magie pour ternir leur éclat anormal. Ce faisant, elle stoppa son geste, remarquant quelque chose sur son poignet.

Une marque sombre.

Elle l'inspecta de plus près et vit une série de points noirs sur sa peau, certains plus gros que d'autres. On aurait dit qu'un tatouage simple et élégant avait été gravé sur son poignet.

Et c'était anormal.

Perséphone ouvrit le robinet et frotta sa peau jusqu'à ce qu'elle soit rouge et irritée, mais l'encre resta intacte. Elle sembla même noircir un peu plus.

Elle se souvint alors qu'hier soir, à Nevernight, Hadès l'avait saisie par le poignet pour l'empêcher de partir. La chaleur de sa peau avait pénétré la sienne, mais lorsqu'elle s'était enfuie du club, plus tard, son poignet était devenu brûlant, et cela s'était intensifié lorsqu'elle s'était couchée hier soir.

Elle avait allumé sa lampe plusieurs fois pour inspecter son poignet, mais n'avait rien vu.

Jusqu'à ce matin.

Perséphone leva les yeux sur son reflet et son Charme disparut sous l'effet de la colère. Pourquoi lui avait-elle obéi lorsqu'il lui avait demandé de rester ? Pourquoi avait-elle été aveuglée au point de ne pas voir qu'elle avait invité le dieu des Morts à jouer aux cartes ?

Elle savait pourquoi. Elle avait été distraite par sa beauté. Pourquoi ne l'avait-on pas prévenue que cet enfoiré était charmant ? Que son sourire était à couper le souffle et que son regard était capable de faire cesser de battre les cœurs ?

Qu'était donc cette chose sur son poignet et qu'est-ce que cela voulait dire ?

Elle n'avait qu'une certitude : Hadès allait le lui dire.

Aujourd'hui.

Toutefois, avant de pouvoir retourner à la tour d'obsidienne, elle devait se rendre à son stage. Elle remarqua alors la boîte à bijoux que sa mère lui avait donnée. Aujourd'hui, elle trônait sur sa commode et contenait ses bijoux ; mais lorsqu'elle avait douze ans, elle contenait cinq graines d'or. Déméter les avait créées grâce à sa magie et lui avait dit que pour elle, la déesse du Printemps, les graines deviendraient de belles roses de la couleur de l'or liquide.

Perséphone les avait plantées et avait fait de son mieux pour les chouchouter, mais au lieu de donner vie aux fleurs tant attendues, elles n'avaient formé que quelques tiges noires et sèches.

Elle n'oublierait jamais le regard de sa mère lorsqu'elle l'avait trouvée devant les roses fanées : un mélange de stupeur, de déception et d'incrédulité. Les fleurs de sa fille semblaient tout droit sorties des Enfers.

Il avait suffi à Déméter d'effleurer les pétales, et les fleurs avaient aussitôt été resplendissantes de vie. Perséphone n'était jamais retournée les voir et avait toujours fait en sorte d'éviter cette partie de l'orangerie.

Elle regarda le coffret à bijoux, et la marque sur sa peau devint aussi brûlante que sa honte. Pas question que sa mère apprenne jamais ce qu'elle avait fait.

Elle fouilla dans sa boîte jusqu'à trouver un bracelet suffisamment large pour recouvrir le tatouage. Cela ferait l'affaire jusqu'à ce qu'Hadès le lui retire.

Perséphone retourna dans sa chambre, elle n'avait fait que quelques pas quand sa mère se matérialisa devant elle. Elle sursauta et sentit son cœur battre à tout rompre.

– Mes dieux, Mère ! Vous ne pourriez pas passer par la porte, comme un parent normal ? Et *frapper* ?

En temps normal, Perséphone n'aurait jamais parlé à sa mère sur ce ton, mais elle était tendue ce matin. Déméter ne pouvait pas savoir qu'elle était allée à Nevernight. Elle fit un inventaire rapide de ce qu'elle portait la veille au soir ; la robe était dans la chambre de Lexa, ses chaussures étaient dans son armoire et elle avait caché les bijoux dans sa pochette qui était suspendue à la poignée de sa porte.

La déesse des Moissons était sublime et ne s'embêtait pas à cacher ses bois sous du Charme. Avec leurs sept pointes, ils étaient aussi menaçants qu'élégants. Ses cheveux étaient blonds comme ceux de Perséphone, mais ils étaient longs et raides. Sa peau était lumineuse et ses hautes pommettes naturellement roses, comme ses lèvres. Déméter haussa son menton pointu et étudia Perséphone d'un œil critique, un œil qui passait du marron au vert, puis à l'or.

– N'importe quoi, répondit-elle en saisissant le menton de sa fille pour le frotter.

Perséphone savait qu'elle appliquait sa magie et n'avait pas besoin de regarder dans le miroir pour comprendre qu'elle gommait ses taches de rousseur, rehaussait la couleur de ses joues et lissait ses cheveux ondulés. Déméter aimait que Perséphone lui ressemble, et Perséphone préférait ressembler le moins possible à sa mère.

– Tu as beau jouer à la mortelle, tu peux quand même avoir l'air divine, dit-elle.

Perséphone leva les yeux au ciel. Son apparence n'était qu'une énième déception pour sa mère.

– Voilà ! conclut enfin Déméter, lâchant son menton. Magnifique.

Perséphone se regarda dans le miroir et vit qu'elle avait eu raison. Déméter avait caché tout ce que Perséphone aimait chez elle.

– Merci, Mère, réussit-elle à dire.

– Ce n'est rien, ma fleur, répondit Déméter en tapotant sa joue. Alors, parle-moi de ce… *boulot.*

Dans la bouche de sa mère, le terme sonnait comme une injure et Perséphone grinça des dents. Elle fut surprise de constater la vitesse à laquelle sa colère surgissait.

– C'est un stage, Mère. Si je réussis, j'aurais peut-être un travail quand j'aurai mon diplôme.

– Ma chérie, dit Déméter en fronçant les sourcils, tu sais que tu n'as pas besoin de travailler.

– Si tu le dis, marmonna Perséphone.

– Pardon ?

Perséphone se tourna vers sa mère et parla plus fort.

– C'est ce que j'ai envie de faire. Je suis douée pour ça.

– Tu es douée pour beaucoup de choses, Koré.

– Ne m'appelle pas comme ça ! grogna Perséphone.

Ce qui mit sa mère en furie ; elle l'avait déjà vue comme ça juste avant qu'elle ne lynche une de ses nymphes lorsque celle-ci avait perdu Perséphone de vue.

Elle n'aurait pas dû s'énerver, mais elle n'y pouvait rien. Elle détestait ce surnom qu'elle se trimballait depuis l'enfance et qui signifiait précisément cela : « jeune fille ». Ce mot était pour elle du poison, et pire que ça, il lui rappelait que si elle dépassait trop les limites fixées par sa mère, les barreaux de sa prison se solidifieraient autour d'elle. Perséphone était la fille dépourvue de magie d'une Olympienne. Et en plus de cela, elle empruntait la magie de sa mère. C'était cette corde, nouée à son cou, qui faisait qu'il était primordial que Perséphone lui obéisse. Sans le Charme de Déméter, Perséphone ne pourrait vivre anonymement dans le monde des mortels.

– Pardon, Mère, parvint-elle à dire, sans toutefois regarder la déesse.

Elle ne fuyait pas son regard par gêne mais parce que ses excuses n'avaient rien de sincère.

– Oh, ma fleur, je ne t'en veux pas, dit Déméter en posant ses mains sur les épaules de sa fille. C'est à cause de ce monde de mortels. Il nous divise.

– Mère, tu es ridicule, soupira Perséphone en prenant le visage de sa mère dans ses mains.

Cette fois, quand elle lui parla, elle pensait tout ce qu'elle lui dit.

– Tu es tout ce que j'ai, déclara-t-elle.

Déméter sourit et tint les poignets de sa fille. La marque d'Hadès devint brûlante. Elle se pencha, comme pour embrasser sa fille sur la joue, mais n'en fit rien.

– Ne l'oublie pas, dit-elle avant de disparaître.

Perséphone expira longuement en tremblant de la tête aux pieds. Même lorsqu'elle n'avait rien à cacher, supporter sa mère était épuisant. Elle était constamment stressée, ne sachant quelle nouvelle chose mettrait Déméter hors d'elle. Avec le temps, Perséphone pensait s'être endurcie face aux paroles de sa mère, mais celles-ci parvenaient quand même à l'atteindre.

Elle se changea les idées en se concentrant sur la tenue qu'elle allait porter pour son premier jour et choisit une jolie robe d'été rose pâle, avec des manches à volants, des sandales blanches à talons compensés et un sac à main blanc. Avant de partir, elle se regarda une dernière fois dans le miroir et retira le Charme de ses cheveux et de son visage, récupérant ses boucles et ses taches de rousseur. Elle sourit en se reconnaissant à nouveau.

Quand elle sortit de chez elle, le soleil matinal lui mit du baume au cœur. Elle n'avait pas de voiture et n'avait pas le pouvoir de se téléporter comme les autres dieux, donc elle avait l'habitude de se déplacer dans Nouvelle Athènes à pied ou en bus. Il faisait bon, ce matin, elle décida de marcher.

Perséphone adorait la ville parce qu'elle n'avait rien à voir avec l'environnement dans lequel elle avait grandi. Ici, les gratte-ciel scintillaient sous les rayons chauds d'Hélios. Il y avait des musées remplis d'histoires que Perséphone n'avait découvertes qu'en venant vivre ici, des bâtiments qui ressemblaient à de l'art, et des sculptures ainsi que des fontaines à presque chaque coin de rue. Et même s'il y avait beaucoup de pierre, de verre et de métal, il y avait aussi des hectares de parcs arborés et de jardins luxuriants dans lesquels Perséphone s'était souvent promenée le soir. L'air frais lui rappelait qu'elle était libre.

Elle respira, essayant de se débarrasser de son angoisse, mais au lieu de ça, son stress se concentra dans son ventre pour le nouer. Elle ne cessait de penser au tatouage sur son poignet. Elle devait s'en débarrasser avant que Déméter le voie et que ses quelques années de liberté se transforment en une éternité dans sa prison de verre.

En général, c'était cette crainte qui poussait Perséphone à être prudente.

Mais pas hier soir. Hier soir, elle s'était sentie rebelle et, malgré la marque étrange qui noircissait sa peau, elle avait découvert que Nevernight et son roi étaient tout ce dont elle avait toujours rêvé.

Elle regrettait que ce soit le cas ; elle aurait aimé trouver Hadès repoussant. Elle aurait préféré ne pas passer la nuit à se remémorer la sensation de son regard se promenant sur son corps, à se rappeler comment elle avait dû pencher la tête en arrière pour trouver son regard ou comment ses mains gracieuses avaient mélangé les cartes.

Que ressentirait-elle au contact de ses longs doigts sur sa peau ? Quelles sensations découvrirait-elle s'il la prenait dans ses bras musclés et l'emportait avec lui ?

Depuis hier soir, Perséphone désirait des choses qu'elle n'avait jamais souhaitées auparavant. Bientôt, son angoisse fit place à un feu ardent et nouveau, si intense qu'elle eut peur de se liquéfier.

Dieux, pourquoi pensait-elle ainsi ?

C'était une chose de trouver le dieu des Morts attirant, mais c'en était une autre de… le *désirer*. Il était inenvisageable qu'il se passe quoi que ce soit entre eux. Sa mère détestait Hadès et elle n'avait pas besoin de poser la question pour savoir qu'une relation serait interdite. Elle savait aussi qu'elle avait davantage besoin de la magie de sa mère que d'assouvir ce désir qui faisait rage en elle.

Elle approcha de l'Acropole. Elle gravit les quelques marches jusqu'aux portes dorées et vitrées. Il y avait des tourniquets et des portiques de sécurité dans le hall, et l'accès aux différentes entreprises était filtré ; c'était nécessaire étant donné que l'agence de publicité de Zeus, *Oak & Eagle Creative*, se situait dans le bâtiment. Tout le monde savait que les admirateurs de Zeus avaient l'habitude de se regrouper devant l'Acropole dans l'espoir d'apercevoir le dieu de la Foudre. Un jour, la foule avait essayé de pénétrer dans la tour pour le trouver, ce qui ne servait à rien puisque Zeus était rarement à l'Acropole, préférant passer son temps à Olympe.

Mais l'entreprise de Zeus n'était pas la seule à requérir une sécurité renforcée. *New Athens News* révélait fréquemment des scandales qui enrageaient autant les dieux que les mortels. Perséphone n'avait jamais entendu parler d'actes de vengeance, mais alors qu'elle passait le portique de sécurité, elle se dit que les gardes mortels ne pourraient rien pour empêcher un dieu furieux de débouler au soixantième étage pour y déverser sa colère.

Une fois la sécurité passée, elle prit un ascenseur pour se rendre à son étage. Les portes s'ouvrirent sur le hall d'accueil et un bureau arrondi en verre au-dessus duquel trônait le nom du journal. Perséphone fut accueillie par le sourire de Valérie, qu'elle avait rencontrée lorsqu'elle avait passé son entretien. La jeune femme était sublime, avec de longues boucles brunes.

– Perséphone, dit-elle en faisant le tour du bureau. Je suis ravie de te revoir. Laisse-moi t'accompagner. Demetri t'attend.

Valérie accompagna Perséphone à la salle de presse située derrière la séparation vitrée, où étaient parfaitement alignés des bureaux en verre et en métal. La salle était bourdonnante d'activité, des téléphones sonnaient aux quatre coins, les journalistes agitaient leurs articles, relisaient leur recherche ou pianotaient frénétiquement sur leur clavier d'ordinateur pour rédiger leur prochain article. Il y avait une forte odeur de café, comme si cette grande machine carburait à la caféine et à l'encre. Perséphone sentit son cœur battre plus vite, emballée à l'idée de travailler dans un tel environnement.

– J'ai vu que tu étudiais à l'Université de Nouvelle Athènes, dit Valérie. Tu termines quand ?

– Dans six mois.

Perséphone rêvait du moment où elle traverserait la grande estrade pour obtenir son diplôme. Ce serait le sommet de son séjour parmi les mortels.

– Tu dois être très excitée.

– Je le suis, répondit-elle en se tournant vers Valérie. Et toi ? Tu finis quand ?

– Dans deux ans, répondit la secrétaire.

– Et ça fait combien de temps que tu es ici ?

– Un an, à peu près, dit-elle en souriant.

– Tu penses rester lorsque tu auras fini tes études ?

– Dans l'immeuble, oui, mais quelques étages au-dessus, chez *Oak & Eagle Creative*, admit-elle en souriant jusqu'aux oreilles.

Ah ! Alors l'agence publicitaire de Zeus l'avait déjà recrutée.

Valérie toqua à la porte ouverte d'un bureau situé tout au fond de la salle.

– Demetri, Perséphone est là.

– Merci, Valérie, répondit Demetri.

La jeune femme se tourna vers Perséphone et lui sourit avant de s'effacer pour la laisser entrer dans le bureau et apercevoir son nouveau patron pour la première fois. Demetri Aetos était plus âgé, mais elle devina qu'il avait dû briser de nombreux cœurs durant sa jeunesse. Ses cheveux grisonnants étaient plus courts sur le côté que sur le dessus et il portait des lunettes cerclées de noir qui lui donnaient un air sérieux. Il était grand et mince, avec de fines lèvres et un petit nez, et était vêtu d'une chemise bleue, d'un pantalon kaki et d'un nœud papillon rouge à pois blancs.

– Perséphone, dit-il en contournant son bureau pour lui tendre la main. Je suis ravi de vous rencontrer. Nous sommes heureux de vous compter parmi nous.

– Je suis ravie d'être là, Monsieur Aetos, répondit-elle en serrant sa main.

– Appelez-moi Demetri.

– D'accord… Demetri, répéta-t-elle sans cesser de sourire.

– Asseyez-vous, je vous en prie !

Il désigna une chaise et elle s'assit. Il resta debout, appuyé contre son bureau, les mains dans les poches.

– Parlez-moi de vous.

Lorsque Perséphone avait déménagé à Nouvelle Athènes, elle avait détesté cette question parce que les seules choses dont elle pouvait parler étaient ses peurs : les lieux clos, se sentir enfermée, les escalators. Mais avec le temps, elle avait acquis suffisamment d'expérience pour pouvoir se définir selon les choses qu'elle aimait.

– Eh bien, je suis étudiante en journalisme à l'Université de Nouvelle Athènes. Je finis en mai… commença-t-elle alors que Demetri agitait la main.

– Ce n'est pas votre CV qui m'intéresse.

Il la regarda dans les yeux et elle remarqua qu'il les avait bleus. Il sourit gentiment.

– Quels sont vos… passe-temps, vos passions ?

– Ah, dit-elle en rougissant avant de réfléchir quelques instants. J'aime la pâtisserie. Ça m'aide à me détendre.

– Ah oui ? Dites-m'en plus. Qu'est-ce que vous aimez cuisiner ?

– Tout, en fait. En ce moment, je me suis mise au défi de réussir des figurines en sucre.

Il haussa les sourcils en souriant.

– Des figurines en sucre ? Ça se fait ?

– Oui, je vais vous montrer.

Elle sortit son téléphone et trouva quelques photos. Bien sûr, elle n'avait immortalisé que ses plus belles réussites.

Demetri prit le téléphone et fit défiler les photos.

– Oh, c'est beau. C'est super, Perséphone.

Il la regarda dans les yeux en lui rendant son téléphone.

– Merci.

Perséphone détestait le sourire niais que les paroles de son patron avaient fait apparaître sur son visage, mais en dehors de Lexa, personne ne l'avait félicitée pour ses créations.

– Donc, vous aimez la pâtisserie. Quoi d'autre ?

– J'aime écrire, dit-elle. Des histoires.

– Des histoires ? Vous voulez dire des fictions ?

– Oui.

– Des romances ? supposa-t-il.

C'était ce que présumaient la plupart des gens à qui elle parlait de sa passion pour l'écriture, et rougir ne l'aidait en rien lorsqu'elle les détrompait.

– Eh bien non, en fait. J'aime les mystères.

Demetri haussa à nouveau les sourcils qui atteignirent presque ses cheveux.

– Je ne m'y attendais pas, dit-il. Ça me plaît. Qu'attendez-vous de ce stage ?

– De l'aventure, admit-elle avant de s'arrêter, mais cela sembla plaire à Demetri.

– De l'aventure, répéta-t-il en s'éloignant de son bureau. Si c'est d'aventure dont vous rêvez, *New Athens News* peut vous l'offrir, Perséphone. Ce poste peut ressembler à tout ce que vous désirez ; c'est à vous de le créer et de le gérer. Si vous voulez faire des reportages, faites-en. Si vous voulez corriger, lancez-vous. Si vous voulez faire du café, faites-vous plaisir.

Perséphone ne souhaitait faire de café que pour elle-même, mais elle se retint de le dire. Elle ne pensait pas pouvoir être plus enthousiasmée par ce stage, mais plus Demetri parlait, plus elle avait l'impression que ce stage allait changer sa vie.

– Je suis sûr que vous savez que nous nous retrouvons souvent dans les médias, dit-il avec un sourire narquois. C'est plutôt ironique, puisque nous sommes nous-mêmes une source d'information.

New Athens News était connu pour les nombreuses plaintes qui étaient déposées à son encontre ; des accusations de diffamation, de calomnie, de violation de la vie privée. Mais ce n'étaient pas les pires plaintes engagées contre le journal.

– Je n'en reviens pas qu'Apollon vous ait accusés d'être membres de la Triade, dit Perséphone.

La Triade était un groupe de mortels Impies qui s'étaient organisés pour lutter contre les dieux, promouvant l'équité, le libre arbitre et la liberté. Zeus les avait classés comme organisation terroriste et avait menacé de mort quiconque serait en possession de leur propagande.

– Ah ouais, dit Demetri en haussant les sourcils et en se massant la nuque. C'était complètement ridicule, mais ça n'a pas empêché le public de le croire.

La pire conséquence découlant de la condamnation de Zeus était sans doute que les Fidèles s'étaient rassemblés en sectes et avaient lancé leur propre chasse à l'homme, tuant plusieurs Impies notoires, se fichant qu'ils soient associés à la Triade ou pas. Ce fut une période horrible et il avait fallu à Zeus plus de temps que nécessaire pour se proclamer contre les sectes. *New Athens News* l'avait d'ailleurs écrit.

– Nous recherchons la vérité, Perséphone, déclara Demetri. La vérité entraîne un certain pouvoir. Désirez-vous le pouvoir ?

Le pauvre n'avait pas idée de ce qu'il lui demandait.

– Oui, dit-elle. Je veux le pouvoir.

Cette fois, lorsque Demetri sourit, il montra toutes ses dents.

– Alors, vous vous en sortirez très bien ici.

Il montra à Perséphone son bureau, qui était à côté du sien. Elle s'installa, inspectant les tiroirs, notant les fournitures qu'elle aurait besoin de demander ou d'acheter, et rangea son sac à main. Un ordinateur portable flambant neuf l'attendait sur son bureau en verre. Il était frais sous ses doigts et lorsqu'elle l'ouvrit, l'écran noir refléta le visage d'un homme qui se tenait derrière elle. Elle se retourna et croisa de grands yeux surpris.

– Adonis, dit-elle.

– Perséphone.

Il était aussi beau que la veille au soir, mais paraissait plus professionnel avec sa chemise lavande et sa tasse de café à la main.

– Je ne savais pas que tu étais notre nouvelle stagiaire.

– Je ne savais pas que tu travaillais ici, répondit-elle.

– Je suis grand reporter, je m'occupe surtout de show-biz, expliqua-t-il d'un ton un peu suffisant. Tu nous as manqué quand tu es partie, hier soir.

– Ah oui, désolée. Je voulais me préparer pour mon premier jour.

– Ça, je ne peux pas le critiquer. Eh bien, bienvenue !

– Adonis, dit Demetri en apparaissant à nouveau à sa porte. Tu veux bien faire visiter notre étage à Perséphone ?

– Bien sûr, acquiesça Adonis en souriant. Tu es prête ?

Perséphone suivit Adonis, pressée d'être témoin du rythme effréné de son nouvel environnement de travail. Elle était contente d'y trouver un visage familier, même si elle ne l'avait rencontré que la veille. Elle se sentit immédiatement plus à l'aise.

– On appelle cette pièce la salle de travail. C'est ici que tout le monde suit ses pistes et mène ses enquêtes, dit-il.

Les journalistes levèrent la tête de leur écran et lui sourirent ou la saluèrent tandis qu'elle passait avec Adonis. Il désigna ensuite une série de pièces vitrées.

– Ça, ce sont les salles de conférences. Et là, c'est la salle de repos.

Il lui montra une grande pièce chaleureuse et tamisée avec plusieurs coins canapé. L'ambiance était douillette, plusieurs personnes y étaient déjà installées.

– À mon avis, tu préféreras écrire ici, quand tu le pourras.

Adonis lui montra le placard à fournitures où elle trouva les stylos, les Post-it et les carnets dont elle avait besoin, et il l'aida à tout porter jusqu'à son bureau.

– Alors, quel type de journalisme t'intéresse ? demanda-t-il.

– Je penche pour le journalisme d'investigation, répondit-elle.

– Ah, tu es une détective, alors ?

– J'aime la recherche.

– Et il y a un sujet en particulier ?

Hadès.

Le dieu surgit dans ses pensées sans prévenir, elle savait que c'était à cause de la marque sur son poignet. Elle était pressée de retourner à Nevernight et de découvrir ce que le tatouage signifiait.

– Non, j'aime juste… résoudre les mystères, répondit-elle.

– Eh bien, peut-être que tu pourras nous aider à découvrir qui vole nos repas dans le frigo de la salle de repos.

Perséphone éclata de rire.

Elle allait adorer cet endroit, elle en était certaine.

Chapitre IV

LE CONTRAT

Moins d'une heure après être partie de l'Acropole, Perséphone se tenait devant Nevernight et frappait à la porte noire immaculée. Elle avait pris le bus pour venir et elle avait failli devenir folle. Son cerveau avait inventé toutes sortes de craintes et d'angoisses quant à la signification de la marque. Était-ce une sorte de bracelet de… *propriété*? Était-ce quelque chose qui pouvait sceller l'appartenance de son âme aux Enfers? Ou était-ce un de ses horribles contrats?

Elle était sur le point de le découvrir, pour peu que quelqu'un veuille bien lui ouvrir cette fichue porte!

– Allô? cria-t-elle. Il y a quelqu'un?

Elle continua de marteler la porte jusqu'à en avoir mal aux bras. Elle était sur le point de renoncer lorsque celle-ci s'ouvrit brusquement sur l'ogre de la veille, qui la fusilla du regard. À la lumière du jour, il était encore plus moche. Sa peau pendait sur son cou et il la dévisageait de ses minuscules yeux noirs.

– Qu'est-ce que tu veux? grogna-t-il d'un ton qui rappela à Perséphone qu'il pouvait broyer son crâne d'une seule main.

– Je dois parler à Hadès, dit-elle.

L'ogre la scruta avant de lui claquer la porte au nez.

Perséphone était furax, elle tambourina de nouveau à la porte.

– Enfoiré ! Laisse-moi entrer !

Elle avait toujours su que les ogres existaient, et elle avait appris quelques-unes de leurs faiblesses en empruntant des livres de la bibliothèque d'Artémis, à la fac. L'une d'elles était qu'ils détestaient les insultes.

L'ogre ouvrit à nouveau la porte brutalement et grogna, lui expirant son horrible haleine de pourriture au visage. Il pensait sans doute lui faire peur, cela devait fonctionner sur d'autres mais pas sur Perséphone. La marque sur son poignet l'empêchait de faire marche arrière. Il en allait de sa liberté.

– J'exige que tu me laisses entrer !

Elle serra les poings et étudia l'espace restant dans l'encadrure de la porte. Pourrait-elle se faufiler derrière la créature ? Si elle était assez rapide, son envergure lui ferait peut-être perdre l'équilibre.

– Qui es-tu, mortelle, pour exiger une audience avec le dieu des Morts ?

– Ton dieu m'a marquée et je compte lui demander une explication.

La créature éclata de rire, ses yeux vitreux brillèrent de malice.

– Tu vas lui demander une explication, *toi* ?

La colère de Perséphone augmentait de seconde en seconde.

– On n'est pas ouvert, répondit l'ogre. Il faudra revenir.

– Hors de question ! Tu vas me laisser entrer, espèce de monstre !

Perséphone réalisa son erreur dès que les mots eurent quitté sa bouche. Le visage du monstre changea et il la saisit par le cou pour la soulever à bout de bras.

– Qui es-tu ? demande-t-il ? Une petite nymphe sournoise ?

Elle essaya d'agripper les doigts de l'ogre, mais il ne fit que l'empoigner plus fort. Elle ne pouvait pas respirer et ses yeux se remplirent de larmes. Sa seule solution était de retirer son Charme.

Lorsque ses cornes furent visibles, l'ogre la relâcha comme s'il avait été brûlé. Perséphone tituba et prit une profonde inspiration. Elle pressa sa main contre sa gorge douloureuse, mais, sous sa véritable forme, elle parvint à rester debout et à fusiller l'ogre du regard. Il baissa la tête, refusant de croiser ses étranges yeux lumineux.

– Je suis Perséphone, déesse du Printemps, et si tu tiens à ta vie, je te conseille de m'obéir.

Sa voix tremblait et elle était encore secouée d'avoir été malmenée par l'ogre. Les mots qu'elle venait de prononcer étaient ceux de sa mère ; ceux qu'elle avait employés avec une Sirène qui avait refusé de l'aider à chercher Perséphone un jour qu'elle s'était trop éloignée. Elle n'était pourtant pas loin, cachée à quelques mètres derrière un buisson, et elle avait entendu les paroles virulentes de sa mère. Elle les avait mémorisées, consciente que sans pouvoir, les mots seraient sa seule arme.

La porte s'ouvrit derrière l'ogre et le monstre fit un pas de côté avant de s'agenouiller à la vue d'Hadès.

Perséphone en eut le souffle coupé. Elle avait passé la journée à se remémorer son apparence, ses traits élégants mais sombres... Mais ses souvenirs n'étaient rien à côté de la réalité. Elle était presque sûre qu'il portait le même costume que la veille, mais sa cravate était desserrée et les premiers boutons de sa chemise défaits, exposant son torse. Il semblait avoir été interrompu pendant qu'il se déshabillait.

Elle se souvint alors de la femme qui l'avait pris par la taille, *Menthé*. Peut-être qu'elle les avait interrompus.

Cette pensée lui offrit une profonde satisfaction, même si elle était consciente que c'était ridicule.

– Lady Perséphone.

Son timbre grave et séduisant la fit frissonner.

Elle se força à le regarder dans les yeux. Lui et elle étaient égaux, après tout, et elle tenait à ce qu'il le sache, car elle était sur le point d'exprimer ses exigences. Elle découvrit qu'il l'étudiait, la tête penchée sur le côté. Être observée alors qu'elle était sous sa forme divine lui parut étrangement intime, et elle voulut remettre son Charme en place. Elle avait commis une erreur. Elle avait été si furieuse et désespérée qu'elle s'était révélée.

– Lord Hadès, parvint-elle à dire avec un minuscule hochement de tête.

Elle fut fière de constater que sa voix n'avait pas tremblé alors que ses entrailles se tordaient.

– Milord, marmonna l'ogre en baissant la tête, je ne savais pas que c'était une déesse. J'accepte toute punition pour mon comportement.

– Toute punition ? répéta Perséphone alors qu'elle se sentait de plus en plus à nu sous sa forme divine, dans la rue et de surcroît en pleine journée.

Il fallut un moment à Hadès pour arracher son regard de Perséphone et se tourner vers son videur.

– J'ai posé mes mains sur une déesse, dit le monstre.

– Et une femme, qui plus est, ajouta Hadès d'un ton sinistre. Je m'occuperai de toi plus tard. À présent, Lady Perséphone… dit-il en s'effaçant pour la laisser entrer dans le club.

Elle attendit dans le noir que la porte se referme derrière elle. L'air était lourd et chargé d'une intensité qu'elle sentait jusque dans son ventre. Le parfum d'Hadès était partout autour d'elle et elle avait envie d'en remplir ses poumons. Au lieu de ça, elle retint sa respiration.

Il parla soudain tout près de son oreille, ses lèvres effleurant à peine sa peau.

– Tu es pleine de surprise, chérie.

Elle inspira brusquement et se tourna vers lui, mais il était déjà parti. Il avait ouvert la porte et attendait qu'elle entre dans la boîte de nuit.

– Après toi, Déesse, dit-il d'un ton qui n'était pas moqueur mais plutôt chargé de curiosité.

Elle passa devant le dieu et s'arrêta sur le balcon qui surplombait l'étage principal. L'endroit était immaculé, le sol était verni et les tables brillantes de propreté. Il était difficile de croire que ce lieu était plein à craquer la veille au soir.

Elle tourna la tête vers Hadès, qui l'attendait. Lorsqu'elle croisa son regard, il gravit l'escalier qui montait au deuxième étage. Elle hésita.

– Où va-t-on ?

Il s'arrêta et se tourna vers elle.

– Dans mon bureau. Je présume que ce que tu souhaites me dire doit rester privé ?

Elle ouvrit la bouche et la referma, regardant autour d'elle.

– Ça me semble plutôt privé, ici, en montrant le lieu désert.

– Ça ne l'est pas, répondit-il avant de gravir les marches sans un autre mot.

Perséphone le suivit. Lorsqu'ils arrivèrent en haut, il partit à droite, à l'opposé de la salle de jeux où elle avait été la veille, en direction d'un mur noir aux fines gravures dorées. Elle n'en revenait pas de ne pas l'avoir remarqué. Deux portes massives étaient décorées de feuilles de vigne et de fleurs s'enroulant autour de son sceptre à deux fourches, lui-même orné de feuilles d'or. Le reste du mur était couvert de dorures aux motifs floraux.

Elle n'aurait pas dû être surprise que le dieu des Morts choisisse une décoration fleurie ; après tout, les narcisses étaient son symbole.

Son regard s'arrêta sur Hadès qui ouvrait une des portes. Elle n'avait pas hâte de se retrouver dans un lieu clos avec lui. Elle ne faisait confiance ni à ses pensées ni à son corps.

Cette fois, il l'interpella.

– Vas-tu hésiter à chaque pas, Lady Perséphone ?

Elle le fusilla du regard.

– J'admirais simplement la déco, Lord Hadès. Je ne l'avais pas remarquée hier soir.

– Les portes mènent à mes quartiers privés et son souvent voilées aux heures d'ouverture du club, répondit-il avant de désigner la porte de la main. Y allons-nous ?

Une fois encore, elle prit son courage à deux mains et marcha vers lui. Il laissa peu de place à Perséphone et elle l'effleura en entrant dans la pièce.

Elle se retrouva dans le bureau d'Hadès et la première chose qu'elle remarqua fut la baie vitrée qui donnait sur l'étage principal de la boîte de nuit. Il n'y en avait aucune ouvrant sur l'extérieur, mais la pièce baignait dans une lumière chaleureuse et était étrangement douillette malgré le sol en marbre noir. Peut-être était-ce à cause de la cheminée ? Un canapé et deux fauteuils formaient un agréable coin détente, et un tapis de fourrure ajoutait une touche de confort à la décoration. À l'autre bout de la pièce se trouvait une épaisse plaque d'obsidienne qui servait de bureau. À première vue, celui-ci était vide, sans documents ni photos. Elle se demanda s'il s'en servait ou si ce n'était que du vent.

Juste devant elle, il y avait une table avec un vase de fleurs rouge sang, et elle leva les yeux au ciel.

Hadès ferma la porte et Perséphone se crispa. C'était dangereux. Elle aurait dû lui parler en bas, où il y avait plus de place et où elle pouvait penser et respirer sans inhaler son parfum. Ses bottes frappèrent le sol quand il s'approcha et Perséphone se raidit davantage.

Il s'arrêta devant elle et scruta son visage, marquant une courte pause sur ses lèvres avant de descendre sur sa gorge. Lorsqu'il tendit la main pour la toucher, Perséphone empoigna son avant-bras. Elle craignait moins Hadès que la réaction de son corps s'il la touchait.

Ils se regardèrent dans les yeux.

– Es-tu blessée ?

– Non, dit-elle.

Il hocha la tête et retira son bras avant de traverser la pièce, et Perséphone supposa qu'il souhaitait maintenir une distance entre eux.

Elle se souvint alors qu'elle était restée sous sa forme divine et commença à refaçonner son Charme.

– Oh, il est un peu tard pour être pudique, tu ne crois pas ? dit Hadès en la transperçant de ses superbes yeux sombres.

Il tira sur sa cravate pour la retirer et Perséphone la regarda glisser sur son cou avant de lever les yeux vers les siens. Il ne souriait pas d'un air narquois comme elle s'y attendait. Il avait plutôt un air… sauvage. Comme un animal affamé qui vient enfin de piéger sa proie.

Elle déglutit.

– J'ai interrompu quelque chose ? demanda-t-elle sans être certaine de vouloir connaître la réponse.

Il esquissa un léger sourire en coin.

– J'étais sur le point d'aller me coucher lorsque je t'ai entendue exiger d'entrer dans mon club.

Se coucher ? Il était midi passé.

– Et quelle n'a pas été ma surprise lorsque j'ai découvert la déesse d'hier soir sur le pas de ma porte…

– La Gorgone te l'a dit ?

Elle fit un pas en avant en le fusillant du regard et Hadès sourit, clairement amusé.

– Non, Euryale n'a rien dit. J'ai reconnu ta magie comme étant celle de Déméter, mais tu n'es pas Déméter, expliqua-t-il avant de pencher la tête sur le côté. Quand tu es partie, j'ai consulté quelques textes. J'avais oublié que Déméter avait une fille. J'ai supposé que tu étais Perséphone. Reste à savoir pourquoi tu n'utilises pas ta propre magie...

– C'est pour ça que tu as fait ça ? demanda-t-elle en retirant le bracelet qui cachait la marque du dieu et en levant le bras.

Hadès ricana.

Il ricanait ! Perséphone mourait d'envie de l'étrangler et elle serra les poings pour ne pas se jeter sur lui.

– Non, dit-il. Ça, c'est simplement parce que tu as perdu contre moi.

– Tu *m'apprenais* à jouer, rétorqua-t-elle.

– Tu joues sur les mots, dit-il en haussant les épaules. Les règles de Nevernight sont très claires, Déesse.

– Elles sont tout sauf claires, et tu n'es qu'un enfoiré !

Ses yeux noircirent. Apparemment, il n'aimait pas plus être insulté que l'ogre. Il s'éloigna du bureau contre lequel il s'était appuyé et marcha sur elle d'un pas déterminé. Perséphone fit un pas en arrière.

– Ne m'insulte pas, Perséphone, dit-il en saisissant son poignet.

Il le caressa du bout du doigt, la faisant frissonner.

– Quand tu m'as invité à ta table, tu as accepté un accord. Si tu avais gagné, tu serais partie de Nevernight sans contrepartie. Mais tu as perdu, et nous sommes désormais liés par un contrat.

Elle déglutit en repensant à toutes les choses affreuses qu'elle avait entendues à propos des contrats d'Hadès et de ses conditions impossibles à satisfaire.

– Et qu'est-ce que ça veut dire ? continua-t-elle sèchement.

– Ça veut dire que je dois choisir mes conditions.

– Je ne veux pas d'un contrat avec toi. Enlève-le !

– Je ne peux pas.

– C'est toi qui m'as mis cette marque, tu peux l'enlever.

Sa bouche tressauta.

– Tu trouves ça drôle ?

– Oh, chérie, tu n'as pas idée !

Le mot *chérie* glissa sur sa peau et la fit frissonner à nouveau. Il sembla le voir, car il sourit de plus belle.

– Je suis une déesse, tenta-t-elle. Nous sommes égaux.

– Tu penses que ton sang change quoi que ce soit au fait que tu as volontairement conclu un accord avec moi ? Cela fait loi, Perséphone, dit-il alors qu'elle le fusillait du regard. La marque partira lorsque le contrat aura été rempli, conclut-il, comme si cela arrangeait la situation.

– Et quelles sont tes conditions ?

Ce n'était pas parce qu'elle lui posait la question qu'elle accepterait.

Hadès contracta sa mâchoire, comme s'il se retenait ; peut-être qu'il n'avait pas l'habitude qu'on lui parle ainsi. Quand il se redressa et baissa les yeux sur elle, elle comprit qu'elle avait de sérieux ennuis.

– Je veux que tu crées de la vie aux Enfers, dit-il enfin.

– Quoi ?

Elle ne s'y attendait pas du tout, même si elle aurait dû. Après tout, sa plus grande faiblesse était son absence de pouvoir ? Ironique, pour une déesse.

– Crée de la vie aux Enfers, répéta-t-il. Tu as six mois. Et si tu échoues ou refuses, tu résideras dans mon royaume de façon permanente.

– Tu veux que je crée un jardin dans ton royaume ?

Il haussa les épaules.

– Je suppose que c'est une façon parmi d'autres de créer de la vie.

Elle lui lança un regard assassin.

– Si tu m'emprisonnes aux Enfers, tu devras affronter la colère de ma mère.

– Oh, je n'en doute pas. Tout comme tu devras l'affronter lorsqu'elle découvrira dans quoi tu t'es bêtement fourrée.

Perséphone se sentit rougir. Il avait raison. Mais la différence était qu'Hadès ne semblait en rien inquiété par la menace. Et pourquoi le serait-il ? Il était l'un des Trois ; l'un des dieux les plus puissants qui soient. Une menace de Déméter n'était pour lui qu'une broutille.

Elle se redressa et leva le menton pour le regarder dans les yeux.

– Très bien.

La main d'Hadès sur la sienne lui faisait l'effet d'une menotte, elle arracha son poignet.

– Je commence quand ?

Le regard d'Hadès scintilla.

– Viens demain. Je te montrerai comment aller aux Enfers.

– Ça devra attendre après les cours, dit-elle.

– Les cours ?

– Je suis étudiante à l'Université de Nouvelle Athènes.

Hadès la regarda d'un air curieux et hocha la tête.

– Après les… *cours*, alors.

Ils se dévisagèrent pendant un long moment. Elle avait beau le détester, en cet instant précis, elle ne pouvait pas ne pas savourer sa beauté.

– Et ton videur ?

– Quoi, mon videur ?

– Je préférerais qu'il ne se souvienne pas de cette apparence, dit-elle en levant la main vers ses cornes avant de remettre en place son Charme.

Elle se détendit en retrouvant sa forme mortelle.

Hadès la regarda se transformer, comme s'il étudiait une sculpture ancienne.

– J'effacerai sa mémoire… après l'avoir puni pour la façon dont il t'a traitée.

Perséphone frissonna.

– Il ne savait pas que j'étais une déesse.

– Mais il savait que tu étais une femme et il s'est laissé dominer par sa colère. Donc il sera puni, répondit Hadès d'un ton factuel, et Perséphone comprit qu'il ne servait à rien de discuter.

– Et qu'est-ce que ça va me coûter ?

Elle savait à qui elle parlait, et elle venait de demander un service au dieu des Morts.

Sa bouche tressauta un instant.

– Tu es maligne, ma chérie. Tu sais comment ça fonctionne. Sa punition ? Rien. Sa mémoire ? Une Faveur.

– Je ne suis pas ta chérie, siffla-t-elle. Quel genre de Faveur ?

– Tout ce que je voudrai, répondit-il. Quand je le déciderai, n'importe quand.

Elle y réfléchit un moment. Que pourrait lui demander Hadès ? Que pourrait-elle bien lui offrir ? Peut-être était-ce cela qui la poussa à accepter, ou bien la peur que sa mère ne découvre qu'elle avait montré sa véritable apparence. Quoi qu'il en soit, elle n'avait guère le choix.

– Marché conclu.

Hadès sourit.

– Je vais demander à mon chauffeur de te raccompagner chez toi.

– Ce n'est pas nécessaire.

– Si, ça l'est.

– Très bien.

Elle n'avait pas spécialement envie de reprendre le bus, mais elle n'avait pas envie que Hadès connaisse son adresse.

Le dieu la saisit par les épaules et se pencha pour déposer un baiser sur son front. Le geste était si soudain qu'elle perdit l'équilibre. Elle empoigna sa chemise pour se rattraper et ses ongles griffèrent son torse. Son corps était ferme et chaud, et ses lèvres douces sur sa peau. Lorsqu'il recula, elle était trop chamboulée pour être en colère.

– C'était pour quoi, ça ? murmura-t-elle d'une voix rauque.

Hadès continuait de sourire de cet air insupportablement narquois, comme s'il savait l'effet que lui avait fait son baiser, puis il effleura sa joue en feu.

– Pour ton bénéfice. La prochaine fois, la porte s'ouvrira pour toi. Je préférerais que tu n'agaces pas Duncan. S'il te fait mal à nouveau, je serai forcé de le tuer, et trouver un bon ogre n'est pas chose facile.

Perséphone voulait bien le croire.

– Lord Hadès, Thanatos vous cherche… oh…

Une femme était entrée dans la pièce par une porte cachée du bureau. Elle était sublime, ses cheveux lâches étaient rouges et flamboyants. Son regard était perçant, ses sourcils arqués et ses lèvres pulpeuses étaient rouge foncé. Tous ses traits étaient pointus et anguleux. C'était une nymphe, et quand elle regarda Perséphone, ses yeux débordaient de haine.

Ce n'est qu'à cet instant que la jeune déesse prit conscience qu'elle se tenait contre Hadès et que ses mains agrippaient sa chemise. Mais lorsqu'elle essaya de reculer, il la retint plus fort encore.

– Je ne savais pas que vous aviez de la visite, ajouta la nymphe d'un ton glacial.

Hadès répondit sans que ses yeux ne quittent le visage de Perséphone.

– Une minute, Menthé.

Perséphone pensa d'abord « *alors c'est elle, Menthé* ». Sa beauté avait tout ce que Perséphone n'avait pas, une beauté séductrice et pécheresse, et elle détesta la jalousie qui l'envahit.

Elle se demanda ensuite pourquoi Hadès avait besoin d'une minute. Qu'avait-il d'autre à lui dire ?

Perséphone ne vit pas Menthé partir, car elle ne parvenait pas à arracher son regard d'Hadès.

– Tu n'as pas répondu à ma question, dit-il. Pourquoi utilises-tu la magie de ta mère ?

Ce fut au tour de Perséphone de sourire.

– Lord Hadès… commença-t-elle en caressant son torse du bout du doigt.

Elle ne savait pas pourquoi elle avait fait cela, mais elle se sentait courageuse.

– Je ne répondrai à cette question qu'en pariant à nouveau contre toi. Et à cet instant précis, c'est très peu probable.

Elle saisit alors les revers du col de sa veste pour les remettre en place et son regard s'arrêta sur la primevère rouge glissée dans sa poche. Elle leva alors la tête vers lui et chuchota avec un sourire en coin.

– Je crois que tu vas regretter ce contrat, Hadès.

Elle effleura la fleur du bout du doigt et Hadès suivit son mouvement des yeux. Lorsqu'elle en toucha les pétales, ils se recroquevillèrent et tombèrent sur le sol.

Chapitre V

INTRUSION

Le chauffeur d'Hadès était un cyclope.

Elle essaya de ne pas paraître surprise quand elle vit la créature attendre devant la Lexus noire qui était garée devant Nevernight. Il n'était pas comme les cyclopes décrits dans les livres d'histoire, des créatures grotesques larges comme des montagnes, aux muscles saillants et aux crocs féroces. Cet homme-ci était plus grand qu'Hadès, avec des jambes immenses, de larges épaules et un corps plutôt svelte. Son œil était tombant et gentil, et il sourit lorsqu'il vit Perséphone.

Hadès avait insisté pour escorter Perséphone à sa voiture. Elle n'était pas ravie d'être vue en public avec le dieu, mais elle n'était pas certaine que cela ait traversé l'esprit d'Hadès. Sans doute était-il pressé qu'elle parte de chez lui pour qu'il puisse se reposer ou… pour se remettre à ce qu'il allait faire quand elle l'avait interrompu.

– Lady Perséphone, voici Antoni, dit Hadès. Il va s'assurer que tu arrives chez toi en sécurité.

Perséphone haussa un sourcil en direction du dieu des Enfers.

– Suis-je en danger, Milord ?

– C'est une simple précaution. Je ne voudrais pas que ta mère défonce ma porte avant qu'elle n'ait une bonne raison de le faire.

Elle a déjà une bonne raison de le faire, pensa Perséphone, laissant rejaillir sa colère. Aussitôt, la marque à son poignet se mit à pulser, déclenchant un frisson électrique qui parcourut tout son corps. Elle regarda Hadès dans les yeux, prête à le fusiller du regard et à lui faire voir sa colère, mais elle se rendit compte qu'elle avait du mal à réfléchir. Le dieu des Morts avait des yeux comme l'Univers, vibrants, vivants et infiniment vastes. Elle se perdit dedans et dans tout ce qu'ils faisaient miroiter.

Elle fut reconnaissante à Antoni de la tirer de ses dangereuses pensées. Il n'adviendrait rien de bon à s'intéresser à Hadès. Ne l'avait-elle pas encore compris ?

– Milady, dit Antoni en ouvrant la porte arrière.

– Milord, dit-elle à Hadès en hochant brièvement la tête avant de se tourner pour s'installer sur la banquette en cuir noir.

Antoni referma délicatement la porte avant de s'asseoir au volant. Ils partirent rapidement et il fallut à Perséphone toute sa volonté pour ne pas regarder derrière elle. Elle se demanda combien de temps Hadès était resté à la regarder partir avant de retourner dans sa tour et s'il se moquait de son audace et de son échec.

Elle baissa les yeux sur le bracelet clinquant qui recouvrait le tatouage d'Hadès. Sous cette lumière, le bijou doré semblait fait d'un métal de pacotille. Elle l'enleva et étudia sa peau, rassurée que les marques soient suffisamment petites et situées à un endroit où elle pouvait facilement les cacher.

« *Crée de la vie aux Enfers.* »

Mais y avait-il de la vie aux Enfers ? Perséphone ne savait rien du royaume d'Hadès et, dans toutes ses lectures, elle n'avait jamais trouvé de description du royaume des morts ; seulement des détails de sa géographie, et même ceux-là étaient contradictoires. Elle en apprendrait sans doute davantage demain, même si l'idée de retourner à Nevernight pour descendre aux Enfers la remplissait d'angoisse.

Elle ne put se retenir de grogner. Dire que tout allait bien pour elle jusqu'à cette horrible soirée...

– Est-ce que vous allez retourner voir Lord Hadès ? demanda Antoni en la regardant dans le rétroviseur central.

Le cyclope avait une voix agréable, chaude et légèrement épicée.

– Je le crains, oui, répondit Perséphone d'un ton pensif.

– J'espère que vous le trouverez aimable. Notre Lord est souvent seul.

Perséphone trouva ces mots étranges, surtout en repensant à la jalousie de Menthé.

– Il ne m'a pas semblé seul.

– C'est souvent le cas avec les dieux, mais hélas, il fait confiance à très peu de gens. Si vous voulez mon avis, il lui faut une épouse.

Perséphone rougit.

– Je suis sûre qu'une vie rangée n'intéresse pas Lord Hadès.

– Vous seriez surprise par ce qui intéresse le dieu des Morts, répondit le chauffeur.

Perséphone n'avait pas envie de connaître les centres d'intérêt d'Hadès. Elle avait déjà l'impression de trop en savoir sur lui.

Elle étudia le cyclope depuis le siège arrière.

– Depuis combien de temps êtes-vous au service d'Hadès ?

– Depuis que Zeus, Poséidon et Hadès ont libéré les miens du Tartare où Cronos nous avait enfermés, répondit-il, nous remercions ces trois dieux en les servant de temps en temps.

– En tant que chauffeur ?

Elle ne voulait pas paraître rebutée, mais ça lui semblait être une tâche subalterne.

Antoni se mit à rire.

– Oui, mais les nôtres sont de grands bâtisseurs et également des forgerons. Nous avons fabriqué des cadeaux pour les trois et nous continuerons.

– Mais c'était il y a si longtemps. Vous les avez sûrement suffisamment remerciés ? ajouta Perséphone.

– Quand le dieu des Morts vous donne la vie, c'est une dette qui ne sera jamais remboursée.

Perséphone fronça les sourcils.

– Je ne comprends pas.

– Vous n'êtes jamais allée au Tartare, donc je ne m'attends pas à ce que vous compreniez.

Il fit une pause, puis ajouta :

– Mais ne vous méprenez pas. Je sers Hadès par choix, et de tous les dieux, je suis ravi de travailler pour celui-là. Il n'est comme aucun autre Divin.

Perséphone aurait adoré savoir ce qu'il voulait dire par là parce que, de ce qu'elle savait à propos d'Hadès, il était de loin le pire des Divins.

Antoni arriva devant chez elle et se contorsionna pour sortir de la voiture et lui ouvrir la portière.

– Oh, ce n'est pas nécessaire… je peux l'ouvrir moi-même, dit-elle.

Il lui sourit.

– Cela me fait plaisir, Lady Perséphone.

Elle était sur le point de lui dire de ne pas l'appeler ainsi lorsqu'elle se rendit compte qu'il employait son titre divin, comme s'il savait qu'elle était une déesse, elle était pourtant cachée sous son Charme.

– Comment est-ce que…

– Lord Hadès vous a appelée Lady Perséphone, expliqua-t-il. Alors j'en ferai de même.

– S'il vous plaît… ce n'est pas nécessaire.

Il sourit de plus belle.

– Je pense que vous devriez vous y habituer, Lady Perséphone. Surtout si vous nous rendez souvent visite, comme je l'espère.

Il ferma la portière et s'inclina avec révérence. Perséphone marcha jusqu'à sa porte, perdue dans ses pensées, puis elle se retourna pour regarder Antoni disparaître dans la circulation. Grâce au dieu des Morts, sa journée avait été longue et étrange.

Et elle n'allait pas se reposer, car Lexa était dans la cuisine lorsque Perséphone entra, et elle ne lui laissa pas une seconde pour respirer.

– Euh… elle est à qui, la Lexus qui vient de te déposer devant notre appart pourri ? demanda-t-elle.

Perséphone avait envie de mentir et de dire qu'un collègue l'avait raccompagnée, mais elle savait que Lexa ne la croirait pas. Elle était censée rentrer deux heures plus tôt et sa meilleure amie venait de la voir escortée par un chauffeur.

– Eh ben… tu ne vas jamais me croire, mais… à Hadès.

Si elle voulait bien admettre cela, elle n'était pas prête à avouer à Lexa qu'elle avait bêtement accepté un contrat avec lui ni qu'elle portait la marque du dieu sur son poignet.

Lexa lâcha son mug et Perséphone sursauta lorsqu'il se brisa sur le sol.

– Tu plaisantes ?

Perséphone secoua la tête et partit chercher le balai, suivie de près par Lexa.

– Genre… *le* Hadès ? Hadès, le dieu des Morts ? Hadès, le proprio de Nevernight ?

– Oui, Lexa. Qui d'autre ?

– Comment ? bégaya-t-elle. Pourquoi ?

Perséphone se mit à balayer les morceaux de porcelaine.

– C'est pour le travail.

Techniquement, ce n'était pas un mensonge. Elle pouvait dire qu'elle faisait des recherches.

– Et tu as rencontré Hadès ? Tu l'as vu, en chair et en os ?

Perséphone frissonna en se rappelant l'apparence négligée d'Hadès.

– Ouais, répondit-elle en tournant le dos à Lexa pour prendre la pelle, essayant de cacher ses joues en feu.

– Il ressemble à quoi ? Je veux des détails ! Allez, crache le morceau !

Perséphone tendit la pelle à Lexa, qui la tint, pendant que Perséphone balayait le mug brisé.

– Je… je ne sais pas par où commencer.

– Commence par ses yeux, dit Lexa en souriant.

Perséphone soupira. Cela lui semblait intime de décrire Hadès, et une part d'elle-même voulait le garder pour elle. Toutefois, elle était consciente de ne connaître qu'une version édulcorée du dieu, puisqu'elle ne l'avait pas encore vu sous sa vraie forme.

Elle ressentit une étrange excitation en y pensant et elle se rendit compte qu'elle avait hâte de connaître le dieu dans sa Divinité. Ses cornes seraient-elles aussi noires que ses yeux et que ses cheveux ? Est-ce qu'elles seraient arrondies comme celles d'un bélier ou se dresseraient-elles à la verticale, le rendant encore plus grand ?

– Il est beau, dit-elle, même si le terme ne lui rendait pas justice.

Car ce n'était pas seulement son apparence, c'était sa présence qui était superbe.

– Il est… le pouvoir incarné.

– J'en connais une qui a le béguin.

Le sourire satisfait de Lexa rappela à Perséphone qu'elle accordait trop d'importance au physique du dieu, et pas assez à ses actions.

– Quoi ? Non, non. Écoute, Hadès est beau. Je ne suis pas aveugle, mais je ne peux pas cautionner ce qu'il fait.

– De quoi tu parles ?

– Des paris, Lex !

Perséphone rappela à Lexa ce qu'Adonis leur avait appris à Nevernight, la veille.

– Il prend des mortels désespérés pour proies.

Lexa haussa les épaules.

– Ben, tu devrais en parler à Hadès.

– On n'est pas potes, Lexa !

Ils ne pourraient jamais être amis.

Soudain, Lexa se leva d'un bond.

– Oh, et si tu écrivais sur lui ? Tu pourrais enquêter sur ses paris avec les mortels ! Ce serait tellement scandaleux !

Ce serait scandaleux, en effet ; non seulement à cause du contenu de l'article mais parce qu'elle écrirait à propos d'un dieu et que peu de gens le faisaient, de peur de subir leur vengeance.

Perséphone n'avait pas peur de sa vengeance ; elle se fichait qu'Hadès soit un dieu.

– On dirait que tu as une autre raison de revoir Hadès, dit Lexa, faisant sourire Perséphone.

Hadès lui avait offert un accès facile. Lorsqu'il l'avait embrassée sur le front, il lui avait dit que c'était dans son intérêt. Elle n'aurait plus jamais à frapper à la porte de Nevernight.

Le dieu des Enfers allait regretter d'avoir rencontré la déesse du Printemps ; et elle avait hâte que ce jour arrive. Elle était divine, elle aussi. Et si elle n'avait pas de pouvoirs, elle pouvait écrire. Ce qui faisait peut-être d'elle la personne parfaite pour révéler ses manigances. Après tout, s'il lui arrivait quoi que ce soit, Hadès affronterait le courroux de Déméter.

***

Perséphone se rendait en cours à l'Université de Nouvelle Athènes lorsqu'elle décida de s'arrêter pour acheter des bracelets. Si elle devait porter la marque d'Hadès le temps de remplir son contrat, elle souhaitait accessoiriser ses tenues. Aujourd'hui, elle avait mis une série de bracelets en perles pour rehausser sa jupe fuchsia et sa chemise blanche.

Ses talons claquaient sur le trottoir bétonné et, quand elle tourna au coin de la rue, elle aperçut sa fac. Chaque pas signifiait que l'heure tournait ; c'était donc une heure, une minute, une seconde de moins avant de retourner à Nevernight.

Aujourd'hui, Hadès allait l'emmener aux Enfers. Elle avait veillé tard dans la nuit en réfléchissant à comment mener à bien son contrat. Elle lui avait demandé s'il voulait qu'elle crée un jardin et il avait *haussé les épaules* – sans rire – en disant que c'était *une* façon de créer de la vie.

Qu'est-ce que c'était censé vouloir dire, et quels autres moyens y avait-il de créer de la vie ? N'était-ce d'ailleurs pas pour ça qu'il avait choisi ce défi ? Parce qu'elle n'avait pas le pouvoir nécessaire pour le relever ?

Elle doutait que Lord Hadès veuille de sublimes jardins dans son royaume lugubre. C'était la punition qui l'intéressait, après tout, et d'après ce qu'elle avait entendu et vu, le dieu ne comptait pas faire des Enfers un lieu de paix rempli de jolies fleurs.

Toutefois, elle avait beau être en colère contre elle-même et contre Hadès, ses émotions étaient contradictoires.

Elle était à la fois intriguée et nerveuse de descendre dans le royaume du dieu des Morts.

Cela dit, elle avait surtout peur.

Et si elle échouait ?

Non, se dit-elle en fermant les yeux pour chasser cette pensée. Elle ne pouvait pas échouer. C'était hors de question. Elle irait aux Enfers ce soir et établirait un plan. Ce n'était pas parce qu'elle ne pouvait rien faire pousser par magie qu'elle n'y parviendrait pas par d'autres moyens. Des moyens mortels, par exemple. Il lui faudrait simplement prendre des précautions. Elle aurait besoin de gants, sinon elle risquait de tuer toutes les plantes qu'elle toucherait. Et, en attendant que son jardin pousse, elle chercherait d'autres moyens d'exécuter son contrat.

Ou des moyens de le rompre.

Elle ne connaissait pas grand-chose d'Hadès en dehors de ce que sa mère et les mortels croyaient. Il était discret et n'aimait ni les curieux ni les médias.

Eh bien, il allait vraiment détester ce qu'elle avait prévu pour lui aujourd'hui. Soudain, une pensée lui vint : pourrait-elle énerver Hadès au point qu'il la libère de son contrat ?

Perséphone passa l'entrée de l'Université de Nouvelle Athènes, constituée de six colonnes couronnées d'une pierre pointue. La Bibliothèque d'Artémis se dressait devant elle, hébergée dans un bâtiment qui ressemblait à un panthéon et qu'elle avait adoré explorer durant sa première année. Le campus était facile à apprivoiser, car il était construit en forme d'étoile à sept branches, et la bibliothèque en était une.

Perséphone traversait toujours la fac par le centre de l'étoile, où se trouvait le Jardin des dieux. Le parc s'étendait sur un demi-hectare et regorgeait des fleurs préférées des Olympiens ainsi que de statues en marbre. Si Perséphone l'avait traversé des centaines de fois pour se rendre en cours, cette fois-ci était différente. Le jardin l'oppressa et les fleurs lui apparurent comme des ennemies ; leurs parfums se mélangeaient dans l'air et l'odeur poignante du chèvrefeuille, mêlée au parfum sucré des roses, agressait ses sens.

Est-ce qu'Hadès s'attendait à ce qu'elle crée un jardin aussi grandiose ? La bannirait-il à vie dans son royaume si elle échouait dans six mois ?

Elle connaissait la réponse. Hadès était un dieu strict, il croyait à la force des règles et des limites, et il les avait fixées hier sans se soucier un instant de la colère de sa mère.

Perséphone passa devant la mare de Poséidon et la haute statue d'Arès, nu, coiffé de son casque, bouclier à la main. Ce n'était pas la seule statue d'un dieu nu dans le jardin, et en temps normal elle n'y aurait pas prêté attention. Mais, aujourd'hui, son regard se posa sur les cornes d'Arès. Les siennes lui parurent soudain lourdes sous son Charme. Elle avait entendu, en emménageant à Nouvelle Athènes, que les cornes étaient la source du pouvoir des Divins.

Perséphone aurait aimé que cela fût vrai. Or, à présent, il ne s'agissait même plus pour elle d'avoir des pouvoirs. Seulement de conserver sa liberté.

« *C'est simplement que les Moires ont choisi un chemin différent pour toi, ma fleur*, avait dit Déméter lorsque la magie de Perséphone ne s'était pas manifestée.

– *Quel chemin ? Je ne vois aucun chemin, seulement les murs vitrés de ta prison ! Est-ce que tu m'enfermes ici parce que tu as honte ?* avait demandé Perséphone.

– *Je te garde en sécurité parce que tu n'as pas de pouvoir, ma fleur. Il y a une différence.* »

Perséphone n'était toujours pas convaincue par le destin que les Moires avaient choisi pour elle, mais elle savait qu'elle pouvait être en sécurité sans être emprisonnée et elle supposait que Déméter avait dû finir par tomber d'accord avec elles puisqu'elle avait laissé Perséphone partir. Même si elle ne lui avait pas retiré sa laisse.

Elle se crispa en sentant la magie de sa mère, un parfum amer et floral. Déméter n'était pas loin.

– Mère, dit Perséphone lorsque celle-ci apparut à ses côtés.

Elle avait revêtu un Charme humain, ce qu'elle ne faisait pas souvent. Ce n'était pas que Déméter n'aimait pas les mortels, d'ailleurs elle était très protectrice vis-à-vis de ses fidèles, mais elle était orgueilleuse et consciente de son statut de déesse. Son masque mortel n'était pas très différent de son apparence divine. Elle avait gardé les mêmes cheveux lisses, les mêmes yeux vert bouteille, la même peau lumineuse, mais elle cachait ses bois. Elle avait choisi une robe émeraude et des escarpins dorés. Aux yeux des autres étudiants, elle avait tout l'air d'une femme d'affaires branchée et élégante.

– Qu'est-ce que tu fais ici ? s'enquit Perséphone.

– Où étais-tu hier ? demanda Déméter d'un ton sec.

– J'ai comme l'impression que tu connais déjà la réponse, alors pourquoi tu ne vas pas droit au but ?

– Épargne-moi ton sarcasme, ma chère. C'est très sérieux, pourquoi étais-tu à Nevernight ?

Perséphone sentit son cœur battre la chamade et ne parvint pas à le calmer. Est-ce qu'une nymphe l'avait vue ?

– Comment sais-tu que j'étais à Nevernight ?

– Peu importe comment je l'ai su. Je t'ai posé une question.

– J'y suis allée pour le travail, Mère. Et je dois y retourner aujourd'hui, aussi.

– C'est hors de question, déclara Déméter. Dois-je te rappeler que l'une des conditions que tu as acceptées afin de passer du temps ici était de ne pas approcher des dieux ? *Surtout* Hadès.

Elle prononça son nom comme une injure, et Perséphone grimaça.

– Mère, je dois le faire. C'est mon travail.

– Alors, démissionne.

– Non.

Déméter écarquilla les yeux et la dévisagea, bouche bée. Perséphone était presque certaine qu'en vingt-quatre ans, elle n'avait jamais dit non à sa mère.

– Qu'est-ce que tu viens de dire ?

– C'est ma vie, Mère. J'ai travaillé dur pour arriver où je suis aujourd'hui.

– Perséphone, tu n'as pas besoin de mener cette vie de mortelle. C'est en train… de te changer.

– Tant mieux. C'est ce que je veux. Je veux être moi, quoi que cela veuille dire, et tu vas devoir l'accepter.

Le visage de Déméter devint froid et impassible et Perséphone comprit : sa mère pensait qu'elle n'avait aucunement besoin d'accepter quoi que ce soit si elle ne le désirait pas.

– J'ai écouté tes mises en garde à propos des dieux, surtout concernant Hadès. De quoi as-tu peur ? demanda Perséphone. Qu'il me séduise ? Tu devrais me faire davantage confiance.

Déméter pâlit brusquement.

– C'est très sérieux, Perséphone, siffla-t-elle.

– Mais je suis sérieuse, Mère, répondit-elle avant de regarder sa montre. Je dois y aller, sinon je vais être en retard en cours.

Perséphone fit un pas de côté pour contourner sa mère et sortit du jardin, non sans sentir le regard brûlant de Déméter dans son dos.

Elle regretterait de lui avoir tenu tête, elle en était sûre. Restait à savoir comment la déesse des Moissons choisirait de la punir.

***

Perséphone eut la tête dans le brouillard pendant tous ses cours, qui lui semblèrent interminables. En temps normal, elle était attentive, mais aujourd'hui elle était ailleurs, rongée par sa conversation avec sa mère.

Si elle était fière de lui avoir tenu tête, elle savait qu'il suffisait à Déméter de claquer des doigts pour l'enfermer à nouveau dans l'orangerie. Elle pensait également à sa discussion avec Lexa et au fait qu'elle pouvait entamer ses recherches pour son article. Elle savait qu'un entretien serait crucial, mais elle n'était pas pressée de se retrouver à nouveau dans un espace fermé avec Hadès.

Elle était toujours à côté de la plaque à midi, Lexa le remarqua.

– Qu'est-ce qui ne va pas ?

Elle réfléchit au meilleur moyen de dire à son amie que sa mère l'espionnait.

– J'ai découvert que ma mère me surveillait, finit-elle par dire. Et elle a… appris que j'étais allée à Nevernight.

Lexa leva les yeux au ciel.

– Elle ne comprend pas que tu es une adulte ?

– Je crois que ma mère ne m'a jamais vue comme une adulte, non.

D'ailleurs, ça ne serait sans doute jamais le cas, et elle en avait la preuve chaque fois qu'elle l'appelait Koré.

– Ne culpabilise pas de t'amuser, Perséphone. Et ne laisse surtout pas ta mère t'empêcher de faire ce que tu veux.

Mais c'était plus compliqué que ça. Obéir à Déméter signifiait qu'elle pouvait rester dans le monde des mortels, et c'était ce que Perséphone voulait plus que tout, même si cela impliquait de renoncer à s'amuser.

Après leur déjeuner, Lexa accompagna Perséphone à l'Acropole. Quand elle lui dit qu'elle souhaitait voir où elle travaillait, Perséphone la soupçonna de vouloir revoir

Adonis. Et elle fut comblée, car il les intercepta alors qu'elles passaient devant l'accueil.

– Hey, dit-il en souriant. Lexa, c'est ça ? Je suis content de te revoir.

Dieux, elle ne pouvait pas en vouloir à Lexa d'avoir le béguin pour Adonis. Le type avait un charme fou, en plus d'être incroyablement beau.

– J'ai eu du mal à y croire quand Perséphone m'a dit qu'elle travaillait avec toi, dit Lexa en souriant. Quelle coïncidence !

Adonis tourna la tête vers Perséphone.

– C'était une bonne surprise, c'est clair. Tu sais ce qu'on dit : le monde est petit.

– Adonis, tu as un instant ? demanda Demetri depuis la porte de son bureau.

– J'arrive ! répondit Adonis avant de s'adresser à Lexa : Ravi de te revoir. On devrait sortir tous ensemble, un de ces quatre.

– Fais gaffe, je vais t'obliger à tenir parole ! lança Lexa.

– J'espère bien.

Adonis partit d'un pas pressé et Lexa se tourna vers Perséphone.

– Dis-moi : est-ce qu'il est aussi beau qu'Hadès ?

Perséphone n'avait pas eu l'intention de ricaner, mais c'était simplement incomparable. Elle n'avait pas non plus prévu de dire « non » d'un ton aussi sec, mais elle ne parvint pas à se retenir.

Lexa haussa un sourcil et sourit, puis elle se pencha pour embrasser Perséphone sur la joue.

– À ce soir. Oh, et promets-moi de parler à Adonis. Il a raison, on devrait sortir tous ensemble.

Une fois Lexa partie, Perséphone posa ses affaires à son bureau et se prépara un café. Elle se sentait fatiguée après son déjeuner et elle avait besoin d'énergie pour ce qu'elle s'apprêtait à faire.

Lorsqu'elle retourna s'asseoir, Adonis sortait du bureau de Demetri.

– Alors, tu dis quoi de ce week-end ?

– Ce week-end ? répéta-t-elle.

– Je me disais qu'on pourrait aller aux Essais. Tu sais, avec Lexa. J'inviterai Aro, Xerxès et Sybil.

Les Essais étaient une série de compétitions dont les concurrents espéraient représenter leur territoire lors du Pentathlon à venir. Perséphone n'y était jamais allée, mais elle avait suivi la compétition dans la presse.

– Oh… eh bien… en fait, avant de parler de ça, j'espérais que tu pourrais m'aider.

Le visage d'Adonis s'illumina.

– Bien sûr, qu'est-ce qui te tracasse ?

– Est-ce que quelqu'un a déjà écrit sur le dieu des Morts ?

Adonis éclata de rire avant de s'arrêter brusquement.

– Tu es sérieuse ?

– Très.

– Ben, c'est un peu compliqué…

– Pourquoi ?

– Parce ce n'est pas comme si Hadès forçait les humains à parier contre lui. Ils le font de leur plein gré et ils doivent en affronter les conséquences.

– Ça ne veut pas dire que les conséquences sont justes ni même équitables, rétorqua Perséphone.

– Non, mais personne n'a envie de terminer au Tartare, Perséphone.

Cela semblait contredire ce que Demetri lui avait dit lors de son premier jour, que le *New Athens News* cherchait toujours la vérité. Elle était très déçue, et Adonis sembla le remarquer.

– Écoute… si tu es sérieuse, je peux t'envoyer ce que j'ai sur lui.

– Tu ferais ça ?

– Bien sûr, répondit-il en souriant. À une condition, que tu me laisses lire l'article que tu écriras.

Elle n'avait aucun problème à envoyer son article à Adonis et elle serait même ravie d'avoir son avis.

– Ça marche.

Adonis tint parole et, quelques minutes plus tard, elle reçut un mail contenant les notes et les enregistrements détaillant les accords que le dieu avait conclus avec plusieurs mortels. Ceux qui avaient écrit ou appelé n'étaient pas tous des victimes d'Hadès ; il y avait également des proches des victimes dont les vies avaient été écourtées parce qu'ils n'avaient pas rempli les conditions du contrat.

Au total, Perséphone compta soixante-dix-sept cas différents. Au fur et à mesure qu'elle lisait et écoutait les récits, un fil rouge s'en dégageait. Tous les mortels qui avaient demandé de l'aide à Hadès avaient désespérément besoin de quelque chose, que ce soit d'argent, de santé ou d'amour. Hadès acceptait d'accorder aux mortels ce qu'ils voulaient s'ils gagnaient contre lui au jeu de son choix.

Toutefois, s'ils perdaient, ils étaient à sa merci. Et Hadès semblait se réjouir de leur proposer un défi impossible à relever.

Une heure plus tard, Adonis vint la voir.

– Tu as trouvé quelque chose d'utile ?

– Je veux interviewer Hadès, dit-elle. Aujourd'hui, si possible.

Elle brûlait d'impatience ; plus vite elle publierait cet article, mieux ce serait.

Mais Adonis pâlit brusquement.

– Tu veux… *quoi* ?

– J'aimerais offrir à Hadès une chance de donner sa version des faits, expliqua-t-elle.

Tout ce qu'Adonis savait sur lui était le point de vue des victimes, elle était curieuse d'avoir la perspective du dieu sur les paris, les mortels et leurs vices.

– Tu sais, avant d'écrire mon article, précisa-t-elle.

Adonis cligna plusieurs fois des yeux et finit par retrouver l'usage de la parole.

– Ce n'est pas comme ça que ça marche, Perséphone. Tu ne peux pas te pointer sur le lieu de travail d'un dieu et demander à le voir. Il y a… il y a des règles.

Elle haussa un sourcil et croisa les bras.

– Des règles ?

– Oui, des règles. On doit soumettre une requête à son chargé de relations publiques.

– Une requête qui sera refusée, je présume ?

Adonis fuit son regard, passant d'un pied à l'autre, comme si les questions de Perséphone le mettaient mal à l'aise.

– Écoute, si on y va, on pourra dire qu'on a essayé de le joindre pour avoir sa version des faits, et qu'il a refusé de nous voir. Je ne peux pas écrire cet article sans essayer, et je ne veux pas attendre.

Pas quand je peux entrer à Nevernight comme je veux, pensa-t-elle. Hadès allait regretter de l'avoir embrassée quand il verrait comment elle comptait se servir de sa Faveur.

Adonis finit par soupirer.

– Ok. Je vais dire à Demetri qu'on sort.

Il s'apprêtait à lui tourner le dos quand Perséphone l'arrêta.

– Tu… tu n'as pas parlé à Demetri de tout ça, si ?

– Pas que tu comptes écrire cet article, non.

– On peut le garder secret ? Pour l'instant ?

Adonis sourit.

– Ouais, bien sûr. Comme tu veux, Perséphone.

***

La Lexus rouge d'Adonis contrastait fortement avec le noir de la tour en obsidienne d'Hadès.

Même si Perséphone était déterminée à aller au bout de cet entretien, elle eut un instant de doute. Était-elle trop effrontée d'utiliser la Faveur d'Hadès de cette manière ?

Adonis s'arrêta à ses côtés.

– C'est différent en plein jour, n'est-ce pas ?

– Ouais, répondit-elle d'un ton absent.

La tour était en effet très différente à la lumière du jour ; elle était plus brute, comme une entaille sombre dans une ville étincelante.

Adonis essaya d'ouvrir la porte, mais elle était fermée. Il frappa une fois et n'attendit pas que quelqu'un vienne ouvrir avant de faire demi-tour.

– On dirait qu'il n'y a personne.

Il n'avait clairement pas envie d'être là, et Perséphone se demanda pourquoi il hésitait autant à affronter le dieu des Morts alors qu'il venait à son club si souvent la nuit.

Adonis s'éloigna, Perséphone essaya d'ouvrir la porte – et y parvint.

– Oui !

Adonis la regarda, perplexe.

– Comment tu as… elle était fermée !

Perséphone haussa les épaules.

– Peut-être que tu n'as pas tiré assez fort. Viens.

Elle disparut dans la boîte et entendit Adonis marmonner : « Je suis sûr qu'elle était fermée. »

Elle descendit l'escalier pour pénétrer dans ce lieu qui lui devenait soudain familier. Ses talons claquèrent sur le sol noir et brillant et elle leva la tête vers le haut plafond ténébreux, consciente que la piste était visible depuis le bureau d'Hadès.

– Allô ? Il y a quelqu'un ? appela Adonis.

Perséphone grimaça et se retint de dire à Adonis de se taire. Elle s'était mis en tête de monter dans le bureau d'Hadès et de le surprendre, même si elle n'était pas certaine que ce soit une bonne idée. Elle repensa à la veille, lorsqu'il l'avait reçue tout débraillé.

Le surprendre aurait peut-être le mérite de découvrir la vérité sur lui et Menthé.

Comme si la nymphe flamboyante avait entendu ses pensées, elle sortit de la pénombre, vêtue d'une robe moulante noire et de talons aiguilles assortis. Elle était aussi belle que dans ses souvenirs. La déesse du Printemps avait rencontré de nombreuses nymphes, qui étaient même devenues des amies, mais aucune n'avait un air aussi sévère que Menthé, et elle se demanda si c'était le fruit de sa collaboration avec le dieu des Enfers.

– Je peux vous aider ? demanda-t-elle d'une voix accueillante et suave qui ne masquait pas pour autant son agacement.

– Salut, dit Adonis en passant devant Perséphone.

Il semblait avoir retrouvé sa confiance et lui tendit la main. Perséphone fut surprise et légèrement frustrée de voir Menthé lui sourire en lui serrant la main.

– Adonis, dit-il.

– Menthé, répondit la nymphe.

– Vous travaillez ici ? demanda-t-il.

– Je suis l'assistante de Lord Hadès, répondit-elle.

Perséphone tourna la tête pour lever les yeux au ciel. Le terme *assistante* semblait chargé de toutes sortes de connotations.

– Ah oui ? s'étonna Adonis. Vous êtes si belle.

Ce n'était pas la faute d'Adonis. Les nymphes avaient cet effet sur les mortels. Mais Perséphone avait une mission à accomplir et elle perdait patience.

Adonis retint la main de Menthé plus longtemps que nécessaire, et Perséphone finit par se racler la gorge.

– Euh… et voici Perséphone, dit-il en lâchant enfin la main de Menthé.

La nymphe ne dit rien, ne daignant pas même la saluer par un hochement de tête.

– On travaille pour *New Athens News*.

– Alors, vous êtes journaliste ? s'étonna Menthé, ce qu'Adonis interpréta à tort comme une marque d'intérêt de la part de la nymphe.

– En fait, on est là pour parler avec Hadès, dit Perséphone. Il est là ?

Menthé lui lança un regard assassin.

– Avez-vous un rendez-vous avec *Lord* Hadès ?

– Non.

– Dans ce cas, je crains que vous ne puissiez lui parler.

– Oh, c'est dommage, dit Adonis. On reviendra quand on aura un rendez-vous. Perséphone ?

Elle ignora Adonis et fusilla Menthé du regard.

– Informez Lord Hadès que Perséphone est là et voudrait lui parler.

C'était un ordre, mais Menthé lui sourit, impassible, avant de se tourner vers Adonis.

– Votre collègue doit être nouvelle et ignorante de la façon dont les choses fonctionnent. Voyez-vous, Lord Hadès n'accorde pas d'entretiens à la presse.

– Bien sûr, s'excusa Adonis en saisissant le poignet de Perséphone. Allons-y. Je te l'ai dit, il y a un protocole à suivre.

Perséphone regarda les doigts d'Adonis sur son poignet, puis elle leva les yeux vers les siens, déversant toute sa colère dans son regard.

– *Lâche. Moi.*

Il écarquilla les yeux et la libéra aussitôt, Perséphone se tourna à nouveau vers Menthé.

– Je ne suis pas ignorante du protocole, dit-elle. Mais j'exige de parler à Hadès.

– Tu *exiges* ? répéta Menthé, marquant son dédain par un tutoiement soudain.

Elle croisa les bras et haussa les sourcils en souriant d'un air machiavélique.

– Très bien. Je vais lui dire que tu *exiges* de le voir, mais seulement parce que je tirerai une satisfaction inouïe de l'entendre refuser.

Elle tourna les talons et disparut dans la pénombre. Perséphone se demanda un instant si elle allait vraiment le dire à Hadès ou bien envoyer un ogre pour les mettre à la porte.

– Pourquoi Hadès connaîtrait ton prénom ? demanda Adonis.

Elle lui répondit sans le regarder.

– Je l'ai rencontré l'autre soir, en même temps que toi.

Le poids de toutes les questions qu'Adonis brûlait de lui poser était palpable, mais elle espérait qu'il se retiendrait.

Menthé revint, l'air terriblement agacée, ce qui remplit Perséphone de joie. Elle haussa le menton et leur parla sèchement.

– Suivez-moi.

Perséphone envisagea de dire à Menthé qu'elle n'avait pas besoin d'un guide, mais Adonis était là et il était déjà suffisamment curieux comme ça. Elle ne voulait pas qu'il sache qu'elle était venue la veille ni qu'elle avait conclu un accord avec le dieu des Ténèbres.

Perséphone regarda son collègue avant de suivre Menthé dans l'escalier en spirale qui les mena à la superbe double porte du bureau. Adonis siffla dans sa barbe.

Aujourd'hui, Perséphone se concentra sur l'or plutôt que sur les fleurs. Elle supposait qu'il était logique qu'il utilise l'or ainsi ; après tout, il était le dieu des Métaux précieux.

Menthé ne frappa pas avant d'entrer, elle les précéda en se déhanchant. Peut-être espérait-elle attirer l'attention d'Hadès, mais Perséphone sentit son regard sur elle dès qu'elle entra dans la pièce. Il la scrutait comme une proie depuis la fenêtre où il se tenait, et elle se demanda combien de temps il les avait observés depuis son bureau.

À voir sa posture rigide, elle supposa qu'il était là depuis un moment.

Contrairement à la veille, lorsqu'elle avait exigé d'entrer à Nevernight, son apparence était impeccable. Il était élégant et ténébreux, si sombre qu'elle aurait eu peur si elle n'avait pas été aussi en colère contre lui.

Menthé marqua une pause et inclina légèrement le menton.

– Voici Perséphone, Milord, dit-elle en reprenant cet horrible ton mielleux.

Perséphone imagina qu'elle l'employait lorsqu'elle souhaitait faire plier les hommes à sa volonté. Peut-être oubliait-elle qu'Hadès était un dieu. Menthé fit un pas de côté pour se tourner vers Perséphone, se plaçant juste derrière son maître.

– Et… son *ami*, Adonis.

Ce ne fut qu'à la mention du prénom de son collègue qu'Hadès cessa enfin de scruter Perséphone, et elle se sentit comme libérée d'un sort. Les yeux du dieu glissèrent sur Adonis et noircirent avant de hocher la tête en direction de Menthé.

– Laissez-nous, Menthé. Merci.

Une fois la nymphe partie, Hadès marcha jusqu'au bar où il se servit un verre d'un liquide ambré contenu dans une carafe en cristal. Il ne leur en proposa pas et ne les invita pas non plus à s'asseoir.

Ce n'était pas bon signe. Il était déterminé à écourter cet entretien.

– À quoi dois-je cette… *intrusion* ? demanda-t-il.

Perséphone fronça les sourcils. Elle lui aurait bien posé la même question, car c'est bien ce qu'il avait fait : il avait fait intrusion dans sa vie.

– Lord Hadès, dit-elle en sortant son carnet de son sac à main.

Elle y avait noté les noms de chaque victime qui s'était plainte auprès du journal.

– Adonis et moi sommes du *New Athens News*. Nous enquêtons sur plusieurs plaintes qui ont été déposées contre vous, et nous nous demandions si vous souhaitiez faire un commentaire.

Hadès porta le verre à sa bouche et but une gorgée, mais ne répondit rien.

– C'est Perséphone qui mène l'enquête, dit Adonis en riant nerveusement. Moi je suis là pour… la soutenir moralement.

Elle le fusilla du regard. *Espèce de lâche !*

– C'est la liste de mes crimes ? demanda Hadès.

Son regard était noir et dénué d'émotions. Elle se demanda si c'était ainsi qu'il accueillait les âmes dans son royaume.

Elle ignora sa question et lut quelques noms avant de lever la tête vers lui.

– Vous souvenez-vous de ces personnes ?

Il prit son temps pour boire une nouvelle gorgée.

– Je n'oublie jamais une âme.

– Ni un contrat ?

Son regard ne la quittait pas.

– Venez-en au but, Perséphone. C'est ce que vous avez l'habitude de faire, alors pourquoi tournez-vous autour du pot aujourd'hui ?

Elle sentit Adonis l'observer et elle fusilla Hadès du regard. Ses paroles laissaient penser qu'ils se connaissaient depuis bien plus que deux jours.

– Vous acceptez d'offrir aux mortels tout ce qu'ils veulent s'ils parient contre vous et gagnent.

– Pas tous les mortels, et pas tout ce qu'ils veulent, non, répondit-il.

– Ah, pardon ! Alors, vous choisissez les vies que vous détruisez.

Son visage se durcit.

– Je ne détruis aucune vie.

– Mais vous ne stipulez les clauses de vos contrats qu'après avoir gagné ! C'est une tromperie.

– Les clauses sont claires ; c'est à moi d'en définir les détails. Ce n'est pas une tromperie, comme vous le dites. C'est un pari.

– Vous vous concentrez sur leurs vices. Vous exposez leurs secrets les plus sombres et…

– Je me concentre sur ce qui détruit leur vie. Ils ont le choix de relever le défi ou d'y succomber.

Elle le regarda d'un air outré. Il parlait d'un ton calme et factuel, comme s'il avait eu cette conversation des milliers de fois.

– Comment connaissez-vous leurs vices ?

C'était la réponse à cette question qu'elle voulait vraiment entendre. Un sourire machiavélique se dessina sur les lèvres d'Hadès, lui donnant un aperçu du dieu qui se cachait sous le Charme.

– Je peux voir l'âme, dit-il. Ce qui l'écrase, qui la corrompt, ce qui la détruit ; et je défie la source du mal.

Et que vois-tu quand tu me regardes ?

Elle ne supportait pas qu'il connaisse ses secrets alors qu'elle ne savait rien de lui.

Et elle craqua.

– Vous êtes le pire dieu qui soit !

Hadès tressauta et son regard s'embrasa sous l'effet de la colère.

– Perséphone… commença Adonis d'un ton de mise en garde, mais la voix d'Hadès l'interrompit.

– J'aide ces mortels, déclara-t-il en faisant un pas vers elle.

– Comment ? En leur offrant un choix impossible ? Réfrénez vos addictions ou perdez la vie ? C'est parfaitement ridicule, Hadès !

– J'ai pourtant connu des succès, rétorqua-t-il.

– Ah ? Et qu'appelez-vous un succès ? Je suppose que ça n'a pas d'importance, puisque vous gagnez dans un cas comme dans l'autre, n'est-ce pas ? Toutes les âmes finissent par vous appartenir, tôt ou tard.

Son visage se figea et il avança sur elle. Adonis s'interposa entre Perséphone et lui, et Hadès le fusilla du regard tout en agitant la main dans sa direction. Adonis se raidit brusquement et s'écroula sur le sol.

– Qu'est-ce que tu as fait ? s'exclama Perséphone, tutoyant à nouveau Hadès, maintenant qu'ils étaient seuls.

Elle voulut s'accroupir auprès d'Adonis, mais Hadès saisit ses poignets pour l'en empêcher, l'attirant à lui. Elle retint son souffle. Elle ne voulait pas être aussi près de lui, où elle pouvait sentir sa chaleur et son parfum.

Son souffle caressa ses lèvres lorsqu'il parla.

– Je présume que tu n'as pas envie qu'il entende ce que je vais te dire… Ne t'en fais pas, je ne te demanderai pas de Faveur lorsque j'effacerai sa mémoire.

– Oh, quelle générosité ! rétorqua-t-elle d'un ton moqueur en levant la tête pour le regarder dans les yeux.

Il était légèrement penché en avant et s'il ne lui avait pas tenu les poignets, elle serait tombée en arrière.

– Quelles libertés tu prends avec ma Faveur, Lady Perséphone…

Sa voix était grave, trop grave pour ce genre de conversation. C'était la voix d'un amant, chaude et passionnée.

– Tu n'as pas précisé la façon dont je devais m'en servir.

Son regard s'étrécit un instant.

– C'est vrai, mais je pensais que tu aurais l'intelligence de ne pas amener *ce* mortel chez moi.

Ce fut à elle de le scruter.

– Tu le connais ?

Hadès ignora sa question.

– Tu comptes écrire un article sur moi ? Dis-moi, Lady Perséphone, feras-tu le récit détaillé de ton expérience avec moi ? Expliqueras-tu comment tu m'as éhontément invité à ta table, supplié de t'apprendre à jouer aux cartes…

– Je ne t'ai pas supplié !

– Parleras-tu du fait que tu rougis de ta jolie tête jusqu'aux pieds lorsque tu es en ma présence, ou de comment tu as le souffle coupé lorsque…

– Tais-toi !

Il approcha son visage du sien en lui parlant.

– Parleras-tu de la Faveur que je t'ai offerte ou auras-tu trop honte ?

– Stop !

Elle recula et il la lâcha, mais il n'en avait pas fini.

– Tu me tiens responsable de tes choix, mais ça ne change rien. Tu es *mienne* pendant six mois. Ce qui signifie que si tu écris quoi que ce soit à mon propos, tu en subiras les conséquences, crois-moi.

Elle fit de son mieux pour se retenir de frissonner en entendant ses paroles possessives. Il parlait calmement, et cela la déstabilisait car elle avait la ferme impression qu'il était tout sauf calme, au fond de lui-même.

– Donc ce qu'on dit sur toi est vrai, déclara-t-elle en respirant rapidement. Tu n'entends aucune prière. Tu n'accordes aucune pitié.

Le visage d'Hadès resta indéchiffrable.

– Personne ne prie le dieu des Morts, ma chérie, et lorsque c'est le cas, il est déjà trop tard.

Hadès agita la main et Adonis se réveilla. Il prit une profonde inspiration et s'assit brusquement en regardant autour de lui. Lorsqu'il vit Hadès, il se dépêcha de se lever.

– P… pardon, dit-il en baissant les yeux pour éviter de regarder le dieu.

– Je ne répondrai plus à aucune question, dit Hadès. Menthé va vous escorter jusqu'à la sortie.

Il leur tourna le dos et Menthé apparut immédiatement. Ses cheveux flamboyants semblaient se refléter dans les yeux furieux du dieu, qui étaient rivés sur Perséphone. Elle pensa un instant qu'elle et Hadès formeraient un couple particulièrement intimidant, et ça ne lui plut pas du tout.

– Perséphone, gronda Hadès d'un ton autoritaire alors qu'elle et Adonis s'apprêtaient à partir.

Elle s'arrêta à la porte et le regarda par-dessus son épaule.

– Je vais ajouter votre nom à la liste des invités de ce soir.

Il l'attendait quand même le soir ? Son estomac se noua. Quelle punition ajouterait-il à sa sentence après ce qu'elle avait fait ? Elle était déjà coincée par un contrat, et elle lui devait déjà une Faveur.

Elle le regarda longuement et les ténèbres qui enveloppaient le dieu se confondirent jusqu'à ce qu'il ne reste plus que ses yeux, qui brillaient comme un feu dans la nuit.

Elle sortit du bureau, ignorant l'air choqué d'Adonis.

– Eh bien, c'était… intéressant, marmonna-t-il, une fois dehors.

Perséphone l'écoutait à peine. Elle était trop préoccupée par ce qui venait de se passer. Elle était trop dégoûtée par son abus de pouvoir et estomaquée que le dieu des Morts pense *aider* les mortels.

– Tu dis que tu n'avais rencontré Hadès qu'une fois ? demanda Adonis lorsqu'elle monta dans sa voiture.

– Hein ?

– Hadès… tu ne l'as rencontré qu'une fois ?

Elle le dévisagea longuement. Hadès avait dit qu'il effacerait les souvenirs d'Adonis, mais en entendant sa question, elle se demanda s'il l'avait fait.

– Oui, répondit-elle d'un ton incertain. Pourquoi ?

Il haussa les épaules.

– Il y avait pas mal de tension entre vous, comme si… vous aviez un passé.

Comment se pouvait-il que quelques heures avec Hadès donnent à Perséphone l'impression de le connaître depuis plusieurs vies ? Pourquoi l'avait-elle invité à sa table ? Elle savait déjà qu'elle le regretterait toute sa vie. Ce genre d'accord avait des griffes, et elle ne s'en extirperait pas sans cicatrice. Il y avait trop en jeu, trop d'interdits. La liberté de Perséphone dépendait de cette histoire et les menaces provenaient de toutes parts.

– Perséphone ? insista Adonis.

Elle prit une profonde inspiration avant de répondre.

– Non, pas de passé. On ne se connaît pas.

Chapitre VI

LE STYX

Comment s'habille-t-on pour aller aux Enfers ?

Perséphone se posait cette question depuis qu'elle avait quitté le bureau d'Hadès, quelques heures plus tôt. Elle aurait dû l'interroger davantage. Allaient-ils beaucoup marcher ? Quelle était la météo sous terre ? Elle était tentée de mettre un legging, juste pour voir sa réaction, mais elle se souvint qu'elle devait d'abord aller à Nevernight et qu'il y avait un dress code.

Elle finit par choisir une courte robe argentée, avec un décolleté profond, et des escarpins scintillants. Elle descendit du bus devant la boîte de nuit et marcha vers l'entrée, ignorant les regards envieux provenant de la longue file d'attente. Ce soir, le videur n'était pas Duncan mais un autre ogre. Perséphone se demanda comment Hadès l'avait puni de l'avoir violentée. Elle devait admettre que le dieu des Morts l'avait surprise ; il ne l'avait pas défendue parce qu'elle était une déesse mais parce qu'elle était une femme.

Et malgré ses nombreux défauts, elle était forcée de respecter cela, au moins.

– Je m'appelle… commença-t-elle.

– Vous n'avez pas besoin de vous présenter, Milady, dit l'ogre.

Perséphone rougit, espérant que les gens en tête de file n'avaient pas entendu. L'ogre s'inclina avant de lui ouvrir la porte. Comment cette créature la connaissait-elle ? Était-ce grâce à la Faveur d'Hadès ? Était-ce visible, d'une certaine façon ?

Elle regarda l'ogre dans les yeux.

– Comment t'appelles-tu ?

Il sembla étonné.

– Mekonnen, Milady.

– Mekonnen, répéta-t-elle en souriant. Appelle-moi Perséphone, s'il te plaît.

Il fit de gros yeux.

– Milady, je ne pourrais pas. Lord Hadès serait…

– J'en parlerai à Lord Hadès, coupa-t-elle en posant sa main sur son bras. Appelle-moi Perséphone.

Mekonnen lui offrit un sourire un peu tordu avant de balayer l'air avec son bras, esquissant une révérence théâtrale.

– Perséphone…

Elle éclata de rire en secouant la tête. Elle lui parlerait plus tard de sa révérence, mais pour l'instant, s'il ne l'appelait plus jamais « Milady », ce serait une victoire.

Elle entra dans le club et descendit vers l'étage principal, mais un satyre l'arrêta lorsqu'elle atteignit la dernière marche. Il était beau, vêtu d'une chemise noire, avec des cheveux bruns mi-longs, un bouc et des cornes noires qui dessinaient de petits arcs de cercle sur les côtés de sa tête.

– Lady Perséphone ?

– Simplement Perséphone, s'il vous plaît.

– Mes excuses, Lady Perséphone, mais je m'exprime comme Lord Hadès l'ordonne.

Allait-elle avoir cette conversation avec tout le monde ?

– Lord Hadès n'a pas son mot à dire sur la façon dont on s'adresse à moi, répondit-elle en souriant. Donc appelez-moi Perséphone.

Il esquissa un sourire ravi.

– Je vous aime déjà. Je m'appelle Ilias. Lord Hadès vous prie de l'excuser. Il a un contretemps et m'a demandé de vous escorter à son bureau. Il promet de ne pas vous faire trop attendre.

Elle se demanda quel était ce contretemps. Peut-être était-il occupé à sceller un autre contrat horrible avec un mortel… ou bien il était avec Menthé.

– Je vais attendre au bar.

– Je crains que ce ne soit pas possible.

– Encore un ordre ?

Ilias sourit d'un air navré.

– Hélas, celui-ci doit être obéi, Perséphone.

Cela l'agaça, mais Ilias n'y était pour rien et elle lui sourit.

– Dans ce cas, je le fais pour vous. Je vous suis.

Elle emboîta le pas au satyre, qui traversa la foule et gravit l'escalier jusqu'au bureau d'Hadès. Elle fut surprise qu'il y entre et qu'il se dirige vers le bar où Hadès s'était servi plus tôt.

– Je vous sers quelque chose ? Du vin, peut-être ?

– Oui, s'il vous plaît. Un cabernet, si vous avez.

Si elle devait passer la soirée avec Hadès aux Enfers, elle comptait le faire un verre à la main.

– Ça arrive tout de suite !

Le satyre était si joyeux qu'elle avait du mal à croire qu'il travaillait pour Hadès. Cela dit, Antoni aussi semblait vénérer le dieu. Elle se demandait si Ilias partageait l'avis du centaure.

Elle le regarda ouvrir la bouteille de vin et décida de l'interroger.

– Pourquoi servez-vous Hadès ?

– Je ne sers pas Lord Hadès. Je travaille pour lui. Ce n'est pas la même chose.

Soit.

– Pourquoi travaillez-vous pour lui, alors ?

– Lord Hadès est très généreux, expliqua le satyre. Ne croyez pas tout ce qu'on dit sur lui. C'est en grande partie un tissu de mensonges.

Ces mots éveillèrent la curiosité de Perséphone.

– Dites-moi quelque chose qui n'est pas vrai, alors.

Le satyre rit en lui tendant son verre de vin.

– Merci.

– Je vous en prie, répondit-il en inclinant légèrement la tête, tout en posant sa main sur son torse.

Lorsqu'il la regarda à nouveau, elle fut surprise par son air sérieux.

– On dit qu'Hadès est protecteur de son royaume, et bien que cela soit vrai, ce n'est pas qu'une question de pouvoir. Il tient à son peuple, il le protège et si quelqu'un vient à souffrir dans son royaume, cela l'affecte personnellement. Si vous lui appartenez, il réduira le monde en poussière pour vous sauver.

– Mais je ne lui appartiens pas, dit-elle en frissonnant.

– Bien sûr que si, répondit Ilias en souriant. Sinon je ne vous servirais pas un verre de vin dans son bureau, expliqua-t-il en s'inclinant. Si vous avez besoin de quoi que ce soit, vous n'avez qu'à prononcer mon nom.

Sur ce, il prit congé et Perséphone se retrouva dans le bureau silencieux. Même le feu ne faisait pas de bruit dans la cheminée. Elle se demanda si c'était une forme de torture, au Tartare. En tout cas, un tel silence la rendrait folle.

Au bout d'un moment, elle marcha jusqu'au mur vitré et observa le club en contrebas. Elle avait l'impression de ressentir la même chose que les Olympiens lorsqu'ils vivaient dans les nuages et regardaient la Terre.

Elle étudia les mortels, notant des groupes d'amis et des couples qui oubliaient leurs soucis, un verre à la main. Pour eux, c'était une soirée légère et euphorique, semblable à sa première visite à Nevernight. Mais pour d'autres, la boîte était synonyme d'espoir.

Elle les observa les uns après les autres. Ils se trahissaient en regardant souvent l'escalier en spirale qui menait à l'étage où Hadès effectuait ses paris. Elle remarqua le dos voûté de ceux qui étaient stressés, le front en sueur de ceux qui étaient anxieux, la posture rigide de ceux qui étaient désespérés.

Cela la rendit triste ; mais ils seraient bientôt prévenus de ne pas tomber dans les pièges d'Hadès. Elle allait personnellement s'en assurer.

Elle tourna le dos aux fenêtres et marcha vers le bureau d'Hadès, une énorme plaque d'obsidienne vernie qui semblait avoir été extraite des profondeurs de la Terre. Perséphone se demanda si la pierre provenait des Enfers.

Elle promena ses doigts sur la surface toute lisse. Contrairement à son bureau, qui était déjà couvert de Post-it et de photos, le sien était parfaitement rangé. Elle fronça les sourcils, déçue, car elle avait espéré y glaner des informations importantes. Or celui-ci n'avait même pas de tiroirs.

Elle soupira et se tourna en se rappelant que Menthé était sortie d'un passage derrière le bureau d'Hadès. Maintenant qu'elle regardait le mur, elle se rendit compte qu'il n'y avait pas de porte. Elle s'avança et se pencha pour l'étudier de plus près. Rien.

Sans doute la porte répondait-elle à la magie d'Hadès, ce qui signifiait qu'elle répondrait à sa Faveur. Elle promena sa main sur le mur lisse, celle-ci disparut dedans. Elle poussa un petit cri et la retira brusquement, le cœur battant à tout rompre. Elle regarda sa main, mais ne vit aucune plaie.

Sa curiosité prit alors le dessus et elle vérifia qu'elle était toujours seule avant de tenter l'expérience une nouvelle fois, enfonçant davantage sa main dans le mur. Il céda comme du liquide, et quand elle fit un pas pour le traverser, elle se retrouva dans un long couloir bordé de chandeliers en cristal. La lumière projetait ses pieds dans l'ombre et, en avançant, elle tomba et atterrit sur un objet tranchant.

La chute lui coupa le souffle. Paniquée, elle gonfla plusieurs fois ses poumons jusqu'à ce que sa respiration reprenne un rythme normal. C'est alors qu'elle se rendit compte qu'elle était tombée sur une marche. La lumière des chandeliers éclairait à peine les bords de l'escalier.

Perséphone parvint à se lever malgré la douleur lancinante qui transperçait sa taille. Elle enleva ses escarpins et les laissa derrière elle, pour descendre plus aisément les marches raides de l'escalier. Elle garda une main sur sa taille et l'autre sur le mur, craignant de se casser une côte si elle tombait à nouveau.

Lorsqu'elle arriva enfin en bas, ses jambes et sa taille la faisaient terriblement souffrir. Au loin, une lumière aveuglante et floue provenait d'une ouverture semblable à celle d'une grotte. Elle y marcha d'un pas aussi rapide qu'elle le pouvait et déboula dans un champ à l'herbe haute et verte, parsemé de fleurs blanches. Au loin, un palais en obsidienne se dressait dans le ciel, sublime et menaçant, comme des nuages pleins d'éclairs et de tonnerre. Lorsqu'elle regarda derrière elle, elle découvrit qu'elle avait descendu une grande montagne noire.

Alors c'est ça, les Enfers, pensa-t-elle. Ça avait l'air si normal, si beau. Comme un tout autre monde, sous le monde. Ici, le ciel était vaste et lumineux, mais elle ne trouva pas de soleil, et l'air n'était ni chaud ni froid, même si une brise agitait l'herbe et ses cheveux, la faisant frissonner. Elle sentit aussi un mélange de parfums, de fleurs, d'épices et de cendres. C'était le parfum d'Hadès. Elle avait envie d'en remplir ses poumons, mais la moindre inspiration la faisait souffrir après sa chute.

Elle s'éloigna de l'entrée de la montagne, les bras croisés, hésitant à toucher les fleurs blanches de peur de les tuer. Plus elle s'éloignait, plus sa colère contre Hadès grandissait.

Elle était entourée d'une végétation luxuriante. Une part d'elle avait espéré que les Enfers seraient remplis de cendres, de fumée et de feu, mais elle y trouva… *la vie.*

Pourquoi Hadès lui avait-il assigné cette tâche s'il excellait déjà en la matière ?

Elle continua de marcher sans autre destination que le palais. Elle ne voyait que ça, au-delà de la vaste prairie. Elle était surprise de ne croiser personne, elle avait entendu qu'Hadès avait un chien à trois têtes qui gardait l'entrée des Enfers. Elle se demanda si c'était sa Faveur qui lui avait permis d'entrer sans qu'on la voie.

Elle aurait pourtant aimé que quelqu'un vienne, car plus elle marchait et respirait fort, plus elle avait mal aux côtes.

Elle se trouva bientôt coincée par un fleuve étrange, sombre et tumultueux, et si large qu'elle apercevait à peine les feuilles des arbres sur la rive opposée.

Ce doit être le Styx, pensa-t-elle. Le fleuve marquait la limite des Enfers et était gardé par Charon, un daimôn, qu'on appelait aussi un esprit guide. Il était censé accompagner les âmes aux Enfers, sur sa barque, mais Perséphone ne vit ni daimôn ni barque. Seuls des narcisses jonchaient les rives du fleuve.

Comment était-elle censée traverser ? Elle regarda la montagne derrière elle, elle était trop loin pour faire demi-tour maintenant. Elle nageait bien, mais la douleur lancinante à sa taille la ralentirait sans doute. Le fleuve était large, mais il semblait plutôt calme, ses eaux étaient simplement noires et profondes.

Elle s'approcha de la berge raide, humide et glissante. Les fleurs qui y poussaient formaient une mer blanche qui contrastait fortement avec l'eau aussi noire que du pétrole. Elle trempa son pied avant de se glisser entièrement dans l'eau. Elle était froide et son souffle s'accéléra, ce qui aggrava sa douleur.

Elle se mit à nager plus vite et quelque chose la saisit à la cheville. Elle était sur le point de crier lorsqu'elle fut entraînée sous l'eau.

Perséphone agita les jambes et les bras, mais plus elle luttait, plus la main se resserrait sur sa cheville et la tirait vers le fond. Elle essaya de se retourner pour voir ce qui la tenait, mais un spasme de douleur lui arracha un cri, lui faisant avaler de l'eau.

C'est alors qu'autre chose saisit son poignet, et ce qui tenait sa cheville s'arrêta. Lorsqu'elle vit ce qui étreignait son poignet, elle voulut crier, mais elle ne fit qu'avaler de l'eau.

C'était un cadavre. Deux yeux noirs la regardaient et des lambeaux de peau flottaient autour de son visage squelettique.

Elle était prisonnière des deux, qui la tiraient vers le haut et vers le bas, l'écartelant douloureusement. Ils furent rejoints par deux autres cadavres qui saisirent son autre main et sa jambe. Ses poumons étaient brûlants et sa poitrine oppressée, et elle sentait la pression augmenter derrière ses yeux.

Je vais mourir aux Enfers.

C'est alors qu'un des morts la lâcha pour s'attaquer aux autres, et ils se mirent tous à se battre. Perséphone en profita pour nager aussi vite que possible. Elle était affaiblie et épuisée, mais elle voyait l'étrange ciel d'Hadès éclaircir la surface de l'eau au-dessus d'elle, et cette promesse d'air et de liberté la poussa à continuer.

Elle parvint à la surface au moment où un cadavre la rattrapait, et elle sentit quelque chose mordre son épaule pour la traîner à nouveau sous l'eau. Mais, cette fois, elle fut sauvée par quelqu'un qui se tenait sur la rive et qui parvint à saisir son poignet pour la tirer hors de l'eau, forçant les morts à la relâcher. Elle poussa un cri et fut soudain incapable de respirer.

Elle sentit le sol sous son dos et une voix mélodieuse lui ordonna de respirer.

Mais elle ne le pouvait pas ; c'était un mélange de douleur et d'épuisement. Elle sentit alors une bouche sur la sienne tandis qu'une bouffée d'air remplissait ses poumons. Elle roula sur le côté et vomit toute l'eau qu'elle avait avalée. Lorsqu'elle eut fini, elle s'écroula sur le dos, épuisée.

Le visage d'un homme survolait le sien. Il lui rappela le soleil, avec ses boucles blondes et sa peau hâlée, mais c'étaient ses yeux qu'elle aima le plus. Ils étaient dorés et brillants de curiosité.

– Tu es un dieu, dit-elle, surprise.

Il sourit, révélant des fossettes de part et d'autre de sa bouche.

– En effet.

– Tu n'es pas Hadès.

– Non, répondit-il d'un ton amusé. Je suis Hermès.

– Ah, dit-elle avant de reposer sa tête dans l'herbe.

– Ah ?

– Oui, ah.

Il sourit jusqu'aux oreilles.

– Alors, tu as entendu parler de moi.

Elle leva les yeux au ciel.

– Le dieu de la Ruse et des Voleurs.

– Je te demande pardon, mais tu oublies que je suis le héraut des dieux, le dieu du commerce, des marchands, des voyageurs, du sport, des athlètes…

– Comment ai-je pu oublier que tu étais le héraut des dieux ? demande-t-elle d'une voix absente en frissonnant, les yeux rivés sur le ciel.

– Tu as froid ?

– Ben, tu viens de me sortir de l'eau.

Il enleva sa cape et l'en couvrit. Le tissu se colla à sa peau et elle se souvint qu'elle portait une minirobe argentée.

Elle rougit.

– Merci…

– Le plaisir est pour moi, répondit-il en l'étudiant. Est-ce que je peux deviner qui tu es ?

– Oh oui, fais-toi plaisir.

Hermès prit un air sérieux et l'observa en tapotant sa bouche avec son index.

– Hmmm. Je pense que tu es la déesse de la Frustration sexuelle.

Perséphone éclata de rire.

– Je crois que tu me confonds avec Aphrodite.

– J'ai dit Frustration sexuelle ? Je parlais de la frustration sexuelle *d'Hadès*.

Il venait à peine de prononcer ces mots qu'une force surpuissante et invisible le projeta en arrière. Lorsqu'il atterrit, la terre trembla, soulevant cailloux et poussière.

Perséphone s'assit malgré la douleur qui transperçait sa taille et découvrit Hadès, debout à ses côtés, vêtu d'un costume noir. Ses yeux brillaient d'une lueur noire et il respirait vite.

– Pourquoi tu as fait ça ?

– Tu joues avec ma patience, Déesse. Et avec ma Faveur, répondit-il.

– Alors tu es bien une déesse ! s'exclama Hermès d'un ton triomphant, en se relevant comme si de rien n'était.

Elle fusilla Hadès du regard.

– Il gardera ton secret, sinon il se retrouvera au Tartare.

Hermès épousseta ses bras et son torse.

– Tu sais, Hadès, tout n'est pas obligé d'être une menace. Tu devrais essayer de demander, de temps en temps. Par exemple, tu aurais pu me *demander* de m'éloigner de ta déesse, au lieu de me *projeter à l'autre bout des Enfers*.

– Je ne suis pas sa déesse ! Et toi…

Perséphone scruta Hadès. Hermès haussa les sourcils d'un air amusé. Elle se leva non sans mal, frustrée de les regarder d'en bas.

– Tu pourrais être plus sympa avec lui. Il m'a tirée de ton fleuve !

Une fois debout, elle regretta d'avoir bougé. Elle se sentait nauséeuse et sur le point de s'évanouir.

– Tu n'aurais pas eu besoin qu'on te sauve si tu m'avais attendu !

– Mouais, parce que tu avais un *contretemps*, dit-elle en levant les yeux au ciel. Quoi que ça veuille dire.

– Tu veux un dico ?

Hermès éclata de rire et Hadès se tourna vers lui.

– Tu es encore là, toi ?

Perséphone chancela et Hadès se précipita pour la rattraper avant qu'elle ne tombe par terre, mais sa douleur s'amplifia lorsqu'il la serra contre elle et elle gémit.

– Qu'est-ce qui ne va pas ?

– Je suis tombée dans l'escalier. Je crois que… commença-t-elle avant de grimacer en respirant… que je me suis fêlé les côtes.

Lorsqu'elle croisa son regard, elle fut surprise de le trouver inquiet. Elle se souvint alors de ce qu'Ilias lui avait dit :

« *Si quelqu'un vient à souffrir dans son royaume, cela l'affecte personnellement.* »

– Ça va, chuchota-t-elle. Je vais bien.

– Elle a une vilaine entaille à l'épaule, aussi, dit Hermès.

L'inquiétude qu'elle avait vue dans les yeux d'Hadès se transforma en colère. Sa mâchoire se contracta et il souleva Perséphone en prenant soin de ne pas la serrer trop fort.

– On va où ?

– Dans mon palais, répondit-il avant de se téléporter, laissant Hermès seul sur la rive du Styx.

Chapitre VII

UNE TOUCHE DE FAVEUR

– Tu vas bien ? demanda Hadès.

Perséphone avait fermé les yeux pendant qu'ils se téléportaient, car cela lui donnait le vertige. Elle croisa le regard d'Hadès avant de hocher la tête.

Il l'installa au bord d'un lit recouvert de draps en soie noire. Elle regarda autour d'elle et vit qu'il l'avait emmenée dans une chambre qui lui faisait penser à Nevernight, le sol et les murs étaient en obsidienne polie. Malgré tout ce noir, la chambre était confortable. Peut-être était-ce dû au feu qui faisait rage dans la cheminée en face du lit, ou à la fourrure de bête sous ses pieds, ou encore aux baies vitrées qui donnaient sur un balcon puis, au loin, sur une forêt d'arbres d'un vert profond.

Hadès s'agenouilla devant elle et elle fut prise de panique.

– Qu'est-ce que tu fais ?

Il retira la cape d'Hermès sans un mot. Elle ne lutta pas, mais se figea, se sentant nue sous le regard d'Hadès. Il recula et son regard se promena sur son corps, marquant une pause sur les endroits où sa robe collait à sa peau avant de s'arrêter sur son épaule blessée. D'un bras, elle couvrit sa poitrine, dans un ultime geste de pudeur. Hadès posa ses mains sur le matelas, de part et d'autre de son corps. Dans cette position, son visage était au même niveau que le sien et elle sentit le whiskey dans son souffle.

– Quel côté ? demanda-t-il.

Elle soutint son regard avant de prendre sa main pour la poser sur sa taille. Elle se surprit elle-même d'être aussi directe, mais elle fut récompensée par sa caresse chaude et apaisante. Elle gémit et s'appuya contre lui. Si quelqu'un était entré à cet instant et les avait vus ainsi, Hadès entre ses jambes, la tête tournée vers la cheminée, on aurait pu croire qu'il écoutait son cœur.

Elle inspira plusieurs fois jusqu'à ne plus sentir la douleur irradier ses côtes. Au bout d'un moment, il tourna la tête vers elle, sans pour autant reculer.

– Ça va mieux ?

Sa voix était grave, un murmure suave qui glissa sur sa peau, et elle se retint de frissonner.

– Oui.

– Je vais m'occuper de ton épaule, dit-il en se levant.

Elle allait tourner la tête pour regarder sa blessure, mais Hadès l'arrêta en posant une main sur sa joue.

– Non, dit-il. Il vaut mieux que tu ne regardes pas.

Il tourna les talons et marcha vers une pièce adjacente où elle entendit couler de l'eau. Elle s'allongea sur le côté en attendant qu'il revienne et ferma les yeux, épuisée.

– Réveille-toi, ma chérie.

La voix d'Hadès était comme son toucher, chaude et captivante. Il s'agenouilla de nouveau et lui apparut flou, le temps que ses yeux s'adaptent.

– Pardon, chuchota-t-elle.

– Ne t'excuse pas, dit-il avant de nettoyer le sang sur son épaule.

– Je peux le faire, déclara-t-elle.

Elle essaya de se lever, mais Hadès l'en empêcha, plongeant son regard dans le sien.

– Permets-moi de m'en occuper.

Son regard avait quelque chose d'écorché et de primitif, elle comprit qu'elle ne devait pas le contredire. Elle hocha simplement la tête.

Ses gestes étaient tendres et elle referma les yeux, mais pour qu'il ne pense pas qu'elle dormait, elle l'interrogea.

– Pourquoi y a-t-il des cadavres dans ton fleuve ?

– Ce sont les âmes qui ont été enterrées sans pièce, dit-il.

Elle ouvrit un œil.

– Tu fais encore ça ?

Il rit et elle décida qu'elle aimait son rire.

– Non. Ces morts sont très anciens.

– Et ils font quoi ? À part noyer les vivants ?

– C'est tout ce qu'ils font, répondit-il d'un ton factuel.

Perséphone pâlit en comprenant que c'était justement leur rôle. *Aucune âme n'entre, aucune ne sort.* Si quelqu'un parvenait à entrer aux Enfers sans qu'Hadès le sache, il aurait à traverser le Styx, et là, il y avait peu de chances qu'il survive.

Elle resta silencieuse un moment. Hadès finit de nettoyer sa plaie puis, à nouveau, elle sentit sa chaleur apaisante envahir son corps. Son épaule mit plus de temps à guérir que ses côtes et elle se demanda quelle avait été la gravité de sa blessure.

Lorsqu'il eut fini, il glissa sa main sous son menton.

– Change-toi, dit-il.

– Je… je n'ai rien à me mettre.

– Je vais te donner quelque chose.

Il l'aida à se lever et l'emmena derrière un paravent où il lui passa un court peignoir en satin. Elle étudia le vêtement avant de lever la tête vers lui.

– Je présume que ce n'est pas à toi ?

– Les Enfers sont prêts à accueillir tout type d'invité.

– Merci, répondit-elle froidement, mais je n'ai pas très envie de mettre quelque chose qui appartient à une de tes maîtresses.

Elle aurait aimé qu'il lui dise qu'il n'avait pas de maîtresse, mais il se contenta de froncer les sourcils.

– C'est ça ou rien du tout, Perséphone.

– Tu ne ferais pas ça.

– Quoi ? Te déshabiller ? Bien sûr que si, et avec bien plus d'enthousiasme que tu ne l'imagines, ma chère.

Elle le fusilla du regard, mais céda et prit le peignoir, elle était trop épuisée et frustrée pour défier le dieu.

– Très bien.

Il lui accorda un instant d'intimité, le temps qu'elle se change, et lorsqu'elle sortit de derrière le paravent vêtue du peignoir, elle fut assaillie par le regard d'Hadès. Il l'étudia longuement avant de se racler la gorge et de poser sa robe mouillée sur le paravent.

– On fait quoi, maintenant ? demanda-t-elle.

– Tu te reposes, dit-il en la soulevant.

Elle voulut protester car il l'avait guérie et elle pouvait marcher malgré sa fatigue, mais elle se sentait à la fois timide et confortable dans ses bras et elle décida de rester silencieuse. Les yeux d'Hadès ne la quittèrent pas, même quand il l'allongea sur le lit et la couvrit d'une couverture.

Ses paupières étaient déjà lourdes.

– Merci, chuchota-t-elle avant de remarquer son visage froid et impassible. Tu es en colère, ajouta-t-elle en fronçant les sourcils.

Elle tendit la main vers lui pour lisser ses sourcils, puis elle promena son doigt sur sa joue jusqu'au coin de ses lèvres. Il ne se détendit pas sous ses doigts, et elle retira vite la main avant de fermer les yeux pour ne plus voir sa frustration.

– Perséphone, dit-elle.

– Quoi ?

– Je veux qu'on m'appelle Perséphone. Pas *Lady*.

– Repose-toi, dit-il. Je serai là à ton réveil.

Elle ne lutta pas et sombra aussitôt dans un sommeil profond.

***

Les paupières de Perséphone semblaient faites de papier de verre lorsqu'elle les ouvrit. Elle pensa d'abord qu'elle était chez elle, dans son lit, puis elle se souvint qu'elle avait failli se noyer dans le Styx. Hadès l'avait emmenée dans son palais, et elle était allongée dans son lit.

En s'asseyant trop brusquement, elle eut un vertige. Elle referma les yeux et quand elle se sentit mieux et les rouvrit, elle découvrit Hadès, assis dans un fauteuil, occupé à la regarder. Il avait un verre de whiskey à la main – sa boisson préférée, apparemment. Il avait enlevé sa veste de costume et retroussé les manches de sa chemise noire, dont les premiers boutons étaient défaits. Elle ne parvint pas à déchiffrer son expression, mais elle sentit que quelque chose n'allait pas.

Il but une gorgée, seuls les crépitements du feu rompaient le silence. Or, sans aucun bruit, Perséphone devint ultra-consciente de la réaction de son corps en présence du dieu. Il ne faisait pourtant rien, mais dans un espace aussi restreint, elle pouvait le sentir, et son odeur semblait liquéfier son bas-ventre.

Elle voulait qu'il parle, qu'il dise quelque chose pour réveiller sa colère envers lui. Comme il ne disait rien, Perséphone prit les devants.

– Ça fait combien de temps que je suis ici ?

– Des heures.

– Il est quelle heure ?

– Tard, répondit-il en haussant les épaules.

– Je dois partir, déclara-t-elle sans bouger pour autant.

– Tu es venue jusqu'ici. Laisse-moi te faire visiter mon monde.

Quand Hadès se leva, sa présence sembla remplir la pièce. Il vida son verre d'un trait et marcha jusqu'au lit dont il saisit les couvertures pour les retirer. Dans son sommeil, le peignoir de Perséphone s'était desserré et révélait une bande de peau blanche entre ses seins. Elle se couvrit en se sentant rougir.

Hadès fit mine de n'avoir rien vu et lui tendit la main. Elle la prit en s'attendant à ce qu'il s'éloigne, une fois debout, mais il resta près d'elle et ne lâcha pas sa main. Quand elle leva enfin les yeux, il l'observait.

– Tu vas bien ? demanda-t-il d'une voix grave qui vibra jusque dans ses veines.

– Je vais mieux, acquiesça-t-elle.

Il caressa sa joue, laissant un sillon de chaleur sur son passage.

– Sache que je suis dévasté que tu aies été blessée dans mon royaume.

– Je vais bien, parvint-elle à dire malgré sa gorge nouée.

– Ça ne se reproduira jamais, dit-il, et son regard retrouva sa froideur. Viens.

Il l'emmena sur le balcon de sa chambre, la vue était à couper le souffle. Les couleurs des Enfers étaient pâles et mates, mais non moins sublimes. Un ciel gris servait de toile de fond aux montagnes noires qui cédaient ensuite la place à une forêt d'arbres d'un vert foncé. À droite, les arbres s'éclaircissaient et elle aperçut l'eau noire du Styx qui serpentait à travers l'herbe haute de la prairie.

– Ça te plaît ?

– C'est magnifique.

Elle crut voir un éclat de satisfaction dans le regard d'Hadès.

– C'est toi qui as créé tout ça ?

Il hocha la tête.

– Les Enfers évoluent comme le royaume des mortels, au-dessus de nous.

Sans lâcher sa main, il l'emmena vers un escalier qui donnait sur le plus beau jardin qu'elle ait jamais vu. Une glycine violette formait une canopée au-dessus d'un chemin en pierres sombres, et des bouquets de fleurs pourpres et rouges poussaient à leur guise de part et d'autre du sentier.

Le jardin émerveilla Perséphone autant qu'il la mit en rage et elle se tourna brusquement vers lui en retirant sa main.

– Espèce d'enfoiré !

– Surveille ton langage, Perséphone, gronda-t-il.

– Ne t'amuse pas à ça. C'est… c'est superbe !

Le jardin l'attristait, car elle rêvait de créer de si belles choses. Elle l'étudia de plus près et découvrit de nouvelles fleurs : des roses bleues, des pivoines roses, des saules et des arbres aux feuilles pourpres.

– Ça l'est, acquiesça-t-il.

– Pourquoi m'as-tu demandé de créer de la vie ici ?

Elle essaya de cacher combien elle était abattue, mais elle n'y parvint pas ; elle vivait un rêve éveillé auquel elle était elle-même bien incapable de donner la vie.

Il l'étudia quelques instants, puis balaya l'air d'un geste de la main. Les roses, les pivoines et les saules disparurent, laissant place à une étendue de terre brute et vierge. Elle regarda Hadès, bouche bée devant son royaume dévasté.

– C'est une illusion, dit-il. Si c'est un jardin que tu souhaites créer, ce sera vraiment la seule forme de vie ici-bas.

Elle restait abasourdie et un peu dégoûtée par le terrain vague qui l'entourait. Alors, toute cette beauté était le fruit de la magie d'Hadès ? Et il maintenait l'illusion sans effort ? Il était vraiment très puissant.

Il rappela l'illusion et ils se remirent à marcher dans le jardin. Elle le suivit, respirant le parfum sucré des roses, l'odeur musquée du buis, les géraniums poivrés et bien d'autres senteurs encore. Tous ces parfums rappelaient à Perséphone le temps qu'elle avait passé dans l'orangerie de sa mère, où les fleurs s'épanouissaient si facilement, ainsi que la promesse qu'elle s'était faite de ne jamais y retourner. Elle réalisa soudain que si elle ne remplissait pas son contrat avec Hadès, elle n'aurait fait que troquer une prison pour une autre.

Ils arrivèrent à un muret en pierre, où une parcelle de terre grise restait vierge.

– Tu peux travailler ici, dit-il.

– Je ne comprends toujours pas… répondit Perséphone, illusion ou pas, tu es déjà entouré de beauté. Pourquoi m'as-tu demandé ça ?

– Si tu ne veux pas remplir ton contrat, tu n'as qu'à le dire, Lady Perséphone. Je peux te faire préparer une suite dans le palais en moins d'une heure.

– On ne s'entend pas suffisamment bien pour être coloc, Hadès.

Il haussa les sourcils et elle se tint plus droite.

– À quelle fréquence ai-je le droit de venir ici pour travailler ?

– Aussi souvent que tu le souhaites, répondit-il. Je sais que tu as hâte d'accomplir ta mission.

Elle fuit son regard et s'accroupit pour prendre une poignée de sable. Il était lisse et il glissa entre ses doigts comme de l'eau. Elle réfléchit à la manière dont elle planterait le jardin ; sa mère était capable de créer des graines et de les faire germer par magie, mais Perséphone ne pouvait toucher une plante sans qu'elle fane. Peut-être pourrait-elle convaincre Déméter de lui donner quelques-unes de ses pousses – la magie divine aurait de meilleures chances dans cette poussière qu'une graine mortelle.

Elle établit son plan et quand elle se leva, Hadès l'observait à nouveau. Si elle commençait à s'habituer à son regard, elle continuait à se sentir mise à nu. Le fait qu'elle ne soit vêtue que d'un peignoir n'aidait pas.

– Et… comment viendrai-je aux Enfers ? demanda-t-elle. Je présume que tu ne veux pas que je passe par le même chemin qu'aujourd'hui.

– Humm…

Il pencha la tête sur le côté en réfléchissant. Elle ne le connaissait que depuis trois jours, mais elle l'avait déjà vu avoir cette attitude quand il était particulièrement amusé, quand il savait déjà ce qu'il comptait faire.

Même en sachant cela, elle fut surprise lorsqu'il saisit ses épaules et l'attira contre lui. Elle plaqua ses mains contre son torse et quand ses lèvres trouvèrent les siennes, elle perdit toute notion de la réalité. Ses jambes ramollirent et Hadès la prit dans ses bras pour la serrer plus fort. Sa bouche était chaude et affamée, il déversa tout dans le baiser, usant de ses lèvres, de ses dents et de sa langue, et elle lui répondit avec la même passion. Elle avait beau savoir qu'elle ne devait pas l'encourager, son corps disait autre chose.

Perséphone glissa ses mains sur sa nuque et Hadès poussa un grognement guttural qui l'excita autant qu'il l'effraya. Soudain, ils bougeaient, et elle sentit le mur en pierres dans son dos. Lorsqu'il la souleva, elle entoura sa taille avec ses jambes. Il était bien plus grand qu'elle et cette position permit à Hadès de dévorer ses lèvres, de mordiller son oreille et d'embrasser son cou. Elle gémit et se cambra contre lui, plongeant ses doigts dans ses cheveux, retirant l'élastique qui les retenait, et quand il glissa ses mains sous son peignoir, caressant la peau sensible de ses cuisses, elle poussa un cri en empoignant ses cheveux.

C'est alors qu'Hadès recula. Ses yeux brûlaient d'un désir qu'elle sentait jusque dans son bas-ventre, ils essayèrent tous deux de reprendre leur souffle, restant immobiles pendant un long moment. Les mains d'Hadès étaient encore sur ses cuisses et Perséphone prit conscience qu'elle ne l'arrêterait pas s'il cherchait à aller plus loin. Ses doigts étaient dangereusement près de son sexe, et elle savait qu'il sentait sa chaleur. Pourtant, si Perséphone cédait à son désir, elle ne pouvait pas savoir comment elle se sentirait après, et pour une raison obscure, elle ne voulait pas regretter Hadès.

Peut-être le comprit-il car il retira ses mains et la reposa par terre. Ses cheveux noirs tombaient en cascade sur ses épaules, comme un halo sombre autour de son visage.

– Quand tu entreras à Nevernight, tu n'auras qu'à claquer des doigts et tu arriveras ici.

Elle se sentit pâlir et elle cessa de respirer un instant. *Bien sûr*, pensa-t-elle, *il m'accorde une Faveur*. Et elle se sentit honteuse. Pourquoi l'avait-elle laissé faire ? Pourquoi avait-elle permis à la situation de déraper à ce point ? Elle savait qu'il ne fallait pas faire confiance au dieu des Enfers, pas même à sa passion.

Elle essaya de le repousser, mais il ne bougea pas.

– Tu n'as pas une autre façon d'offrir une Faveur ? gronda-t-elle.

Il semblait amusé.

– Ça n'a pas eu l'air de te gêner.

Elle rougit et effleura ses lèvres d'une main tremblante. Le regard d'Hadès s'embrasa et, l'espace d'une seconde, elle crut qu'il allait reprendre où ils s'étaient arrêtés.

Et elle ne pouvait pas faire ça.

– Je dois partir, dit-elle.

Hadès hocha la tête et la prit par la taille.

– Qu'est-ce que tu fais ? demanda-t-elle.

Hadès claqua des doigts et le monde bascula. Soudain, ils étaient dans sa chambre. Elle s'agrippa à ses bras, la tête légère. Il faisait encore nuit dehors, mais son réveil indiquait qu'il était cinq heures du matin. Il lui restait une heure avant de devoir se préparer pour le travail.

– Perséphone, gronda Hadès d'une voix grave, lui faisant lever les yeux vers lui, ne ramène plus jamais de mortel dans mon royaume. Surtout Adonis. Garde tes distances avec lui.

Elle plissa les yeux.

– Comment tu le connais ?

– C'est sans importance.

Elle essaya de reculer, mais il la garda fermement contre lui.

– Je travaille avec lui, Hadès. Et puis, tu n'as pas d'ordres à me donner.

– Je ne te l'ordonne pas, répondit-il. Je te le demande.

– Ça implique que j'ai le choix.

Elle ne l'aurait pas cru possible, pourtant, Hadès la tint encore plus fort. Son visage était à quelques millimètres du sien et elle n'arrivait pas à le regarder dans les yeux car elle était hypnotisée par sa bouche. Le souvenir de leur baiser hantait encore ses lèvres et elle se força à fermer les yeux.

– Tu as le choix, dit-il. Mais si tu choisis Adonis, je viendrai te chercher et je ne te laisserai peut-être plus repartir des Enfers.

Elle ouvrit grand les yeux et le fusilla du regard.

– Tu ne ferais pas ça, siffla-t-elle.

Hadès ricana et se rapprocha encore, son souffle caressa sa bouche.

– Oh, ma chérie, tu ne sais pas de quoi je suis capable.

Et il disparut.

Chapitre VIII

UN JARDIN AUX ENFERS

Lexa était assise en face de Perséphone, à la terrasse de La Jonquille Jaune. Elles avaient marché jusqu'au bistrot pour prendre un petit déjeuner avant de commencer leurs journées respectives – Perséphone allait à la Bibliothèque d'Artémis et Lexa au Stade Talaria pour rejoindre Adonis et ses amis, avec qui elle allait regarder les Essais.

« *Garde tes distances avec lui.* » La voix d'Hadès résonnait dans la tête de Perséphone, comme si sa bouche était encore tout contre son oreille, et elle frissonna. Il avait beau l'avoir mise en garde, elle aurait accompagné Lexa avec plaisir, mais elle avait des recherches à faire sur un dieu, un jardin à planter et un défi à relever. Elle se demandait tout de même pourquoi Hadès voyait Adonis d'un mauvais œil. Le roi des Enfers était-il conscient que sa mise en garde ne faisait qu'encourager la curiosité de Perséphone ?

– Tes lèvres sont gonflées, remarqua Lexa.

Perséphone couvrit sa bouche avec sa main. Elle avait pourtant essayé de camoufler sa bouche avec du fond de teint et du rouge à lèvres.

– Tu as embrassé qui ?

– Pourquoi tu crois que j'ai embrassé quelqu'un ? répondit Perséphone.

– Peut-être que ce n'est pas *toi* qui as embrassé quelqu'un, mais *quelqu'un* qui t'a embrassée…

Perséphone rougit. Quelqu'un l'avait bien embrassée, mais ce n'était pas pour les raisons que Lexa pensait. *Il t'offrait juste une Faveur*, se répéta Perséphone. *Il ferait sans doute n'importe quoi pour que tu ne le déranges plus.*

Elle s'interdisait d'avoir des idées romantiques sur le dieu des Morts.

Hadès est l'ennemi. Il est ton *ennemi. Il t'a dupée pour t'imposer un contrat et t'a défiée d'utiliser des pouvoirs que tu ne possèdes pas. Et il t'emprisonnera si tu ne parviens pas à créer de la vie aux Enfers.*

– Ce ne sont que des suppositions, hein, puisque tu es partie à dix heures hier soir et que tu n'es rentrée qu'à cinq heures du mat.

– Co… comment tu le sais ?

Lexa sourit, mais Perséphone vit que son amie était vexée qu'elle lui cache des choses.

– Je suppose qu'on a toutes les deux nos secrets. Je parlais à Adonis et je t'ai entendue rentrer.

Ce qu'elle avait entendu, c'était Perséphone qui traversait l'appartement sur la pointe des pieds pour se servir un verre d'eau après qu'Hadès l'avait téléportée dans sa chambre, mais elle ne corrigea pas son amie, préférant se concentrer sur l'annonce de Lexa.

– Ah ! Tu parles à Adonis ? Au téléphone ?

Ce fut au tour de Lexa de rougir et Perséphone fut soulagée de pouvoir changer de sujet, même si elle ne savait quoi penser du fait que sa meilleure amie fréquente son collègue. Et puis, elle ne savait toujours pas pourquoi Hadès ne l'aimait pas. Était-ce simplement parce qu'elle l'avait amené à Nevernight ou y avait-il autre chose ?

– Ça ne veut rien dire, répondit Lexa.

Perséphone savait que Lexa essayait de ne pas se faire trop d'illusion. Ça faisait longtemps qu'un mec ne lui avait pas plu. Elle était tombée éperdument amoureuse de son premier copain de fac, un lutteur prénommé Alec, un homme terriblement beau et charmant… jusqu'à ce qu'il ne le soit plus. Elle l'avait d'abord cru protecteur, mais avait vite découvert qu'il avait besoin d'exercer son autorité et sa domination sur elle. Les choses avaient peu à peu dérapé jusqu'au soir où elle était sortie avec Perséphone, il lui avait hurlé dessus et il l'avait accusée de le tromper. C'est à ce moment-là qu'elle avait décidé de rompre avec lui.

Ce n'est qu'après la rupture que Lexa avait appris qu'Alec n'avait pas été fidèle. Elle avait eu le cœur brisé, et Perséphone s'était demandé si son amie s'en remettrait.

– On mettait au point les détails pour aujourd'hui et on a… continué à parler, expliqua Lexa. Il est tellement intéressant.

– *Il* est intéressant ? répéta Perséphone en riant. C'est toi qui es intéressante, Lexa ! Tu es une fashionista, une sorcière, et tu as des tatouages partout. Qu'est-ce qu'un mec pourrait vouloir de plus ?

Lexa leva les yeux au ciel, ignorant son compliment.

– Tu sais qu'il a été adopté ? C'est pour ça qu'il est devenu journaliste. Il veut retrouver ses parents biologiques.

Perséphone secoua la tête. Elle ne savait rien d'Adonis en dehors du fait qu'il travaillait au *New Athens News* et qu'il allait régulièrement à Nevernight, ce qui était ironique puisqu'Hadès ne semblait pas l'apprécier.

– J'ai du mal à imaginer ce que ça doit faire, dit Lexa d'un ton pensif. De vivre dans un monde sans vraiment savoir qui tu es.

Sa meilleure amie ne saurait jamais combien ses paroles l'avaient fait souffrir. Le contrat avec Hadès n'avait fait que rappeler à Perséphone qu'elle n'avait sa place nulle part.

Lorsque Lexa partit pour se rendre aux Essais, Perséphone prit un café à emporter et se rendit à la Bibliothèque d'Artémis et ses superbes salles de lecture, des sanctuaires portant les noms des neuf Muses grecques. Perséphone ne les aimait pas toutes, mais elle avait toujours été attirée par la salle Melpomène. Elle ne savait pas pourquoi la salle portait le nom de la Muse de la Tragédie, mais une statue de la déesse trônait au centre de la pièce ovale qui baignait dans la lumière naturelle grâce à son plafond vitré.

Elle était venue chercher un livre et elle effleura les dos en cuir et les caractères dorés qui se succédaient sur les étagères. Elle trouva enfin celui qu'elle cherchait : *Le divin – pouvoirs et symboles*.

Elle emporta l'épais volume à l'une des tables et s'assit pour l'ouvrir, tournant les pages jusqu'à trouver son nom, écrit en majuscules en tête de page.

HADÈS, DIEU DES ENFERS

Il lui suffit de voir son nom pour que son cœur batte la chamade. La description proposait un croquis du dieu, de profil, et Perséphone en traça le contour du bout du doigt. Personne n'aurait pu le reconnaître d'après ce dessin car il était trop sombre, mais elle parvint à y déceler ses traits : la courbe de son nez, sa mâchoire carrée, les mèches de ses longs cheveux tombant sur ses épaules.

Elle lut les informations qui détaillaient comment il était devenu le dieu des Enfers. Après la défaite des Titans, lui et ses deux petits frères s'étaient partagé le monde. Hadès reçut les Enfers, Poséidon acquit la Mer et Zeus fut chargé du Ciel, chacun ayant un accès égal à la Terre.

Perséphone oubliait souvent que les trois dieux avaient un pouvoir égal sur la Terre, surtout parce qu'Hadès et Poséidon ne sortaient que rarement de leurs royaumes. Mais la descente de Zeus dans le monde des mortels avait été une piqûre de rappel, et Hadès et Poséidon n'étaient pas restés les bras croisés quand leur frère avait essayé de prendre le contrôle d'un royaume qui leur appartenait à tous les trois.

Perséphone n'avait pas perçu ce que cela impliquait sur les pouvoirs d'Hadès. Est-ce qu'il partageait avec sa mère la capacité de générer des tempêtes et des famines ?

Elle continua sa lecture jusqu'à trouver la liste des pouvoirs d'Hadès, et elle les découvrit avec de gros yeux, ne sachant si elle était plus effrayée ou épatée par le dieu.

Hadès possède de nombreux pouvoirs, mais ses premières capacités, ainsi que les plus puissantes, sont la nécromancie, y compris la réincarnation, la résurrection, la transmigration, la mort et le retrait des âmes. Grâce à son titre de propriété sur le royaume des mortels, il peut aussi manipuler la terre et ses éléments, et a la capacité d'extraire les joyaux et les métaux précieux du sol.

Riche, en effet.

Ses pouvoirs additionnels comptent le charme (la capacité à faire plier les mortels et les dieux plus faibles à sa volonté) ainsi que l'invisibilité.

L'invisibilité ?

Cela rendit Perséphone nerveuse. Elle allait devoir faire promettre au dieu de ne jamais utiliser ce pouvoir avec elle.

Elle tourna la page et trouva des informations concernant les symboles d'Hadès et les Enfers.

Les narcisses sont sacrés pour le dieu des Morts. On trouve souvent la fleur dans les couleurs blanche, jaune et orange. Elles ont une courte couronne en forme de coupe et elles poussent abondamment aux Enfers. Les narcisses sont un symbole de renaissance. La croyance veut qu'Hadès ait choisi cette fleur pour donner de l'espoir aux âmes concernant leur réincarnation.

Perséphone recula dans sa chaise. Ce dieu ne ressemblait pas à celui qu'elle avait rencontré quelques jours plus tôt. Un dieu qui laissait croire aux mortels qu'ils avaient raison d'espérer. Un dieu qui faisait de la souffrance des mortels un jeu. Le dieu décrit dans ces pages semblait bon et plein de compassion. Elle se demanda ce qui s'était passé depuis qu'Hadès avait choisi son symbole.

J'ai connu des succès, avait-il dit. Mais qu'est-ce que cela voulait dire ?

Perséphone décida qu'elle avait encore des questions à lui poser.

Lorsqu'elle eut fini de lire le passage sur les Enfers, elle établit une liste des fleurs mentionnées dans le texte, comme les asphodèles, les aconits, les primevères ou les narcisses, puis elle trouva un livre sur les plantes, dont elle se servit pour s'informer sur l'entretien requis par chaque plante et chaque arbre.

Elle grimaça quand elle lut que les plantes avaient besoin de soleil. Le ciel pâle des Enfers suffirait-il ? Si elle avait été sa mère, la lumière n'aurait pas eu d'importance. Déméter était capable de faire pousser une rose en pleine tempête de neige.

Cela dit, si elle avait été sa mère, un jardin pousserait déjà aux Enfers.

Quand Perséphone eut terminé, elle prit sa liste et se rendit dans une jardinerie pour acheter les graines. Le vendeur, un homme âgé avec des cheveux en bataille et une longue barbe blanche, leva les yeux vers elle en fronçant les sourcils quand elle lui demanda des narcisses.

– Nous ne vendons pas *son* symbole ici.

– Pourquoi ?

– Ma chère, peu de gens invoquent le dieu des Morts, et lorsqu'ils le font, c'est par désespoir.

– On dirait que vous n'avez pas envie de mener une existence heureuse aux Enfers, dit-elle, faisant pâlir le vendeur.

Perséphone repartit avec quelques graines supplémentaires, une paire de gants, un arrosoir et une petite pelle. Elle espérait que les gants l'empêcheraient de tuer les graines avant que celles-ci ne soient plantées.

C'était le troisième jour d'affilée qu'elle allait à Nevernight et il était suffisamment tôt pour qu'il n'y ait personne devant la boîte de nuit. Elle marchait vers la porte quand celle-ci s'ouvrit par magie. Une fois à l'intérieur, elle respira et claqua des doigts comme Hadès le lui avait montré. Le monde chavira et elle se retrouva aux Enfers, à l'endroit où Hadès l'avait embrassée.

Elle eut le tournis quelques instants. Elle n'avait jamais été téléportée seule et avait toujours emprunté la magie d'un autre dieu. Cette fois, c'était celle d'Hadès qui lui collait à la peau ; étrange sans être déplaisante, elle s'accrochait à sa langue, douce et riche comme son baiser. Elle rougit en y repensant et se dépêcha de se concentrer sur la parcelle déserte.

Elle choisit de commencer près du mur et de planter d'abord les aconits ; c'était la fleur la plus haute et ses pétales seraient violets. Elle planterait ensuite les asphodèles aux fleurs blanches, puis viendraient les primevères qui pousseraient en petits amas de fleurs rouges.

Une fois son plan bien en tête, elle s'agenouilla et se mit à creuser. Elle déposa la première graine dans le sol et la recouvrit d'une poignée de terre.

Et d'une.

Il en restait des dizaines.

Perséphone travailla jusqu'à en avoir mal aux bras et aux genoux. Son front se couvrit de sueur qu'elle essuya d'un revers de sa main. Quand elle eut fini, elle s'accroupit pour étudier son travail. Elle n'aurait su dire ce qu'elle ressentait en regardant la parcelle grisâtre, mais des pensées sombres et désagréables s'immiscèrent dans son esprit.

Et si elle n'était pas capable de le faire ? Si elle ne parvenait pas à remplir son contrat ? Serait-elle vraiment coincée aux Enfers pour toujours ? Est-ce que sa mère, une déesse très puissante, se battrait pour sa liberté lorsqu'elle apprendrait ce que sa fille avait fait ?

Elle s'efforça de ne pas y penser. *Ça va marcher.* Si elle n'était pas capable de faire pousser un jardin par magie, rien ne l'empêchait d'essayer à la façon des mortels… rien, excepté son toucher funeste. Il lui faudrait attendre plusieurs semaines pour savoir si les gants avaient fonctionné.

Elle saisit l'arrosoir et regarda autour d'elle, cherchant où le remplir. Son regard se posa sur le mur du jardin et elle pensa qu'il lui offrirait suffisamment de hauteur pour pouvoir apercevoir une fontaine ou un fleuve.

Elle avança avec précaution pour ne pas marcher sur ses graines. Comme toutes les constructions d'Hadès, le mur était en obsidienne et ressemblait presque à une éruption volcanique. Elle grimpa en faisant attention aux pierres tranchantes et ne glissa qu'une fois, mais elle se coupa la paume en se rattrapant. Elle siffla de douleur et ferma son poing ensanglanté, parvenant enfin en haut du mur.

– Oh.

Perséphone avait eu un aperçu des Enfers la veille, mais elle fut à nouveau surprise. Au-delà du mur, une vaste prairie d'herbe haute s'étendait sur plusieurs kilomètres jusqu'à une forêt de cyprès. Elle devina aussi les méandres d'un fleuve qui serpentait dans l'herbe. Elle était trop loin pour voir la couleur de l'eau, mais elle ne semblait pas noire comme celle du Styx. Il y avait plusieurs fleuves aux Enfers, mais Perséphone ne connaissait pas suffisamment la géographie du royaume pour savoir duquel il s'agissait.

Cela dit, ça n'avait guère d'importance : de l'eau était toujours de l'eau, non ?

Perséphone descendit du mur et coupa à travers champs, son arrosoir à la main. L'herbe caressa ses jambes nues et elle remarqua d'étranges fleurs orange qu'elle n'avait pas vues plus tôt. De temps en temps, les brins se balançaient dans une brise qui sentait la fumée et, si l'odeur n'était pas désagréable, elle lui rappelait que, même entourée de beauté, elle était pourtant bien aux Enfers.

Elle tomba soudain sur une balle rouge écarlate. *Bizarre*, se dit-elle. La balle était assez grosse, à peu près de la taille de sa tête, et, alors qu'elle se baissait pour la ramasser, elle entendit un grognement. Lorsqu'elle releva la tête, deux yeux noirs l'observaient à travers les brins d'herbe.

Elle poussa un cri et recula, la balle dans la main. C'est alors qu'un, non, *trois* énormes dobermans s'arrêtèrent devant elle, le poil brillant, les oreilles dressées. Elle remarqua soudain que leurs yeux étaient rivés sur la balle rouge, et leurs grognements se changèrent en gémissements.

– Ah, dit-elle en regardant la balle. Vous voulez jouer ?

Les trois chiens étaient assis bien sagement, la langue pendante. Perséphone jeta la balle et ils partirent en courant. Elle éclata de rire et les regarda se sauter dessus, chacun essayant d'arriver le premier. Ils revinrent vite, celui du milieu tenant la balle dans sa gueule. Il la déposa à ses pieds et les trois chiens se rassirent, attendant qu'elle la lance à nouveau. Elle se demanda qui les avait dressés.

Elle jeta la balle et poursuivit son chemin jusqu'au fleuve. Contrairement au Styx, l'eau était claire et coulait sur ce qui ressemblait à des pierres de lune. C'était superbe, et elle s'apprêtait à remplir son arrosoir lorsqu'une main la saisit à l'épaule et la tira en arrière.

– Non !

Perséphone tomba sur les fesses et leva la tête vers la femme qui se tenait debout derrière elle.

– Ne te sers pas dans le fleuve Léthé, expliqua celle-ci d'une voix à la fois chaleureuse et autoritaire.

La déesse avait de longs cheveux noirs, attachés en demi-queue, qui lui arrivaient aux fesses. Elle était vêtue d'un péplum rouge et d'une cape noire. Elle avait de courtes cornes noires sur les tempes et elle portait une couronne dorée. Ses traits étaient beaux mais froids, des sourcils arqués accentuaient ses yeux en amande et son visage carré.

Derrière elle, les trois dobermans attendaient, assis, en remuant la queue.

– Tu es une déesse ? demanda Perséphone en se relevant.

– Je suis Hécate, répondit-elle en souriant et en inclinant la tête.

Perséphone en savait beaucoup sur la déesse de la Magie et de la Sorcellerie grâce à Lexa. Elle était également une des rares déesses que Déméter admirait. Peut-être était-ce parce qu'elle n'était pas une Olympienne. Quoi qu'il en soit, Hécate était connue comme étant la protectrice des femmes et des opprimés, mais aussi pour son esprit de solidarité.

– Je suis…

– Perséphone, dit Hécate en souriant. J'avais hâte de te rencontrer.

– Ah bon ?

– Oh que oui ! dit-elle en riant. Depuis que tu es tombée dans le Styx et que tu as mis Lord Hadès hors de lui.

Perséphone rougit.

– Je suis désolée de t'avoir fait peur, mais tu dois savoir que les fleuves des Enfers sont dangereux, même pour une déesse, expliqua Hécate. La Léthé te volerait tous tes souvenirs. Hadès aurait dû te le dire. Je le gronderai plus tard.

Perséphone ne put s'empêcher de rire en imaginant Hécate gronder le dieu des Enfers.

– J'aimerais bien voir ça.

– Oh, mais je ne le ferai que si tu es témoin, ma chère.

Les deux déesses se sourirent.

– Euh... mais du coup, est-ce que tu sais où je peux trouver de l'eau ? Je viens de planter des graines.

– Viens, dit Hécate.

Elle tourna les talons et se baissa pour ramasser la balle rouge et la jeter. Les trois chiens partirent à toute vitesse.

– Je vois que tu as rencontré les chiens d'Hadès.

– Ils sont vraiment à lui ?

– Oui, il adore les animaux. Il a les trois chiens, Cerbère, Typhon et Orthos, et quatre chevaux : Orphnaeus, Aithon, Nyctée et Alastor.

Hécate guida Perséphone jusqu'à une fontaine nichée dans les jardins d'Hadès.

– Tu vis ici ? demanda-t-elle en remplissant son arrosoir.

– Je vis dans beaucoup d'endroits, répondit Hécate. Mais celui-ci est mon préféré.

– Ah bon ?

– Oui, dit la déesse en souriant tout en regardant autour d'elle. J'aime être ici. Les âmes et les défunts sont mes amours, et Hadès a eu la gentillesse de m'offrir un chalet.

– C'est beaucoup plus beau que ce à quoi je m'attendais, avoua Perséphone.

– C'est ce que disent tous ceux qui viennent ici, acquiesça Hécate en souriant. Allons arroser ton jardin.

Hécate et Perséphone retournèrent à son jardin pour arroser les graines et Hécate désigna certains des petits écriteaux que

Perséphone avait plantés pour se souvenir de l'emplacement des différentes espèces.

– Dis-moi, quelles sont ces plantes ?

– Celle-ci est une anémone, avoua Perséphone en rougissant. Hadès en portait une sur sa veste, le soir où je l'ai rencontré.

Perséphone rassembla ses outils et Hécate lui montra une petite alcôve, près du palais, où elle pouvait les ranger.

Ensuite, Hécate lui fit visiter les lieux et Perséphone remarqua des choses qu'elle n'avait pas vues avant, comme une cour pavée et des écuries.

Elles poursuivirent leur chemin le long d'un sentier de pierres qui traversait la prairie.

– Des asphodèles ! J'adore ces fleurs ! s'exclama Perséphone en reconnaissant les fleurs blanches parmi les tiges d'herbe.

Plus elles avançaient, plus les fleurs poussaient de façon abondante.

– Oui, nous approchons du Pré de l'Asphodèle.

Hécate tendit soudain le bras pour retenir Perséphone. Elle baissa la tête et vit qu'elle était au bord d'un profond canyon. Comme les asphodèles poussaient jusqu'au bord du précipice, celui-ci était presque impossible à voir.

Perséphone ne savait pas comment elle avait imaginé Asphodèle, mais elle avait toujours pensé la mort comme une existence sans but, un temps où les âmes occupaient l'espace sans objectif. Or au fond du canyon, la vie battait son plein.

Une prairie verdoyante s'étendait sur des dizaines de kilomètres, entourée de collines. Des maisons toutes différentes étaient éparpillées dans la plaine émeraude. Certaines étaient construites en bois, d'autres en briques d'obsidienne, d'autres encore avaient des toits de paille. De la fumée sortait des cheminées, des fleurs égayaient les balcons et une lumière chaude illuminait les fenêtres. Le chemin qui traversait le pré était bordé de tentes colorées et une foule d'âmes s'y pressaient.

– Est-ce qu'ils… fêtent quelque chose ? interrogea Perséphone.

– C'est le jour du marché, répondit Hécate en souriant. Tu veux t'y aventurer ?

– Avec grand plaisir.

Hécate prit la jeune déesse par la main et les téléporta dans la vallée. En levant la tête, Perséphone vit le palais d'Hadès se dresser dans le ciel pâle, semblable à la tour de Nevernight qui trônait au-dessus des mortels. Il était à la fois beau et menaçant, et Perséphone se demanda ce que les âmes d'Asphodèle ressentaient devant le palais de leur roi.

Des lanternes colorées éclairaient le sentier où les âmes se promenaient gaiement, aussi réelles que des humains bien vivants. Maintenant que Perséphone était plus près, elle vit que les tentes multicolores étaient des stands. L'une regorgeait de pommes, d'oranges, de figues et de grenades, une autre vendait de superbes écharpes brodées ou encore des couvertures tissées.

– Tu sembles étonnée, remarqua Hécate.

– C'est juste que… d'où viennent toutes ces choses ?

– Ce sont les âmes qui les fabriquent.

– Pourquoi ? Les morts ont besoin de tout ça ?

– Je crois que tu te trompes sur ce que cela signifie d'être mort, dit Hécate. Les âmes sont encore capables de ressentir et de percevoir. Cela leur fait plaisir de vivre une existence similaire à celle qu'elles menaient de leur vivant.

Quelqu'un cria :

– Lady Hécate !

Une âme avait remarqué la déesse, les autres la virent aussi et toutes vinrent vers elle pour lui serrer la main et la saluer d'une révérence. Hécate sourit et salua chaque âme avant de leur présenter la déesse du Printemps.

Les âmes semblaient confuses.

– Nous ne connaissons pas la déesse du Printemps.

Bien sûr, personne ne la connaissait.

Jusqu'à maintenant.

– Elle est la fille de la déesse de la Moisson, expliqua Hécate. Elle va passer du temps avec nous aux Enfers.

Perséphone rougit et voulut fournir une explication, mais que dire ? *J'ai joué contre votre maître et il m'a imposé un contrat que je suis obligée de remplir ?* Elle décida qu'il valait mieux ne rien dire.

Hécate et elle marchèrent un long moment à travers le marché et les âmes leur firent de nombreux présents : des écharpes en soie, des bijoux, du pain frais et des chocolats. Puis une fillette courut vers Perséphone, une fleur blanche à la main. Elle la lui tendit, les yeux pétillants, l'air plus vivante que jamais. C'était étrange à voir, et Perséphone sentit son cœur s'alourdir.

Elle regarda la fleur et hésita, sachant qu'elle fanerait si elle la touchait. Alors, elle s'accroupit et laissa la fillette glisser la fleur dans ses cheveux. Après cela, des âmes de tous âges lui offrirent des fleurs.

Quand elles quittèrent Asphodèle, Perséphone portait une couronne de fleurs et avait mal aux joues à force de sourire.

– La couronne te va bien, dit Hécate.

– Ce ne sont que des fleurs, répondit Perséphone.

– Les âmes ont été touchées que tu acceptes leurs offrandes.

Elles marchaient vers le palais situé en haut de la colline, Perséphone s'arrêta en voyant Hadès dans la clairière. Il était torse nu, sa peau était hâlée, ses muscles saillants, et des gouttes de sueur scintillaient sur son dos et ses biceps. Le bras tendu en arrière, il s'apprêtait à jeter la balle à ses chiens.

Perséphone paniqua. Elle avait l'impression de s'immiscer dans sa vie privée, de voir quelque chose qu'elle ne devrait pas, ce moment d'abandon, où Hadès faisait quelque chose de terriblement… *mortel*. Cela éveilla quelque chose en elle, dans son bas-ventre, et elle frissonna lorsque des papillons s'envolèrent jusque dans sa poitrine.

Hadès lança la balle à l'autre bout du champ et Perséphone fut épatée par sa force. Les chiens coururent après et Hadès rit à gorge déployée, un rire chaud comme sa peau qui résonna dans la poitrine de Perséphone.

Le dieu se tourna et trouva immédiatement le regard de Perséphone, comme si une force invisible l'attirait à elle. Elle écarquilla les yeux et l'étudia, depuis ses larges épaules au V creusé par ses abdos. Il était magnifique, comme une œuvre d'art sculptée avec soin. Lorsqu'elle parvint enfin à regarder son visage et découvrit son sourire narquois, elle se dépêcha de tourner la tête.

Hécate marcha vers Hadès, comme si elle était insensible à son physique.

– Tu sais qu'ils ne m'écoutent plus, tu les chouchoutes trop.

– Ils deviennent fainéants avec toi, Hécate, répondit le dieu en souriant tout en regardant Perséphone. Je vois que tu as rencontré la déesse du Printemps.

– Oui, et elle a de la chance que je l'aie trouvée. Comment as-tu pu oublier de lui dire de ne pas s'approcher du Léthé ?

Hadès écarquilla les yeux et Perséphone essaya de ne pas sourire en entendant le ton d'Hécate.

– Il semblerait que je te doive des excuses, Lady Perséphone.

Perséphone avait envie de lui dire qu'il lui devait bien plus que ça, mais elle ne parvenait même pas à ouvrir la bouche. La façon qu'Hadès avait de la regarder lui coupait le souffle. Elle déglutit et fut soulagée quand le son d'un cor retentit au loin.

Hécate et Hadès se tournèrent en direction du bruit.

– On me convoque, dit la déesse de la Magie.

– On te convoque ? répéta Perséphone.

Hécate lui sourit.

– Les juges ont besoin de mes conseils.

Perséphone ne comprenait pas, mais la déesse n'en dit pas plus.

– Ma chère, passe me voir la prochaine fois que tu es aux Enfers, dit-elle en partant. On retournera à Asphodèle.

– Avec plaisir, dit Perséphone.

Hécate disparut, la laissant seule avec Hadès.

– Pourquoi les juges auraient-ils besoin des conseils d'Hécate ? demanda Perséphone.

Hadès pencha la tête sur le côté, comme s'il hésitait à dire la vérité.

– Hécate est Lady du Tartare. Et elle est particulièrement douée pour décider de la punition des âmes les plus méchantes.

Perséphone frissonna.

– Où est le Tartare ?

– Je te le dirais si je pensais que tu te servirais de l'information pour éviter d'y aller.

– Tu crois que j'ai envie de voir une salle de torture ?

Il la regarda droit dans les yeux.

– Je crois que tu es curieuse, dit-il. Et que tu es avide de prouver que je suis comme le monde le dit, un dieu à craindre.

– Tu as peur que j'écrive à propos de ce que je vois.

Il ricana.

– Peur n'est pas le bon terme, chérie.

Perséphone leva les yeux au ciel.

– Bien sûr, tu n'as peur de rien.

Hadès, changea de sujet en retirant une fleur de ses cheveux.

– Tu as aimé Asphodèle ?

– Beaucoup.

Elle n'avait pas cessé de sourire depuis. Tout le monde avait été si gentil avec elle.

– Tes âmes... ont l'air tellement heureuses.

– Ça te surprend ?

– Eh bien, tu n'es pas vraiment réputé pour ta gentillesse.

Perséphone regretta immédiatement la dureté de ses paroles.

– Je ne suis pas réputé pour ma gentillesse envers les mortels. C'est différent, répondit Hadès, la mâchoire crispée.

– C'est pour ça que tu joues avec leur vie ?

Hadès plissa les yeux, et elle sentit la tension grimper entre eux, comme les eaux tumultueuses du Styx.

– Il me semble t'avoir dit que je ne répondrais plus à tes questions.

Perséphone était bouche bée.

– Tu n'es pas sérieux ?

– On ne peut plus sérieux.

– Mais alors... comment vais-je apprendre à te connaître ?

Cet horrible sourire narquois revint sur ses lèvres.

– Tu veux apprendre à me connaître ?

Elle fuit son regard et grimaça.

– Je suis obligée de passer du temps ici, non ? Autant connaître un peu mieux mon geôlier.

– Tu es si dramatique, dit-il avant de se taire, pensif.

– Oh non ! dit Perséphone.

– Quoi ? demanda Hadès en haussant un sourcil.

– Je connais ce regard.

– Quel regard ?

– Tu as un... *regard*. Quand tu sais ce que tu veux.

Perséphone se sentait ridicule de le dire à voix haute.

La voix d'Hadès se fit plus grave et ses yeux s'assombrirent.

– Ah bon ? Et tu peux deviner ce que je veux ?

– Je ne suis pas télépathe !

– Dommage, dit-il. Si tu as des questions à me poser, alors je te propose un jeu.

– Non. Je ne me ferai plus avoir.

– Sans contrat, ajouta-t-il. Ni Faveurs. Juste des réponses, comme tu le souhaites.

Elle haussa le menton et plissa les yeux.

– Bien. Mais c'est moi qui choisis le jeu.

À l'évidence, il ne s'y attendait pas du tout, cela se vit sur son visage.

– Très bien, Déesse, dit-il finalement en souriant.

Chapitre IX

PIERRE, PAPIER, CISEAUX

– Ce jeu m'a l'air horrible, râla Hadès.

Il était debout au milieu de son bureau, une pièce magnifique avec des fenêtres allant du sol au plafond et une grande cheminée en obsidienne. Il avait enfilé une chemise en revenant au palais, Perséphone en fut soulagée, parce que sa nudité l'aurait distraite pendant qu'ils jouaient.

– Tu dis ça parce que tu n'y as jamais joué.

– Ça m'a l'air plutôt simple : la pierre bat les ciseaux, les ciseaux battent le papier et le papier bat la pierre. Explique-moi, d'ailleurs, comment le papier l'emporte sur la pierre ?

– Le papier recouvre la pierre, répondit Perséphone.

Hadès fronça les sourcils en entendant l'explication et la jeune déesse haussa les épaules.

– Pourquoi un as est-il un joker ?

– Parce que c'est la règle.

– Eh bien, la règle veut que le papier recouvre la pierre ! Prêt ?

Ils levèrent leurs mains et Perséphone ne put s'empêcher de glousser. Tous les mortels auraient dû, avant de mourir, pouvoir voir le dieu des Morts jouer à pierre-papier-ciseaux.

– Pierre, papier, ciseaux, go ! dirent-ils à l'unisson.

– *Yes !* s'écria Perséphone. La pierre bat les ciseaux !

Elle fit mine d'écraser les ciseaux d'Hadès avec son poing, et le dieu cligna des yeux.

– Zut, je pensais que tu allais choisir le papier.

– Pourquoi ?

– Parce que tu viens d'en vanter les mérites.

– Seulement parce que tu m'as demandé pourquoi le papier battait la pierre. On ne joue pas au poker, Hadès, ce n'est pas une question de bluff.

Il la toisa d'un regard brûlant.

– Ah non ?

Elle fuit son regard et prit une grande inspiration avant de poser sa question.

– Tu as dit que tes marchés avec les mortels avaient connu des succès. Explique-moi.

Hadès marcha jusqu'au bar situé de l'autre côté de la pièce, se servit son whiskey habituel et s'assit sur le canapé en cuir noir.

– Qu'y a-t-il à dire ? J'ai proposé les mêmes contrats à de nombreux mortels, au fil des années. En échange d'argent, de célébrité ou d'amour, ils doivent renoncer à leur vice. Certains mortels sont plus forts que d'autres et parviennent à dominer leur mauvaise habitude.

– Vaincre une maladie n'est pas une question de force, Hadès.

– Personne n'a parlé de maladie.

– Mais l'addiction est une maladie. On ne peut pas en guérir. On doit apprendre à la gérer.

– Mais elle est gérée, justement, rétorqua Hadès.

– Comment ? Avec d'autres contrats ?

– Ça, c'est une autre question.

Elle leva la main et ils jouèrent à nouveau. Cette fois, lorsque sa pierre écrasa les ciseaux, elle ne célébra pas sa victoire.

– Comment, Hadès ?

– Je ne leur demande pas d'abandonner leur vice d'un coup. C'est un processus lent.

Ils rejouèrent et, cette fois, c'est Hadès qui remporta la partie.

– Tu ferais quoi, toi ?

Elle cligna des yeux.

– Pardon ?

– Tu changerais quoi, toi ? Pour les aider ?

Elle resta bouche bée quelques secondes, surprise par sa question.

– D'abord, je ne permettrais pas à un mortel de parier son âme. Ensuite, si tu dois leur proposer un échange, s'ils sont addicts, mets-les plutôt au défi plutôt d'aller en cure de désintoxication. Mieux encore, paie-leur la cure. Si j'avais autant d'argent que toi, je le dépenserais en aidant les gens.

Il l'étudia longuement.

– Et s'ils font une rechute ?

– Et alors ? La vie est dure, Hadès, et parfois le simple fait de vivre est une punition suffisante. Les mortels ont besoin d'espoir, pas de menaces.

Un silence s'installa entre eux, et Hadès finit par lever à nouveau le poing pour rejouer. Cette fois, c'est lui qui gagna, il saisit son poignet et l'attira à lui. Il ouvrit sa main, paume vers le ciel, et caressa le bandage qu'Hécate l'avait aidée à mettre.

– Qu'est-ce qui s'est passé ?

Elle rit nerveusement.

– Ce n'est rien, comparé à une côte fêlée.

Le visage d'Hadès s'assombrit et il resta silencieux. Au bout d'un moment, il embrassa la paume de sa main et elle sentit la chaleur guérisseuse de ses lèvres réparer sa peau. Tout se passa si vite qu'elle n'eut pas le temps de réagir.

– Pourquoi ça te dérange autant ?

Elle ne savait pas pourquoi elle chuchotait. Sans doute parce que tout ça lui semblait si intime – ils étaient assis sur le canapé, si près l'un de l'autre qu'elle aurait pu l'embrasser.

Au lieu de répondre, Hadès posa une main sur sa joue, et Perséphone eut du mal à déglutir. S'il l'embrassait maintenant, elle ne pourrait être tenue responsable de la suite des évènements.

Mais la porte du bureau s'ouvrit et Menthé entra. Elle était vêtue d'une robe bleu électrique qui embrassait ses courbes, ne laissant plus rien à l'imagination. Perséphone fut surprise par la jalousie qui crépita immédiatement dans ses veines. Elle se surprit même à penser que si elle était reine des Enfers, elle forcerait Menthé à porter des cols roulés et à frapper avant d'entrer dans une pièce.

La nymphe aux cheveux flamboyants s'arrêta, clairement furieuse de voir Perséphone assise aux côtés d'Hadès. Perséphone sourit, ravie que Menthé soit aussi jalouse qu'elle.

Le dieu retira sa main de sa joue et s'adressa à son assistante d'un ton agacé.

– Oui, Menthé ?

– Milord, Charon requiert votre présence dans la salle du trône.

– A-t-il dit pourquoi ?

– Il a arrêté un intrus.

Perséphone regarda Hadès.

– Un intrus ? Comment c'est possible ? Il ne se noierait pas dans le Styx ?

– Si Charon l'a attrapé, c'est qu'il devait essayer de monter dans sa barque.

Hadès se leva et offrit sa main à Perséphone.

– Viens, tu vas m'accompagner.

Perséphone prit sa main, ce que Menthé observa d'un œil assassin avant de tourner les talons. Ils la suivirent jusqu'à l'immense salle du trône d'Hadès avec son plafond en cathédrale et ses fenêtres arrondies qui laissaient entrer une lumière tamisée dans la salle. Des drapeaux noirs ornés de narcisses dorés tombaient de chaque côté de la salle, jusqu'au trône d'Hadès. Celui-ci était aussi imposant que le dieu qui s'y asseyait et semblait fait de milliers de morceaux d'obsidienne brisée.

Un homme à la peau mate était debout au pied de l'estrade. Il était drapé de blanc et couronné d'or, deux longues nattes lacées de fils d'or tombaient sur ses épaules. Ses yeux sombres se posèrent d'abord sur Hadès, puis sur elle.

Perséphone essaya de lâcher la main du dieu, mais il la tint plus fort et l'emmena devant le passeur, l'invitant à monter les marches de l'estrade. Hadès agita la main et un trône plus petit apparut à côté du sien. Perséphone hésita.

– Tu es une déesse. Tu t'assiéras sur un trône.

Il l'invita à s'asseoir et ce n'est qu'alors qu'il lâcha sa main, s'installant sur le sien. Perséphone s'attendait à ce qu'il efface son Charme, mais il n'en fit rien.

– Charon, à quoi dois-je cette interruption ?

– C'est toi, Charon ? demanda Perséphone en regardant l'homme en blanc.

Il ne ressemblait en rien aux dessins qu'elle avait vus dans son livre sur la Grèce antique, où il était décrit tantôt comme un vieil homme, tantôt comme un squelette, ou bien une silhouette parée d'une cape noire. Cette version ressemblait presque à un dieu, Charon était beau et charmant.

Le passeur sourit et Hadès contracta sa mâchoire.

– C'est bien moi, Milady.

– Appelle-moi Perséphone, s'il te plaît.

– Milady sera très bien, déclara Hadès d'un ton sec. Je m'impatiente, Charon.

Le passeur s'inclina et Perséphone eut l'impression qu'il trouvait la mauvaise humeur d'Hadès plutôt amusante.

– Milord, un homme prénommé Orphée a été surpris en train de s'introduire sur ma barque. Il souhaite s'entretenir avec toi.

– Présente-le-moi. J'ai hâte de reprendre ma conversation avec Lady Perséphone.

Charon claqua des doigts et un homme apparut devant eux, à genoux, les mains liées dans le dos. Perséphone inspira brusquement, surprise de le voir attaché ainsi. Ses cheveux bouclés, dégoulinant encore de l'eau du Styx, étaient collés à son front. Il semblait abattu.

– Est-il dangereux ? demanda Perséphone.

Charon regarda Hadès, Perséphone en fit de même. Elle répéta :

– Tu peux voir son âme. Est-il dangereux ?

– Non, finit-il par dire.

– Alors détache-le.

Hadès la transperça du regard avant de tourner la tête vers l'homme en agitant la main. Lorsque ses mains furent détachées, il tomba en avant, s'étalant sur le sol. Il se releva et s'adressa à Perséphone.

– Merci, Milady.

Hadès prit la parole :

– Pourquoi es-tu venu aux Enfers ?

Perséphone était impressionnée de voir le mortel soutenir le regard d'Hadès, sans trace de peur apparente.

– Je suis venu pour ma femme.

Hadès ne répondit pas, l'homme continua.

– Je souhaite proposer un marché : mon âme en échange de la sienne.

– Je ne fais pas dans le troc d'âmes, répondit le dieu.

– Milord, s'il vous plaît…

Hadès leva la main pour le faire taire et Orphée implora Perséphone du regard.

– Ne te tourne pas vers elle pour qu'elle t'aide, mortel. Elle ne peut rien pour toi.

Perséphone prit cela comme un défi.

– Parle-moi de ta femme, dit-elle en ignorant le regard assassin d'Hadès et en se concentrant sur Orphée. Comment s'appelait-elle ?

– Eurydice. Elle est morte un jour après notre mariage.

– Toutes mes condoléances. Comment est-elle morte ?

– Elle s'est endormie et ne s'est jamais réveillée, dit-il d'une voix tremblante.

– Tu l'as perdue de façon si soudaine...

Perséphone était profondément attristée et sa gorge se noua. Elle avait tant de compassion pour cet homme abattu par le chagrin.

– Les Moires ont coupé sa ligne de vie, dit Hadès. Je ne peux pas la renvoyer dans le royaume des mortels et je ne marchande pas les âmes.

Perséphone serra les poings. Elle avait envie de le contredire, ici même, devant Menthé, Charon et Orphée. N'était-ce pas ce qu'il avait fait durant la Grande Guerre ? En marchandant avec les dieux pour ramener leur héros à la vie ?

– Lord Hadès, s'il vous plaît, sanglota Orphée, je l'aime.

Le sang de Perséphone se glaça et son estomac se noua quand Hadès éclata d'un rire sec.

– Tu l'as peut-être aimée, mortel, mais tu ne viens pas ici pour elle. Tu es venu pour toi, dit-il en reculant sur son trône. Je ne t'accorderai pas ta demande. Charon.

Le nom du daimôn était un ordre et, d'un geste du poignet, le passeur et Orphée disparurent.

Perséphone était si furieuse qu'elle refusa de regarder Hadès et elle fut étonnée qu'il rompe le silence.

– Tu souhaites me demander de faire une exception.

– Tu souhaites me dire pourquoi ce n'est pas possible, rétorqua-t-elle.

– Je ne peux pas faire une exception, Perséphone. Tu sais à quelle fréquence on me demande de renvoyer une âme au royaume des mortels ?

Elle supposait que cela arrivait souvent, mais quand même.

– Tu l'as à peine laissé parler. Ils n'ont été mariés qu'un seul jour, Hadès.

– C'est tragique.

Elle le fusilla du regard.

– Tu es insensible à ce point ?

– Ils ne sont pas les premiers à vivre une histoire d'amour tragique, Perséphone, et ce ne seront pas non plus les derniers, j'imagine.

– Tu as ramené des mortels à la vie pour moins que ça, dit-elle.

– L'amour est une raison égoïste de ramener un mort à la vie, rétorqua-t-il en la regardant dans les yeux.

– Et la guerre ne l'est pas ?

Son regard s'assombrit.

– Tu parles de choses que tu ne connais pas, Déesse.

– Alors explique-moi comment tu as choisi ton camp, Hadès.

– Ce n'est pas ce que j'ai fait.

– Tout comme tu n'as pas proposé de choix à Orphée. Cela aurait-il été renoncer à ton autorité que lui permettre d'apercevoir sa femme, de la voir en sécurité et heureuse aux Enfers ?

– Comment oses-tu parler ainsi à Lord Hadès… commença Menthé, fermant la bouche quand Perséphone lui lança un regard assassin.

Si seulement elle avait eu le pouvoir de transformer Menthé en plante !

– Ça suffit ! gronda Hadès.

Il se leva et Perséphone l'imita.

– Le chapitre est clos, ajouta-t-il.

– Dois-je raccompagner Perséphone ? demanda Menthé.

– Tu peux commencer par l'appeler Lady Perséphone, déclara Hadès. Et non. *Nous* n'en avons pas terminé.

Menthé n'apprécia pas d'être congédiée de cette façon, mais elle partit quand même en faisant claquer ses talons sur le sol en marbre. Perséphone la suivit du regard jusqu'à ce qu'elle sente les doigts d'Hadès sur son menton, qui l'obligèrent à le regarder dans les yeux.

– Tu sembles avoir beaucoup à dire sur la gestion de mon royaume.

– Tu n'as fait preuve d'aucune compassion envers lui, dit-elle.

Il la dévisagea longuement, mais ne dit rien, et elle se demanda ce qu'il pensait.

– Pire encore, tu t'es moqué de son amour pour sa femme.

– J'ai remis en cause son amour. Je ne m'en suis pas moqué.

– Qui es-tu pour remettre en cause l'amour ?

– Un dieu, Perséphone.

Sa réponse la mit hors d'elle.

– Tu as tous ces pouvoirs et tu ne t'en sers que pour faire souffrir. Comment peux-tu être si passionné et ne pas croire à l'amour ?

Hadès rit sèchement.

– Parce que la passion n'a pas besoin d'amour, ma chérie.

Perséphone était aussi consciente que lui que leur passion mutuelle était nourrie de désir, pourtant sa réponse la mit hors d'elle. Pourquoi ? Il n'avait pas fait preuve de compassion envers elle, elle qui était une déesse. Peut-être avait-elle espéré qu'il soit touché par la demande d'Orphée, comme elle l'avait elle-même été. Peut-être avait-elle espéré découvrir un autre dieu, un dieu qui contredirait tout ce qu'elle supposait à son sujet.

Or, il n'avait fait que le confirmer :

– Tu es un dieu sans merci, dit-elle.

Et elle claqua des doigts, laissant Hadès seul avec son trône.

Chapitre X

TENSION

Perséphone arriva tôt à l'Acropole, le lundi matin. Elle souhaitait commencer à rédiger son article et Hadès lui avait donné largement assez de matière lors de sa dernière visite aux Enfers. Elle était encore énervée par son manque de compassion envers Orphée et elle pouvait encore entendre son rire amer après que le pauvre homme avait exprimé son amour pour sa femme, et cela la faisait frissonner.

Au moins, il avait montré sa vraie nature, et ce, pile au moment où elle avait commencé à croire qu'il avait une conscience.

Les Moires doivent être dans mon camp, se dit-elle.

Lorsqu'elle sortit de l'ascenseur, elle trouva Adonis penché sur le bureau de Valérie, en train de discuter. Ils cessèrent immédiatement de parler en la voyant et Perséphone eut l'impression d'interrompre un moment intime.

– Perséphone, tu es venue tôt, dit Adonis en se raclant la gorge, tout en se redressant.

– J'espérais prendre de l'avance, j'ai beaucoup à faire, répondit-elle en leur passant devant pour aller à son bureau.

– Comment ça s'est passé à Nevernight ? demanda Adonis en lui emboîtant le pas.

– De quoi tu parles ? s'étonna-t-elle en s'arrêtant.

– Hadès t'a invitée au club, juste avant qu'on parte. Ça s'est passé comment ?

Ah, oui. Bon sang, tu es parano, Perséphone, se dit-elle.

– Ça s'est bien passé, déclara-t-elle en rangeant son sac pour ouvrir son ordinateur.

– Je pensais qu'il te convaincrait de ne pas écrire sur lui.

Perséphone s'assit et fronça les sourcils. Elle n'avait pas envisagé qu'Hadès puisse espérer l'empêcher d'écrire sur lui en l'invitant aux Enfers.

– À ce stade, rien ne me retiendrait d'écrire sur lui. Pas même Hadès lui-même.

Surtout Hadès, en fait. Chaque fois qu'il ouvrait la bouche, elle trouvait une raison supplémentaire de ne pas l'aimer, même si cette même bouche embrasait son sang.

Adonis sourit, ne se doutant pas une seconde de ses pensées traîtresses.

– Tu vas faire une super journaliste, Perséphone, dit-il en faisant un pas en arrière pour la pointer du doigt. N'oublie pas de m'envoyer l'article. Tu sais, quand tu auras fini, ajouta-t-il.

– Bien sûr.

Une fois seule, elle essaya de faire le tri dans ce qu'elle pensait du dieu des Morts. Pour l'instant, il lui semblait voir deux facettes à sa personnalité. L'une reflétait un dieu manipulateur et puissant qui s'était exilé du monde depuis si longtemps qu'il ne paraissait plus comprendre les gens. Ce même dieu l'avait liée par un contrat avec les mêmes mains qui l'avaient guérie. Il avait été tendre et délicat, jusqu'à ce qu'il l'embrasse, déversant alors sa passion sans chercher à la réprimer.

Comme s'il avait été affamé.

Or, ça ne pouvait être vrai puisqu'il avait vécu des siècles entiers. Il avait donc des siècles d'expérience, alors que Perséphone était obsédée par lui parce qu'elle n'en avait aucune.

Elle se prit la tête dans les mains, frustrée. Elle devait faire ressurgir la colère qu'elle avait ressentie lorsqu'Hadès avait admis avec tant d'arrogance qu'il abusait de ses pouvoirs sous le prétexte d'aider les mortels.

Ses yeux se posèrent sur les notes qu'elle avait prises après l'avoir interviewé. Elle avait écrit si vite que ses mots étaient à peine lisibles, mais après plusieurs relectures, elle parvint à les déchiffrer et à en comprendre le sens.

Si Hadès veut vraiment offrir son aide, il devra les mettre au défi de faire une cure. Pourquoi ne pas faire un pas de plus et payer pour leurs soins ?

Elle se tint plus droite sur sa chaise et tapa ses notes sur son clavier, sentant sa colère jaillir à nouveau. Ses doigts survolèrent bientôt le clavier à toute vitesse tandis qu'elle couchait un mot haineux après l'autre.

Je vois l'âme. Ce qui l'écrase, qui la corrompt, ce qui la détruit ; et je défie la source du mal.

Ces mots touchèrent toutes les parties qui n'allaient pas chez elle. Comment était-ce, d'être le dieu des Enfers ? De ne voir que les épreuves, la souffrance et les vices des autres ?

Ce devait être horriblement déprimant.

Il doit être misérable, décida-t-elle. Lassé d'être le dieu des Morts, il s'immisçait dans le destin des mortels pour se divertir. Qu'avait-il à perdre ?

Rien.

Elle cessa d'écrire et recula sur sa chaise pour prendre une profonde inspiration.

Elle n'avait jamais ressenti autant d'émotions au sujet d'une même personne. Elle lui en voulait, elle était curieuse, prise entre la surprise et le dégoût face à sa création et ses paroles. Et s'ajoutait à cela son attirance pour le dieu dès qu'elle était en sa présence.

Comment pouvait-elle le désirer ? Il symbolisait le contraire de ce dont elle avait rêvé toute sa vie. Il était son geôlier alors qu'elle ne rêvait que de liberté.

Sauf qu'il avait libéré quelque chose en elle. Des sensations qui avaient été réprimées trop longtemps et qu'elle n'avait jamais explorées : la passion, la luxure et le désir. C'était sans doute ce qu'Hadès cherchait dans une âme tourmentée.

Elle ferma et ouvrit plusieurs fois les poings au-dessus de son clavier et s'imagina l'embrasser alors que cette colère coulait dans ses veines.

Stop ! gronda-t-elle dans sa tête en se mordant la lèvre. *C'est ridicule. Hadès est l'ennemi. Il est* ton *ennemi.*

Il l'avait seulement embrassée pour lui octroyer une Faveur afin qu'elle ne sème plus la zizanie dans sa vie. Sans doute le fait qu'elle avait failli mourir aux Enfers l'avait-il arraché à des choses plus importantes.

Comme Menthé.

Elle leva les yeux au ciel et se concentra sur son écran, relisant sa dernière phrase.

Si tel est le dieu qui se présente à nous durant notre vie, quel dieu rencontrera-t-on à notre mort ? Quels espoirs avons-nous d'être heureux dans l'au-delà ?

Ses mots la heurtèrent et elle eut conscience d'être un peu injuste. Ayant visité les Enfers, elle ne pouvait nier qu'Hadès tenait à son royaume et à ceux qui y vivaient. Sinon, pourquoi s'embêterait-il à créer et maintenir une illusion si grandiose ?

Sans doute parce qu'il en tire un certain bénéfice, se rappela Perséphone. *Il est évident qu'il aime les belles choses. Alors pourquoi n'entretiendrait-il pas un beau royaume ?*

Le téléphone fixe de son bureau se mit soudain à sonner, lui faisant si peur qu'elle faillit faire tomber le combiné en décrochant.

– Perséphone, j'écoute ?

– Perséphone, c'est Valérie. Je crois que ta mère est là.

Son cœur accéléra et son estomac se noua. Qu'est-ce que Déméter faisait ici ?

Elle se mordit longuement la lèvre en réfléchissant. Est-ce que Déméter avait appris qu'elle avait été aux Enfers ce week-end ? Elle se souvint de ce qu'elle lui avait dit dans le Jardin des dieux : « *Dois-je te rappeler que l'une des conditions que tu as acceptées afin de passer du temps ici était de ne pas approcher les dieux ? Surtout Hadès.* » Elle n'avait toujours pas découvert comment sa mère avait su qu'elle avait été à Nevernight, mais elle supposait que la déesse des Moissons avait des espions dans le club du dieu.

– J'arrive tout de suite, dit Perséphone en parvenant à maîtriser les tremblements de sa voix.

Elle n'eut aucun mal à repérer Déméter. Elle était aussi proche de sa forme divine que possible et gardait son hâle doré et ses yeux étincelants. Elle était vêtue d'une robe rose et d'escarpins blancs qui ressortaient sur le mur gris foncé.

– Ma fleur ! s'exclama Déméter en approchant de Perséphone les bras ouverts, l'attirant dans ses bras.

– Mère, répondit Perséphone en la repoussant, qu'est-ce que tu fais ici ?

Déméter pencha la tête sur le côté.

– Nous sommes lundi.

Il fallut un moment à Perséphone pour comprendre ce que cela voulait dire.

Oh non…

Elle pâlit brusquement.

Comment avait-elle pu oublier ? Chaque lundi, sa mère et elle déjeunaient ensemble. Avec tout ce qui s'était passé ces derniers jours, elle avait complètement oublié.

– Il y a une charmante brasserie au bout de la rue, poursuivit Déméter, mais Perséphone sentit son agacement.

Sa mère savait qu'elle avait oublié, et ça ne lui plaisait pas.

– Je me disais qu'on pouvait y aller aujourd'hui, qu'est-ce que tu en penses ?

Perséphone pensait surtout qu'elle n'avait pas envie d'être seule avec sa mère. Et c'était sans parler du fait qu'elle venait juste de trouver son inspiration pour écrire sur Hadès ; si elle arrêtait maintenant, elle ne finirait peut-être pas.

– Mère, je suis… désolée, dit-elle avec le plus grand mal puisqu'elle n'était absolument pas désolée de ce qu'elle s'apprêtait à dire. Je suis très prise aujourd'hui. On peut faire ça une autre fois ?

Déméter cligna plusieurs fois des yeux.

– Une autre fois ? répéta-t-elle, comme si elle ne comprenait pas.

Sa mère détestait que tout ne se passe pas comme elle le voulait, et Perséphone ne lui avait jamais demandé de modifier son emploi du temps. Elle n'avait jamais oublié leur déjeuner, tout comme elle n'oubliait jamais les règles de sa mère. Or, elle avait ignoré les deux, cette dernière semaine.

Elle savait que sa mère était en train de dresser la liste de ses infractions et que ce n'était qu'une question de temps avant qu'elle ne les lui fasse payer.

– Je suis vraiment désolée, Mère, répéta Perséphone.

Sa mère la regarda enfin dans les yeux. Sa mâchoire se contracta et elle lui répondit d'un ton froid et tranchant.

– Une autre fois, alors.

Déméter tourna les talons sans dire au revoir et partit d'un pas furieux.

Perséphone vida tout l'air de ses poumons. Elle s'était préparée à se battre contre sa mère, et maintenant que l'adrénaline avait disparu, elle se sentait épuisée.

– Waouh, ta mère est sublime, remarqua Valérie d'un air émerveillé. C'est dommage que tu n'aies pas pu déjeuner avec elle.

– Ouais, dit Perséphone.

Elle retourna à son bureau, accablée de culpabilité, mais elle vit Adonis, debout derrière sa chaise, les yeux rivés sur son écran.

– Adonis, gronda-t-elle en refermant brusquement son ordinateur lorsqu'elle arriva à son bureau. Qu'est-ce que tu fais ?

– Oh salut, Perséphone, dit-il en souriant. Je lisais juste ton article.

– Il n'est pas terminé, répondit-elle en essayant de rester calme alors qu'il venait d'envahir son espace privé.

– Je le trouve super, dit-il. Tu tiens vraiment quelque chose.

– Merci, mais j'apprécierais que tu ne regardes pas mon ordinateur, Adonis.

– Je ne vais pas te piquer ton travail, s'exclama-t-il en riant. Si c'est ça qui te fait peur.

– Je t'ai dit que je t'enverrai l'article lorsqu'il sera terminé !

Il leva les mains en l'air en signe de capitulation et s'éloigna de son bureau.

– Eh, calme-toi.

– Ne me dis pas de me calmer, siffla-t-elle.

Elle détestait qu'on lui dise de se calmer, cela ne faisait que l'énerver davantage.

– Ce n'est pas ce que je voulais dire.

– Je me fiche de ce que tu voulais dire, aboya-t-elle.

Adonis se tut brusquement. Sans doute avait-il compris qu'il n'allait pas s'en sortir grâce à son Charme, cette fois.

– Tout va bien, ici ? demanda Demetri en sortant de son bureau, et Perséphone fusilla Adonis du regard.

– Ouais, tout va bien, dit Adonis.

– Perséphone ? insista Demetri en l'interrogeant du regard.

Elle aurait dû lui répondre que non, que tout n'allait pas bien, qu'elle essayait de jongler avec un contrat impossible passé avec le dieu des Enfers tout en le cachant à sa mère qui, sinon, s'assurerait qu'elle ne voie plus jamais les gratte-ciel scintillants de Nouvelle Athènes. Et qu'en plus de ça, ce mortel pensait tout à fait normal de lire ses pensées intimes, car à ce stade ce n'était que ça : un brouillon de l'article qu'elle prévoyait d'écrire.

Et peut-être était-ce pour ça qu'elle était aussi énervée. Parce que ses mots étaient bruts, furieux et passionnés. Ils la rendaient vulnérable, et si elle ouvrait la bouche pour contredire Adonis, elle n'était pas certaine de ce qui en sortirait.

Aussi, elle se força à prendre une profonde inspiration avant de répondre :

– Ouais, tout va bien.

Et lorsqu'elle vit la mine suffisante d'Adonis, elle eut le pressentiment qu'elle regretterait d'avoir menti.

***

Quelques jours plus tard, Perséphone était en retard pour aller à Nevernight. Son groupe de travail avait duré plus longtemps que prévu, mais même si elle était fatiguée, elle savait qu'elle devait aller voir son jardin. La poussière des Enfers retenait autant l'humidité que le désert, elle devait arroser son jardin tous les jours pour qu'il ait une chance de survivre.

Elle descendit du bus sous les regards interloqués de ceux qui attendaient pour entrer dans le club. Ils l'étudiaient comme si elle avait des ailes et des serres d'aigle. Or elle était tout à fait consciente de son apparence : elle était en legging et en débardeur, ses cheveux étaient attachés en chignon fouillis depuis qu'elle s'était installée pour son groupe de travail, elle n'avait pas pris la peine de se regarder dans un miroir de la journée. Et elle n'avait pas voulu perdre de temps à rentrer pour se changer alors qu'elle allait simplement arroser son jardin. L'idée de se saucissonner dans une robe à ce stade de la journée la faisait grimacer. Hadès et les fêtards de son club n'avaient qu'à fermer les yeux.

Tu n'es pas là pour impressionner qui que ce soit, se rappela-t-elle. *Entre et file aux Enfers aussi vite que possible.* Elle ajusta les sangles de son sac à dos, grimaçant lorsqu'elles frottèrent sa peau irritée, et marcha vers la porte.

Mekonnen sortit de l'ombre, boudant jusqu'à ce qu'il la voie, dégainant alors un immense sourire jaunâtre en lui ouvrant la porte.

– Milady, euh… je veux dire *Perséphone*.

– Bonsoir Mekonnen, dit-elle, saluant l'ogre en souriant.

Elle s'arrêta dans l'entrée. Elle préférait ne pas aller dans la salle principale et choisit de se téléporter. Elle claqua des doigts, s'attendant à sentir le monde basculer autour d'elle.

Mais il ne se passa rien.

Elle essaya à nouveau, toujours rien.

Il lui fallait aller au bureau d'Hadès et passer aux Enfers par là.

Elle garda la tête baissée en traversant la piste du club, consciente qu'on la regardait, rougissant de se sentir jugée.

Une main l'empoigna soudain par l'épaule. Elle se retourna, s'attendant à voir un ogre ou un des employés d'Hadès l'arrêter à cause de sa tenue vestimentaire. Elle s'apprêtait déjà à s'expliquer lorsqu'elle croisa deux yeux dorés qu'elle connaissait.

– Hermès, dit-elle, soulagée.

Même sous son Charme, il était honteusement beau, avec sa chemise blanche et son pantalon gris, un verre à la main. Ses cheveux dorés étaient parfaitement coiffés, courts sur le côté avec des boucles blondes plus longues sur le dessus, scintillant sous les lumières du club.

– Sephy ! s'exclama-t-il. Mais *comment* tu es habillée ?!

Elle baissa les yeux, même si ce n'était pas nécessaire. Elle savait pertinemment comment elle était habillée.

– Je sors juste de cours.

– Ah, alors c'est un style « fac chic » ? dit-il en haussant les sourcils. Canon…

Elle leva les yeux au ciel et lui tourna le dos pour se diriger vers l'escalier, mais le dieu de la Ruse lui emboîta le pas.

– Qu'est-ce que tu fais ici ? demanda-t-elle.

– Ben, je suis le Messager des dieux, répondit-il.

– Non, qu'est-ce que tu fais ici ? À Nevernight ?

– Les dieux aiment les jeux aussi, Sephy, répondit-il.

– Ne m'appelle pas comme ça. Et pourquoi des dieux parieraient-ils contre Hadès ?

– Pour le fun et les frissons, déclara-t-il d'un ton malicieux.

Elle arrivait en haut de l'escalier, suivie de près par Hermès.

– On va où, Sephy ?

Elle trouva drôle qu'il s'inclue dans la question.

– *Moi*, je vais au bureau d'Hadès.

– Il n'est pas là.

Perséphone pensa soudain qu'il n'était peut-être pas au courant de son contrat avec Hadès. Elle le regarda et, même si elle n'était pas là pour voir le dieu des Morts, elle posa quand même la question.

– Il est où, alors ?

Hermès sourit jusqu'aux oreilles.

– Il étudie les propositions de contrats, dans la salle de jeux.

Perséphone grinça des dents. *Mais bien sûr !*

– Je ne suis pas là pour le voir, dit-elle en se dépêchant d'entrer dans le bureau.

Elle posa son sac à dos sur le canapé et fit rouler ses épaules pour les détendre. Elle leva la tête et vit qu'Hermès s'était approché du bar, étudiant les étiquettes des différentes bouteilles. Il sembla trouver quelque chose à son goût, car il en ouvrit une et se servit un verre.

– Tu as le droit de faire ça ?

– Hadès a une dette envers moi, non ? Je t'ai sauvé la vie.

– C'est *moi* qui ai une dette envers toi, dit Perséphone en fuyant son regard. Pas Hadès.

– Attention, Déesse. Un contrat avec un dieu, c'est suffisant déjà, tu ne crois pas ?

– Tu es au courant ?

– Sephy, je ne suis pas né d'hier, répondit-il en souriant.

– Tu dois me trouver terriblement bête.

– Non. Je pense que tu as été attirée par le charme d'Hadès.

– Alors, tu es d'accord sur le fait qu'il m'a trompée ?

– Non, dit-il. Je dis juste que tu es attirée par lui.

Perséphone leva les yeux au ciel et tourna le dos au dieu. Elle traversa le bureau d'Hadès et essaya de passer par la porte invisible, mais ses mains ne s'enfoncèrent pas dans le mur comme la dernière fois.

Son accès aux Enfers était bloqué. Avait-il révoqué sa Faveur parce qu'elle avait emmené Adonis à Nevernight ? Ou était-il en colère après qu'elle l'avait laissé dans sa salle du trône, quelques jours plus tôt ? Ne lui avait-il pas accordé cette Faveur pour qu'elle ne le dérange plus ?

Les portes du bureau d'Hadès se mirent soudain à trembler et Hermès saisit Perséphone pour l'attirer vers le miroir fixé au-dessus de la cheminée. Elle essaya de résister, mais Hermès chuchota contre son oreille.

– Fais-moi confiance, ça va t'intéresser.

Il claqua des doigts et Perséphone sentit sa peau s'étirer sur ses os. La sensation était très étrange et perdura même lorsqu'ils passèrent dans le miroir. Elle avait l'impression d'être derrière une cascade à travers laquelle elle observait un monde devenu flou.

Elle voulut demander à Hermès si on les voyait, mais il plaqua son index sur sa bouche.

– Chhhhut.

Hadès apparut de l'autre côté du miroir et Perséphone retint son souffle. Elle avait beau le voir fréquemment, elle se demanda si elle s'habituerait un jour à sa beauté. Aujourd'hui, il semblait tendu et austère, et elle se demanda ce qui s'était passé.

Elle eut bientôt la réponse, car Menthé entra derrière lui et Perséphone fut saisie de jalousie.

Ils se disputaient.

– Tu perds ton temps ! dit Menthé.

– Ce n'est pas comme si le temps m'était compté.

À l'évidence, il n'avait absolument pas envie que la nymphe lui fasse la leçon.

– C'est un *club*. Les mortels parient pour obtenir un souhait. Ils ne font pas de *requête* au dieu des Enfers.

– Ce club est ce que je décide qu'il soit.

Menthé le fusilla du regard.

– Tu crois qu'en faisant ça, la déesse t'appréciera plus ?

La déesse ? Est-ce que Menthé parlait de Perséphone ?

Le regard d'Hadès s'assombrit.

– Je me fiche de ce que les autres pensent de moi, y compris toi, Menthé.

Le visage de la nymphe trahit sa déception, mais Hadès n'en tint pas compte.

– Je vais écouter sa proposition.

La nymphe ne dit rien, tournant les talons pour sortir. Quelques secondes plus tard, une femme entra dans le bureau d'Hadès. Elle était vêtue d'un trench beige, d'un pull trop large, d'un jean, et ses cheveux étaient attachés en queue-de-cheval. Elle avait beau être assez jeune, elle paraissait épuisée, et Perséphone n'avait pas besoin des pouvoirs d'Hadès pour savoir qu'elle portait un lourd fardeau.

Lorsque la femme vit le dieu, elle se figea.

– Vous n'avez rien à craindre, dit Hadès d'une voix à la fois grave et apaisante.

La femme se détendit et rit nerveusement. Lorsqu'elle parla, sa voix était rauque.

– Je m'étais promis de ne pas hésiter. De ne pas me laisser dominer par la peur.

Hadès pencha la tête sur le côté. Perséphone connaissait ce mouvement ; il était intrigué.

– Mais vous avez peur. Depuis très longtemps.

La femme hocha la tête et des larmes coulèrent sur ses joues. Elle les essuya maladroitement de ses doigts tremblants et elle rit nerveusement, encore une fois.

– Je m'étais promis de ne pas pleurer, non plus.

– Pourquoi ?

Perséphone était soulagée qu'Hadès lui pose la question parce qu'elle était tout aussi curieuse de le savoir. Lorsque la femme regarda le dieu dans les yeux, son visage était on ne peut plus sérieux.

– Les Divins ne sont pas sensibles à ma souffrance.

Perséphone grimaça, mais pas Hadès.

– Je suppose que je ne peux pas vous en vouloir, poursuivit la femme. Je ne suis qu'une mortelle parmi des millions qui plaident leur cause.

Hadès pencha à nouveau la tête sur le côté.

– Mais ce n'est pas *votre* cause que vous plaidez, n'est-ce pas ?

La bouche de la femme se mit à trembler et elle répondit d'une voix à peine audible.

– Non.

– Racontez-moi.

La voix du dieu était comme un sort, faisant obéir la femme.

– Ma fille, sanglota-t-elle. Elle est malade. Un pinéaloblastome. C'est un cancer très agressif. Je veux troquer ma vie pour la sienne.

– Non ! dit Perséphone à voix haute, et Hermès s'empressa de couvrir sa bouche.

Il ne peut pas faire ça ! Il ne le fera pas ! pensa Perséphone.

Hadès étudia longuement la femme.

– Mes paris ne sont pas pour les âmes comme la vôtre.

Perséphone voulut sortir du miroir pour protéger la femme, mais Hermès la retint.

– *Attends*, chuchota-t-il.

Perséphone retint son souffle.

– S'il vous plaît, murmura la femme. Je vous donnerai n'importe quoi, tout ce que vous voudrez.

Hadès eut le culot de rire.

– Vous ne pourriez pas me donner ce que je veux.

La femme le dévisagea et la poitrine de Perséphone se contracta en voyant son regard. Elle était abattue. Elle laissa pendre sa tête, et ses épaules furent secouées par des sanglots qu'elle cacha dans ses mains.

– Vous étiez mon dernier espoir. Mon dernier espoir.

Hadès marcha jusqu'à elle et glissa sa main sous son menton pour lui faire lever la tête et essuyer ses larmes.

– Je ne vais pas établir de contrat avec vous parce que je ne veux rien vous prendre. Ça ne veut pas dire que je ne vous aiderai pas.

La femme ouvrit grand la bouche et Perséphone écarquilla les yeux tandis qu'Hermès gloussait doucement.

– Votre fille a ma Faveur. Elle se portera bien et, d'après moi, elle sera aussi courageuse que sa mère.

– Oh, merci ! Merci !

La femme se jeta contre Hadès et le prit dans ses bras. Le dieu se crispa, ne sachant clairement pas quoi faire, mais il finit par se détendre et la serrer contre lui quelques instants.

– Partez, maintenant. Allez voir votre fille.

La femme fit quelques pas en arrière.

– Vous êtes le dieu le plus généreux.

Hadès rit d'un ton lugubre.

– Je reviens sur ce que j'ai dit. En échange de ma Faveur, vous ne direz à personne que je vous ai aidée.

La femme sembla surprise.

– Mais…

Hadès leva la main pour l'arrêter ; il n'allait rien concéder et la femme finit par hocher la tête.

– Merci, dit-elle en marchant vers la porte d'un pas rapide. Merci !

Hadès regarda la porte un moment avant de claquer des doigts. Soudain, elle et Hermès tombèrent de derrière le miroir. Elle ne s'y était pas préparée et elle s'étala par terre alors qu'Hermès atterrissait sur ses pieds.

– Ça ne se fait pas, dit le dieu de la Ruse.

– Je pourrais dire la même chose, rétorqua Hadès en posant un regard noir sur Perséphone qui se relevait. Tu as eu tout ce que tu voulais ?

– Ce que je voulais, c'est aller aux Enfers, mais *quelqu'un* semble avoir révoqué ma Faveur.

Hadès l'ignora et se tourna vers Hermès.

– J'ai une mission pour toi, Messager.

Hadès claqua des doigts et, sans avoir été mise en garde, Perséphone fut déposée dans son misérable jardin, atterrissant sur les fesses. Elle poussa un grognement agacé et se releva en époussetant ses vêtements.

– Enfoiré ! cria-t-elle, la tête levée vers le ciel.

Chapitre XI

UNE TOUCHE DE DÉSIR

Perséphone arrosait son jardin en rouspétant contre Hadès. D'ailleurs, elle espérait qu'il puisse l'entendre, souhaitant lui faire mal, souhaitant qu'il souffre à chacun de ses mouvements.

Il l'avait ignorée.

Il l'avait larguée aux Enfers comme si elle n'était rien.

Elle avait des questions, des requêtes. Elle voulait savoir pourquoi il avait aidé cette femme et lui avait demandé de ne rien dire. En quoi le souhait de cette femme était-il différent de celui d'Orphée de ramener Eurydice à la vie ?

Lorsqu'elle eut fini d'arroser son jardin, elle essaya de se téléporter dans le bureau d'Hadès mais, ayant claqué dix fois des doigts sans qu'il se passe quoi que ce soit, elle comprit qu'elle était coincée.

Elle insulta à nouveau le dieu et quand elle vit que ça ne fonctionnait pas non plus, elle mit un coup de pied dans le mur.

Pourquoi l'avait-il envoyée ici ? Avait-il prévu de la rejoindre lorsqu'il aurait fini avec Hermès ? Lui rendrait-il sa Faveur, ou serait-elle forcée de le voir chaque fois qu'elle voudrait se rendre aux Enfers ?

Ce serait super agaçant.

Elle avait dû vraiment l'énerver.

Elle décida de profiter de son absence pour explorer son palais. Elle n'avait vu que quelques pièces, son bureau, sa chambre et la salle du trône. Elle était curieuse de découvrir le reste, et elle était dans son droit. Si ça ne plaisait pas à Hadès, elle lui dirait qu'étant donné l'état de son jardin, ce palais serait sa maison dans six mois, de toute façon.

Elle se promena dans le palais en remarquant l'attention que portait le dieu des Morts aux détails, notant les touches dorées et le jeu des textures, comme les tapis en fourrure et les fauteuils en velours. Le palais était luxueux, et elle en admira la beauté, tout comme elle admirait celle d'Hadès. Elle essaya de se justifier en se disant qu'il était dans sa nature d'admirer la beauté, trouver le dieu des Morts et son palais extraordinaires ne signifiait rien. C'était un dieu, après tout.

Son exploration prit fin lorsqu'elle arriva dans la bibliothèque.

Elle était magnifique – Perséphone n'avait jamais rien vu de tel – avec des rangées et des rangées de livres dont les épais dos en cuir étaient marqués de lettres d'or. La pièce elle-même était meublée avec soin, avec une imposante cheminée entourée d'étagères sur lesquelles reposaient des vases en terre cuite, illustrant Hadès et les Enfers. Elle se voyait déjà s'installer dans un des fauteuils moelleux, blottie sous un plaid tout doux, et lire pendant des heures.

Perséphone décida que si elle vivait ici, ce serait un de ses endroits préférés.

Mais elle ne devait pas penser à vivre aux Enfers. Cela dit, quand tout ça serait terminé, peut-être qu'Hadès lui ferait la Faveur de lui permettre d'utiliser sa bibliothèque.

Elle se demanda brièvement s'il l'embrasserait pour cela.

Elle déambula parmi les rangées de livres, effleurant leur dos, et prit quelques ouvrages d'histoire. Elle chercha une table où les poser et crut en voir une, ronde, mais lorsqu'elle voulut y déposer les livres, elle découvrit qu'il s'agissait en fait d'un bassin rempli d'eau noire comme celle du Styx.

Elle posa les livres par terre pour l'étudier de plus près. Alors qu'elle le regardait, une carte apparut sous ses yeux ; elle vit le Styx et le Léthé, le palais d'Hadès et ses jardins. Sous la surface de l'eau noire, la carte avait des couleurs aussi vives que celles du jardin d'Hadès. Elle trouvait amusant que le dieu des Morts, qui s'habillait toujours en noir, apprécie autant les couleurs.

– Hmmm.

Il semblait à Perséphone que la carte n'était pas complète. Il manquait au minimum les Champs Élysées et le Tartare.

– Bizarre, chuchota-t-elle en tendant la main vers la surface de l'eau.

– La curiosité est une qualité dangereuse, Milady.

Elle poussa un cri et se retourna, découvrant Hadès entre deux étagères. Son cœur se mit à battre la chamade.

– J'en suis parfaitement consciente, rétorqua-t-elle sèchement en repensant au tatouage sur son poignet. Et ne m'appelle pas *milady*.

Hadès la dévisagea sans rien dire et Perséphone poursuivit.

– La carte de ton royaume est incomplète.

– Qu'est-ce que tu vois ? demanda Hadès en regardant l'eau.

– Ton palais, le Pré de l'Asphodèle, le Styx, le Léthé et… c'est tout.

Tous les endroits qu'elle avait déjà vus, en fait.

– Où sont l'Élysée et le Tartare ?

Hadès esquissa un sourire en coin.

– La carte les révélera lorsque tu auras mérité le droit de le savoir.

– Comment ça, *mérité*?

– Seuls ceux en qui j'ai confiance peuvent voir l'intégralité de cette carte.

Elle se redressa.

– Et qui peut voir toute la carte? demanda-t-elle, agacée de le voir sourire de plus belle. Est-ce que Menthé peut la voir?

Il plissa les yeux.

– Est-ce que ça te gênerait, Lady Perséphone?

– Non, mentit-elle.

Le regard d'Hadès devint froid et sa bouche se crispa, il tourna les talons et disparut entre deux étagères. Perséphone se dépêcha de ramasser ses livres pour le suivre.

– Pourquoi as-tu révoqué ma Faveur?

– Pour te donner une leçon.

– De ne pas amener de mortels dans ton royaume?

– De ne pas partir quand tu es énervée contre moi, dit-il.

– Je te demande pardon.

Elle se figea et posa les livres sur une étagère. Elle ne s'attendait pas à cette réponse.

Hadès s'arrêta aussi et se tourna vers elle. Ils étaient debout entre les rangées étroites et une odeur de poussière flottait tout autour d'eux.

– Tu m'apparais comme quelqu'un qui a beaucoup d'émotions et qui n'a jamais vraiment appris à les gérer. Mais je t'assure que fuir n'est pas la solution.

– Je n'avais plus rien à te dire.

– Il ne s'agit pas de mots, dit Hadès. Je préfère t'aider à comprendre les raisons de mes actes plutôt que de savoir que tu m'espionnes.

– Je n'avais pas l'intention de t'espionner, dit-elle. Hermès…

– Je sais que c'est Hermès qui t'a attirée dans ce miroir. Mais je ne veux pas que tu partes en étant en colère contre moi.

– Pourquoi?

Elle était confuse. Hadès était un dieu, pourquoi s'attardait-il sur ce qu'elle pensait de lui ?

– Parce que… commença-t-il avant de réfléchir. C'est important pour moi. Je préfère explorer ta colère. Entendre tes conseils. Je souhaite comprendre ton point de vue.

Elle ouvrit la bouche pour parler, mais il n'avait pas terminé.

– Parce que tu as vécu parmi les mortels. Tu les comprends mieux que moi. Et parce que tu es pleine de compassion.

Elle déglutit.

– Pourquoi as-tu aidé cette mère, ce soir ?

– Parce que j'en avais envie.

– Et Orphée ?

Hadès soupira et se frotta les yeux.

– Ce n'est pas si simple. Oui, je peux ressusciter les morts, mais ça ne marche pas avec tout le monde, surtout quand les Moires sont impliquées. Il y a une raison si les Moires ont écourté la vie d'Eurydice. Je ne peux pas y toucher.

– Et la fillette ?

– Elle n'est pas encore morte. Elle est dans les limbes. Et je peux négocier avec les Moires pour sauver des âmes qui sont dans les limbes.

– Comment ça, tu peux négocier avec les Moires ?

– C'est un équilibre fragile, dit-il. Si je demande aux Moires d'épargner une âme, je ne pourrai pas intervenir dans le destin d'une autre.

– Mais… tu es le dieu des Enfers !

– Et les Moires sont Divines, expliqua-t-il. Je dois respecter leur existence comme elles respectent la mienne.

– Ça ne me semble pas juste.

Il haussa un sourcil.

– Ah non ? Peut-être que tu veux dire que ce n'est pas juste pour *les mortels* ?

C'était précisément ça.

– Alors, des mortels doivent souffrir à cause de vos petits jeux ?

Hadès contracta sa mâchoire.

– Ce n'est pas un jeu, Perséphone. En tout cas, ce n'est pas le mien.

Son ton sec la surprit, elle le dévisagea.

– Donc, tu m'as expliqué une partie de ton comportement. Mais qu'en est-il de tes autres paris ?

Ses yeux s'assombrirent et il fit un pas vers elle.

– Poses-tu la question pour toi-même ou pour les mortels que tu prétends défendre ?

– Que je *prétends* défendre ?

– Tu ne t'es intéressée à mes transactions qu'après t'être engagée dans un contrat avec moi.

– Des transactions ? C'est comme ça que tu appelles le fait de me tromper sciemment ?

Il haussa les sourcils.

– Alors on parle bien de toi.

– Ce que tu as fait est injuste, pas seulement envers moi mais envers tous les mortels…

– Je ne tiens pas à parler des mortels. Je préfère parler de *toi*, gronda-t-il en avançant vers elle, obligeant Perséphone à reculer contre l'étagère. Pourquoi m'as-tu invité à ta table ?

Elle fuit son regard.

– Tu as dit que tu m'apprendrais.

– Que je t'apprendrais *quoi*, Déesse ?

Il la dévisagea longuement d'un air sombre et séducteur. Il baissa ensuite la tête et sa bouche effleura la peau de son cou.

– Que désirais-tu vraiment apprendre ?

– Les cartes, chuchota-t-elle.

Mais elle pouvait à peine respirer, comme étouffée par son mensonge. C'est lui qu'elle voulait apprendre, connaître son odeur, son pouvoir.

Il murmura contre sa peau.

– Quoi d'autre ?

Elle osa enfin tourner la tête vers lui et retint son souffle lorsque leurs lèvres s'effleurèrent. Elle ne pouvait pas répondre, et elle refusait de le faire. Leurs bouches étaient si proches… Mais il ne fit rien. Il attendait.

– Dis-moi.

Sa voix était hypnotique et sa chaleur envoûtante. Hadès était l'aventure dont elle avait désespérément envie. Il était la tentation à laquelle elle voulait céder. Il était le péché qu'elle voulait commettre.

Elle ferma les yeux et ouvrit la bouche. Elle pensait qu'il l'embrasserait, mais il n'en fit rien. Elle prit une profonde inspiration, effleurant son torse avec sa poitrine.

– Juste les cartes.

Il recula et Perséphone rouvrit les yeux. Il lui sembla qu'il avait l'air surpris, mais cela ne dura qu'une fraction de seconde.

– Tu dois vouloir rentrer chez toi, dit-il en marchant vers le fond de la rangée.

Avec quelqu'un d'autre que le dieu des Morts, Perséphone aurait pensé qu'il avait honte.

– Tu peux emprunter ces livres, si tu le souhaites.

Elle les prit dans ses bras et lui emboîta le pas.

– Comment ? Tu as révoqué ta Faveur.

Il se tourna vers elle et la regarda froidement.

– Crois-moi, Lady Perséphone. Si j'avais repris ma Faveur, tu le saurais.

– Ah, alors je suis de nouveau Lady Perséphone ?

– Tu as toujours été Lady Perséphone, que tu veuilles assumer ton sang divin ou pas.

– Qu'y a-t-il à assumer ? demanda-t-elle. Au mieux, je suis une déesse inconnue, et faible, qui plus est.

Elle détesta voir la déception dans les yeux d'Hadès.

– Si c'est ce que tu penses, tu ne connaîtras jamais le pouvoir.

Elle ouvrit la bouche, surprise, et le vit plisser les yeux avant d'agiter la main. Il était sur le point de la renvoyer chez elle sans prévenir, encore une fois.

– Ne fais pas ça ! ordonna-t-elle, et Hadès se figea. Tu m'as demandé de ne pas partir quand je suis en colère, et je te demande de ne pas me renvoyer quand c'est *toi* qui l'es.

Sa main retomba sur sa cuisse.

– Je ne suis pas en colère.

– Alors, pourquoi m'as-tu larguée aux Enfers, tout à l'heure. Pourquoi me virer de ton bureau ?

– J'avais besoin de parler à Hermès, répondit-il.

– Et tu ne pouvais pas le dire ?

Il hésita.

– Ne me demande pas ce que tu es toi-même incapable de faire, Hadès.

Il la dévisagea en silence. Perséphone ne savait pas à quoi s'attendre. Était-il agacé par ses demandes ? Allait-il répondre qu'il était différent ? Qu'il était un dieu puissant et qu'il pouvait faire ce qu'il voulait ?

Mais au lieu de cela, il hocha la tête.

– Je peux t'accorder cette politesse.

Elle inspira, soulagée.

– Merci.

– Viens, on va retourner à Nevernight ensemble, dit-il en lui tendant la main. J'ai des affaires à… régler.

Elle accepta et ils se téléportèrent dans son bureau, juste devant le miroir où elle et Hermès s'étaient cachés.

Perséphone pencha la tête en arrière pour le regarder dans les yeux.

– Comment tu as su qu'on était là ? Hermès a dit qu'on ne pouvait pas nous voir.

– Je savais que tu étais là parce que je pouvais te sentir.

Ses paroles la firent frissonner et elle s'éloigna de lui, marchant jusqu'au canapé où elle avait laissé son sac. Elle le prit et le mit sur son dos avant de se diriger vers la porte, mais elle s'arrêta avant de l'ouvrir.

– Tu dis que la carte n'est visible que par ceux en qui tu as confiance. Que faut-il pour mériter la confiance du dieu des Morts ?

– Du temps, répondit-il simplement.

Chapitre XII

LE DIEU DU JEU

– Perséphone !

Quelqu'un l'appelait. Elle roula sur le côté et cacha sa tête sous la couette pour étouffer le bruit. Elle était partie tard des Enfers la veille au soir, et elle avait travaillé sur son article jusqu'au petit matin car elle était trop excitée pour dormir.

Elle avait eu du mal à savoir comment procéder, maintenant qu'elle avait vu Hadès aider cette mère. En fin de compte, elle avait décidé de se concentrer sur les paris qu'Hadès faisait avec les mortels, ceux où il leur imposait des conditions impossibles. Plus elle avait travaillé, plus elle s'était sentie frustrée, même si elle ne savait pas si c'était à cause de son propre contrat avec Hadès ou de leur discussion dans la bibliothèque – sa façon de lui demander ce qu'elle voulait apprendre et son refus de l'embrasser.

Elle frissonna en y pensant, alors qu'elle était désormais loin de lui.

Elle avait fini par enregistrer son article à quatre heures du matin et avait décidé de se reposer quelques heures avant de le relire.

Elle commençait à se rendormir quand Lexa fit irruption dans sa chambre.

– Perséphone ! Réveille-toi !

– Va-t'en ! grommela-t-elle.

– Oh que non ! Tu vas avoir envie de voir ça, crois-moi. Devine ce qui est aux infos, aujourd'hui !

Soudain, Perséphone eut les yeux grands ouverts. Elle dégagea la couverture et s'assit, imaginant le pire. Est-ce que quelqu'un l'avait photographiée dans sa forme divine devant Nevernight ? L'avait-on vue dans la boîte avec Hadès ? Lexa plaça sa tablette devant les yeux de Perséphone, et ce qu'elle découvrit était bien pire encore.

– C'est sur tous les réseaux sociaux, expliqua Lexa.

– Non, non, non, gémit Perséphone en empoignant la couverture.

En première page, le titre était écrit en gras, dans une police noire qu'elle ne connaissait que trop bien.

HADÈS, DIEU DU JEU, PAR PERSÉPHONE ROSI

Elle lut la première ligne à voix haute. *Nevernight, une maison de jeux d'élite détenue par Hadès, le dieu des Morts, est visible des quatre coins de Nouvelle Athènes. Sa haute pointe brillante imite parfaitement la stature imposante du dieu lui-même et sert de rappel aux mortels que la vie est courte ; et qu'elle l'est encore plus si vous acceptez de parier contre le dieu des Enfers.*

C'était son brouillon. Son véritable article était enregistré en sécurité sur son ordinateur.

– Pourquoi ça a été publié ?

Lexa parut confuse.

– Comment ça ? Ce n'est pas toi qui l'as soumis ?

– Non.

Elle fit défiler l'article, l'estomac noué. Elle remarqua quelques ajouts, comme un portrait d'Hadès qu'elle n'aurait jamais écrit. Les yeux d'Hadès étaient décrits comme des précipices noirs et sans vie, son visage comme impassible et son comportement, froid et rustre.

Rustre ?

Elle n'aurait jamais pensé à dépeindre Hadès de cette manière. Ses yeux étaient sombres mais expressifs, et chaque fois qu'elle croisait son regard, elle avait l'impression d'y déceler les fils de ses nombreuses vies. En vérité, Hadès pouvait être impassible par moments, mais quand il la regardait, elle voyait autre chose, sa mâchoire se décontractait et il prenait un air amusé. Perséphone lisait en lui une curiosité brûlante, et son comportement était tout sauf froid et rustre. Hadès était passionné, charmant et raffiné.

Il n'y avait qu'une seule personne qui avait vu Hadès en chair et en os, et c'était Adonis. Et il avait aussi violé son intimité en lisant son article sans sa permission.

Faut croire qu'il a fait plus que le lire. L'angoisse de Perséphone rivalisait désormais avec sa colère. Elle jeta la tablette sur le lit et se leva d'un bond, furieuse, la tête pleine de pensées vengeresses. D'ailleurs, ses pensées ressemblaient à celles de sa mère plus qu'aux siennes.

Il sera puni, pensa-t-elle. *Parce que je le punirai.*

Elle prit plusieurs inspirations pour se calmer et se força à desserrer les poings. Si elle ne faisait pas attention, son Charme disparaîtrait. Il semblait toujours réagir à ses émotions, sans doute parce que la magie était empruntée.

En vérité, Perséphone ne voulait pas qu'Adonis soit puni ; du moins, pas par Hadès. Le dieu des Morts avait été on ne peut plus clair quant à son opinion du mortel, et l'emmener à Nevernight avait été une erreur pour plus d'une raison ; elle le comprenait, maintenant. Peut-être était-ce en partie pour ça qu'Hadès voulait qu'elle le tienne à distance.

Une troisième émotion surgit en elle : la peur. Mais elle la réprima. Elle ne laisserait pas Hadès l'effrayer. Après tout, elle avait prévu d'écrire sur lui malgré sa menace.

– Tu vas où ? demanda Lexa.

– Au travail.

Perséphone disparut dans son armoire, troquant sa chemise de nuit contre une robe verte toute simple, une de ses préférées. Si elle devait supporter cette journée, elle comptait employer tout l'arsenal à sa disposition. Elle devait se sentir aussi puissante que possible. Peut-être qu'elle pourrait faire retirer l'article avant qu'Hadès ne le voie.

– Mais… tu ne travailles pas, aujourd'hui, remarqua Lexa, assise sur le lit de Perséphone.

– Je dois voir si je peux limiter les dégâts, dit Perséphone en sortant de son armoire à cloche-pied, essayant de fermer la boucle de sa sandale.

– Quels dégâts ?

– De l'article. Hadès ne doit pas lire ça.

Lexa éclata de rire.

– Perséphone, je suis désolée de te le dire, mais Hadès a déjà lu l'article. Il doit avoir une équipe qui passe son temps à chercher ce genre de truc. Wouah, s'exclama-t-elle lorsque Perséphone la regarda dans les yeux.

– Quoi ? s'inquiéta la déesse.

– Tes yeux sont… bizarres.

Perséphone fuit le regard de son amie, sentant que ses émotions menaçaient de prendre le dessus.

– Ne t'inquiète pas, ce n'est rien, dit-elle en prenant son sac à main. Je reviens plus tard.

Elle sortit de sa chambre et claqua la porte de l'appartement sans répondre à Lexa qui l'appelait.

Le prochain bus n'arrivait que dans quinze minutes, elle décida donc d'aller à l'Acropole à pied. Elle sortit son miroir de son sac et retoucha son Charme en marchant.

Elle comprenait que Lexa ait paniqué. Ses yeux avaient perdu tout leur charme et brillaient d'un vert émeraude. Ses cheveux étaient plus clairs et son visage plus pointu. Elle n'avait jamais été aussi divine en public.

Lorsqu'elle arriva à l'Acropole, elle avait repris son apparence mortelle. Quand elle sortit de l'ascenseur, Valérie se leva de sa chaise.

– Perséphone, dit-elle d'un ton nerveux, je ne pensais pas que tu travaillais, aujourd'hui.

– Salut, Valérie.

Elle essaya de prendre une voix joyeuse et de faire comme si tout allait bien, comme si Adonis n'avait pas volé son travail et que Lexa ne l'avait pas réveillée en fourrant l'article haineux sous son nez.

– Je viens juste régler deux trois trucs.

– Ah, ben, tu as plusieurs messages. Je… je les ai transférés sur ton répondeur.

– Merci.

Perséphone n'était pas intéressée par ces messages, elle était là pour Adonis. Elle posa son sac sur son bureau et traversa la salle jusqu'au sien. Il était assis avec ses écouteurs, concentré sur son écran. Elle crut d'abord qu'il travaillait et pensa, furieuse, qu'il devait corriger un autre article volé, mais lorsqu'elle arriva derrière lui, elle découvrit qu'il regardait une émission de télé : *Les Titans après la Nuit.*

Elle leva les yeux au ciel. C'était une série très populaire qui racontait comment les Olympiens avaient vaincu les Titans. Elle n'en avait regardé que quelques épisodes, mais elle avait commencé à imaginer les dieux tels qu'ils étaient décrits dans l'émission. Elle savait maintenant qu'Hadès n'était en rien comme son personnage télévisé, qui était une créature pâle et maigre, au visage creusé. D'ailleurs, si le dieu des Morts devait se venger de quelque chose, ce devrait être de la façon dont l'émission le dépeignait.

Elle tapota l'épaule d'Adonis, le faisant sursauter. Il se retourna et retira un écouteur.

– Perséphone ! Félici…

– Tu m'as volé mon article ! gronda-t-elle en lui coupant la parole.

– *Voler* est un terme un peu fort pour ce que j'ai fait, dit-il en reculant de son bureau. Je t'en ai attribué tout le crédit.

– Tu crois que ça a une quelconque importance ? C'était *mon* article, Adonis. Non seulement tu me l'as pris mais, en plus, tu l'as modifié. Pourquoi ? Je t'ai dit que je te l'enverrais lorsqu'il serait terminé !

Perséphone ne savait pas à quelle réponse elle s'attendait, mais certainement pas à celle-là.

– Je pensais que tu changerais d'avis.

Elle le dévisagea quelques secondes.

– Je t'ai dit que je voulais écrire sur Hadès.

– Non, pas sur ce point. Je pensais qu'il allait te convaincre que ses contrats avec les mortels étaient justifiés.

– Attends, qu'on soit bien d'accord ! Tu as décidé que je n'étais pas capable de penser par moi-même, donc tu as volé mon travail, tu l'as modifié et tu l'as publié ?

– Non, ce n'est pas ça. Hadès est un dieu, Perséphone…

Et je suis une déesse ! eut-elle envie de crier.

– Tu as raison, cracha-t-elle. Hadès est un dieu, et c'est pour cette même raison que *tu* n'as pas écrit à son sujet. Tu avais peur de lui, Adonis. Pas moi.

Il grimaça.

– Je ne voulais pas dire…

– Je me fiche de ce que tu voulais dire, rétorqua-t-elle.

– Perséphone ? appela Demetri.

Adonis et elle se tournèrent en direction du bureau de leur patron.

– Tu as un moment ? demanda-t-il.

Elle lança un regard assassin à Adonis avant de se diriger vers le bureau de Demetri.

– Oui ? dit-elle en se tenant dans l'embrasure de la porte.

Il était assis sur sa chaise, l'édition du jour ouverte sur son bureau.

– Assieds-toi.

Elle obéit, ne sachant pas ce que Demetri allait penser de l'article. Elle avait du mal à dire que c'était le sien. S'apprêtait-il à lui annoncer qu'elle était virée ? C'était une chose de dire qu'on voulait la vérité... c'en était une autre de la publier.

Elle réfléchit à ce qu'elle ferait si elle perdait son stage. Il lui restait moins de six mois avant sa remise de diplôme. Il était peu probable qu'un autre journal embauche la fille qui avait osé dire du dieu des Enfers qu'il était le pire des dieux. Après tout, beaucoup de gens craignaient le Tartare, comme Adonis.

Demetri s'apprêtait à parler, mais Perséphone le devança.

– Je peux tout expliquer.

– Qu'y a-t-il à expliquer ? Tes intentions sont claires.

– J'étais en colère.

– Tu voulais révéler une injustice.

– Oui, mais ce n'est pas seulement ça. Il y a d'autres choses à dire sur Hadès.

Car elle n'avait montré qu'une facette de sa personnalité, une facette sombre comme la nuit.

– J'espère bien, dit Demetri.

– Quoi ? s'étonna Perséphone en se redressant.

– J'aimerais que tu continues d'écrire à son sujet.

La déesse du Printemps ne savait plus quoi répondre.

– J'en veux plus. Il te faudrait combien de temps pour écrire un autre article ?

– Sur Hadès ?

– Mais oui ! Tu n'as fait qu'effleurer le sujet !

– Mais je pensais… tu n'as pas… peur de lui ?

Demetri referma le journal et regarda Perséphone dans les yeux.

– Je te l'ai dit dès le début. Nous cherchons la vérité, au *New Athens News*, et personne ne connaît la vérité sur le roi des Enfers. Tu peux aider le monde à le comprendre.

Dans la bouche de Demetri, tout ça paraissait si innocent, mais Perséphone savait que l'article d'aujourd'hui ne ferait qu'encourager la haine des gens envers le dieu.

– Ceux qui craignent Hadès sont curieux, aussi. Ils veulent en savoir plus, et c'est toi qui vas les informer.

Perséphone leva le menton en entendant le ton autoritaire de Demetri. Il se leva et marcha vers la baie vitrée, les mains jointes dans le dos.

– Que dirais-tu d'écrire deux articles par semaine ?

– Ça fait beaucoup, Demetri. Je suis encore à la fac, lui rappela-t-elle.

– Un par mois, alors. Ou… que dirais-tu de… cinq ou six articles, au total ?

– Est-ce que j'ai le choix ? marmonna Perséphone, mais Demetri l'entendit et esquissa un sourire.

– Ne te sous-estime pas, Perséphone. Réfléchis, si tes articles ont le succès que je pense, les rédactions se presseront pour t'embaucher quand tu seras diplômée.

Sauf que ça n'aurait plus d'importance, parce qu'elle serait prisonnière, non seulement des Enfers mais du Tartare. Elle se demanda comment Hadès choisirait de la torturer.

Sans doute refusera-t-il de t'embrasser, pensa-t-elle.

– J'attends ton prochain article pour le premier du mois prochain, dit-il. Et… essayons de varier un peu les sujets ; ne parle pas seulement de ses contrats. Que fait-il d'autre ? Quels sont ses passe-temps ? À quoi ressemblent vraiment les Enfers ?

Perséphone se sentit gênée en entendant les questions de Demetri, et elle se demanda si c'était le public qui voulait ce genre de réponses, ou lui.

Il laissa Perséphone partir et elle sortit de son bureau pour s'asseoir au sien. Elle avait l'impression d'être dans le brouillard et n'arrivait pas à se concentrer.

Un article par mois sur le dieu des Morts ? Dans quoi tu t'es fourrée, Perséphone ?

Elle poussa un grognement. Hadès n'accepterait jamais.

Cela dit, son accord n'était pas nécessaire.

Peut-être que cela lui permettrait de négocier avec lui ? Pouvait-elle le menacer d'écrire d'autres articles sur lui pour le convaincre de la libérer de son contrat ?

Mais surtout… est-ce qu'il tiendrait sa promesse de la punir ?

***

Perséphone partit de l'Acropole et se rendit directement en cours. Aujourd'hui, tout le monde semblait avoir acheté une copie du *New Athens News* ; et ce titre imprimé en gras l'obnubila durant tout le trajet en bus puis lorsqu'elle traversa le campus, et même en cours.

On tapota son épaule et elle se tourna vers deux filles assises derrière elle. Elle ne connaissait pas leurs prénoms, mais elles étaient assises à la même place depuis le début du semestre, et elles ne lui avaient jamais parlé, avant aujourd'hui. Celle de droite tenait un exemplaire du journal dans les mains.

– Tu es Perséphone, c'est ça ? demanda l'une. Est-ce que tout ce que tu as écrit est vrai ?

La question la fit grimacer. Son instinct fut de répondre non, parce qu'elle n'avait pas écrit cet article, du moins pas entièrement, mais elle ne le pouvait pas.

– Le récit va évoluer, finit-elle par dire.

Perséphone ne s'attendait vraiment pas à voir le regard des filles briller d'excitation.

– Alors, il y aura d'autres articles ?

Perséphone se racla la gorge.

– Ouais… oui.

Celle de gauche se pencha sur la table.

– Donc, tu as rencontré Hadès ?

– Quelle question stupide ! dit celle de droite. Ce qu'elle veut savoir, c'est à quoi il ressemble ? Tu as des photos ?

Un sentiment étrange s'empara de Perséphone et lui noua l'estomac. Elle se sentait à la fois jalouse et protectrice d'Hadès. C'était ironique, puisqu'elle avait promis d'écrire d'autres articles sur lui. Néanmoins, maintenant qu'on lui posait ces questions, elle n'était pas certaine de vouloir divulguer sa connaissance intime du dieu. Souhaitait-elle raconter qu'elle l'avait surpris en train de jouer avec ses chiens dans un pré ? Ou qu'ils avaient beaucoup ri en jouant à pierre-papier-ciseaux ?

Ces choses-là renvoyaient à l'aspect… *humain* du dieu, et elle se sentit soudain détentrice de son humanité. Comme si elle lui appartenait.

Elle répondit par un minuscule sourire assez froid.

– Eh bien, vous allez devoir attendre pour le savoir.

Demetri avait raison ; les mortels avaient beau craindre le dieu des Enfers, ils n'en étaient pas moins curieux à son sujet.

Les filles de sa classe ne furent pas les seules à l'arrêter pour lui parler de l'article. En traversant le campus, plusieurs inconnus la hélèrent. Ils testaient son prénom et, une fois qu'ils voyaient qu'elle était bien Perséphone, ils couraient vers elle pour lui poser les mêmes questions : *Tu as vraiment rencontré Hadès ? Il est comment ? Tu as une photo ?*

Elle inventa des excuses pour partir aussi vite que possible. S'il y avait bien une chose qu'elle n'avait pas anticipée, c'était ça : l'attention que lui apporterait l'article. Et elle ne parvenait pas à savoir si cela lui plaisait ou pas.

Elle traversait le Jardin des dieux lorsque son téléphone sonna. Soulagée d'avoir une véritable excuse pour ne pas parler à d'autres inconnus, elle décrocha.

– Allô ?

– Adonis vient de m'annoncer la nouvelle ! Une série sur Hadès ! Félicitations ! Tu vas le revoir quand, est-ce que je peux venir ? demanda Lexa en riant.

– M… merci, Lex, répondit Perséphone, non sans mal.

Après lui avoir volé son article, elle n'était pas surprise qu'Adonis écrive à son amie et l'informe de sa nouvelle mission avant qu'elle ait eu l'occasion de le faire elle-même.

– On devrait fêter ça ! La Rose, ça te dit ?

Perséphone poussa un grognement. La Rose était une boîte branchée détenue par Aphrodite. Elle n'y était jamais rentrée, mais elle avait vu des photos. Tout y était crème et rose et, comme à Nevernight, il était presque impossible d'y entrer.

– Et on est censées y entrer comment ?

– J'ai mes secrets, répondit Lexa d'un ton malicieux.

Perséphone se demanda si ces secrets avaient quelque chose à voir avec Adonis, et elle était sur le point de poser la question à son amie lorsqu'elle vit quelque chose du coin de l'œil. Elle n'entendit plus ce que disait Lexa, sa mère étant apparue à quelques mètres d'elle, derrière les arbres.

– Eh, Lex, je te rappelle.

Perséphone raccrocha et salua sèchement Déméter.

– Mère, qu'est-ce que tu fais ici ?

– Je m'assure que tu es en sécurité, après l'article ridicule que tu as écrit. Qu'est-ce qui t'a pris ?

Perséphone fut profondément choquée et blessée.

– Je pensais… je pensais que tu serais fière. Tu détestes Hadès.

– Fière ? Tu pensais que je serais fière ? cracha-t-elle. Tu as sévèrement critiqué un dieu, et pas n'importe lequel : Hadès ! Tu as délibérément enfreint ma règle, et pas qu'une fois, en plus !

Elle dut voir la mine surprise de Perséphone.

– Ah, oui, je sais que tu es retournée à Nevernight à plusieurs reprises.

– Comment ? demanda Perséphone en fusillant sa mère du regard.

– Je t'ai tracée, répondit-elle en désignant son téléphone.

– Avec ça ? s'étonna Perséphone en levant le téléphone dans sa main.

Elle savait que sa mère n'avait aucun scrupule à la surveiller ; elle l'avait prouvé en la faisant espionner par des nymphes. Mais Déméter ne lui avait pas acheté son téléphone et elle ne payait pas non plus la facture. Elle n'avait pas le droit de s'en servir comme GPS.

– Tu es sérieuse ?

– Il fallait que je fasse quelque chose. Tu ne me parlais pas.

– Depuis quand ? demanda-t-elle. Je t'ai vue lundi !

– Et tu as annulé notre déjeuner, renifla la déesse. On a à peine le temps de se voir.

– Et tu crois que traquer ma puce GPS va m'encourager à passer plus de temps avec toi ?

Déméter éclata de rire.

– Oh, ma fleur, je ne te traque pas. Je suis ta mère.

Perséphone lui lança un regard assassin.

– Je n'ai pas le temps pour ça.

Elle essaya de faire un pas de côté pour partir et découvrit qu'elle ne le pouvait pas ; c'était comme si ses pieds étaient cloués au sol. Une vague de panique naquit dans son ventre et se logea dans sa gorge. Elle regarda sa mère dans les yeux et, pour la première fois depuis plusieurs années, elle vit Déméter comme la déesse vengeresse qu'elle était, celle qui lynchait les nymphes et tuait les rois.

– Je ne t'ai pas autorisée à partir, dit sa mère. Souviens-toi, Perséphone, que tu n'es ici que par la grâce de ma magie.

Perséphone avait envie de hurler sur sa mère : *Continue de me rappeler que je n'ai pas de pouvoirs !* Mais elle savait que défier sa mère n'était pas une bonne stratégie. C'est ce que Déméter attendait afin de la punir. Elle s'obligea donc à prendre une grande inspiration avant de chuchoter.

– Pardon, Mère.

Tendue, Perséphone attendit de voir si Déméter allait la libérer ou la kidnapper. Elle sentit alors l'emprise de sa mère faiblir sur ses jambes tremblantes.

– Si tu retournes à Nevernight, si tu revois Hadès, je t'enlèverai de ce monde.

Perséphone ne sut pas d'où lui vint le courage de le faire, mais elle regarda sa mère dans les yeux.

– Ne pense pas une seconde que je te pardonnerais de me renvoyer dans cette prison.

Sa mère éclata d'un rire sec et sans joie.

– Ma fleur, je n'ai pas besoin de ton pardon.

Et elle disparut.

Perséphone savait que la mise en garde de Déméter n'était pas vaine. Le problème était qu'elle ne pouvait pas éviter de retourner à Nevernight, elle avait un contrat à exécuter et des articles à rédiger.

Son téléphone vibra, c'était un message de Lexa.

Oui pour La Rose ??

Elle répondit aussitôt.

Avec plaisir.

Il allait lui falloir beaucoup d'alcool pour oublier cette journée.

Chapitre XIII

LA ROSE

Perséphone et Lexa se rendirent à La Rose en taxi. Ce n'était pas son moyen de transport préféré, elle ne savait jamais si elle allait tomber sur une voiture qui sentait le moisi, un chauffeur trop loquace ou un pervers.

Ce soir, elles avaient eu le chauffeur dragueur. Il ne cessait de les reluquer dans le rétroviseur central et il avait été si distrait qu'il avait dû mettre un gros coup de volant pour ne pas percuter les voitures arrivant dans l'autre sens.

Elle regarda Lexa, qui avait insisté pour dire qu'elles ne pouvaient pas arriver à La Rose en bus.

Mieux vaut arriver en bus que mortes, pensa Perséphone.

– Cinq articles sur le dieu des Morts, dit Lexa d'un ton émerveillé. Quel va être ton prochain sujet ?

Perséphone n'en avait aucune idée, et elle n'avait aucune envie de penser à Hadès maintenant, mais Lexa n'allait pas lâcher le morceau.

Toutefois, elle était sur le point de lui répondre lorsque Lexa poussa un cri aigu, ce qu'elle faisait toujours lorsqu'elle avait une idée ou que quelque chose d'horrible était sur le point de se passer. Cette fois, Perséphone eut le mauvais pressentiment que c'était un mélange des deux.

– Tu devrais écrire sur sa vie sentimentale.

– Quoi ? s'exclama Perséphone. Non. C'est mort.

– Pourquoi pas ? demanda Lexa en faisant la moue.

– Ben, qu'est-ce qui te fait penser qu'Hadès se confierait à moi sur ce sujet ?

– Perséphone, tu es journaliste ! Mène l'enquête !

– Les anciennes maîtresses d'Hadès ne m'intéressent pas vraiment, répondit-elle en regardant par la vitre.

– Les anciennes maîtresses ? À t'entendre, on dirait qu'il a en a une actuelle… et que c'est *toi*.

– Euh… non, dit Perséphone. Je suis presque certaine que le dieu des Enfers couche avec son assistante.

– Alors écris à propos de ça ! l'encouragea Lexa.

– Je ne préfère pas, Lexa. Je travaille pour le *New Athens News*, pas le *Delphi Divine*. C'est la vérité qui m'intéresse.

À vrai dire, elle préférait que ces doutes ne soient pas confirmés. Elle avait la nausée, rien que d'y penser.

– Tu penses qu'Hadès couche avec son assistante. Débrouille-toi pour le confirmer, et ce sera la vérité !

Perséphone soupira, frustrée.

– Je ne veux pas parler de choses triviales. Je veux écrire sur des sujets qui vont changer le monde.

– Et critiquer les manigances divines d'Hadès va le faire ?

– Peut-être, rétorqua Perséphone alors que Lexa secouait la tête. Quoi ?

Son amie soupira à son tour.

– C'est juste que… tout ce que tu as fait en publiant cet article, c'est confirmer les peurs et les doutes de tout le monde à propos du dieu des Ténèbres. À mon avis, il existe d'autres vérités à propos d'Hadès qui ne sont pas dans cet article.

– Où tu veux en venir ?

– Ben, si tu veux changer le monde, écris sur la facette d'Hadès qui te fait rougir.

Perséphone sentit aussitôt ses joues s'embraser.

– Tu n'es qu'une romantique, Lexa.

– Tu vois, tu recommences. Pourquoi tu ne peux pas simplement avouer que tu trouves Hadès attirant…

– Mais je l'ai avoué…

– Et que *tu es* attirée par lui ?

Perséphone referma la bouche et croisa les bras, fuyant le regard de Lexa en tournant la tête.

– Je n'ai pas envie de parler de ça.

– De quoi as-tu peur, Perséphone ?

Elle ferma les yeux. Lexa ne comprendrait pas. Peu importait qu'Hadès lui plaise ou non, ou qu'elle le trouve attirant, ou qu'elle le désire. Il n'était pas pour elle. Il lui était interdit. Peut-être que son contrat était une bénédiction, c'était le meilleur moyen de voir Hadès comme un acteur éphémère dans sa vie.

– Perséphone ?

– Je t'ai dit que je ne voulais pas en parler, Lexa, dit-elle sèchement, regrettant la tournure que cette conversation avait prise.

Elles restèrent silencieuses pendant le reste du trajet. Quand Perséphone sortit du taxi, elle sentit l'odeur caractéristique de la pluie, elle leva la tête, des éclairs illuminaient le ciel. Elle frissonna, regrettant la tenue qu'elle avait choisie. Sa minirobe moulante, en satin bleu sarcelle, ne lui arrivait qu'à mi-cuisses, et le décolleté plongeant ne laissait pas grand place à l'imagination – et ne la protégerait en rien contre les éléments.

Elle l'avait choisie pour rendre Hadès fou, ce qui était idiot. Elle avait voulu symboliser le pouvoir, la tentation, le péché. Tout ça pour lui. Elle avait voulu s'offrir à lui et se retirer au dernier moment, au moment où il aurait été suffisamment proche pour la goûter.

Elle avait voulu qu'il la désire.

Or, tout ça était vain, puisque La Rose était le territoire d'un autre dieu. Il y avait très peu de chances qu'Hadès la voie ce soir. La robe était vraiment une idée stupide.

La boîte de nuit se trouvait dans un immeuble superbe qui ressemblait à des cristaux sortant de terre. Ceux-ci étaient faits dans un verre réfléchissant de sorte qu'ils reflétaient les lumières nocturnes de la ville. Comme à Nevernight, il y avait une immense file devant la porte.

Un frisson désagréable parcourut Perséphone et elle regarda autour d'elle, cherchant d'où provenait sa gêne, jusqu'à ce qu'elle voie Adonis.

Il souriait jusqu'aux oreilles et marchait vers Lexa et elle, vêtu d'un jean et d'une chemise noire. Il avait l'air à l'aise, confiant et suffisant. Elle était sur le point de lui demander ce qu'il faisait là lorsque Lexa s'adressa à lui.

– Adonis !

Elle le prit dans ses bras et il lui retourna son étreinte.

– Salut, ma belle.

– Ma belle ? répéta Perséphone d'un ton froid. Lexa, qu'est-ce qu'il fait ici ?

Sa meilleure amie se détacha des bras d'Adonis.

– Adonis voulait fêter ton succès, donc il m'a appelée. On s'est dit que ce serait une belle surprise !

– Oh, c'est une surprise, c'est clair, déclara Perséphone en fusillant Adonis du regard.

– Venez, j'ai une suite à mon nom.

Adonis prit la main de Lexa et la passa sous son bras, mais quand il proposa d'en faire de même avec Perséphone, elle secoua la tête. La joie d'Adonis disparut en une seconde, mais il se dépêcha de sourire à Lexa, comme si tout allait bien.

Perséphone envisagea de partir, mais elle était venue avec Lexa et elle ne voulait pas la laisser seule avec Adonis. Il allait falloir qu'elle trouve le temps, ce soir, pour dire à sa meilleure amie ce qu'avait fait son béguin du moment.

Adonis les fit entrer en passant devant tout le monde, et la musique pulsa dans les veines de Perséphone dès qu'elle passa sous les lumières roses du club. Le rez-de-chaussée offrait de la place pour danser ainsi que des coins pour s'asseoir, qui étaient cachés derrière des rideaux de cristaux. Des suites VIP se trouvaient à l'étage, surplombant la scène et la piste de danse.

Adonis les escorta jusqu'à l'escalier puis à sa suite, derrière le rideau de strass qui les isolait du reste du club. Son carré VIP était luxueux, avec des canapés rose pâle et une cheminée qui créait une chaleur et une ambiance que Perséphone trouva agaçantes.

– C'est ma suite personnelle, dit Adonis.

– C'est incroyable, s'exclama Lexa en courant vers la balustrade pour regarder la piste en contrebas.

– Ça te plaît ? demanda Adonis qui se tenait dans l'entrée.

– Bien sûr ! Faudrait être fou pour ne pas trouver ça génial.

– Et toi, Perséphone ?

Adonis la fixait avec insistance. Espérait-il vraiment obtenir des compliments de sa part ?

– Tu dois avoir beaucoup de chance, répondit-elle poliment. Tu es sur la liste VIP dans deux clubs détenus par des dieux.

Son regard perdit de son éclat, mais il ne laissa pas passer l'occasion.

– Bien sûr que j'ai de la chance, Perséphone. Après tout, c'est moi qui ai lancé ta carrière.

Elle lui lança un regard assassin et il esquissa un sourire narquois avant de traverser la pièce pour rejoindre Lexa, qui n'avait pas entendu leur échange à cause de la musique. Elle s'appuya contre lui et il posa une main sur le creux de ses reins.

Perséphone les scruta quelques instants, tiraillée entre sa colère contre Adonis et son amour pour son amie. Lexa s'était clairement entichée d'Adonis. Faisait-il battre la chamade à son cœur ? Son corps devenait-il électrique quand il la touchait ? Perdait-elle tous ses moyens lorsqu'il entrait dans une pièce ?

Une serveuse vint prendre leur commande, coupant court à la réflexion de Perséphone. C'était une mortelle, dépourvue d'aura magique, et elle était vêtue d'une petite robe fuchsia moulante dont le tissu brillant rappela à Perséphone l'intérieur d'un coquillage.

Elle prit les commandes de Lexa et d'Adonis avant de se tourner vers Perséphone.

– Un cabernet sauvignon, s'il vous plaît, dit-elle en regardant son amie. D'ailleurs, donnez-m'en deux.

Elle revint avec leurs boissons au moment où Sybil, Aro et Xerxès arrivaient. Sybil portait une jupe en cuir noir et un haut en dentelle assorti, et les jumeaux avaient tous les deux mis un jean foncé, une chemise noire et une veste en cuir. Ils s'assirent en face de Perséphone et passèrent commande auprès de la serveuse. Lorsque cette dernière partit, Sybil balaya la suite du regard.

– Eh bien, Adonis, avoir une Faveur a ses avantages, on dirait.

L'ambiance devint soudain tendue, comme si le commentaire de Sybil n'était pas anodin. Perséphone regarda Lexa, mais son amie observait à nouveau la piste de danse.

C'était ce que craignait Perséphone : si Adonis avait la Faveur d'un dieu, cela mettait en danger les mortels qu'il fréquentait. Lexa le savait. Elle ne prendrait pas le risque de s'attirer la colère d'un dieu, si ?

– Ne crois pas tout ce que tu entends, Sybil, dit Adonis.

– Tu voudrais qu'on croie que tu obtiens tous ces laissez-passer parce que tu travailles pour le *New Athens News* ? ajouta Xerxès.

Adonis sourit et leva les yeux au ciel.

– Perséphone, dit Aro, tu bosses pour le même journal, tu as des entrées dans les clubs les plus prisés de la ville, toi aussi ?

Elle hésita quelques instants.

– Non…

– Mais notre Perséphone a été invitée à Nevernight par Hadès lui-même.

Elle fusilla Adonis du regard, consciente de ce qu'il essayait de faire. Il cherchait à détourner l'attention de lui. Heureusement, personne ne mordit à l'hameçon.

– Continue de le nier, va. Je sais reconnaître un être Charmé quand j'en vois un, dit Sybil.

– Et nous, on sait tous que tu couches avec Apollon, mais on ne dit rien, rétorqua Adonis.

– Eh, tu vas trop loin, intervint Aro pour défendre Sybil, mais elle leva la main pour le faire taire.

– Au moins, je ne nie pas que j'ai sa Faveur, dit-elle.

Plus elle écoutait cette conversation, plus Perséphone était déterminée à faire sortir son amie de cette suite. Lexa allait avoir besoin de respirer et de temps pour se remettre de sa déception après les espoirs qu'elle s'était faits à propos d'Adonis.

– Lexa, viens danser, dit-elle en traversant la pièce pour retrouver son amie.

Elle prit sa main et attendit d'être en bas pour la regarder.

– Je vais bien, Perséphone, se dépêcha de dire son amie.

– Je suis désolée, Lex.

Elle resta silencieuse un moment en se mordant la lèvre.

– Tu crois que Sybil a raison ?

La jeune femme était Oracle. Elle était sans doute plus perspicace que quiconque. Toutefois, Perséphone ne voulait pas blesser son amie.

– Peut-être ? dit-elle simplement.

– Tu penses que c'est qui ?

Ce pourrait être n'importe qui, mais il y avait quelques dieux et déesses qui étaient connus pour leur penchant pour des amants mortels : Aphrodite, Héra, Apollon, pour n'en citer que quelques-uns.

– N'y pense pas. On est venues ici pour s'amuser, non ?

Une serveuse vint les voir et leur tendit deux verres.

– Oh, on n'a pas commandé… commença Perséphone, mais la serveuse l'interrompit.

– C'est offert par la maison, dit-elle en souriant.

Perséphone et Lexa prirent un verre chacune. La boisson était rose et sucrée, et elles ne perdirent pas de temps pour vider leur verre. Lexa cherchait sans doute à noyer sa tristesse, et Perséphone avait besoin de courage pour aller danser. Elle saisit la main de Lexa pour la tirer sur la piste.

Elles dansèrent ensemble et avec des inconnus. Le rythme de la musique, les lumières des lasers et l'alcool qui coulait dans leur sang leur permettaient de se sentir heureuses et de mettre les événements de la journée derrière elles. Elles profitaient de l'instant.

La foule bougeait autour d'elles, les berçant d'avant en arrière. Perséphone était à bout de souffle, sa bouche était sèche et son front couvert de sueur. Elle eut soudain le tournis et beaucoup trop chaud. Elle s'immobilisa sur la piste. Les autres continuaient de danser, mais tout tournait autour d'elle, lui donnant la nausée.

Elle remarqua alors qu'elle avait été séparée de Lexa. Elle essaya de se faufiler à travers la foule dont les visages étaient flous, chaque fois qu'un corps la percutait, elle perdait un peu plus l'équilibre. Elle crut apercevoir la robe bleue de son amie et elle la suivit, mais lorsqu'elle arriva au bord de la piste, Lexa n'y était pas.

Peut-être était-elle remontée à la suite ?

Elle commença à gravir les marches, mais chaque mouvement lui donnait un peu plus l'impression d'être sous l'eau. Elle était tellement prise de vertiges qu'elle s'arrêta pour fermer les yeux.

– Perséphone ?

Elle les rouvrit et trouva Sybil devant elle.

– Est-ce que ça va ?

– Tu as vu Lexa ? demanda-t-elle.

Sa langue lui semblait épaisse.

– Non. Est-ce que tu…

– Je dois trouver Lexa.

Elle tourna le dos à Sybil pour redescendre. À ce stade, elle savait que quelque chose n'allait pas ; elle devait trouver son amie.

– Waouh, attends, attends, dit Sybil en la retenant. Perséphone, tu as bu combien de verres ?

– Un seul, dit-elle.

Sybil secoua la tête en fronçant les sourcils.

– Tu ne peux pas n'avoir bu qu'un seul verre.

Perséphone fit un pas de côté pour poursuivre son chemin. Elle n'avait ni le temps ni l'envie de se défendre sur sa consommation d'alcool. Peut-être que Lexa était aux toilettes.

Elle essaya de longer le mur tout en cherchant son amie, mais elle se retrouva happée par l'océan des danseurs. Elle était sur le point d'être engloutie lorsque quelqu'un saisit son poignet.

Elle tendit les mains et rencontra un torse dur. Elle leva la tête et découvrit le visage d'Adonis.

– Eh ben, tu vas où, ma belle ?

– Lâche-moi, Adonis.

Elle essaya de reculer, mais il la retint plus fort.

– Chut, ne t'inquiète pas. Je suis ton ami.

– Si tu étais mon ami…

– Va falloir te remettre de cette histoire d'article, ma belle.

– Ne m'appelle pas ma belle. Et ne me dis pas quoi faire.

– Est-ce que quelqu'un t'a déjà dit que tu étais prise de tête ?

Il la serra encore plus fort et l'attira contre lui, forçant son bassin contre le sien.

Elle était sur le point de vomir.

– Je veux juste parler, dit-il.

– Non.

Soudain, le visage d'Adonis se transforma. Son sourire enjoué s'effaça et son regard noircit.

– Très bien, on n'est pas obligés de parler.

Il glissa sa main sur la nuque de la jeune femme et empoigna ses cheveux avant de plaquer ses lèvres contre les siennes. Elle ferma la bouche aussi fort que possible et se débattit, mais il la tenait trop fort. Ses yeux se remplirent de larmes quand il essaya de fourrer sa langue dans sa bouche.

Soudain, des mains calleuses empoignèrent Adonis et deux ogres l'attrapèrent avant de le traîner loin de Perséphone. Elle s'essuya la bouche pour se débarrasser de la sensation de ses lèvres, et vit soudain le dieu des Morts venir vers elle.

– Hadès, soupira-t-elle.

Elle marcha vers lui et se blottit contre son torse. Il plaqua une main dans son dos et plongea l'autre dans ses cheveux. Il la tint contre lui quelques instants, puis il recula, glissant sa main sous son menton pour lui faire lever la tête et la regarder dans les yeux.

– Tu vas bien ?

Elle secoua la tête, la gorge nouée. Rien n'allait, aujourd'hui.

– Partons.

Il l'attira contre lui, passant son bras sur ses épaules dans un geste protecteur, et la guida à travers la foule. Celle-ci s'écartait pour le laisser passer et Perséphone se rendit compte que sa présence dans le club avait provoqué une sorte de chaos silencieux. La musique jouait toujours, mais personne ne dansait. Tout le monde s'était arrêté pour le regarder escorter Perséphone.

– Hadès, gronda Perséphone pour le prévenir, mais il sembla savoir ce qu'elle pensait et répondit avant-même qu'elle ne parle.

– Ils ne s'en souviendront pas.

Sa réponse la rassura et elle le suivit jusqu'à la sortie, se rappelant soudain qu'elle devait d'abord trouver sa meilleure amie.

– Lexa !

Elle fit demi-tour trop vite et fut prise d'un nouveau vertige, Hadès la rattrapa et la souleva dans ses bras.

– Je vais m'assurer qu'elle rentre en sécurité, dit-il.

Un autre jour, elle aurait protesté et se serait débattue, mais elle avait le tournis, même les yeux fermés.

– Perséphone ? susurra Hadès d'une voix grave.

– Hmm ? demanda-t-elle en fronçant les sourcils et en fermant plus fort les yeux.

– Qu'est-ce qui ne va pas ?

– J'ai la tête qui tourne.

Il ne répondit pas et elle sut qu'ils étaient dehors en sentant l'air froid sur sa peau nue et en entendant les gouttes s'écraser sur l'auvent de La Rose. Elle frissonna et se blottit tout contre Hadès, respirant son parfum désormais familier de cendre et d'épices.

– Tu sens bon…

Elle empoigna sa veste et le retint aussi fortement que possible. Son corps était comme un roc, il avait eu des siècles entiers pour sculpter son physique.

Hadès rit et quand elle ouvrit les yeux, elle découvrit qu'il la regardait. Elle était sur le point de lui demander pourquoi il riait lorsqu'il pivota et la tint contre lui pour s'installer à l'arrière d'une limousine. Elle aperçut Antoni juste avant qu'il ne referme la portière.

La limousine était cosy et intime, et Hadès l'installa sur la banquette, à côté de lui. Elle regarda ses doigts habiles ajuster les boutons pour que l'air chaud souffle sur elle.

– Qu'est-ce que tu faisais ici ? demanda-t-elle alors que la voiture s'insérait dans la circulation.

– Tu n'obéis pas aux ordres.

Elle éclata de rire.

– Je ne reçois pas d'ordres de toi, Hadès.

– Crois-moi, j'en ai conscience, ma chérie, répondit-il en haussant un sourcil.

– Je ne suis pas à toi et je ne suis pas ta chérie.

– On a déjà parlé de ça, non ? Tu *es* à moi. Je crois tu le sais aussi bien que moi.

Elle croisa les bras.

– Tu n'as jamais pensé que c'était peut-être *toi* qui étais à moi ?

Sa bouche tressauta et il regarda son poignet.

– C'est *ma* marque qui couvre ta peau.

Peut-être l'alcool lui donnait-il du courage. Elle se tourna et glissa une jambe sur les cuisses d'Hadès pour le chevaucher. Sa robe se souleva et elle sentit son érection. Elle sourit quand il plongea son regard brûlant dans le sien.

– Est-ce que je devrais moi aussi laisser une marque sur toi ?

– Fais gaffe, Déesse, gronda-t-il.

Elle ne put s'empêcher de lever les yeux au ciel.

– Encore un ordre ?

– Une mise en garde, siffla-t-il en serrant les dents.

Il saisit soudain ses cuisses nues et elle inspira brusquement en sentant sa peau sur la sienne.

– Mais on sait tous les deux que tu n'écoutes pas, même si c'est pour ton bien, poursuivit-il.

– Tu crois savoir ce qui est bon pour moi ? demanda-t-elle alors que sa bouche était dangereusement proche de la sienne. Tu crois savoir ce dont j'ai besoin ?

Les mains d'Hadès remontèrent sur ses cuisses, soulevant encore sa robe, et elle retint son souffle lorsqu'elles arrivèrent tout en haut. Hadès éclata de rire.

– Je ne le crois pas, Déesse, je le sais. Tu me vénérerais, si je le voulais.

Perséphone se mordit la lèvre et les yeux d'Hadès tombèrent sur sa bouche. Sans réfléchir, elle franchit la distance qui les séparait et s'empara de sa bouche.

Il l'ouvrit immédiatement et elle y engouffra sa langue pour prendre possession de lui. Elle plongea ses doigts dans ses cheveux et les empoigna pour pencher sa tête en arrière et l'embrasser plus profondément encore. Dans cette position, elle se sentait puissante.

Lorsqu'elle rompit le baiser, ce fut pour mordiller son oreille.

– C'est *toi* qui vas me vénérer, dit-elle en faisant onduler son bassin contre lui.

Il planta ses ongles dans sa chair et elle colla sa joue à la sienne pour murmurer tout contre son oreille :

– Et je n'aurai même pas à te l'ordonner.

Elle ne pensait pas qu'il pouvait la tenir plus fort qu'il ne le faisait déjà, mais il la souleva comme si elle ne pesait rien et l'assit perpendiculairement à lui, sur ses genoux. Il baissa sa robe et la couvrit avec sa propre veste.

– Ne fais pas de promesses que tu ne peux pas tenir, Déesse.

Perséphone cligna des yeux, confuse de ce changement brutal de comportement. Il l'avait rejetée.

– Tu as peur, c'est tout…

Hadès ne répondit rien, mais lorsqu'elle l'observa, il regardait par la vitre, la mâchoire crispée, les poings fermés, et elle eut l'impression qu'elle avait raison.

Peu de temps après, elle s'endormit dans ses bras.

Chapitre XIV

UNE TOUCHE DE JALOUSIE

Lorsque Perséphone se réveilla, elle prit conscience de deux choses : la première était qu'elle n'était pas dans son lit, la seconde qu'elle était nue. Elle s'assit brusquement en serrant les draps de soie noire contre sa poitrine. Elle était dans la chambre d'Hadès, qu'elle connaissait depuis le jour où elle avait failli mourir dans le Styx et qu'il l'avait guérie. Elle le trouva assis devant le feu qui faisait rage dans la cheminée et se dit qu'il ne lui avait jamais paru aussi divin qu'en cet instant. Son apparence était impeccable, des cheveux parfaitement coiffés, un costume et une chemise boutonnée jusqu'au cou. Il tenait son whiskey dans une main tandis que, de l'autre, il effleurait sa bouche. Le halo de flammes dans son dos participait à parfaire cette image et reflétait son regard de braise.

Même s'il semblait détendu, Perséphone savait cependant qu'il ne l'était pas.

Il soutint son regard sans un mot et but une gorgée de whiskey.

– Pourquoi je suis nue ?

– Parce que tu as insisté pour l'être, répondit-il d'un ton dénué du désir ardent dont il avait fait preuve dans la limousine.

Elle n'avait que peu de souvenirs de la veille, mais elle était certaine de ne jamais oublier la pression des doigts d'Hadès sur ses cuisses ni les décharges électriques qu'elle avait ressenties lorsque leurs bassins s'étaient rencontrés.

– Tu étais déterminée à me séduire, ajouta-t-il.

Perséphone se sentit rougir et fuit aussitôt son regard.

– Est-ce qu'on a…

Hadès éclata d'un rire sombre et Perséphone contracta si fort sa mâchoire qu'elle eut mal. Pourquoi riait-il ?

– Non, Lady Perséphone. Crois-moi, quand on baisera, tu t'en souviendras.

Quand ?

– Ton arrogance est édifiante.

– Est-ce que c'est un défi ? demanda-t-il d'un ton narquois.

– Bon sang, mais dis-moi ce qui s'est passé, Hadès ! s'écria-t-elle.

– Tu as été droguée à La Rose. Tu as de la chance d'être immortelle, ton corps s'est vite débarrassé du poison.

Pas assez vite pour éviter la honte du siècle, apparemment.

Elle se souvint de la serveuse qui était venue les voir sur la piste de danse et qui leur avait offert des verres de la part de la maison. Peu de temps après l'avoir bu, elle s'était mise à danser, et la musique lui avait paru lointaine, les lumières aveuglantes, et chaque geste lui avait donné le tournis.

Elle se souvint aussi de deux mains sur son corps et de lèvres glacées sur les siennes.

– Adonis, dit Perséphone, voyant Hadès se crisper. Qu'est-ce que tu lui as fait ?

Hadès regarda son verre et fit tournoyer son whiskey avant de le vider. Puis il posa le verre sur la table, sans la regarder.

– Il est en vie, mais c'est seulement parce qu'il était sur le territoire de sa déesse.

– Tu le savais !

Perséphone se leva d'un bond et les draps de soie la suivirent dans un bruissement qui attira l'attention d'Hadès. Ses yeux s'arrêtèrent sur chacune de ses courbes et elle eut l'impression d'être nue devant lui.

– C'est pour ça que tu m'as dit de le tenir à distance ?

– Je t'assure qu'il y a de nombreuses raisons pour lesquelles il vaut mieux ne pas s'approcher de ce mortel, et pas seulement parce qu'il a la faveur d'Aphrodite.

– Quelles raisons ? Tu ne peux pas t'attendre à ce que je comprenne si tu ne m'expliques rien.

– Je m'attends à ce que tu me fasses confiance, dit-il en se levant.

Sa déclaration choqua Perséphone.

– Ou, au moins, que tu fasses confiance à mon pouvoir.

Elle n'avait pas pensé à ses pouvoirs, à sa capacité à voir l'âme telle qu'elle était, brute et sans filtre. Que voyait-il quand il regardait Adonis ?

Un voleur, pensa-t-elle. *Un manipulateur.*

Hadès s'éloigna d'elle pour se resservir un verre.

– Je pensais que tu étais jaloux !

Hadès était sur le point de boire une gorgée, il éclata de rire et son attitude la vexa autant qu'il l'énerva.

– Ne fais pas comme si tu n'étais pas jaloux, Hadès. Adonis m'a embrassée hier soir.

Hadès posa brusquement son verre sur la table.

– Continue de me le rappeler, Déesse, et je le réduirai en poussière.

– Donc, tu es bien jaloux ! l'accusa-t-elle.

– Jaloux ? répéta-t-il en marchant vers elle d'un pas déterminé. Cette… sangsue… t'a touchée alors que tu lui avais dit non. J'ai envoyé des âmes au Tartare pour moins que ça.

Elle se souvint de la colère d'Hadès quand Duncan l'avait brutalisée, et elle comprit pourquoi il était à cran.

Sans doute avait-il réellement envie de retrouver Adonis pour le réduire en cendres.

– Je suis… désolée.

Elle ne savait pas quoi dire, mais il semblait si bouleversé qu'elle pensait l'apaiser avec des excuses.

Mais elle ne fit qu'aggraver la situation.

– Je t'interdis de t'excuser ! gronda-t-il en prenant son visage dans ses mains. Ne t'excuse pas à sa place. Jamais, ajouta-t-il avant d'ajouter en la fixant de ses yeux sombres : Pourquoi cherches-tu tant à me détester ?

Elle fronça les sourcils et couvrit ses mains avec les siennes.

– Je ne te déteste pas, répondit-elle calmement.

Hadès se crispa et recula brusquement. La violence de ses mouvements la surprenait, et elle vit sa colère et la tension s'emparer à nouveau de lui.

– Ah non ? Dois-je te rafraîchir la mémoire ? *Hadès, dieu des Enfers, Le Riche, et sans doute le dieu le plus détesté chez les mortels, fait preuve d'un mépris évident pour la vie mortelle.*

Il citait son article mot pour mot et Perséphone grimaça. Combien de fois l'avait-il lu ? Il avait dû être furieux.

– C'est ce que tu penses de moi ? demanda Hadès.

Elle ouvrit la bouche et la referma avant de décider de s'expliquer.

– J'étais en colère…

– Oh, mais ça se voit, je te rassure, dit Hadès d'un ton cinglant.

– Je ne savais pas qu'ils allaient le publier !

– Une critique mordante détaillant tous mes défauts ? Tu ne pensais pas que les médias s'en empareraient ?

Elle le fusilla du regard.

– Je t'avais prévenu.

C'était la chose à ne pas dire.

– Tu m'avais prévenu ? gronda-t-il en la dévisageant d'un regard furieux. Tu m'avais prévenu à propos de quoi, Déesse ?

– Je t'avais prévenu que tu regretterais notre contrat.

– Et je t'avais prévenue de ne pas écrire sur moi.

Il se rapprocha d'elle et elle refusa de reculer, penchant la tête en arrière pour le regarder dans les yeux.

– Peut-être que dans mon prochain article, je parlerai de ton besoin d'autorité, dit-elle.

– Ton prochain article ?

– Tu n'es pas au courant ? On m'a demandé d'écrire une série sur toi.

– Non, dit-il.

– Tu ne peux pas dire non. Tu n'es pas aux commandes.

– Et tu crois l'être, toi ?

– Je vais écrire ces articles, Hadès, et la seule façon que tu as de m'arrêter est de me libérer de ce fichu contrat !

Hadès se crispa.

– Tu penses pouvoir négocier avec moi, Déesse ? siffla-t-il.

La chaleur qui émanait de son corps était presque insupportable. Il se rapprocha alors que pas un mètre ne les séparait, et elle tint plus fort le drap.

– Tu oublies une chose très importante, *Lady Perséphone*. Pour négocier, il faut avoir quelque chose que je désire.

– Tu m'as demandé si je pensais ce que j'ai écrit ! rétorqua-t-elle. Ça te touche !

– Ça s'appelle du bluff, chérie.

– Enfoiré, siffla-t-elle.

Hadès tendit la main et l'empoigna par les cheveux pour l'attirer contre lui, penchant sa tête en arrière de sorte que sa gorge soit tendue. C'était un geste sauvage et possessif et elle en eut le souffle coupé. Elle sentit aussi son entrejambe mouiller, elle ne pouvait plus nier son désir pour lui.

– Je veux que ce soit bien clair : tu as joué et tu as perdu. Tu ne seras libérée de notre contrat que lorsque tu l'auras rempli. Sinon, tu resteras ici. Avec moi.

– Si tu me fais prisonnière, je passerai le reste de ma vie à te détester.

– C'est déjà le cas.

Elle grimaça. Elle détestait qu'il pense cela et qu'il ne cesse de le répéter.

– Tu crois vraiment ça ?

Il ne répondit rien, se contentant d'un rire moqueur, puis il plaqua sa bouche contre la sienne avant de reculer brusquement.

– Je vais effacer le souvenir de lui sur ta peau.

Elle était surprise qu'il soit aussi féroce, mais elle adorait ça. Il arracha le drap de soie, la laissant nue devant lui, et lorsqu'il la souleva, elle entoura sa taille avec ses jambes sans hésiter une seconde. Il empoigna ses fesses et s'empara de sa bouche. Le frottement de ses vêtements contre sa peau la rendait folle et elle se sentit mouiller de plus belle. Elle plongea ses doigts dans les cheveux d'Hadès et griffa son crâne avant de détacher ses longues mèches pour les empoigner. Elle tira sa tête en arrière et l'embrassa goulûment, lui arrachant un grognement guttural. Il la plaqua contre la colonne du lit à baldaquins et se frotta contre elle. Il promena ses dents sur sa peau, la mordit et la suça, lui coupant le souffle, lui arrachant des gémissements rauques et désespérés.

Ensemble, ils perdirent la tête, et lorsqu'elle se trouva étendue sur son lit, elle comprit qu'elle donnerait n'importe quoi à Hadès. Et qu'il n'aurait même pas à le lui demander.

Mais le dieu des Morts se releva, à bout de souffle. Ses cheveux noirs tombaient sur ses épaules, ses yeux étaient noirs de colère et de désir. Au lieu de faire disparaître la distance qui les séparait, il esquissa un sourire.

C'était déstabilisant, et Perséphone sut immédiatement que la suite ne lui plairait pas.

– Eh bien, tu prendrais sans doute du plaisir à baiser avec moi, mais il est évident que tu ne m'aimes pas.

Et il partit.

***

Perséphone trouva sa robe soigneusement pliée sur un des deux fauteuils qui trônaient devant la cheminée d'Hadès, ainsi qu'une cape noire. Elle mit sa robe et la cape et repensa à l'apparence d'Hadès lorsqu'elle s'était réveillée. Combien de temps était-il resté à la regarder dormir ? Pendant combien de temps avait-il bouillonné de rage ? Qui était ce dieu qui sortait de nulle part pour la sauver des avances forcées d'un autre, qui disait ne pas être jaloux et qui pliait ses vêtements délicatement ? Qui l'accusait de le détester, mais qui l'embrassait comme s'il n'avait jamais connu un tel désir auparavant ?

Son sang s'embrasa en repensant à la manière avec laquelle il l'avait soulevée pour la déposer sur le lit. Elle ne savait plus trop à quoi elle pensait, mais elle savait qu'elle n'avait aucune intention de lui dire stop – or, il l'avait quand même laissée.

Son sang se glaça, maintenant que sa colère refaisait surface.

Il avait ri, et il l'avait abandonnée.

Parce que tout ça n'est qu'un jeu pour lui, se dit-elle. Elle ne pouvait pas permettre à son étrange attirance de lui faire perdre de vue la réalité. Elle avait un contrat à exécuter.

Perséphone sortit de la chambre par le balcon pour jeter un œil à son jardin. Elle avait beau détester l'orangerie, elle aimait vraiment les fleurs, et le dieu des Enfers avait réussi à créer un des plus beaux jardins qu'elle ait jamais vus.

Elle était émerveillée par les couleurs, par le parfum sucré de la glycine, l'odeur entêtante des gardénias et des roses, par l'arôme apaisant de la lavande.

Et tout ça était le fruit de sa magie.

Hadès avait eu l'équivalent de plusieurs vies pour apprendre ses pouvoirs et façonner des illusions qui trompaient les sens. Perséphone n'avait jamais connu la sensation du pouvoir. Était-elle brûlante comme le désir qu'Hadès éveillait en elle ? Était-ce comme hier soir, lorsqu'elle l'avait chevauché sans vergogne et l'avait défié dans le creux de son oreille tout en goûtant à sa peau ?

Tout ça était du pouvoir.

L'espace d'un instant, elle avait contrôlé Hadès.

Elle avait vu le désir dans son regard, elle avait entendu son grognement passionné et senti son érection. Mais elle n'avait pas été suffisamment puissante pour le maintenir sous son Charme.

Elle commençait à croire qu'elle ne serait jamais suffisamment puissante pour cela.

Et c'est pour ça qu'une vie mortelle lui convenait tant, c'est pour ça qu'elle ne pouvait pas laisser Hadès gagner.

Mais elle ne savait pas comment elle était censée gagner alors que son jardin n'était encore qu'une parcelle de terre brûlée. Elle arriva au bout du sentier, où le jardin luxuriant laissait la place à un carré de poussière sableuse, noire comme la suie. Cela faisait plusieurs semaines qu'elle avait planté ses graines. Elles auraient dû germer, à ce stade. Même sans magie, les jardins des mortels produisaient de la vie. Si cela avait été le jardin de sa mère, il aurait déjà été à maturité. Perséphone avait secrètement espéré qu'à travers ce processus, elle découvrirait un pouvoir endormi qui n'impliquait pas d'ôter la vie. Mais, devant la parcelle de terre vierge, elle comprit combien cet espoir avait été ridicule.

Elle ne pouvait pas se contenter d'attendre que son pouvoir se manifeste ou que des graines mortelles germent dans la terre pauvre des Enfers. Elle devait essayer autre chose.

Elle se redressa et partit à la recherche d'Hécate.

Elle la trouva dans un bosquet qui se trouvait près de sa maison. Aujourd'hui, elle était vêtue d'une tunique violette, et ses longs cheveux étaient tressés en une natte qui tombait sur sa poitrine. Assise en tailleur dans l'herbe, elle caressait une grosse belette velue.

– Qu'est-ce que c'est que ça ? s'émerveilla Perséphone.

Hécate lui sourit tendrement et gratta la petite bête derrière l'oreille.

– Voici Gale. Elle était humaine, avant, mais elle était idiote, alors je l'ai transformée en furet.

Perséphone dévisagea la déesse, mais Hécate ne sembla pas remarquer son silence outré.

– Je la préfère ainsi, ajouta Hécate avant de lever les yeux vers Perséphone. Mais assez parlé de Gale. Que puis-je faire pour toi, ma chère ?

La question suffit à faire craquer Perséphone et elle déversa toute sa colère contre Hadès et son contrat impossible, évitant tout de même de parler du désastre du matin. Elle avoua même son plus grand secret : qu'elle ne pouvait pas faire pousser la moindre plante. Lorsqu'elle eut fini, Hécate l'étudia d'un air pensif mais pas surpris.

– Si tu ne peux pas créer la vie, que peux-tu faire ? demanda-t-elle.

– La détruire.

Hécate haussa les sourcils.

– Tu n'as jamais fait pousser quoi que ce soit ?

Perséphone secoua la tête.

– Montre-moi.

– Hécate… je ne crois pas que…

– J'aimerais voir.

Perséphone soupira et leva les paumes de ses mains vers le ciel, les regardant longuement avant de les presser dans l'herbe verte qui jaunit aussitôt et dont les brins se recroquevillèrent. Elle regarda ensuite Hécate, qui étudiait ses mains.

– Je crois que c'est pour ça qu'Hadès m'a défiée de créer la vie, parce qu'il savait que c'était impossible.

Hécate ne semblait pas convaincue.

– Hadès ne défie pas les gens de faire l'impossible, il les pousse à atteindre leur potentiel.

– Et quel est mon potentiel ?

– D'être la déesse du Printemps.

Le furet sauta dans l'herbe quand Hécate se leva en époussetant sa jupe. Perséphone s'attendait à ce qu'elle continue de l'interroger sur sa magie, mais ce ne fut pas le cas.

– Jardiner n'est pas le seul moyen de créer de la vie.

Perséphone la dévisagea.

– Quel autre moyen y a-t-il ?

Elle sut à l'expression amusée d'Hécate que ce qu'elle s'apprêtait à dire n'allait pas lui plaire.

– Tu pourrais avoir un bébé.

– *Quoi ?*

– Bien sûr, pour remplir le contrat, Hadès devrait en être le père, poursuivit-elle comme si elle n'avait pas entendu Perséphone. Il serait furieux que ce soit quelqu'un d'autre.

– Je ne vais pas faire un bébé avec Hadès, Hécate.

– Tu voulais des suggestions. J'essayais seulement d'être une bonne amie.

– Et tu l'es ; mais je ne suis pas prête pour un enfant et Hadès n'est pas le genre de dieu que je voudrais comme père, de toute façon, dit-elle tout en se sentant un peu coupable. Qu'est-ce que je vais faire ? Bon sang, c'est impossible !

– Pas autant que ça ne le paraît, ma chère. Après tout, tu es aux Enfers.

– Euh… tu réalises que les Enfers sont le royaume des morts, non ?

– C'est aussi un lieu de nouveaux départs, dit-elle. Parfois, l'existence que mènent les âmes ici est bien plus belle que celle qu'elles menaient de leur vivant. Je suis sûre que, de tous les dieux, tu es la mieux placée pour comprendre ça.

Elle comprenait parfaitement, en effet, et cette prise de conscience pesait lourd sur ses épaules.

– Vivre ici n'est pas différent de vivre là-haut, ajouta Hécate. Tu as défié Hadès d'aider les mortels à mener une vie plus belle. Il t'a simplement défiée d'en faire de même ici, aux Enfers.

Chapitre XV

L'OFFRE

Une autre semaine passa, occupée à des lectures d'articles, des rédactions de devoirs et des examens. Perséphone avait pensé qu'à ce stade, le buzz causé par son article se serait dissipé, mais ce n'était pas le cas. Elle continuait d'être arrêtée, lorsqu'elle se rendait à l'Acropole et à la fac, par des inconnus qui lui demandaient quand sortirait le prochain article sur Hadès et ce dont elle comptait parler.

Elle se lassait de ces questions, et en avait assez de se répéter : *L'article sortira dans quelques semaines, et il faudra acheter le journal pour le savoir*. Elle avait commencé à mettre ses écouteurs lorsqu'elle marchait afin de faire mine de ne pas entendre les gens lorsqu'ils l'interpellaient.

– Perséphone ?

Hélas, elle ne pouvait le faire maintenant.

Demetri sortit la tête de son bureau. Étrangement, il lui paraissait à la fois plus jeune et plus vieux, dans sa chemise en jean et son nœud papillon à pois ; peut-être parce que le bleu de son nœud papillon faisait ressortir le gris de ses cheveux, mais aussi parce que l'accessoire était plutôt fun.

– Oui ?

– Tu as une minute ?

– Bien sûr.

Elle sauvegarda son travail et ferma son ordinateur portable avant de suivre Demetri.

Elle s'assit et lui s'appuya contre son bureau.

– Comment avance l'article ?

– Bien… très bien.

S'il voulait un résumé de ce qu'elle comptait écrire, elle n'en avait pas. Elle pensait écrire à propos de la mère qui était allée voir Hadès pour lui demander de sauver sa fille, mais même si elle ne comprenait pas pourquoi Hadès souhaitait que ça reste secret, elle voulait respecter la demande qu'il avait faite à la mère.

Depuis le lendemain de La Rose, lorsqu'Hadès l'avait chamboulée avec sa colère et sa passion, elle avait tout fait pour l'éviter. Elle savait que ce n'était pas la meilleure chose à faire, surtout si elle devait remettre cet article dans quelques semaines, mais le week-end approchait et, étant donné leur passé, Hadès allait forcément faire quelque chose pour l'agacer, ce qui nourrirait sa plume.

– *Dieu du Jeu* est, de tout temps, notre article le plus populaire. On a eu des millions de vues, des milliers de commentaires et de journaux vendus.

– Tu avais raison, dit Perséphone. Les gens sont curieux à propos d'Hadès.

– C'est pour ça que je t'ai appelée.

Perséphone se redressa, prête à l'écouter. Elle s'attendait à ce que Demetri lui en demande davantage même si, pour l'instant, il l'avait laissée décider de sa façon de parler du dieu. Or elle ne voulait pas perdre ce contrôle.

– J'ai une mission pour toi.

– Une mission ?

– Je les avais mis de côté, dit-il en saisissant une enveloppe sur son bureau pour la lui donner. Je n'avais pas décidé qui envoyer, mais je n'ai plus de doute, étant donné le succès de ton article.

– Qu'est-ce que c'est ?

Elle était trop nerveuse pour ouvrir l'enveloppe, mais son boss se contenta de sourire.

– Ouvre-la.

Perséphone s'exécuta et découvrit deux invitations pour le Gala olympien du samedi suivant, au Musée des arts anciens. Les billets étaient magnifiques, rédigés en noir et or, et semblaient aussi luxueux que le gala lui-même.

La jeune déesse écarquilla les yeux. Le Gala olympien était l'événement le plus attendu de l'année. C'était un immense défilé de mode, une grande fête, ainsi qu'un gala de charité. Chaque année, un thème était choisi d'après un dieu ou une déesse, et ce dernier choisissait l'association caritative qui recevait l'argent récolté au gala. Les billets étaient très prisés et coûtaient une fortune.

– Mais… pourquoi moi ? demanda-t-elle. C'est toi qui devrais y aller. C'est toi le rédacteur en chef.

– J'ai une autre obligation, ce soir-là.

– Plus importante que le Gala olympien ?

Demetri esquissa un sourire narquois.

– J'y suis allé de nombreuses fois, Perséphone.

– Je ne comprends pas. Hadès ne sera même pas au gala.

Elle avait regardé la retransmission du gala avec Lexa et ne l'avait jamais vu entrer avec les autres dieux, et personne ne l'avait jamais pris en photo.

– Lord Hadès ne se laisse pas photographier, mais il y va tous les ans.

– Je ne peux pas y aller, dit-elle après un long silence.

Son patron la regarda dans les yeux.

– Perséphone, de quoi as-tu si peur ?

– Je… je n'ai pas peur.

C'était faux. La dernière fois qu'elle avait vu sa mère, elle l'avait menacée de la renvoyer dans l'orangerie si elle retournait à Nevernight ou voyait Hadès. Peu importait où. Et puis, elle n'était même pas censée approcher les autres dieux, et elle ne pouvait pas cacher sa présence à sa mère, puisque Déméter y serait aussi.

Mais tout ça était trop compliqué à expliquer à Demetri.

– Prends ça comme une occasion de mener l'enquête et de l'observer, dit-il. On écrit toujours un article sur le Gala. Cette année, tu te focaliseras sur Hadès, c'est tout.

– Tu ne comprends pas… commença-t-elle.

– Prends les billets, Perséphone. Penses-y, mais fais vite. Tu n'as pas beaucoup de temps.

Elle se sentait mal à l'aise de prendre les invitations, parce qu'elle savait qu'elle n'irait pas. Mais Demetri la renvoya à son bureau avec les billets, et elle s'assit, confuse. Elle finit par les ressortir de l'enveloppe.

Joignez-vous à nous pour une Soirée aux Enfers.

Elle ne savait pas que le thème de cette année était les Enfers. Sa curiosité fut éveillée et elle se demanda comment les organisateurs interpréteraient le royaume d'Hadès. Elle savait qu'ils n'imagineraient pas que les Enfers regorgeaient de vie. Elle se demanda également à quelle œuvre caritative Hadès choisirait de reverser les fonds.

Dieux, elle avait vraiment envie d'y aller.

Mais cela comportait trop de risques, sa mère en étant le plus important. Et c'était dans quelques jours, et elle n'avait pas de robe de soirée qui traînait chez elle.

Ses yeux se posèrent à nouveau sur les billets, à l'endroit où le dress code était indiqué. Le thème était le bal masqué.

Elle ne pouvait guère se cacher de sa mère sous un masque, mais elle se demanda si Hécate n'aurait pas un sort à lui proposer. Elle se promit de lui poser la question lorsqu'elle irait *aux* Enfers ce soir.

Le téléphone fixe de son bureau sonna, elle décrocha.

– Perséphone, j'écoute ?

– La... l'assistante d'Hadès est là, elle demande à te voir, dit Valérie.

Il fallut un moment à Perséphone pour répondre.

– Menthé ?

Qu'est-ce que Menthé pouvait bien avoir à lui dire ?

– Adonis te l'amène, ajouta Valérie.

Perséphone leva la tête et vit la nymphe marcher vers elle. Elle était vêtue de noir, ses cheveux et ses yeux brillaient comme des flammes. Adonis marchait à côté d'elle comme une escorte, l'air bêtement entiché, et le dédain que Perséphone éprouvait pour lui augmenta encore.

– Salut, Perséphone, dit Adonis sans remarquer sa frustration. Tu te souviens de Menthé ?

– Comment pourrais-je l'oublier ? répondit Perséphone d'un ton froid.

La nymphe sourit.

– Je suis venue te parler de l'article que tu as publié sur mon employeur.

– Je crains de ne pas avoir le temps de te recevoir aujourd'hui. Peut-être une autre fois.

– Je crains de devoir exiger une audience.

– Si tu souhaites te plaindre à propos de mon article, tu devrais en parler à mon supérieur.

– Je préfère que ce soit toi qui entendes mes reproches.

Menthé la fusillait du regard et Perséphone sut qu'il faudrait une force surhumaine – au moins égale à celle d'Hadès – pour déloger cette femme de son bureau.

Elles se dévisagèrent un moment, puis Adonis se racla la gorge.

– Eh bien, je vous laisse régler ça.

Les deux femmes ignorèrent Adonis. Perséphone finit par parler.

– Est-ce qu'Hadès sait que tu es ici ?

– Mon travail est de conseiller Hadès sur des sujets qui pourraient nuire à sa réputation et d'agir lorsqu'il refuse d'entendre raison.

– Hadès se fiche bien de sa réputation.

– Mais pas moi. Et tu y portes atteinte.

– À cause de mon article ?

– À cause de ton existence, dit Menthé.

Perséphone plongea son regard dans le sien.

– La réputation d'Hadès précède mon existence. Tu ne crois pas qu'il est absurde de m'en tenir pour responsable ?

– Je ne parle pas de ses paris avec les mortels. Je parle de son contrat avec toi.

Menthé avait élevé la voix et Perséphone comprit ce qu'elle essayait de faire – et ça marchait, puisqu'elle voulait à tout prix la faire taire.

– Maintenant, si tu veux bien m'accorder le temps que j'ai demandé, déclara-t-elle.

– Suis-moi, bougonna Perséphone.

Elle emmena la nymphe dans une salle de réunion, fermant la porte plus fort que nécessaire. Elle se tourna vers Menthé et attendit, les bras croisés. Aucune ne s'assit, ce qui semblait indiquer que l'entretien ne serait pas long.

– Tu as l'air de penser que tu as cerné Hadès, dit Menthé en la dévisageant, les yeux plissés.

Perséphone se crispa.

– Et tu n'es pas d'accord ?

La nymphe sourit.

– Eh bien, cela fait des siècles que je le connais.

– Je ne pense pas avoir besoin de le connaître depuis des siècles pour comprendre qu'il est déconnecté de la condition humaine. Et qu'il ne comprend pas comment venir en aide aux mortels.

Cela dit, ce qu'il avait fait pour cette mère avait été plus que généreux. Elle commençait à comprendre qu'il y avait des lois qui empêchaient même un dieu aussi puissant et ancien qu'Hadès de faire tout ce qu'il voulait.

– Hadès ne s'agenouillera pas devant toutes tes requêtes, dit Menthé.

– Je ne lui demande pas de s'agenouiller, répondit Perséphone. Même si j'avoue que ce serait un beau geste.

Menthé fit deux pas vers elle, furieuse.

– Petite fille arrogante ! cracha-t-elle.

Perséphone se crispa et décroisa les bras.

– Je ne suis pas une petite fille.

– Tu sais quoi ? Je ne comprends pas ce qu'un dieu aussi puissant que lui voit en toi. Tu te crois tout permis, tu n'as aucun pouvoir, et il continue à te laisser entrer dans son royaume…

– Crois-moi, nymphe, le choix ne vient pas de moi.

– Ah non ? Ce n'est pas un choix, chaque fois que tu le laisses te toucher ? Chaque fois qu'il t'embrasse ? Je connais Lord Hadès, et si tu lui demandais d'arrêter, il le ferait. Mais tu ne le fais pas. Jamais.

Perséphone se sentit rougir, mais elle ne se laissa pas déstabiliser.

– Je ne tiens pas à parler de ça avec toi.

– Non ? Alors, je vais en venir au but. Tu commets une erreur. Hadès n'est pas intéressé par l'amour et il n'est pas fait pour ça. Si tu ne changes pas de trajectoire, tu vas souffrir.

– C'est une menace ?

– Non, c'est ce qui t'attend en tombant amoureuse d'un dieu.

– Je ne suis pas amoureuse de lui, répondit Perséphone.

La nymphe esquissa un sourire cruel.

– Le déni, dit-elle. C'est la première étape d'un amour réticent. Ne fais pas cette erreur, Perséphone.

Elle détestait entendre son prénom dans la bouche de la nymphe et elle ne put réprimer un frisson. Elle déglutit, sentant son Charme faiblir.

– C'est pour ça que tu es venue à mon bureau ? Pour me mettre en garde contre Hadès ?

– Oui. Et à présent, j'ai une proposition à te faire.

– Je n'accepterai rien venant de toi, dit Perséphone d'une voix tremblante.

– Si tu souhaites véritablement être libérée de ton contrat, tu accepteras mon offre.

Perséphone la dévisagea en plissant les yeux, sur ses gardes, mais elle devait avouer qu'elle était curieuse de ce que la nymphe avait à dire.

Menthé gloussa.

– Hadès t'a demandé de créer la vie aux Enfers. Il y a une source dans les montagnes, le Puits de la Réincarnation. Elle peut ramener n'importe quoi à la vie, même ton minable jardin.

Perséphone n'avait jamais entendu parler de cet endroit dans toutes ses lectures sur les Enfers, mais ça ne voulait pas dire grand-chose, car ces livres décrivaient aussi les Enfers comme morts et lugubres.

– Et pourquoi je devrais te faire confiance ?

– Ça n'a rien à voir avec la confiance. Tu veux être libre de ton contrat avec Hadès et je veux qu'Hadès soit libre de toi.

Elle regarda longuement Menthé et posa la question qui la taraudait avant de pouvoir s'en empêcher.

– Est-ce que tu l'aimes ?

– Tu crois que ça a quelque chose à voir avec l'amour ? demanda Menthé. C'est chou ! Je le protège. Hadès aime plus que tout un bon défi, et toi, ma chère déesse, tu es le pire pari qu'il n'ait jamais pris.

Sur ce, Menthé prit congé.

Chapitre XVI

UNE TOUCHE D'OMBRE

« *Tu es le pire pari qu'il n'ait jamais pris.* »

Les paroles de Menthé passaient en boucle dans la tête de Perséphone. Elles frappaient une corde si sensible qu'une nouvelle vague de colère l'enveloppa alors qu'elle se rendait à Nevernight.

Elle avait beau savoir qu'elle pouvait ne pas remplir son contrat avec Hadès, elle avait le sentiment que l'ignorer serait abandonner. Donc elle y retourna, arrosa son jardin et alla à la rencontre de ses nouveaux amis d'Asphodèle.

Perséphone tenait à y faire un saut chaque fois qu'elle allait aux Enfers. Là, au cœur de la vallée verdoyante, elle voyait les morts vivre ; ils plantaient des jardins et cueillaient les fruits. Ils faisaient des confitures, du beurre et du pain. Ils cousaient, tricotaient, tissaient, fabriquaient des vêtements, des écharpes et des tapis. C'est pour cela qu'ils avaient un marché si riche et varié qui était installé le long du chemin et de ses étranges maisons en pierre volcanique.

Aujourd'hui plus qu'à l'accoutumée, les morts étaient nombreux et le marché débordait d'une énergie qu'elle n'avait encore jamais trouvée aux Enfers : l'excitation. Quelques-unes des âmes avaient suspendu des lanternes entre leurs maisons et décoré les allées qu'elles partageaient. Perséphone les regarda longtemps, jusqu'à ce qu'une voix familière l'appelle.

– Bonsoir, Lady Perséphone !

Perséphone se retourna et vit que Yuri, une jolie jeune femme aux boucles épaisses, s'approchait d'elle. Elle était vêtue d'une tunique rose et portait un large panier rempli de grenades.

– Yuri, dit Perséphone en souriant et en la prenant dans ses bras.

Elles avaient appris à se connaître quand Yuri lui avait offert un de ses thés maison. Perséphone l'avait tant aimé qu'elle avait demandé à lui en acheter, mais Yuri avait refusé son argent et le lui avait offert gratuitement.

– Que ferais-je de ton argent aux Enfers ? avait-elle demandé.

Lors de sa visite suivante, Perséphone avait apporté à Yuri un bijou pour les cheveux afin qu'elle coiffe en arrière son épaisse chevelure. La jeune femme avait été si heureuse qu'elle avait pris Perséphone dans les bras, reculant rapidement en s'excusant d'avoir été si spontanée. Perséphone avait ri et lui avait dit qu'elle aimait les câlins.

Depuis, les deux jeunes femmes étaient amies.

– Est-ce que… est-ce qu'il se passe quelque chose, aujourd'hui ? demanda Perséphone.

– On fête Lord Hadès, répondit Yuri en souriant.

– Mais pourquoi ?

Elle n'avait pas souhaité paraître aussi surprise, mais elle ne se sentait pas l'âme très généreuse envers le dieu, ces jours-ci.

– C'est son anniversaire ?

Yuri éclata de rire et Perséphone réalisa combien sa question était idiote ; il était peu probable qu'Hadès fête son anniversaire ni même qu'il se souvienne de sa date de naissance.

– Parce qu'il est notre roi et que nous souhaitons l'honorer.

Il y avait de nombreux festivals pour célébrer les dieux chez les mortels, mais aucun n'était en l'honneur du roi des Enfers.

– Nous avons l'espoir qu'il aura bientôt une reine.

Perséphone pâlit et se demanda d'abord *qui* ? Puis, *pourquoi* ? Comment avaient-ils eu l'impression qu'ils auraient bientôt une reine ?

– Une… quoi ?

Yuri sourit.

– Voyons, Perséphone. Tu n'es pas aveugle.

– Je crois bien que si.

– Lord Hadès n'a jamais accordé à quiconque autant de liberté dans son royaume.

Ah… Yuri parlait d'elle.

– Et Hécate ? Et Hermès ? rétorqua-t-elle.

Tous deux avaient accès aux Enfers et allaient et venaient à leur gré.

– Hécate est une créature de ce monde et Hermès n'est qu'un simple messager. Toi… tu es plus que ça.

Perséphone secoua la tête.

– Je ne suis guère plus qu'un jeu, Yuri.

Yuri pencha la tête sur le côté, confuse, mais Perséphone ne souhaitait pas s'étendre. Les âmes des Enfers voyaient peut-être le comportement d'Hadès comme du favoritisme à son égard, mais elle n'était pas dupe.

Yuri plongea la main dans son panier et offrit une grenade à Perséphone.

– Quoi qu'il en soit, tu ne veux pas rester ? Cette fête est autant pour toi que pour Hadès.

La déesse fut profondément choquée.

– Mais je ne suis pas… vous ne pouvez pas me vénérer.

– Pourquoi pas ? Tu es une déesse, tu tiens à nous et tu tiens à notre dieu.

– Je…

Elle voulait répondre qu'elle ne tenait pas à Hadès, mais elle ne parvint pas à prononcer les mots.

Elle cherchait encore comment répondre lorsqu'elle fut distraite par des voix.

– Lady Perséphone ! Lady Perséphone !

Quelque chose percuta ses jambes et elle faillit tomber sur Yuri et son panier.

– Isaac ! Excuse-toi auprès de ta…

Yuri s'arrêta et Perséphone eut le terrible pressentiment que les âmes d'Asphodèle avaient déjà commencé à l'appeler par un titre qui ne lui appartenait pas.

– Dis pardon à Lady Perséphone.

L'enfant lâcha les jambes de Perséphone. Il était accompagné d'une ribambelle d'enfants de tous âges, que Perséphone avait déjà tous rencontrés puisqu'elle avait joué plusieurs fois avec eux. Accompagnant les enfants, Cerbère, Typhon et Orthos arrivèrent à leur tour avec leur grosse balle rouge.

– Pardon, Lady Perséphone. Tu veux jouer avec nous ? supplia Isaac.

– Lady Perséphone n'est pas habillée pour jouer, Isaac, dit Yuri.

Le petit garçon fronça les sourcils. Il était vrai que Perséphone n'était pas habillée pour jouer dans le pré. Elle était venue directement après le travail, elle était vêtue d'une robe blanche moulante et plutôt courte.

– Ce n'est pas grave, Yuri, répondit-elle en se baissant pour prendre Isaac dans ses bras.

Il était le plus jeune du groupe, il devait avoir environ quatre ans. Perséphone fut triste de penser aux raisons qui avaient fait que cet enfant se retrouvait ici, à Asphodèle. Que lui était-il arrivé dans le royaume des vivants ? Depuis quand était-il ici ? Est-ce que certaines de ces âmes étaient de sa famille ?

Elle repoussa ces pensées aussi vite que possible. Quand bien même elle pourrait épiloguer pendant des heures sur les raisons qui faisaient que ces gens étaient ici, ça ne servirait à rien. Les morts étaient morts, et elle apprenait peu à peu que leur existence aux Enfers n'était finalement pas si mauvaise que ça.

– Bien sûr que je vais jouer.

Les enfants poussèrent des cris de joie tout en marchant jusqu'au pré, à l'écart des âmes qui préparaient la fête en l'honneur d'Hadès.

Perséphone joua à la balle avec les chiens, puis à chat avec les enfants, ainsi qu'à un millier d'autres jeux qu'ils avaient inventés. Elle passa plus de temps à glisser dans l'herbe mouillée pour éviter d'être attrapée que sur ses pieds et, lorsqu'elle rejoignit enfin la fête, elle était couverte de terre et merveilleusement épuisée.

Il faisait nuit aux Enfers et les musiciens se mirent à jouer de douces notes. Les rues étaient pleines d'âmes, de rires et de discussions, et l'odeur de la viande grillée et des confiseries embaumait l'air d'Asphodèle. Perséphone trouva rapidement Hécate parmi la foule, la déesse sourit en la voyant.

– Ma chère, tu es dans un sale état.

La déesse du Printemps sourit.

– C'était une partie de chat plutôt intense.

– J'espère que tu as gagné.

– Malheureusement non, dit-elle. Les enfants sont bien meilleurs que moi.

Les deux femmes éclatèrent de rire alors qu'une âme s'approchait. C'était Ian, un forgeron qui maintenait toujours sa forge allumée et travaillait le métal pour en faire de superbes épées et boucliers. Elle lui avait demandé, un jour, pourquoi il semblait se préparer pour la guerre, il lui avait répondu que c'était par habitude.

Perséphone s'était interdit de trop y réfléchir, comme elle s'interdisait de trop penser à Isaac.

– Milady, dit Ian, Asphodèle a un cadeau pour vous.

Perséphone attendit, curieuse. L'homme posa un genou à terre, sortant de derrière son dos une sublime couronne dorée. Ce n'était pas une couronne ordinaire, mais une série de fleurs délicates disposées en cercle. Elle remarqua des roses, des lys et des narcisses dans le bouquet, ainsi que des joyaux multicolores scintillant au cœur de chaque fleur.

– Porterez-vous notre couronne, Lady Perséphone ?

Ian ne la regardait pas et elle se demanda s'il craignait qu'elle refuse. Elle leva la tête et écarquilla les yeux lorsqu'elle remarqua que tout le monde s'était tu. Les âmes attendaient, pleines d'espoir.

Elle se souvint alors des paroles de Yuri. Ces gens s'étaient mis à penser à elle comme à leur reine et accepter cette couronne ne ferait que les encourager, mais la refuser les blesserait.

Elle ignora tout bon sens et posa sa main sur l'épaule de Ian avant de s'agenouiller devant lui.

– Je la porterai avec plaisir, Ian, répondit-elle en le regardant dans les yeux.

Elle le laissa poser la couronne sur sa tête et des applaudissements retentirent tout autour d'eux. Ian sourit jusqu'aux oreilles et prit sa main pour l'inviter à danser sur le sentier, sous les lanternes colorées. Perséphone se sentait ridicule avec sa robe tachée et sa couronne dorée, mais les morts ne semblaient ni le remarquer ni y accorder d'importance. Elle dansa jusqu'à être à bout de souffle et à en avoir mal aux pieds. Lorsqu'elle rejoignit Hécate pour se reposer, la déesse de la Magie lui sourit tendrement.

– Je crois que tu as besoin de repos. Et d'un bon bain.

Perséphone éclata de rire.

– Je crois que tu as raison.

– Ils vont faire la fête toute la nuit, ajouta-t-elle. Mais tu les as comblés. Hadès ne les a jamais rejoints pour faire la fête.

– Pourquoi ? demanda Perséphone, attristée.

Hécate haussa les épaules.

– Je ne peux pas répondre pour lui, mais tu peux lui poser la question.

Les deux déesses retournèrent au palais. Perséphone en profita pour expliquer qu'elle avait deux billets pour le Gala olympien et demander à Hécate si elle connaissait un sort qui pourrait lui permettre de s'y rendre sans que sa mère ne la remarque. La déesse réfléchit un moment avant de répondre.

– Est-ce que tu as un masque ?

– Je pensais en acheter un demain, dit Perséphone en fronçant les sourcils.

– Laisse-moi m'en occuper.

Les bains étaient situés à l'arrière du palais et l'on y accédait par une arche. Lorsque Perséphone entra, elle fut accueillie par un parfum de savon et de lavande tandis qu'une vapeur chaude l'enveloppait et la réchauffait jusqu'aux os. Elle rougit sous l'effet de la chaleur, ce qu'elle trouva bien agréable après sa soirée passée dans la prairie boueuse.

Hécate la guida au pied d'un petit escalier, puis devant plusieurs douches et des bassins.

– Ce sont des bains publics ? demanda-t-elle.

Dans l'Antiquité, les bains publics étaient courants, mais ils avaient perdu leur utilité à l'époque moderne. Elle se demanda combien de personnes s'en servaient et si Menthé et Hadès se baignaient ici.

– Oui, répondit Hécate en riant, mais Lord Hadès a son propre bassin. C'est là que tu te baigneras.

Elle ne résista pas. Elle n'aimait pas l'idée de se baigner en public. Hécate s'arrêta pour s'équiper du nécessaire, donnant du savon, des serviettes et un péplum lavande à Perséphone. Cela faisait presque quatre ans que la déesse du Printemps n'avait pas enfilé le vêtement ancien, depuis qu'elle avait quitté Olympe et son orangerie pour vivre à Nouvelle Athènes. Elle trouvait étrange de le remettre après quatre ans de vêtements normaux.

Elles descendirent quelques marches et arrivèrent au bassin d'Hadès, qui était un grand ovale entouré de colonnes. Au-dessus de leurs têtes, le plafond était ouvert sur le ciel.

– Appelle-moi si tu as besoin de quelque chose, dit Hécate avant de laisser Perséphone se déshabiller. Quand tu auras fini, rejoins-nous dans la salle à manger.

Une fois nue, Perséphone mit un pied dans l'eau pour en tester la température ; elle était chaude mais pas brûlante. Elle entra complètement dans l'eau et poussa un grognement de satisfaction. La vapeur flottait autour d'elle et la fit transpirer ; elle sentait les toxines la quitter ainsi que tout ce qu'il y avait eu de mauvais dans sa journée. Heureusement, la fête à Asphodèle l'avait débarrassée du stress causé par la visite de Menthé mais, maintenant qu'elle était de retour dans son royaume et qu'elle se demandait où Hadès et Menthé se baignaient, ses pensées lugubres revinrent à la surface.

Comment pouvait-on lui reprocher d'être coupable de nuire à la réputation d'Hadès ? Le dieu des Morts s'en chargeait déjà tout seul, non ? Elle avait beau chercher un moyen de se dégager de son contrat, Perséphone n'était pas certaine de faire suffisamment confiance à Menthé pour l'écouter.

Elle se lava les cheveux et frotta sa peau jusqu'à ce qu'elle soit rose et légèrement irritée. Elle perdit la notion du temps, accaparée par les détails du bassin, comme la bande de carreaux blancs ornés de narcisses rouges dépassant tout juste de la surface de l'eau. Les colonnes qu'elle pensait blanches était en fait brossées d'or et, lorsqu'elle leva la tête vers la nuit, elle y vit scintiller de petites étoiles.

Elle était émerveillée par la magie d'Hadès, par sa capacité à panacher les parfums et les textures. C'était un artiste accompli, maître de son pinceau, qui avait créé un royaume dont la beauté rivalisait avec les destinations les plus prisées du monde des mortels.

Elle était tellement perdue dans ses pensées qu'elle n'entendit pas le bruit des pas sur les marches qui menaient au bassin, ne remarquant Hadès que lorsqu'il apparut au bord de l'eau et que leurs regards se rencontrèrent. Elle fut contente que l'eau ait déjà fait rosir sa peau et qu'il ne puisse pas voir la bouffée de chaleur qui l'envahit en sa présence.

Il resta silencieux un moment, se contentant de la regarder dans son bain. Il vit alors les vêtements qu'elle avait enlevés, à ses pieds, et la couronne posée dessus.

Il se pencha pour la ramasser.

– Elle est sublime.

Perséphone se racla la gorge.

– Oui. Ian l'a fabriquée pour moi…

Elle ne lui demanda pas s'il connaissait Ian ; Hadès lui avait déjà dit qu'il connaissait toutes les âmes des Enfers.

– Il est très talentueux, dit-il. C'est d'ailleurs pour ça qu'il est mort.

– Comment ça ? demanda Perséphone.

– Il avait la faveur d'Artémis, elle l'avait béni avec la capacité à créer des armes qui garantissaient à leur porteur de ne pas mourir au combat. C'est pour cette raison qu'il a été tué.

Perséphone déglutit. C'était encore un exemple d'une Faveur qui avait engendré des souffrances.

Hadès étudia longuement la couronne avant de la reposer. Lorsqu'il se releva, Perséphone le regardait encore et n'avait pas bougé d'un centimètre.

– Pourquoi tu n'y es pas allé ? À la fête, à Asphodèle. Elle était pourtant pour toi.

– Et pour toi, dit-il.

Il lui fallut quelques secondes pour comprendre de quoi il parlait.

– C'est toi qu'ils ont célébrée, ajouta-t-il. Ce qui est normal.

– Je ne suis pas leur reine.

– Et moi, je ne suis pas digne de l'honneur qu'ils me font.

Elle le dévisagea, ne comprenant pas comment un dieu aussi confiant et puissant que lui pouvait se sentir indigne d'être célébré par son peuple.

– S'ils t'en jugent digne, eux, tu ne crois pas que c'est suffisant ?

Il ne répondit pas et son regard noircit. Un sentiment étrange se répandit autour d'eux, lourd, chaud, épicé. Perséphone sentit sa poitrine se contracter et eut du mal à respirer.

– Puis-je me joindre à toi ? demanda-t-il d'une voix grave.

Il parlait du bassin. Nu. Où seule l'eau pouvait la cacher.

Elle se surprit à hocher la tête et elle se demanda si elle était devenue folle après être restée trop longtemps dans l'eau. Toutefois, une part d'elle brûlait tant pour ce dieu qu'elle aurait fait n'importe quoi pour apaiser la flamme, même si cela impliquait de la raviver d'abord.

Hadès ne sourit pas, et ne la quitta pas non plus des yeux en se déshabillant. Le regard de Perséphone descendit lentement sur ses bras, ses pectoraux puis ses abdos, avant de s'arrêter sur son érection. Elle n'était pas la seule à sentir l'attirance électrique qui les liait, et elle craignit un instant qu'ils se consument en se retrouvant tous les deux nus dans l'eau.

Il entra dans le bassin sans un mot, s'arrêtant à une dizaine de centimètres d'elle.

– Je crois que je te dois des excuses.

– Pour quoi, précisément ?

Il avait plusieurs raisons de s'excuser, aux yeux de Perséphone, comme la visite de Menthé (s'il était au courant), la façon dont il l'avait traitée le lendemain de La Rose, leur contrat…

Hadès esquissa un sourire, mais son regard resta sérieux et torride. Il leva le bras et caressa sa joue du bout du doigt.

– La dernière fois que nous nous sommes vus, j'ai été injuste envers toi.

Il l'avait déshabillée et l'avait excitée de la façon la plus vicieuse qui soit, puis il était parti, la laissant avec un sentiment de honte, de colère et d'abandon. Mais elle ne voulait pas qu'il voie cela dans ses yeux et elle tourna la tête.

– On a tous les deux été injustes l'un envers l'autre.

Lorsqu'elle parvint à le regarder à nouveau, elle le trouva en train de l'étudier.

– Tu aimes ta vie dans le royaume des mortels ?

– Oui, répondit-elle avant de nager à reculons pour mettre de la distance entre eux.

Mais il la suivit lentement avec un air calculateur.

– J'aime ma vie. J'ai un appartement et des amis, un stage, et je termine bientôt mes études.

Et elle pourrait y rester, si elle parvenait à cacher Hadès et leur contrat.

– Mais tu es Divine.

– Je n'ai jamais vécu de cette façon, et tu le sais.

Il l'étudia à nouveau en silence.

– Tu n'as pas envie de comprendre ce que c'est que d'être une déesse ?

– Non, mentit-elle.

Les griffes de ce rêve ancien la tenaient encore, et plus elle se rendait aux Enfers, plus elle souffrait qu'il soit inatteignable. Elle avait passé toute son enfance à se sentir inapte, entourée par la magie de sa mère. Lorsqu'elle était venue à Nouvelle Athènes, elle avait enfin trouvé des choses pour lesquelles elle était douée : les études, l'écriture et la recherche. Mais encore une fois, elle se trouvait dans la même situation qu'avant. Elle était simplement dans un royaume différent, avec un dieu différent.

– Je crois que tu mens, dit-il.

– Tu ne me connais pas, rétorqua-t-elle en cessant de bouger.

Elle le fusilla du regard, furieuse qu'il puisse lire en elle.

Hadès était presque nez à nez avec elle et l'observait de son regard de braise.

– Je te connais, répondit-il avant de caresser sa clavicule puis de se placer dans son dos. Je sais comment tu cesses de respirer lorsque je te touche. Je sais que ta peau rougit lorsque tu penses à moi. Je sais que tu caches quelque chose sous ta jolie façade.

Il continua de l'effleurer et le souffle de ses paroles n'était jamais loin derrière, suivant le chemin brûlant tracé par ses doigts. Il l'embrassa sur l'épaule.

– Il y a de la rage. De la passion. De la noirceur.

Il s'arrêta un instant et dessina des spirales sur son cou avec la pointe de sa langue. Elle retint son souffle et se crut sur le point de s'étouffer.

– Et je veux y goûter.

Il entoura sa taille de son bras et l'attira contre lui. La cambrure de son dos s'emboîtait parfaitement avec son torse.

Elle sentit son érection contre elle et se demanda comment ce serait de l'avoir en elle.

– Hadès, souffla-t-elle.

– Laisse-moi te montrer ce que c'est que de tenir le pouvoir dans ses mains, dit-il. Laisse-moi extirper la noirceur qui est en toi ; je t'aiderai à la façonner.

Oui, pensa-t-elle. *Oui.*

Hadès posa son menton dans le creux de son cou tout en caressant son ventre, poursuivant plus bas encore. Lorsqu'il plaqua sa main sur son sexe, elle poussa un cri et se cambra contre lui.

– Hadès, je n'ai jamais…

– Laisse-moi être ton premier, dit-il d'une voix suppliante qui vibra dans sa poitrine.

Elle était incapable de parler, mais elle prit plusieurs inspirations avant de hocher la tête.

Il répondit en plongeant ses doigts dans ses boucles puis en caressant du pouce le bouton sensible au sommet de son sexe. Elle gonfla brusquement ses poumons, puis retint sa respiration tandis qu'il le titillait.

– Respire, dit-il.

Elle obéit ; du moins, autant que possible, jusqu'à ce que ses doigts plongent dans sa chair. Perséphone pencha la tête en arrière, poussant un cri aigu tandis qu'Hadès grognait en mordillant son épaule.

– Tu mouilles tellement, dit-il contre sa peau.

Ses doigts bougeaient lentement et Perséphone s'agrippa à son bras, y plantant ses ongles. Elle sentit alors la main libre d'Hadès guider la sienne vers son entrejambe.

– Touche-toi. Ici, dit-il.

Il l'aida à dessiner des cercles sur la chair sensible qu'il avait tant chatouillée avant de la pénétrer. Un nœud de plaisir se forma dans son ventre et elle se balança d'avant en arrière contre lui. Hadès embrassa sa peau et empoigna ses seins, titillant ses tétons jusqu'à ce qu'ils soient durs et tendus. Perséphone pensait exploser.

Hadès accéléra ses mouvements et Perséphone se frotta plus fort, mais il retira brusquement ses doigts. Le vide soudain était si choquant qu'elle poussa un cri.

Elle se tourna vers lui, furieuse, et il la saisit par les poignets pour l'attirer à lui et s'emparer de sa bouche. Leur baiser était brûlant et passionné. Leurs langues se percutèrent, désespérées de se découvrir, et Perséphone se dit qu'il cherchait peut-être à goûter à son âme.

Il recula, rompant le baiser pour appuyer son front contre le sien.

– Tu me fais confiance ?

– Oui, susurra-t-elle, sentant la véracité de sa réponse jusqu'au plus profond de son âme.

Cette certitude était si primitive et pure que Perséphone aurait pu pleurer. Sur ce point, elle lui faisait confiance. Sur ce point, elle lui ferait toujours confiance.

Il l'embrassa à nouveau et la souleva pour la poser sur le bord du bassin.

– Dis-moi que tu n'as jamais été nue avec un homme, dit-il. Dis-moi que je suis le seul.

Elle prit son visage dans ses mains pour le regarder dans les yeux.

– Tu l'es.

Il l'embrassa et glissa ses bras sous ses genoux, de sorte qu'elle reposait tout juste sur le bord. Elle respirait à peine tandis qu'il déposait une série de baisers à l'intérieur de sa cuisse, s'arrêtant lorsqu'il vit les bleus sur sa peau. Elle ne les avait pas vus, mais en les regardant maintenant, elle savait parfaitement d'où ils venaient : de la soirée dans la limousine, lorsqu'Hadès l'avait serrée fort. C'était un signe de son désir ainsi que de sa retenue.

Il leva la tête vers elle.

– C'était moi ?

– Ce n'est rien, chuchota-t-elle en caressant ses cheveux.

Mais Hadès fronça les sourcils et embrassa chaque bleu – huit au total, Perséphone les compta.

Lentement, la bouche d'Hadès se rapprocha de l'intérieur de sa cuisse, de plus en plus près de son sexe. Puis il fut tout contre sa chair, et un cri échappa à Perséphone. Elle se sentit se liquéfier sous son toucher et une décharge brûlante parcourut tout son corps. Hadès dessina des cercles sur son clitoris avec sa langue, avant d'écarter ses lèvres et de la boire jusqu'à ce qu'elle craque sous l'effet du plaisir intense qu'il lui offrait.

Il se redressa alors et l'embrassa fermement sur la bouche. Elle fondit contre lui, entourant sa taille avec ses jambes. Elle sentit son érection contre son sexe et avait désespérément envie de le découvrir en elle, de savoir ce que c'était que de se sentir comblée et entière.

Hadès rompit le baiser et lui demanda la permission en silence. Elle était sur le point de la lui accorder lorsqu'une douce voix féminine l'interrompit.

– Lord Hadès ?

Hadès se tourna pour que la femme ne voie que le dos de Perséphone. Ils étaient poitrine contre poitrine et les jambes de Perséphone étaient encore autour de la taille d'Hadès. Elle glissa sa main entre eux et empoigna sa verge. Hadès la fusilla du regard.

– Ah…

Perséphone reconnaissait cette voix, maintenant. C'était Menthé. Elle ne pouvait pas la voir, mais elle entendit à sa voix qu'elle était choquée de les trouver ensemble. Sans doute s'était-elle attendue à ce que Perséphone écoute sa mise en garde et prenne ses distances.

– Oui, Menthé ? dit Hadès d'une voix tendue.

Perséphone ne savait pas si c'était parce qu'il était en colère d'être interrompu ou si c'était parce qu'elle venait de le caresser de la base de son sexe jusqu'au gland. Hadès était épais, dur et soyeux à la fois.

– Nous… tu nous as manqué, au dîner, dit Menthé. Mais je vois que tu es occupé.

Perséphone le caressa de nouveau.

– Très, gronda-t-il.

– Je vais dire au cuisinier que tu es rassasié.

Nouvelle caresse.

– Parfaitement, grogna-t-il.

Perséphone écouta les talons de Menthé résonner dans les bains et lorsqu'elle fut partie, elle se libéra de l'étreinte d'Hadès.

Elle n'en revenait pas d'avoir permis à la situation de déraper à ce point. Elle devait être folle ; elle avait été séduite par de belles paroles et par un dieu sublime. Elle aurait dû garder ses distances, et pas à cause de ce que Menthé lui avait dit, mais à cause de la nymphe elle-même.

– Où vas-tu ? demanda Hadès en la suivant.

– Est-ce que Menthé vient souvent te voir dans le bain ? demanda-t-elle en sortant de l'eau.

– Perséphone…

Elle refusa de le regarder, saisit une serviette pour se couvrir, puis elle se baissa pour prendre le péplum ainsi que la couronne que Ian avait créée pour elle.

– Regarde-moi, Perséphone.

Elle obéit.

Il n'était pas entièrement sorti de l'eau. Il était debout sur les marches et ses mollets étaient encore dans l'eau. Hadès était immense, son corps comme son érection.

– Menthé est mon assistante.

– Dans ce cas, elle n'a qu'à t'assister dans ton manque, dit-elle en rivant son regard sur son sexe.

Elle commençait à partir, mais Hadès saisit son poignet pour l'attirer contre lui.

– Ce n'est pas Menthé que je veux, grogna-t-il.

– Et moi je ne te veux pas, *toi*.

Il pencha la tête sur le côté d'un air agacé.

– Tu ne... me veux pas ?

– Non, dit-elle tout en essayant de s'en convaincre elle-même.

– Connais-tu tous mes pouvoirs, Perséphone ? demanda-t-il en la regardant enfin dans les yeux.

Elle avait du mal à réfléchir en étant aussi proche de lui et elle l'étudia d'un air inquiet, ne comprenant pas où il voulait en venir.

– Certains.

– Alors dis-moi.

Elle se remémora le passage qu'elle avait lu sur la magie du dieu des Morts.

– L'illusion.

Il baissa la tête et effleura son cou avec ses lèvres.

– Oui.

– L'invisibilité ?

Il lécha sa gorge.

– Un pouvoir précieux, répondit-il.

– Le Charme ? siffla-t-elle.

– Hmmm, gronda-t-il de sorte que sa voix vibra sous sa peau, juste au-dessus de ses seins. Mais ça ne marche pas sur toi, n'est-ce pas ?

– Non, dit-elle en essayant de déglutir.

– Il semblerait que tu n'as pas entendu parler d'un de mes talents les plus précieux.

Il baissa sa serviette pour exposer ses seins et prit un téton entre ses dents. Il le suça jusqu'à lui arracher un cri guttural, puis il recula pour la regarder dans les yeux.

– Je peux goûter le mensonge, Perséphone. Et les tiens sont aussi sucrés que ta peau.

Elle le repoussa, il fit un pas en arrière.

– C'était une erreur.

Et ça, elle en était persuadée. Elle était venue ici pour remplir les termes de son contrat. Comment s'était-elle retrouvée nue dans un bassin avec le dieu des Enfers ? Perséphone ramassa ses vêtements et monta les marches.

– Tu penses peut-être que c'est une erreur, commença-t-il.

Elle marqua une pause, mais resta dos à lui.

– Mais tu me désires. J'étais en toi. Je t'ai goûtée. Et c'est une vérité que tu ne pourras jamais fuir.

Elle frissonna de la tête aux pieds et partit en courant.

Chapitre XVII

LE GALA OLYMPIEN

Perséphone n'arrivait pas à dormir.

Trop d'énergie coulait dans ses veines et lui donnait des bouffées de chaleur. Elle dégagea sa couette, mais elle fut à peine soulagée. Sa nuisette en coton lui semblait lourde sur sa peau et quand elle bougeait, le tissu frottait ses seins sensibles. Elle essaya de fermer les poings et de serrer les cuisses, espérant éviter que la tension continue de s'accumuler dans son bas-ventre.

Elle n'arrêtait pas de penser à Hadès, à la sensation de son corps pressé contre le sien, à la chaleur de son baiser, à la caresse de sa langue qui ne s'était pas contentée de goûter sa clavicule.

Elle soupira, frustrée, et tourna dans son lit, mais les pulsations ne s'arrêtèrent pas.

– C'est ridicule, dit-elle à voix haute avant de se lever.

Elle fit les cent pas dans sa chambre, elle aurait dû se concentrer sur son contrat avec Hadès, pas sur le baiser du roi des Morts.

Stupide Faveur, pensa-t-elle.

Chaque fois qu'Hadès l'embrassait, les choses dérapaient un peu plus. Or, cette fois, elle avait été à la frontière de quelque chose qu'elle ne comprenait pas, quelque chose qu'elle n'avait jamais exploré et qu'elle n'arrivait pas à oublier.

Elle regarda son lit et sa couette toute fripée, qui donnait l'impression qu'elle avait dormi avec quelqu'un, et ferma puis ouvrit les poings. Elle devait se débarrasser de cette sensation, sinon elle ne dormirait jamais, et elle avait trop de choses à faire. Lexa et elle allaient faire du shopping demain et devaient se préparer pour le Gala olympien.

Elle prit vite une décision et enleva sa culotte. L'air frais apaisa la tension entre ses jambes, mais c'était loin d'être suffisant. Elle se rallongea sur son lit, écarta les jambes et promena ses doigts sur ses cuisses jusqu'à son sexe. Elle se trouva trempée et chaude, et ses doigts plongèrent dans une partie d'elle-même qu'elle n'avait jamais touchée. Elle retint son souffle et se cambra en se masturbant. Son pouce trouva son bouton de chair sensible et le titilla comme l'avait fait Hadès, jusqu'à ce que son corps s'électrifie et que des vagues de plaisir lui donnent le tournis.

Elle se mit alors à genoux et accéléra ses mouvements, imaginant que la main d'Hadès remplaçait la sienne, imaginant que c'était sa verge qu'elle sentait en elle. Elle savait que si Menthé ne les avait pas interrompus, elle aurait laissé Hadès la prendre dans le bassin, et cette pensée l'excita encore plus. Son souffle devint rapide et rauque et elle accéléra ses caresses.

– Dis-moi que tu penses à moi.

La voix d'Hadès surgit dans l'ombre.

Perséphone se figea et se tourna, découvrant Hadès au pied de son lit. Dans le noir, elle ne parvenait pas à voir comment il était habillé, mais elle distinguait ses yeux, brillants comme des braises dans la nuit.

– Alors ? insista-t-il puisqu'elle n'avait pas répondu.

Ses pensées s'éparpillèrent. Un minuscule trait de lumière tombait sur sa joue et ses lèvres charnues. Perséphone voulait ces lèvres sur tous les endroits de son corps qui étaient en feu. Elle se remit à genoux et soutint son regard tout en enlevant complètement sa chemise de nuit. Hadès poussa un grognement rauque et agrippa le pied du lit.

– Oui, soupira-t-elle. Je pense à toi.

L'atmosphère se chargea encore plus et les mots d'Hadès déclenchèrent la chair de poule sur tout le corps de Perséphone.

– Surtout n'arrête pas à cause de moi.

Perséphone reprit où elle s'était arrêtée, et Hadès la regarda se masturber. Elle soutint d'abord son regard, aimant sentir ses yeux sur chaque partie de son corps, savourant le péché qu'elle était en train de commettre. Mais le plaisir devint bientôt trop important et elle pencha la tête en arrière de sorte que ses cheveux caressaient le creux de ses reins et que ses seins étaient exposés au regard brûlant d'Hadès.

– Jouis pour moi, gronda-t-il. Jouis pour moi, ma chérie.

Et Perséphone ne put qu'obéir, poussant un cri qu'elle essaya d'étouffer. Son orgasme pulsa dans ses veines et elle s'effondra sur son lit, tremblante. Elle inspira longuement, respirant son odeur de pin et de cendres et, quand elle retrouva l'usage de son cerveau, la réalité de ce qu'elle venait de faire si éhontément la rattrapa, s'abattant sur elle comme la colère de sa mère.

Hadès.

Hadès était dans sa chambre.

Elle s'assit dans son lit et empoigna sa nuisette pour se couvrir. C'était ridicule, étant donné ce qui s'était passé entre eux. Elle était sur le point de faire la morale à Hadès sur son abus de pouvoir et la violation de son intimité lorsqu'elle découvrit qu'elle était seule.

Elle regarda tout autour d'elle.

– Hadès ?

Elle chuchota son prénom en se sentant aussi ridicule que nerveuse. Elle enfila sa nuisette et se leva, inspectant chaque recoin de sa chambre, mais elle ne le trouva nulle part.

Son désir avait-il été si fort qu'elle avait imaginé ?

Se sentant confuse, elle se remit au lit, les paupières lourdes, et s'endormit en se disant que les hallucinations ne sentaient pas le pin et les cendres.

***

– On dirait une déesse, dit Lexa.

Perséphone regarda sa robe en soie rouge dans le miroir. Elle était simple, mais elle lui allait comme un gant et accentuait la courbe de ses hanches. Le tissu se pinçait avant de s'ouvrir à mi-cuisse pour révéler la peau crémeuse de ses jambes. Une dentelle noire, au motif floral, était cousue sur son épaule droite et tombait sur le côté droit du dos nu. C'est Lexa qui l'avait coiffée, bouclant les mèches de sa queue-de-cheval haute, et elle lui avait fait un maquillage smoky. Perséphone avait choisi des boucles d'oreilles en or plutôt simples et qui étaient assorties à une manchette qui cachait la marque d'Hadès. Mais elle avait beau la cacher, elle la sentait brûler sa peau.

– Merci, dit Perséphone en rougissant.

Mais Lexa n'avait pas fini.

– Genre… la déesse des Enfers.

Perséphone se rappela les paroles de Yuri, et son espoir qu'Hadès aurait bientôt une reine.

– Il n'y a pas de déesse des Enfers, répondit-elle.

– Alors la place est libre, dit Lexa.

Perséphone n'avait pas envie de parler d'Hadès. Elle allait bientôt le voir, or elle n'avait jamais été aussi troublée de sa vie. Elle savait que son attirance pour le dieu allait lui causer des ennuis. Elle avait beau ne pas apprécier les paroles de Menthé, elle savait que la nymphe avait raison. Hadès n'était pas le genre de dieu qui cherchait une relation sérieuse, et il ne croyait pas à l'amour.

Pourtant, Perséphone avait envie d'amour. Désespérément. Elle avait été privée de tant de choses au cours de sa vie, elle refusait qu'on la prive aussi d'amour.

Elle secoua la tête, essayant de se débarrasser de ses pensées.

– Comment va Jaison ?

Lexa avait rencontré Jaison à La Rose. Ils avaient échangé leurs numéros et n'avaient pas cessé de se parler depuis. Il avait un an de plus qu'elle, et il était ingénieur informatique. Lorsque Lexa lui avait parlé de lui, Perséphone avait pensé qu'ils étaient tout l'inverse l'un de l'autre, mais ça semblait marcher quand même.

– Il me plaît beaucoup, admit Lexa en rougissant.

– Tu le mérites, Lex, répondit Perséphone en souriant.

– Merci.

Lexa retourna dans sa chambre pour finir de se préparer et Perséphone était en train de chercher sa pochette lorsque quelqu'un sonna à la porte.

– J'y vais ! dit-elle à Lexa.

Elle ouvrit la porte, mais ne trouva personne. Il y avait un paquet sur leur paillasson – une boîte blanche avec un nœud rouge. Elle la ramassa et l'emporta à l'intérieur tout en cherchant à qui elle était adressée.

Elle trouva une étiquette avec son prénom dessus.

Dans la boîte, sur un coussin de velours noir, elle découvrit un masque accompagné d'un mot : *Porte-le avec ta couronne.*

Perséphone posa le mot et sortit un sublime masque en filigrane doré qui, malgré ses détails somptueux, était très simple et ne couvrait qu'une petite partie de son visage.

– C'est de la part d'Hadès ? demanda Lexa en entrant dans la cuisine.

Perséphone regarda son amie, bouche bée. Lexa avait choisi une robe bustier en taffetas bleu roi ainsi qu'un masque blanc et argenté, dont le coin de l'œil droit était décoré d'un bouquet de plumes blanches.

– Alors ? insista-t-elle.

– Ah, dit-elle en regardant le masque. Non, ce n'est pas de la part d'Hadès.

Perséphone emporta la boîte dans sa chambre. Elle se sentait un peu bête de porter la couronne de Ian, mais lorsqu'elle mit le masque, elle comprit les instructions d'Hécate. L'ensemble était frappant, et elle avait tout l'air d'une reine.

Perséphone et Lexa se rendirent au Musée des arts anciens en taxi. Leurs billets précisaient d'arriver à dix-sept heures trente : une heure et demie avant les dieux, car personne ne voulait prendre des mortels en photo, à moins qu'ils ne soient au bras d'un dieu.

Elles attendirent à l'arrière du taxi, derrière une longue file de voitures, et elles finirent par sortir sur le tapis rouge qui couvrait les marches du musée. Perséphone fut aussitôt aveuglée par les flashs des caméras – elle se sentait claustrophobe et avait du mal à respirer.

Des hôtes d'accueil les invitèrent à monter les marches du musée qui était abrité dans un bâtiment moderne, avec des piliers en béton et en verre. Une fois à l'intérieur, on les emmena au bout d'un couloir illuminé par des guirlandes de cristaux. C'était sublime, et Perséphone ne s'y attendait pas.

Au bout du couloir, il fallait passer à travers un rideau de cristaux pour entrer dans une salle décorée de façon somptueuse. Autour d'une piste de danse ovale, des tables rondes étaient couvertes de nappes noires et de vaisselle en porcelaine. Au centre de chaque table se dressaient des statues en marbre représentant les dieux de la Grèce antique.

– Perséphone, regarde, dit Lexa en lui mettant un coup de coude tout en hochant la tête vers le plafond.

Un immense chandelier était suspendu au-dessus de la piste de danse, et tout autour, des cristaux brillaient, comme les étoiles dans le ciel des Enfers.

Elles trouvèrent leur table ainsi qu'un verre de vin, puis déambulèrent dans la salle de bal. Perséphone admira la capacité qu'avait Lexa à se faire de nouveaux amis ; elle commença par discuter avec un couple qui était assis à leur table et, en un rien de temps, elles furent entourées par une dizaine de personnes. Un carillon sonna soudain et tout le monde se regarda.

– Perséphone, les dieux arrivent ! s'exclama Lexa en saisissant la main de Perséphone pour l'attirer de l'autre côté de la salle, puis à l'étage.

– Lexa, on va où ? demanda Perséphone.

– On va regarder les dieux arriver ! répondit-elle, comme si c'était évident.

– Mais… on ne les verra pas à l'intérieur ?

– Peu importe ! Ça fait des années que je regarde ce moment à la télé. Ce soir, je veux le voir de mes propres yeux !

Il y avait plusieurs expositions à l'étage, mais Lexa marcha vers une porte qui donnait sur une terrasse surplombant l'entrée du musée. Elles n'étaient pas seules ; plusieurs personnes s'étaient déjà postées pour voir les Divins arriver. Perséphone et Lexa réussirent à se faufiler dans un tout petit espace. Sur les trottoirs, des fans criaient leur amour pour les dieux et les flashs des photographes illuminaient le ciel comme un orage.

– Regarde ! Voilà Arès ! cria Lexa.

L'estomac de Perséphone se noua. Elle n'appréciait pas Arès, car il aimait le sang et la violence. Il avait été l'un des plus insistants avant la Grande Descente, et il avait persuadé Zeus d'aller sur Terre pour faire la guerre aux mortels. Zeus l'avait écouté, ignorant l'avis et la sagesse de l'homologue d'Arès, Athéna.

Le dieu de la Guerre gravit les marches dans un chiton[2] doré avec une cape rouge sur une épaule. Seule une partie de son torse était couverte, révélant des muscles de statue et une peau dorée. Au lieu d'un masque, il avait mis un casque doré, avec un panache de plumes rouges qui tombaient dans son dos. Ses cornes étaient comme deux cimeterres, légers, mortels, courbés vers l'arrière, qui lui donnaient un air royal aussi sublime qu'effrayant.

Après Arès vint Poséidon, qui était énorme. Ses épaules, son torse et ses bras semblaient se débattre pour s'échapper de sa veste bleu marine. Il avait de beaux cheveux blonds qui faisaient penser à des vagues puissantes et il portait un masque brillant comme l'intérieur d'un coquillage. Perséphone eut l'impression que Poséidon ne voulait pas que sa présence au Gala passe inaperçue.

Hermès arriva dans la foulée de Poséidon, très séduisant dans un costume doré. Il avait retiré le Charme de ses ailes, et ses plumes l'enveloppaient comme une cape. C'était la première fois que Perséphone voyait le dieu de la Ruse sans son Charme. Il avait mis une couronne de feuilles d'or et Perséphone devina qu'il aimait défiler sur le tapis rouge, il aimait que l'attention soit sur lui et souriait jusqu'aux oreilles en posant pour les caméras. Elle faillit l'appeler, mais elle n'eut pas besoin de le faire, car il la repéra rapidement et lui fit un clin d'œil avant de disparaître dans le musée.

---

2. Sorte de chemise longue ou tunique, élément essentiel du costume grec, portée indifféremment par les hommes et les femmes. Des fibules permettaient de l'attacher aux épaules.

Apollon arriva sur un char doré tiré par des chevaux blancs. Il était facile à reconnaître, avec ses boucles brunes et ses yeux violets. Sa peau était hâlée et faisait ressortir son chiton blanc comme une flamme dans la nuit. Au lieu de révéler ses cornes, il portait une couronne dont dépassaient des tiges, donnant l'impression que les rayons du soleil partaient de sa tête. Et il était accompagné par une femme que Perséphone reconnut aussitôt.

– Sybil ! s'écrièrent joyeusement Lexa et Perséphone.

Mais la belle blonde ne les entendait pas par-dessus les cris de la foule. Les journalistes lui hurlaient leurs questions, lui demandant comment elle s'appelait, qui elle était, d'où elle venait et depuis quand elle était avec Apollon.

Perséphone admira la façon dont Sybil supporta d'avoir l'attention sur elle. Elle semblait l'apprécier et souriait en saluant la foule, répondant même aux questions. Sa magnifique robe rouge scintillait quand elle s'avança à côté d'Apollon jusqu'à la porte du musée.

Perséphone reconnut alors la longue limousine blanche de Déméter. Sa mère avait opté pour un look plus moderne avec une robe de bal lavande dont ruisselaient des pétales roses, comme si un jardin fleuri poussait sur sa jupe. Elle avait attaché ses cheveux et dévoilé ses cornes, mais tout le monde remarqua surtout sa mine lugubre.

Lexa se pencha pour chuchoter à l'oreille de Perséphone.

– Il doit y avoir un problème. Déméter a toujours aimé les tapis rouges.

Lexa avait raison. En général, sa mère se donnait en spectacle et aimait sourire et saluer son public. Mais ce soir, elle avait les sourcils froncés et elle regarda à peine les journalistes qui l'interpellaient. Perséphone ne put s'empêcher de penser que quoi que traversait sa mère, c'était de sa faute.

Elle secoua la tête.

Arrête, se dit-elle. Elle n'allait pas laisser Déméter gâcher sa soirée. Pas ce soir.

Les cris de la foule se firent encore plus forts lorsqu'une autre limousine arriva et qu'Aphrodite en sortit, vêtue d'une robe de soirée étonnement sobre. Le bustier était décoré de fleurs roses et blanches, plus bas, le tissu était transparent et couvert de fleurs qui continuaient jusque sur la jupe en tulle. Elle portait une couronne de pivoines et de perles roses, et ses élégantes cornes de gazelle se dressaient derrière la couronne. Elle était sublime. Il ne fallait pas oublier qu'Aphrodite était aussi une guerrière. Et, pour une raison mystérieuse, la déesse de l'Amour était particulièrement vicieuse.

Elle attendit devant sa limousine, et Perséphone et Lexa grognèrent quand Adonis sortit du véhicule.

– D'après la rumeur, Héphaïstos ne voulait pas d'elle, chuchota Lexa à l'oreille de Perséphone.

– Tu ne peux pas croire tout ce que tu entends, Lexa, répondit Perséphone.

Héphaïstos n'était pas un Olympien, mais il était le dieu du Feu. Perséphone ne savait pas grand-chose de lui sauf qu'il était discret et que c'était un brillant inventeur. Elle avait entendu beaucoup de rumeurs à propos de son mariage avec Aphrodite, mais aucune n'était avérée. Apparemment, Héphaïstos avait été forcé d'épouser Aphrodite.

Les derniers à arriver furent Zeus et Héra.

Comme ses frères, Zeus était immense. Il était vêtu d'un chiton qui révélait une partie de son torse musclé. Ses longs cheveux bruns tombaient en cascades ondulées sur ses épaules, parsemés de mèches argentées, aussi brillantes que son épaisse barbe bien entretenue. Il portait une couronne dorée qui reposait parfaitement entre ses cornes de bélier courbées vers l'avant, féroces et effrayantes.

À ses côtés, Héra avait une démarche gracieuse et noble. Ses longs cheveux bruns tombaient sur une épaule et sa robe était sublime mais simple : noire, avec des plumes de paon tissées sur le bustier. Un cercle d'or reposait sur sa tête, entre ses bois de cerf.

Même si Demetri lui avait dit qu'Hadès n'arrivait jamais avec les autres dieux, Perséphone avait pensé qu'il ferait peut-être une exception, puisque le thème de la soirée était son propre royaume. Mais quand la foule se dispersa après l'arrivée de Zeus et Héra, Perséphone réalisa qu'il ne viendrait pas, du moins, pas par cette entrée.

– Ils étaient magnifiques, non ? demanda Lexa en retournant à l'intérieur.

C'était vrai ; ils étaient tous plus beaux les uns que les autres. Mais il y avait encore un visage que Perséphone attendait de voir.

Elle descendait l'escalier quand elle s'arrêta brusquement.

Il est ici. Le sentiment parcourut ses veines et elle se tint plus droite. Elle pouvait le sentir et goûter sa magie sur sa langue. Son regard trouva ce qu'elle cherchait et la température sembla brusquement augmenter.

– Perséphone ?

Lexa suivit le regard de Perséphone. Le silence s'abattit sur la salle de bal.

Hadès se tenait dans l'entrée, devant le rideau de cristaux qui servait de magnifique toile de fond à son costume noir. Il avait revêtu une veste en velours avec une fleur rouge toute simple glissée dans la poche de poitrine. Ses cheveux étaient lisses et attachés en chignon, sa barbe rasée, et il portait un masque noir très simple qui couvrait à peine ses yeux et le début de son nez.

Perséphone prit le temps de le regarder, depuis la pointe de ses chaussures brillantes à ses larges épaules puis à ses yeux noirs brillants. Lui aussi l'avait vue. Son regard de braise caressait chaque millimètre de son corps et Perséphone se sentit comme une flamme balayée par un vent glacial.

Elle aurait passé la soirée à le regarder s'il n'avait pas été escorté par la nymphe aux cheveux flamboyants. Menthé était superbe dans une robe émeraude au décolleté en cœur. La robe était moulante jusqu'aux hanches avant de s'évaser en formant une petite traîne. Son cou et ses oreilles étaient ornés de bijoux précieux qui brillaient à la lumière du chandelier, Perséphone se demanda si c'était Hadès qui les lui avait offerts.

La nymphe avança au bras du dieu et Perséphone en fut furieuse. Elle savait que son Charme faiblissait sous l'effet de sa colère. Elle trouva les yeux d'Hadès et lui lança un regard assassin – s'il pensait pouvoir avoir Perséphone et Menthé en même temps, il se trompait méchamment.

Elle vida son verre de vin avant de s'adresser à Lexa.

– Allons chercher à boire.

Elles traversèrent la foule et hélèrent un serveur pour troquer leurs verres vides contre des verres pleins.

– Tu peux me tenir ça ? demanda Lexa. J'ai besoin d'aller aux toilettes.

Perséphone prit le verre de Lexa. Elle était en train de boire une gorgée du sien quand elle entendit une voix dans son dos.

– Eh bien, qui avons-nous là ? Une déesse du Tartare, dit Hermès en marchant vers elle.

Perséphone haussa un sourcil.

– Tu as compris ? La torture ?

Elle le dévisagea froidement, il fronça les sourcils.

– Parce que tu tortures Hadès ? interrogea-t-il.

Cette fois, Perséphone leva les yeux au ciel.

– Oh, allez ! Sinon pourquoi tu mettrais cette robe ?

– Pour moi, répondit-elle sur la défensive.

Elle n'avait pas choisi sa robe en pensant à Hadès, elle avait voulu être belle et sexy et se sentir puissante.

Et la robe lui offrait tout ça.

Le dieu de la Ruse haussa un sourcil, esquissa un sourire en coin et finit par concéder :

– Soit. Il n'empêche que toute la salle a vu que tu dévorais Hadès du regard.

– Pas du tout, commença-t-elle en rougissant.

– T'inquiète. Tout le monde a vu qu'il te dévorait du regard aussi.

Perséphone ne put cacher son exaspération :

– Est-ce qu'ils ont aussi vu Menthé à son bras ?

– Tu es jalouse, on dirait, répondit Hermès avec un sourire malicieux.

Elle allait le nier, mais elle décida qu'il serait stupide d'essayer. Elle *était* jalouse.

– Je le suis, admit-elle.

– Menthé n'intéresse pas Hadès.

– Ça ne se voit pas, marmonna Perséphone.

– Crois-moi. Hadès tient à elle, mais si elle l'intéressait, ça fait longtemps qu'il en aurait fait sa reine.

– Qu'est-ce que ça veut dire ?

Hermès haussa les épaules.

– Que s'il l'aimait, il l'aurait épousée.

Perséphone ricana.

– Ça ne lui ressemble pas. Il ne croit pas à l'amour.

– Tu as raison, qui suis-je pour parler ? Ça ne fait que des siècles que je le connais, alors que tu le connais depuis… quelques mois.

Perséphone fronça les sourcils.

Elle avait eu du mal à voir Hadès sous un autre jour que celui que sa mère lui avait présenté, un jour moche et peu valorisant. Elle devait admettre que plus elle passait de temps aux Enfers et avec lui, plus elle se demandait s'il y avait quoi que ce soit de vrai dans ce que sa mère lui avait dit et dans les rumeurs véhiculées par les mortels.

Hermès lui donna un petit coup d'épaule.

– Ne t'en fais pas, ma belle. Quand tu te sens jalouse, débrouille-toi pour rappeler à Hadès tout ce qu'il rate en n'étant pas avec toi.

Elle le regarda et il l'embrassa sur la joue. Le geste la surprit et Hermès éclata de rire avant de s'éloigner, ses ailes effleurant le sol derrière lui.

– Garde-moi une danse ! lança-t-il par-dessus son épaule.

Lexa revint à ce moment-là et la regarda d'un air choqué.

– Euh… est-ce qu'Hermès vient de t'embrasser sur la joue ?

– Ouais, répondit Perséphone en se raclant la gorge.

– Tu le connais ?

– Je l'ai rencontré à Nevernight.

– Et tu ne me l'as pas dit ?

– Pardon, dit Perséphone en fronçant les sourcils, je n'y ai pas pensé.

Le regard de Lexa s'attendrit.

– Ce n'est pas grave. Je sais que ces derniers temps ont été un peu fous.

Lexa n'était pas sa meilleure amie pour rien, et c'était dans ce genre de moment que Perséphone était reconnaissante de l'avoir comme alliée.

Elles traversèrent la foule pour regagner leur table et dîner. Le repas était copieux. Il y eut un hors-d'œuvre d'olives, de figues, de raisins, de pain et de fromage, puis une entrée de poisson, des légumes avec du riz et un gâteau au chocolat en dessert.

Les plats avaient beau être délicieux, Perséphone n'avait pas d'appétit.

Tout le monde parlait à sa table, de sujets variés comme le Pentathlon ou l'émission *Titans Après la Nuit*, et la discussion ne cessa que lorsque toute la salle se mit à applaudir, car Menthé traversait la scène pour s'adresser aux invités.

– Lord Hadès a l'honneur de révéler le nom de l'association caritative qu'il a choisie pour cette année : le Projet Alcyon, annonça-t-elle.

L'éclairage baissa et un écran descendit devant le rideau pour diffuser une petite vidéo présentant l'Alcyon, un nouveau centre de désintoxication qui offrait des cures gratuites aux mortels. La vidéo présentait des statistiques à propos du grand nombre de morts accidentelles causées par les overdoses, le nombre de suicides, ainsi que les autres défis que devaient affronter les mortels dans l'ère post-Grande Guerre, expliquant que les Olympiens avaient le devoir de leur venir en aide.

C'étaient les paroles que Perséphone avait elle-même prononcées. Elles avaient simplement été reprises pour ce public.

Qu'est-ce qui se passe ? se demanda-t-elle. Est-ce qu'Hadès cherchait à se moquer d'elle ? Elle ferma les poings sur ses cuisses.

On ralluma les lumières à la fin de la vidéo et Perséphone fut surprise de découvrir Hadès sur scène.

– Il y a quelques jours, le *New Athens News* a publié un article sur moi. Et si c'était une critique féroce de ma performance en tant que dieu, parmi ces mots de colère, des suggestions ont été formulées afin que je m'améliore. Je ne pense pas que la femme qui les a écrits s'attendait à ce que je prenne ces idées à cœur mais, ayant passé du temps avec elle, j'ai commencé à envisager les choses de son point de vue.

Il s'arrêta pour rire dans sa barbe, comme s'il se rappelait un moment qu'ils avaient partagé, et Perséphone frissonna.

– Je n'ai jamais rencontré quelqu'un qui ressentait mes fautes avec autant de passion. J'ai donc suivi ses conseils et j'ai créé le Projet Alcyon. J'espère qu'en découvrant l'exposition, vous comprendrez mon souhait de faire d'Alcyon une lueur d'espoir dans les ténèbres qui enveloppent les âmes perdues.

Toute la salle se mit à l'applaudir et Hadès eut même droit à une standing ovation, y compris de la part de quelques dieux, dont Hermès.

Il fallut un moment à Perséphone pour se lever à son tour. Elle était choquée par l'acte de charité d'Hadès, mais inquiète, aussi. Faisait-il seulement cela pour réparer les dégâts qu'elle avait causés à sa réputation ? Voulait-il lui prouver qu'elle avait tort ?

Lexa regarda Perséphone d'un air interrogateur.

– Je sais ce que tu penses, dit Perséphone.

– Ah ! Et je pense quoi ?

– Il n'a pas fait ça pour moi. Il l'a fait pour sa réputation.

– Mais oui, continue de te dire ça, dit Lexa en souriant. Je crois qu'il est épris de toi, ma belle.

– *Épris* ? répéta Perséphone. Tu lis trop de romans d'amour !

Lexa rejoignit l'exposition en compagnie des autres invités de leur table, mais Perséphone resta en retrait. Elle avait peur d'en apprendre davantage à propos de la création qu'elle avait inspirée. Elle ne savait expliquer d'où venaient ses hésitations. Peut-être parce qu'elle se savait en danger de tomber amoureuse du dieu que sa mère détestait et qui l'avait piégée dans un contrat qu'elle ne pouvait gagner ? Peut-être parce qu'il l'avait écoutée ? Peut-être parce qu'elle n'avait jamais été aussi attirée par quelqu'un de toute sa courte vie ?

Elle se promena dans l'exposition, où la lumière tamisée permettait de mieux mettre en lumière les détails du Projet Alcyon. Elle prit son temps et s'arrêta au centre de la pièce pour étudier une maquette du bâtiment. La carte expliquait que c'était Hadès qui l'avait dessiné. L'immeuble n'était pas moderne, comme elle s'y attendait, il ressemblait plutôt à une demeure de campagne, nichée au cœur de dix hectares de verdure.

Elle passa un long moment à découvrir l'exposition, lisant chaque présentation, apprenant quelles technologies seraient incorporées au centre de désintoxication. C'était vraiment un centre de soins de pointe.

Lorsqu'elle sortit de l'exposition, les gens s'étaient mis à danser. Elle vit Lexa aux côtés d'Hermès, ainsi qu'Aphrodite avec Adonis. Elle était soulagée que son collègue n'ait pas essayé de lui parler et qu'il ait gardé ses distances au travail.

Il lui fallut un moment pour réaliser qu'elle cherchait Hadès. Il n'était pas parmi les danseurs ni avec ceux qui étaient encore assis à table. Elle fronça les sourcils et aperçut Sybil qui marchait vers elle.

– Perséphone, dit-elle en souriant et en la prenant dans ses bras. Tu es sublime.

– Toi aussi.

– Tu penses quoi de l'expo ? C'est génial, non ?

– Oui, c'est super, admit Perséphone.

Car c'était tout ce qu'elle avait imaginé, et plus encore.

– Je savais que des belles et grandes choses naîtraient de votre union, dit-elle.

– Notre… union ? répéta lentement Perséphone.

– Hadès et toi.

– Ah, mais on n'est pas ensemble…

– Peut-être pas encore. Mais vos couleurs sont mêlées. Elles le sont depuis le soir où je t'ai rencontrée.

– Nos couleurs ?

– Vos chemins, dit Sybil. Hadès et toi : c'est le destin, tissé par les Moires.

Perséphone ne savait pas quoi dire. Sybil était un Oracle, donc elle disait la vérité, mais était-elle vraiment destinée à épouser le dieu des Morts ? L'homme que sa mère détestait ?

Sybil fronça les sourcils.

– Est-ce que ça va ?

Perséphone ne savait pas quoi répondre.

– Je suis désolée. Je... je n'aurais pas dû te le dire. Je pensais que tu serais heureuse.

– Je ne suis pas... *pas* heureuse, la rassura Perséphone. Je suis juste...

Elle ne savait pas comment terminer sa phrase. Cette soirée ainsi que les derniers jours avaient donné naissance à une multitude d'émotions intenses qui pesaient sur ses épaules. Si elle était vraiment destinée à être avec Hadès, cela expliquait peut-être son attirance irrésistible pour lui. Mais en même temps, cela compliquait énormément sa vie...

– Tu veux bien m'excuser ? dit-elle avant de filer vers les toilettes.

Une fois seule et en sécurité, elle inspira plusieurs fois, les mains appuyées sur le lavabo, et se regarda dans le miroir. Elle ouvrit le robinet et fit couler de l'eau froide sur ses mains avant d'éclabousser ses joues tout en essayant de ne pas gâcher son maquillage. Elle tapota son visage avec un essuie-main et s'apprêtait à retourner dans la salle quand une voix inconnue l'interpella.

– Alors, c'est toi, la petite muse d'Hadès ?

La voix était séductrice et suave, une voix qui envoûtait les hommes et ensorcelait les mortels. Aphrodite apparut derrière elle et Perséphone se demanda d'où sortait la déesse. Quand elle la regarda dans les yeux, elle eut le plus grand mal à bouger.

Aphrodite était sublime et Perséphone eut l'impression de l'avoir déjà rencontrée, ce qui était parfaitement impossible.

Ses yeux avaient la couleur de la mer et étaient bordés de cils épais, sa peau était pâle mais ses joues étaient roses. Sa bouche était charnue et pulpeuse. Malgré sa beauté, Perséphone lui trouva un air profondément triste.

Peut-être que Lexa avait raison et qu'Héphaïstos ne voulait pas d'elle.

– Je ne sais pas de quoi tu parles, répondit Perséphone.

– Oh, ne fais pas ta mijaurée. J'ai vu comment tu le regardais. Hadès a toujours été si beau… Je lui ai toujours dit qu'il n'aurait qu'à montrer son visage pour que son royaume soit rempli de femmes.

À l'entendre, Perséphone eut la nausée. Elle ne voulait parler d'Hadès avec personne, et surtout pas avec Aphrodite.

– Excuse-moi, dit-elle en essayant d'éviter Aphrodite, mais la déesse l'arrêta.

– Je n'ai pas terminé.

– Tu m'as mal comprise. Je n'ai pas envie de te parler.

La jeune déesse passa devant Aphrodite et sortit des toilettes, saisissant une coupe de champagne sur le plateau d'un serveur avant de trouver un endroit d'où elle pouvait observer les danseurs. Elle envisageait de partir ; Jaison allait passer prendre Lexa et elle comptait passer la nuit chez lui.

Elle venait de décider d'appeler un taxi lorsqu'elle sentit Hadès approcher. Elle se redressa, mais elle ne se retourna pas pour le regarder.

– Quelque chose à critiquer, Lady Perséphone ? demanda-t-il d'une voix grave qui sonnait comme un sortilège.

– Non, chuchota-t-elle en tournant la tête vers la droite.

Elle ne pouvait toujours pas le regarder, même du coin de l'œil.

– Depuis combien de temps travailles-tu sur ce projet ?

– Pas longtemps.

– Ce sera magnifique.

Elle le sentit se rapprocher et elle fut surprise de sentir ses doigts sur son épaule, traçant les contours de la dentelle. Il effleura légèrement sa peau et elle frissonna.

– Une touche d'ombre, dit-il en caressant son bras jusqu'à sa main, entrelaçant leurs doigts. Danse avec moi.

Elle ne retira pas sa main et se tourna vers lui. Il lui coupait sans cesse le souffle, chaque fois qu'elle le voyait ; mais ce soir, il avait un air plein de tendresse qui fit battre son cœur plus fort.

– D'accord.

Des regards curieux et surpris les suivirent quand il l'emmena sur la piste de danse. Perséphone fit de son mieux pour les ignorer et se concentra sur le dieu. Il était tellement plus grand et massif qu'elle, quand elle se trouva face à lui, elle se rappela ce qu'ils avaient vécu dans le bassin.

Il ne lâcha pas sa main et posa l'autre sur sa hanche. Elle ne le quitta pas des yeux et il l'attira contre lui. Elle se laissa guider et sentit son sang s'embraser chaque fois que leurs corps se touchaient. Ils restèrent silencieux et Perséphone se demanda si Hadès peinait à parler pour les mêmes raisons qu'elle.

C'est sans doute pour cela qu'elle choisit de rompre le silence.

– Tu devrais danser avec Menthé.

Les lèvres d'Hadès se pincèrent.

– Tu préférerais que je danse avec elle ?

– C'est elle, ton rencard.

– Ce n'est pas mon rencard. C'est mon assistante, je te l'ai déjà dit.

– On n'arrive pas à un gala avec son assistante à son bras.

Il la serra plus fort et elle se demanda s'il était frustré.

– Tu es jalouse.

– Je ne suis pas jalouse.

Elle ne l'était plus. Elle était en colère. Il eut un sourire narquois en constatant son déni et elle eut envie de le frapper.

– Je refuse qu'on se serve de moi, Hadès.

Son sourire disparut aussitôt.

– Quand t'ai-je utilisée ?

Elle ne répondit pas.

– Jamais, Déesse.

– Est-ce que tu as couché avec elle ?

C'était la seule question qui comptait.

Hadès s'arrêta de danser et ceux qui partageaient la piste avec eux en firent de même, les observant avec un intérêt évident.

– Tu sembles réclamer un jeu, Déesse.

– Tu veux jouer ? ricana-t-elle en faisant un pas en arrière. Maintenant ?

Il ne répondit pas, mais lui offrit sa main. Quelques semaines avant, Perséphone aurait hésité. Mais ce soir, après quelques verres de vin, elle avait beaucoup trop chaud et sa robe était devenue inconfortable.

Et puis, elle voulait des réponses.

Elle prit sa main et il referma ses doigts sur les siens en esquissant un sourire machiavélique avant de les téléporter jusqu'aux Enfers.

Chapitre XVIII

UNE TOUCHE DE PASSION

Ils arrivèrent dans le bureau d'Hadès, où ils avaient joué à pierre-papier-ciseaux. Un feu crépitait dans la cheminée, mais ce n'était pas nécessaire. Perséphone était déjà bouillante après avoir dansé avec Hadès, dont le sourire diabolique juste avant de se téléporter n'avait en rien arrangé la situation, car c'était une promesse de péché.

Dieux, apprendrait-elle un jour à contrôler la réaction de son corps en sa présence ? Elle n'arrivait pas à lui résister.

Hadès lui proposa du vin et elle accepta le verre, il se servit son whiskey habituel.

– Tu as faim ? Tu n'as presque rien mangé au gala, dit-il en levant la tête.

– Tu m'observais ? demanda-t-elle en plissant les yeux.

– Chérie, ne prétends pas que tu ne m'observais pas, moi aussi. Je connais ton regard sur moi comme je connais le poids de mes cornes.

– Non, je n'ai pas faim, dit-elle en rougissant.

Pas de nourriture, en tout cas, mais elle ne le dit pas à voix haute.

Il acquiesça et marcha vers une table placée devant la cheminée. Elle était comme celle de la salle de jeux de Nevernight, mais au lieu de s'asseoir côte à côte, Hadès et Perséphone s'assirent face à face.

Un jeu de cartes les attendait. Elle n'aurait jamais imaginé que de simples morceaux de carton puissent avoir autant de pouvoir ; ces cartes pouvaient offrir des richesses, accorder la liberté à quelqu'un ou l'emprisonner à vie. Elles pouvaient répondre aux questions et ôter la dignité.

Hadès but une gorgée et posa son verre avant de prendre les cartes en main.

– On joue à quoi ? demanda Perséphone.

– Au poker.

Il sortit les cartes de leur étui et les mélangea. Le bruit attira l'attention de Perséphone sur ses doigts agiles. L'atmosphère devint lourde et chaude et elle respira un bon coup avant de se lancer.

– L'enjeu ?

Hadès sourit.

– Mon moment préféré ; dis-moi ce que tu veux.

Un millier d'idées lui vinrent à l'esprit, toutes impliquaient de retourner aux bains pour finir ce qu'ils avaient commencé.

– Si je gagne, tu réponds à mes questions, dit-elle enfin.

– Marché conclu, dit-il en finissant de mélanger les cartes. Si je gagne, je veux tes vêtements.

– Tu veux me déshabiller ?

Il gloussa.

– Chérie, ce n'est que le début de ce que je veux te faire.

Elle se racla la gorge.

– Est-ce qu'une victoire équivaut à un vêtement ?

– Oui, répondit-il en regardant sa robe.

C'était assez injuste, car elle ne portait que ça, en dehors de ses bijoux. Elle effleura son collier à l'endroit où il disparaissait entre ses seins, et le regard d'Hadès suivit son geste.

– Et… les bijoux ? demanda Perséphone. Est-ce que tu les considères comme des vêtements ?

Il but une gorgée avant de répondre.

– Ça dépend.

– De… ?

– Je déciderai peut-être de te prendre avec ta couronne.

Elle esquissa un sourire en coin.

– Personne n'a parlé de sexe, Lord Hadès.

– Ah non ? Dommage.

Elle se pencha sur la table et, si elle se sentait trembler à l'intérieur, elle parvint quand même à parler avec assurance.

– J'accepte ton marché.

Il haussa les sourcils d'un air amusé.

– Tu as confiance en ta capacité à gagner ?

– Je n'ai pas peur de toi, Hadès.

Sauf que c'était faux ; elle avait peur de ne pas avoir la force de lui résister. Elle était obnubilée par les papillons qui voletaient dans son ventre et lui rappelaient que les doigts habiles d'Hadès avaient été en elle. Qu'il avait bu sa passion et son désir à même son corps et qu'il n'avait pas terminé.

Elle avait besoin qu'il termine.

Elle frissonna.

– Tu as froid ? demanda-t-il en distribuant les cartes.

– Chaud, répondit-elle en se raclant la gorge.

Une vague de chaleur monta entre ses jambes. Elle gigota, croisant les jambes, et sourit à Hadès en espérant qu'il ne verrait pas combien elle était nerveuse.

Hadès révéla sa main : une paire de rois. Elle ferma la bouche, agacée, avant de révéler ses cartes, consciente d'avoir perdu. Il esquissa un sourire et son regard s'enflamma. Il recula sa chaise et la reluqua longuement avant de parler.

– Je suppose que je vais prendre ton collier.

Elle leva les mains pour le détacher, mais il l'arrêta.

– Non, laisse-moi faire.

Elle hésita, mais elle finit par baisser les bras. Hadès se leva et marcha jusqu'à elle, chacun de ses pas fit battre son cœur plus fort. Il repoussa sa queue-de-cheval sur son épaule et, quand elle sentit ses doigts sur sa peau, elle retint son souffle pendant qu'il ouvrait le fermoir du collier. Il laissa un côté tomber entre ses seins et le métal froid la fit frissonner. Lorsqu'il le retira, il fit glisser la chaîne sur sa clavicule avant de la remplacer par sa bouche.

– Tu as toujours chaud ? demanda-t-il contre sa peau.

– Terriblement, susurra-t-elle.

– Je pourrais te libérer de cet enfer, répondit-il tandis que sa bouche remontait le long de sa gorge.

– On ne fait que commencer, répondit-elle en déglutissant.

Le souffle chaud de son rire caressa sa peau, qui lui parut glacée lorsqu'il retourna s'asseoir à sa place.

Perséphone gagna le tour suivant et sourit en posant ses cartes sur la table.

– Je l'emporte.

Hadès riva son regard au sien.

– Pose ta question, Déesse. J'ai hâte de jouer une autre main.

Elle n'en doutait pas.

– Est-ce que tu as couché avec elle ?

La mâchoire d'Hadès se contracta et le temps qu'il mit à répondre sembla à Perséphone une éternité.

– Une fois.

La révélation noua son estomac.

– Il y a longtemps ?

– Il y a très longtemps, Perséphone.

Elle avait d'autres questions, mais la façon dont il avait prononcé son prénom, d'un ton doux et tendre, comme s'il regrettait sincèrement d'avoir couché avec Menthé, même une fois, l'empêcha de les poser. Ce n'était pas une option, de toute façon. Il lui avait déjà offert deux réponses alors qu'elle n'avait gagné le droit qu'à une seule.

Elle déglutit et fuit son regard, surprise qu'il l'interroge à son tour.

– Es-tu… en colère ?

Elle le regarda dans les yeux.

– Oui, admit-elle. Mais… je ne sais pas vraiment pourquoi.

Elle pensait que c'était parce que cela signifiait qu'elle ne serait pas la première pour Hadès, mais c'était bête et irrationnel. Hadès existait dans ce monde depuis bien plus longtemps qu'elle, il serait ridicule de s'attendre à ce qu'il ait fait abstinence.

Il la regarda longuement avant de redistribuer les cartes. Perséphone était de plus en plus tendue. L'atmosphère était presque irrespirable après le marché qu'ils avaient conclu. Lorsqu'il gagna à nouveau, il prit ses boucles d'oreilles, ce fut une véritable torture et il mordilla son lobe après avoir retiré chaque bijou. Elle retint son souffle en sentant ses dents sur sa peau et elle s'accrocha à la table pour se retenir de plonger ses doigts dans ses cheveux et de s'emparer de sa bouche.

Si Hadès gagnait la main suivante, il lui prendrait le seul vêtement qui lui restait : sa robe. Or elle ne pensait pas pouvoir supporter qu'il la mette à nu.

Elle n'eut pas à le découvrir car c'est elle qui gagna. Et elle avait une autre question brûlante à lui poser.

– Ton pouvoir d'invisibilité, dit-elle. Est-ce que tu t'en es déjà servi pour… m'espionner ?

Hadès prit un air amusé et suspicieux. Perséphone lui posait la question pour une raison importante. Elle avait besoin de savoir s'il était venu dans sa chambre, hier soir, ou si son désir pour lui l'avait poussée à fantasmer.

– Non, répondit-il.

Elle fut soulagée.

– Peux-tu promettre de ne jamais te servir de ce pouvoir pour m'espionner ?

Hadès l'étudia, comme s'il essayait de comprendre d'où venait sa requête.

– Je te le promets, répondit-il enfin.

Il commença à mélanger les cartes et elle lui posa une autre question.

– Pourquoi laisses-tu les gens penser ces horribles choses à ton sujet ?

Il resta silencieux longtemps et elle pensa même qu'il n'allait pas répondre.

– Je ne contrôle pas ce que les gens pensent de moi.

– Mais tu ne fais rien pour contredire ce qu'ils disent, répondit-elle.

Il haussa un sourcil.

– Tu crois que les mots ont un poids ?

Elle le regarda, confuse, et il distribua les cartes en s'expliquant.

– Ce ne sont que ça, des mots. Les mots servent à embellir des histoires et à forger des mensonges. Et, de temps en temps, ils servent à dire la vérité.

– Si les mots n'ont aucune importance pour toi, qu'est-ce qui compte, alors ?

Ils se regardaient dans les yeux et l'atmosphère changea, elle devint chargée et puissante. Hadès vint vers elle, cartes en main, et les posa sur la table : une quinte flush royale.

– Les actions, Lady Perséphone. Les actions ont une importance pour moi.

Elle se leva et leurs bouches fusionnèrent. La langue d'Hadès s'enroula autour de la sienne et il saisit ses hanches. Il se tourna pour s'asseoir et l'attira sur lui, baissant les bretelles de sa robe avant d'empoigner ses seins pour pincer ses tétons jusqu'à ce qu'ils deviennent durs entre ses doigts.

Perséphone mordit sa lèvre, lui arrachant un grognement qui la fit tressauter. Il quitta sa bouche pour s'occuper de ses seins, léchant, suçant et mordillant ses tétons. Perséphone s'accrocha à lui, plongeant ses doigts dans ses cheveux pour les détacher et, à mesure qu'il torturait ses seins, elle tira plus fort sur ses mèches.

Il souleva brusquement sa robe et posa Perséphone sur la table.

– J'ai pensé à toi toutes les nuits depuis que tu m'as laissé dans les bains, dit-il en écartant ses jambes et en s'appuyant contre elle. Tu m'as laissé désespéré, gonflé de désir pour toi, et toi seule, gronda-t-il.

Elle pensa un instant qu'il allait la laisser à son tour.

– Mais je serai un amant généreux, ajouta-t-il.

Il se baissa et embrassa l'intérieur de sa cuisse avant de la lécher, et il fut bientôt sur son sexe qu'il écarta avec ses doigts avant d'y plonger la langue. Perséphone se cambra en criant et tendit les bras pour plonger ses mains dans ses cheveux, mais il saisit ses poignets et les tint de côté.

– J'ai dit que je serai généreux, pas gentil.

Elle gigota contre lui, pressant son bassin contre sa bouche pour le sentir plus profondément, et il l'écouta, plongeant ses doigts entre ses lèvres trempées. Elle ne pouvait retenir ses gémissements. Il la poussait au bord du précipice, mais elle résistait, souhaitant prolonger son plaisir autant que possible. Mais Hadès devint féroce et vicieux et elle finit par crier son nom encore et encore, en rythme avec les va-et-vient de ses doigts.

Elle n'eut pas le temps de s'en remettre, car Hadès l'attira à lui pour l'embrasser et elle se goûta sur ses lèvres. Elle essaya de déboutonner sa chemise, mais il saisit ses mains et l'arrêta. Elle fut encore plus frustrée lorsqu'il remonta les bretelles de sa robe sur ses épaules.

– Qu'est-ce que tu fais ? demanda-t-elle.

Il eut le culot de rire.

– Patience, chérie.

Perséphone était tout sauf patiente ; il n'avait fait qu'attiser le feu entre ses jambes et elle désespérait d'être comblée.

Il la prit dans ses bras et sortit de son bureau.

– Où va-t-on ? demanda-t-elle en s'agrippant à sa chemise.

Elle était prête à la lui arracher ; elle voulait le voir nu et le connaître aussi intimement qu'il la connaissait.

– Dans ma chambre, dit-il.

– Tu ne peux pas te téléporter ?

– Je préfère que le palais entier sache qu'on ne doit pas nous déranger.

Perséphone rougit. Elle ne partageait qu'une partie de ce souhait, c'était de ne pas être dérangés.

Il la tint tout contre lui en avançant, et Perséphone prit peu à peu conscience de la raison pour laquelle ils allaient dans sa chambre. Elle ne pourrait plus faire marche arrière, elle le savait depuis le début. La soirée qu'ils avaient passée dans les bains était une des expériences les plus excitantes de sa vie, mais cette nuit allait être l'une des plus bouleversantes.

Leurs noirceurs allaient se réunir. Après cette nuit, ce dieu ferait partie d'elle pour toujours.

Lorsqu'ils arrivèrent dans sa chambre, Hadès sembla sentir le poids de ses pensées et il la reposa par terre en la gardant contre lui. Son corps s'emboîtait si parfaitement avec le sien qu'elle pensa un instant qu'ils étaient destinés à être ensemble.

– On n'est pas obligés de faire ça, dit-il.

Elle saisit le col de sa veste et l'aida à s'en débarrasser.

– Je te veux. Sois mon premier, sois tout pour moi.

Hadès n'eut pas besoin d'autre encouragement. Il s'empara de sa bouche, d'abord tendrement, puis avec plus de force. Il rompit le baiser pour la retourner, dos contre lui, et ouvrir sa robe, et la soie tomba à ses pieds. Elle était en escarpins, nue devant lui.

Hadès poussa un grognement et se plaça devant elle. Ses épaules étaient tendues, ses poings fermés et sa mâchoire contractée. Perséphone savait qu'il faisait tout son possible pour se retenir.

– Tu es sublime, ma chérie.

Il l'embrassa à nouveau et Perséphone se débattit avec ses boutons jusqu'à ce qu'Hadès prenne le relais pour les défaire. Il tendit ensuite les mains vers elle, mais elle fit un pas en arrière et le regard du dieu s'assombrit.

– Retire ton Charme, dit-elle.

Il l'observa d'un air curieux et elle haussa une épaule.

– Tu veux me prendre avec cette couronne ; moi, je veux baiser un dieu.

Il esquissa un sourire diabolique.

– Comme tu voudras.

Le Charme d'Hadès s'évapora comme un nuage de fumée. Ses yeux noirs fondirent en un bleu électrique et deux cornes de gazelle noires montèrent en spirale sur sa tête. Il semblait encore plus massif et puissant, comblant l'espace de sa présence ténébreuse.

Perséphone n'eut pas le temps de l'admirer car, dès que son Charme eut disparu, il l'empoigna et la souleva pour la déposer sur le lit. Il l'embrassa d'abord sur la bouche puis sur le cou avant de lécher un téton, puis l'autre. Il resta ainsi un moment. Perséphone tendit la main vers son pantalon, mais il recula son bassin en riant.

– Tu es pressée, Déesse ?

Il l'embrassa sur le ventre puis sur les cuisses avant de se mettre à genoux. Perséphone crut qu'il allait à nouveau la dévorer avec sa bouche, mais il se leva pour lui retirer ses escarpins et finir de se déshabiller.

Elle ne se lasserait jamais de le voir nu. Hadès était l'incarnation du péché et du sexe, et son odeur l'enveloppait, collant à ses cheveux et sa peau. Elle baissa les yeux sur sa verge épaisse et gonflée. Elle tendit la main vers son érection, sans peur ni pensée, et Hadès siffla lorsqu'elle la prit dans sa main.

Elle aimait l'entendre siffler ainsi. Elle le branla lentement, de la base jusqu'au gland, et chacun de ses grognements la rendait un peu plus confiante. Elle se pencha en avant et déposa un baiser sur le sommet de son sexe.

– Putain.

Elle le prit alors dans sa bouche et Hadès empoigna ses épaules. Elle ne savait pas comment s'y prendre, n'ayant jamais fait ça, mais elle aimait son goût salé. Elle effleura son gland avec ses dents en le retirant de sa bouche et sentit bientôt Hadès avancer et reculer son bassin, de plus en plus vite et avec plus de force, jusqu'à ce qu'il recule complètement.

– J'ai fait quelque chose qu'il ne fallait pas ? demanda-t-elle, confuse.

Il émit un rire sombre et rauque et la regarda d'un air prédateur.

– Non.

Il empoigna sa nuque et l'embrassa, plongeant sa langue dans sa bouche avant de reculer.

– Dis-moi que tu as envie de moi.

– J'ai envie de toi, répondit-elle, à bout de souffle et désespérée.

Il la poussa en arrière et s'allongea sur elle de sorte qu'elle sentit son érection sur son ventre.

– Dis-moi que tu as menti, dit-il.

– Je croyais que les mots n'avaient pas d'importance.

Il lui offrit un baiser féroce qui embrasa sa peau.

– Tes mots à toi comptent. Seulement les tiens.

Elle entoura sa taille avec ses jambes et l'attira contre son sexe.

– Est-ce que tu veux que je te prenne ? demanda-t-il.

Elle hocha la tête.

– Dis-le-moi, dit-il. Tu as utilisé les mots pour dire que tu ne me voulais pas, utilise-les pour me dire que tu me veux.

– Je veux que tu me prennes, dit-elle.

Il poussa un grognement et l'embrassa goulûment avant de la titiller en frottant son sexe contre ses lèvres mouillées. Elle l'attira contre elle, insistant pour qu'il la pénètre, et Hadès éclata de rire. Perséphone grogna, plus frustrée que jamais.

– Patience, chérie. J'ai dû t'attendre, moi.

– Je te demande pardon, dit-elle d'une voix calme et sincère.

Et il plongea en elle.

Elle poussa un cri et sa tête retomba contre l'oreiller. Elle voulut se couvrir la bouche, mais Hadès l'en empêcha, retenant ses poignets au-dessus de sa tête.

– Non, laisse-moi t'entendre, grogna-t-il.

Il l'empala encore et encore. Ses mouvements n'avaient rien de lent ni de tendre et il parla à chaque va-et-vient, par-dessus ses cris.

– Tu m'as laissé désespéré, dit-il en se retirant jusqu'à n'être presque plus en elle. J'ai pensé à toi toutes les nuits, depuis, ajouta-t-il en la pénétrant à nouveau. Et chaque fois que tu m'as dit que tu ne me voulais pas, j'ai goûté tes mensonges, dit-il en reculant à nouveau le bassin. Tu es à moi. À moi.

Il ponctuait chaque phrase d'un aller-retour, accélérant peu à peu, et elle se perdit en lui tandis qu'un plaisir intense s'accumulait dans son ventre jusqu'à exploser. Hadès jouit peu après et elle le sentit se déverser en elle avant de se retirer, laissant une traînée chaude sur sa cuisse. Il se laissa tomber sur elle, couvert de sueur, à bout de souffle.

Au bout d'un moment, il releva la tête et l'embrassa partout sur le visage, les yeux, les joues, les lèvres.

– Tu es une provocation, Déesse. Un défi que m'offrent les Moires.

Perséphone ne parvenait pas à réfléchir suffisamment pour répondre. Elle avait les jambes tremblantes et elle était épuisée de la plus belle façon qui soit.

Lorsqu'Hadès bougea, elle saisit son bras.

– Non, ne pars pas.

Il rit doucement et l'embrassa à nouveau.

– Je reviens, ma chérie.

Il partit un moment et revint avec un gant mouillé. Il la nettoya puis il la déplaça afin qu'elle soit le dos contre son torse, et il la serra contre lui. Enveloppée dans sa chaleur, Perséphone s'endormit.

Elle se réveilla peu de temps après et sentit Hadès se frotter contre elle, son érection contre ses fesses. Il tenait ses hanches et l'embrassait dans le cou, et son désir pour lui prit le dessus sur sa fatigue. Elle tourna la tête pour rencontrer ses lèvres, désespérée de le goûter à nouveau.

Hadès la fit doucement rouler sur le dos et grimpa sur elle, l'embrassant jusqu'à lui couper le souffle. Elle voulut plonger ses doigts dans ses cheveux soyeux, mais il l'en empêcha, tenant ses mains au-dessus de sa tête. Il profita de la position pour mordiller ses oreilles, puis l'embrasser dans le cou et mordiller ses tétons. Chaque nouvelle sensation lui arrachait un gémissement rauque qui stimulait Hadès de plus belle. Il descendit entre ses cuisses et ne perdit pas de temps pour écarter ses jambes et laper son sexe brûlant. Ses doigts ne furent pas loin derrière et il plongea rapidement en elle, toujours plus fort et plus vite, jusqu'à ce qu'elle puisse à peine respirer. Quand elle jouit, ce fut en criant son nom, le seul mot qu'elle ait prononcé depuis qu'ils avaient commencé.

Hadès ne dit rien, perdu dans un désir entêtant. Il s'allongea à nouveau sur elle pour se placer à l'entrée de son sexe.

Il s'enfouit en elle et la prit avec des coups de bassin brusques et sauvages.

À un moment donné, il souleva Perséphone comme si elle ne pesait rien et s'accroupit dans le lit. Il tint ses hanches pour la remonter et l'abaisser sur sa verge. Perséphone était merveilleusement comblée, mais elle voulait le sentir encore plus profondément, voulait qu'il aille plus vite encore. Elle enroula ses bras autour de ses épaules et accéléra les mouvements de son bassin tandis que leurs bouches fusionnaient dans un baiser ardent. Ensemble, ils succombèrent au plaisir, se laissant tomber dans le lit dans un amas de membres entremêlés, de sueur et de souffles rauques.

Juste avant qu'elle ne se rendorme, Perséphone pensa un instant que si tel était son destin, elle l'accepterait avec plaisir.

Chapitre XIX

UNE TOUCHE DE POUVOIR

Quand Perséphone se réveilla, elle trouva Hadès endormi à ses côtés. Il était sur le dos et les draps ne couvraient que ses jambes et son bassin. Ses cheveux tombaient sur l'oreiller et sa mâchoire était couverte d'une barbe de trois jours. Elle mourait d'envie de tendre la main pour dessiner les contours de ses sourcils, de son nez et de ses lèvres parfaites. Mais elle ne voulait pas le réveiller et le geste lui semblait trop intime.

Elle réalisa que c'était plutôt ridicule, étant donné ce qui s'était passé entre eux la veille. Néanmoins, le toucher sans y avoir été invitée ressemblait au geste d'une amante, et Perséphone ne se sentait pas comme l'amante d'Hadès.

D'ailleurs, elle n'était pas certaine d'avoir envie d'être une amante. Elle avait toujours imaginé que tomber amoureuse était quelque chose d'entêtant et de timide, or entre elle et Hadès, les choses avaient été tout sauf timides. Leur attirance était charnelle, avide et brûlante. Elle lui coupait le souffle, accaparait ses pensées et hypnotisait son corps.

Une vague de chaleur naquit dans son ventre et raviva le désir qui avait été si fort hier. *Respire*, se dit-elle, souhaitant que la chaleur s'en aille.

Elle finit par se lever et trouva le peignoir qu'Hadès lui avait prêté la première fois qu'elle était venue aux Enfers. Elle l'enfila et sortit sur le balcon. Au calme et à la lumière du jour, le poids de ce qu'elle avait fait avec Hadès lui parut soudain écrasant. Elle n'avait jamais été aussi confuse et effrayée.

Elle était confuse, parce que ses sentiments pour le dieu étaient contradictoires : elle était en colère à cause du contrat, mais elle était surtout intriguée. Quant aux sensations qu'il lui avait offertes pendant cette nuit… rien n'y était comparable. Il l'avait vénérée. Il s'était mis à nu devant elle et lui avait avoué son désir. Ensemble, ils s'étaient laissés être vulnérables, insensés et sauvages. Elle n'avait pas besoin de se regarder dans le miroir pour savoir que sa peau était décolorée partout où Hadès l'avait mordue, sucée et empoignée. Il avait exploré des parties d'elle que personne n'avait explorées.

Et c'est là que sa peur entrait en jeu.

Elle se perdait dans ce dieu, dans ce monde en dessous du sien. Avant, lorsqu'ils n'avaient fait que partager quelques moments de faiblesse dans les bains, elle aurait pu se promettre de ne plus revenir et elle aurait été sincère. Mais si elle le promettait maintenant, ce serait un mensonge.

Quoi qu'il y ait entre eux, c'était puissant. Elle l'avait senti dès la première fois qu'elle l'avait vu. Au plus profond d'elle-même, elle l'avait su. Et chaque interaction avec lui, depuis, n'avait été qu'une tentative désespérée d'ignorer la vérité, à savoir qu'ils étaient faits pour se trouver. Et Sybil l'avait confirmé hier soir.

C'était le destin tissé par les Moires.

Mais Perséphone savait que ces alliances étaient nombreuses et qu'être faits l'un pour l'autre n'était pas synonyme de perfection ni de bonheur. Parfois, cela n'était que chaos et conflit. Or, étant donné la tournure tumultueuse que sa vie avait prise depuis qu'elle avait rencontré Hadès, elle doutait qu'il advienne quoi que ce soit de bon de leur amour.

D'ailleurs, pourquoi pensait-elle à l'amour ?

Elle s'obligea à ignorer ces pensées. Il n'était pas question d'amour. Elle était simplement en train de satisfaire l'attirance électrique qu'il y avait entre eux depuis cette première soirée à Nevernight. C'était fait maintenant. Elle ne s'autoriserait pas à le regretter. Au contraire, elle le savourerait. Avec Hadès, elle s'était sentie puissante. Elle s'était sentie comme la déesse qu'elle était censée être. Et elle avait adoré ça.

Elle respira l'air frais des Enfers et sentit quelque chose… de différent.

C'était chaud. Comme une pulsation. C'était *la vie.*

Cela lui semblait distant, comme un souvenir dont elle connaissait l'existence mais qu'elle ne se rappelait pas tout à fait. Et lorsque celui-ci commença à s'effacer, elle essaya de le pourchasser.

Elle descendit les marches jusqu'au jardin et s'arrêta sur le sentier en pierre noire, le cœur battant la chamade. Elle essaya de se calmer, retenant son souffle jusqu'à ce que sa poitrine se contracte douloureusement.

Elle pensait l'avoir perdu lorsqu'elle sentit des pulsations infiniment légères à la frontière de ses sens.

La magie.

C'était de la magie. *Sa* magie !

Elle sortit du sentier et se promena dans le jardin. Entourée par les roses et les pivoines, elle ferma les yeux et prit une profonde inspiration. Plus elle se calmait, plus elle sentait la vie autour d'elle. Celle-ci réchauffait sa peau et pénétrait dans ses veines, aussi enivrante que le désir qu'elle ressentait pour Hadès.

– Tu vas bien ?

Elle ouvrit les yeux et se retourna vers le dieu des Morts, qui était à quelques pas derrière elle. Ce n'était pas la première fois qu'elle se tenait à ses côtés, mais ce matin, alors qu'il était dans sa forme divine dans le jardin fleuri, couvert d'une simple serviette nouée sur ses hanches, il sembla engloutir sa vision. Elle regarda son visage, puis son torse, et ses yeux descendirent plus bas encore, retraçant tous les endroits de son corps qu'elle avait touchés et auxquels elle avait goûté hier soir.

– Perséphone ?

Sa voix avait un timbre séducteur et lorsqu'elle le regarda dans les yeux, elle sut qu'il se retenait. Elle parvint néanmoins à sourire.

– Je vais bien, dit-elle.

Hadès inspira et s'approcha d'elle pour prendre son menton entre ses doigts. Elle pensait qu'il l'embrasserait, mais il parla.

– Tu ne regrettes pas notre nuit ensemble ?

– Non ! s'exclama-t-elle avant de baisser les yeux et de répéter d'un ton plus calme : Non.

Hadès caressa sa lèvre inférieure avec son pouce.

– Je crois que je ne pourrais pas supporter que tu le regrettes.

Il l'embrassa en plongeant ses doigts dans ses cheveux avant d'empoigner sa nuque pour la tenir contre lui. Il ouvrit bientôt son peignoir, exposant sa peau sensible au soleil matinal. Hadès promena sa main sur son corps avant d'empoigner ses cuisses, puis il la souleva et la pénétra brusquement. Elle retint son souffle en s'accrochant à lui pour se soulever plus vite et plus fort, sentant les vagues de plaisir parcourir son corps, l'une après l'autre, tout en sentant la vie voleter autour d'elle.

Elle enfouit son visage dans le cou d'Hadès et le mordit en jouissant dans ses bras. Hadès poussa un grognement guttural et la pénétra plus fort en se déversant en elle. Il se retira et la reposa par terre. Elle s'accrocha à lui, les jambes tremblantes, craignant de s'effondrer. Hadès sembla le remarquer et la souleva pour la serrer dans ses bras.

Perséphone ferma les yeux. Elle ne voulait pas qu'il voie ce qui se cachait dans son regard. Car si elle ne regrettait ni hier soir ni ce matin, elle s'interrogeait : à propos de lui, mais à propos d'elle, aussi. Que faisaient-ils ? Que signifiait cette nuit pour eux ? Leur avenir ? Leur contrat ? Que ferait-elle la prochaine fois que les choses déraperaient ?

Ils retournèrent dans la chambre d'Hadès et prirent une douche, mais lorsque Perséphone alla prendre sa robe, par terre, elle fronça les sourcils. Elle était trop élégante pour la porter aux Enfers, et elle comptait rester un moment.

– Est-ce que… tu as quelque chose que je pourrais mettre ?

Hadès la scruta de la tête aux pieds.

– Tu peux rester comme ça, ce sera très bien.

Elle lui lança un regard dubitatif.

– Tu veux que je me promène nue dans ton palais ? Devant Hermès et Charon…

Hadès grinça des dents.

– En fait…

Il disparut et revint rapidement, tenant dans ses mains un tissu vert foncé.

– Est-ce que je peux t'habiller ?

Elle ravala le nœud dans sa gorge. Si elle commençait à s'habituer à la tendresse d'Hadès, elle la surprenait encore. Il était puissant et sublime. Il était connu pour son jugement sans merci et ses contrats impossibles, et voilà qu'il demandait à l'habiller après une nuit de sexe pleine de passion.

Où s'arrêteraient les surprises ?

Elle hocha la tête et Hadès s'occupa de l'envelopper dans le tissu. Il prit son temps et en profita pour la toucher, l'embrasser et la titiller, et lorsqu'il eut enfin fini, elle était bouillante. Il lui fallut toute sa volonté pour le laisser s'éloigner et se retenir de lui demander de terminer ce qu'il avait commencé – mais alors, ils ne quitteraient jamais sa chambre.

Il l'embrassa avant qu'ils se rendent dans une sublime salle à manger. C'était presque ridicule ; plusieurs chandeliers tombaient du milieu du plafond et des blasons en or pendaient des murs au-dessus d'un fauteuil qui ressemblait plutôt à un trône. Celui-ci était placé au bout d'une table de banquet en acajou, bordée de dizaines de chaises.

– Tu manges vraiment ici ? demanda-t-elle.

– Oui, mais rarement. Je préfère prendre mes petits déjeuners à emporter.

Hadès recula une chaise et invita Perséphone à s'y asseoir. Quand il fut installé, deux nymphes entrèrent avec des plateaux de fruits, de viande, de fromage et de pain. Menthé les suivait et, lorsque les nymphes eurent posé les plateaux sur la table, elle s'arrêta entre Hadès et Perséphone.

– Milord, dit-elle, votre agenda est chargé aujourd'hui.

– Libère ma matinée, répondit-il sans la regarder.

– Il est déjà onze heures, Milord, rétorqua-t-elle sèchement.

Hadès remplit son assiette et regarda Perséphone.

– Tu n'as pas faim, ma chérie ?

S'il l'appelait *chérie* depuis qu'ils s'étaient rencontrés, il ne l'avait jamais fait devant quelqu'un d'autre. Elle regarda la nymphe du coin de l'œil et vit que ça ne lui plaisait pas.

– Non, répondit-elle. Je… je ne bois que du café au petit déjeuner.

Il la dévisagea un moment puis, d'un geste du poignet, une tasse de café fumant apparut devant elle.

– Du lait ? Du sucre ?

– Du lait, dit-elle en souriant. Merci.

– Qu'as-tu prévu aujourd'hui ? demanda Hadès.

Il fallut un moment à Perséphone pour comprendre qu'il lui parlait.

– Ah, il faut que j'écrive…

Elle s'arrêta brusquement.

– Ton article ? termina Hadès.

Perséphone n'arrivait pas à savoir ce qu'il en pensait, mais ça ne semblait pas positif.

– J'arrive bientôt, Menthé, finit-il par dire alors que la poitrine de Perséphone se contractait. Laisse-nous.

– À tes ordres, Milord, répondit la nymphe d'un ton légèrement amusé qui agaça Perséphone.

Lorsqu'ils furent seuls, Hadès tourna la tête vers elle.

– Alors, tu vas continuer à écrire à propos de mes défauts ?

– Je ne sais pas de quoi je vais parler, cette fois. Je…

– Tu quoi ?

– J'espérais pouvoir interviewer quelques-unes de tes âmes.

– Celles de ta liste ?

– Je ne veux pas parler du Gala olympien ni du Projet Alcyon, expliqua-t-elle. Les autres journaux vont se jeter sur ces sujets.

Hadès la dévisagea longuement, puis il s'essuya la bouche avec une serviette et recula sa chaise. Il se leva et marcha vers la sortie, Perséphone lui emboîta le pas.

– Je croyais qu'on ne se quittait plus quand on était en colère ? Tu n'avais pas demandé qu'on essaie de résoudre le problème ?

Hadès se tourna vers elle.

– C'est juste que je ne suis pas particulièrement enthousiaste à l'idée que ma maîtresse continue d'écrire sur ma vie.

Elle rougit en l'entendant l'appeler sa maîtresse. Elle envisagea de le corriger, puis elle se ravisa.

– C'est ma mission. Je ne peux pas simplement arrêter.

– Ça n'aurait pas été ta mission si tu avais cédé à ma demande.

Perséphone croisa les bras.

– Tu ne demandes jamais rien, Hadès. Tout est toujours un ordre. Tu m'as ordonné de ne pas écrire sur toi. Tu as dit qu'il y aurait des conséquences.

Le visage d'Hadès se transforma, il la regarda d'un air plein de tendresse qui fit battre son cœur plus vite.

– Et tu l'as fait quand même, dit-il.

Elle ouvrit la bouche pour le contredire, car la vérité était qu'elle ne l'avait pas fait, c'était Adonis. Mais elle avait beau détester le mortel vicieux, elle ne voulait pas qu'Hadès sache que c'était lui le responsable. Elle préférait régler le problème d'Adonis elle-même.

– J'aurais dû m'y attendre, dit-il en caressant sa mâchoire. Tu es rebelle et tu es en colère contre moi.

– Je ne suis pas… commença-t-elle, mais Hadès prit son visage entre ses mains.

– Dois-je te rappeler que je peux goûter tes mensonges, ma chérie ? dit-il en caressant sa lèvre avec son pouce. Je pourrais passer la journée à t'embrasser.

– Personne ne t'en empêche, répondit-elle, elle-même surprise par ses paroles.

D'où lui venait cette audace ?

Mais Hadès rit et pressa sa bouche contre la sienne.

Chapitre XX

L'ÉLYSÉE

Une heure plus tard, Hadès raccompagnait Perséphone dehors en lui tenant la main. Il cria vers le ciel :

– Thanatos !

À la grande surprise de Perséphone, un dieu vêtu de noir apparut devant eux. Il était jeune et ses cheveux étaient blancs, ce qui faisait ressortir les traits de son visage, ses yeux saphir et ses lèvres rouges. Sur le côté de la tête, il avait de courtes cornes de gayal noires, légèrement incurvées, qui se terminaient en pointes fines. Dans le dos, de grandes ailes noires, lourdes et menaçantes.

– Milord, Milady, dit-il en s'inclinant.

– Thanatos, Lady Perséphone a une liste d'âmes qu'elle aimerait rencontrer. Tu pourrais l'escorter ?

– Ce serait un honneur, Milord.

Hadès se tourna vers elle.

– Je te laisse entre les mains de Thanatos.

– Est-ce que je te verrai plus tard ?

– Si tu le souhaites.

Il porta sa main à sa bouche et elle rougit lorsqu'il lui fit un baisemain, ce qui était plutôt ridicule étant donné tous les endroits où sa bouche s'était déjà posée.

Hadès dut penser la même chose, car il rit dans sa barbe avant de disparaître.

Perséphone se tourna vers Thanatos et le regarda dans les yeux.

– Alors, c'est toi, Thanatos.

– Lui-même, répondit-il en souriant.

Elle fut frappée par la gentillesse et la douceur de sa voix. Elle se sentit immédiatement à l'aise avec lui, et une partie de son cerveau comprit que ce devait être un de ses dons, réconforter les mortels dont il était sur le point de récolter l'âme.

– Je dois avouer que j'avais hâte de te rencontrer, dit-il. Les âmes disent beaucoup de bien de toi.

Elle sourit.

– J'aime être avec elles. Avant de visiter Asphodèle, je n'avais pas une image très paisible des Enfers.

Il sourit d'un air compatissant, comme s'il la comprenait.

– J'imagine, oui. Le royaume des vivants a rendu la mort mauvaise, et je suppose que je les comprends.

– Tu es très compréhensif, remarqua-t-elle.

– Eh bien, je passe beaucoup de temps en compagnie des mortels, et toujours dans leurs pires moments, dans leurs moments les plus durs.

Perséphone fronça les sourcils, attristée que ce soit ça, l'existence de Thanatos, mais le dieu de la Mort la rassura rapidement.

– N'aie pas de peine pour moi, Milady. L'ombre de la mort est souvent un soulagement pour les mourants.

Elle décida sur-le-champ qu'elle l'aimait beaucoup.

– Allons chercher les âmes auxquelles tu souhaites parler, si tu veux bien, proposa-t-il, changeant de sujet.

– Oui, avec plaisir.

Elle lui tendit la liste qu'elle avait dressée lors de son premier jour au *New Athens News*, quand elle avait commencé ses recherches sur Hadès.

– Peux-tu m'emmener rencontrer celles-ci ?

Thanatos fronça les sourcils en découvrant la liste, puis il grimaça ; ce n'était pas bon signe.

– Puis-je savoir pourquoi ces âmes-ci ?

– Je crois qu'elles avaient toutes quelque chose en commun avant de mourir : leur contrat avec Hadès.

– En effet, répondit le dieu, et Perséphone fut surprise qu'il en sache autant. Et tu souhaites les… interroger ? Pour ton journal ?

– Oui, dit Perséphone d'un ton hésitant, doutant soudain de ses motivations.

Thanatos partageait-il le même avis que Menthé à son sujet ?

Le dieu de la Mort plia le papier et la regarda dans les yeux.

– Je vais t'emmener les voir. Mais tu risques d'être déçue.

Elle n'eut pas le temps de lui demander pourquoi, car Thanatos déplia ses ailes avant de l'envelopper dedans et de se téléporter.

Quand il la libéra de son étreinte de plumes, ils étaient au milieu d'un champ. La première chose que Perséphone remarqua fut le silence. Il était différent ici, presque papable, elle sentit comme une pression sur ses oreilles. L'herbe sous ses pieds était dorée et les arbres hauts et feuillus, chargés de fruits. C'était aussi beau que paisible.

– Où sommes-nous ?

– Ce sont les Champs Élysées. Les âmes que tu souhaites voir résident ici.

– Je… je ne comprends pas. L'Élysée est le paradis.

Les Champs Élysées étaient connus comme l'Ile des Bénis et étaient réservés aux héros et à ceux qui avaient mené une vie pure et juste, dédiée aux dieux. C'était loin d'être le cas des âmes sur sa liste, car elles avaient mené une vie difficile et avaient pris de mauvaises décisions, l'une d'elles étant le contrat avec Hadès qui avait mis fin à leur vie.

Thanatos lui sourit, comme s'il comprenait sa confusion.

– C'est le paradis, oui. Un sanctuaire. C'est ici que les âmes peinées viennent guérir dans la paix et la solitude. C'est ici qu'Hadès a envoyé les âmes de ta liste, lorsqu'elles sont mortes.

Elle regarda autour d'elle et vit plusieurs âmes vêtues de blanc, lumineuses comme de sublimes fantômes. Elle comprit également que ce lieu les guérissait. Son cœur se sentit plus léger, débarrassé de la frustration et de la colère qu'elle avait ressenties ces derniers mois.

– Pourquoi ? demanda-t-elle. Est-ce qu'il se sentait coupable ?

Thanatos la regarda d'un air confus.

– Ces gens sont morts à cause de lui. Il a parié avec eux et quand ils ont perdu, il a pris leur âme.

– Ah, dit Thanatos. Tu te méprends. Hadès ne décide pas quand les âmes viennent aux Enfers. Ce sont les Moires qui prennent cette décision.

– Mais il est le roi des Enfers. C'est lui qui établit ces contrats !

– Hadès est bien Lord des Enfers, mais il n'est pas la mort ni le destin. Quand tu dis qu'Hadès parie avec les mortels, c'est en fait avec les Moires qu'il mène une négociation. Il peut voir le fil de chaque vie humaine, il voit le fardeau de leur âme et décide parfois d'essayer d'en changer la trajectoire. Parfois, les Moires tissent un nouvel avenir et, parfois, elles coupent leur fil de vie.

– Mais il a forcément une influence ?

Thanatos haussa les épaules.

– C'est un équilibre. Nous le comprenons tous. Hadès ne peut pas sauver toutes les âmes, et toutes les âmes ne souhaitent pas être sauvées.

Perséphone resta silencieuse un moment, comprenant qu'elle n'avait pas écouté Hadès. Car il lui avait bien dit que les Moires étaient impliquées dans ses décisions et que c'était un équilibre. Un compromis. Pourtant, elle n'avait jamais vraiment accordé d'attention à ses paroles.

Elle n'avait pas réfléchi à grand-chose, en fait.

Cela ne changeait rien au fait qu'il pouvait proposer aux mortels un meilleur chemin pour surmonter leurs difficultés. En revanche, cela signifiait que les intentions d'Hadès étaient bien plus nobles qu'elle ne le pensait et que Perséphone ne lui avait pas accordé le crédit qu'il méritait.

– Pourquoi est-ce qu'il ne me l'a pas dit?

Pourquoi la laissait-il penser ces choses affreuses sur lui? Est-ce qu'il voulait qu'elle le déteste?

– Lord Hadès n'a pas l'habitude d'essayer de convaincre le monde qu'il est un dieu bon, dit Thanatos en souriant.

« *Tu es le pire dieu qui soit* », lui avait-elle dit.

Sa poitrine se serra en y repensant, mais elle ne parvenait pas à faire le tri dans ses émotions. Si elle était soulagée qu'Hadès ne soit pas aussi monstrueux et sans cœur qu'elle l'avait pensé, pourquoi l'avait-il leurrée dans un contrat? Que voyait-il quand il la regardait?

Thanatos offrit son bras à Perséphone et elle l'accepta. Ils marchèrent dans le champ sans être remarqués. Contrairement à Asphodèle, les âmes ici étaient silencieuses et heureuses d'être seules. En fait, elles ne semblaient pas remarquer la présence des dieux parmi elles.

– Est-ce qu'elles parlent?

– Oui, mais les âmes qui vivent ici doivent boire dans le Léthé. Elles ne peuvent avoir de souvenirs de leur existence mortelle si elles veulent se réincarner.

– Comment peuvent-elles guérir si elles n'ont pas de souvenirs?

– Aucune âme n'a jamais guéri en se focalisant sur son passé, répondit Thanatos.

– Quand se réincarnent-elles?

– Quand elles ont guéri.

– Et ça prend combien de temps ?

– Ça dépend… des mois, des années, des décennies… mais ça ne presse pas. Tout ce que nous avons, c'est du temps.

Elle se dit que c'était vrai de toutes les âmes, vivantes ou mortes.

– Quelques âmes vont se réincarner cette semaine, dit Thanatos. Je crois que les âmes d'Asphodèle ont prévu une fête. Tu devrais te joindre à elles.

– Et toi ? demanda Perséphone.

Il rit brièvement.

– Je ne crois pas que les âmes souhaitent voir leur faucheur participer à leur fête.

– Comment tu le sais ?

Thanatos ouvrit la bouche et hésita avant de répondre.

– Je suppose que je ne le sais pas.

– Je pense que tu devrais y aller. On devrait tous y aller, même Hadès.

Thanatos haussa les sourcils et sourit jusqu'aux oreilles.

– Tu peux compter sur moi, Milady, mais je ne peux pas me prononcer pour Hadès.

Ils marchèrent en silence quelques minutes.

– Hadès fait beaucoup pour ses âmes… mais il ne vit pas à leurs côtés.

Thanatos ne répondit pas tout de suite et Perséphone s'arrêta pour lui faire face.

– Quand Asphodèle a fait une fête en son honneur, il m'a dit qu'il n'y était pas allé parce qu'il n'était pas digne d'être célébré. Pourquoi ?

– Lord Hadès porte de nombreux fardeaux, comme nous tous. Et le plus lourd d'entre eux est son regret.

– Le regret de quoi ?

– De ne pas toujours avoir été aussi généreux.

Perséphone réfléchit à sa réponse. Donc Hadès regrettait son passé et refusait ainsi de fêter son présent ? C'était ridicule et pernicieux. Finalement, peut-être que s'il n'essayait pas de changer ce que les gens pensaient de lui, c'était qu'il croyait qu'ils avaient raison ?

Sans doute avait-il cru Perséphone, ce qui expliquait pourquoi les mots étaient aussi importants à ses yeux.

– Viens, Milady, dit Thanatos. Je vais te ramener au palais.

Ils marchaient côte à côte lorsqu'une idée vint à Perséphone.

– Quand a-t-il organisé une fête au palais pour la dernière fois ?

– Je crois qu'il n'y en a jamais eu, répondit Thanatos en fronçant les sourcils.

Eh bien, cela allait changer, tout comme l'opinion qu'Hadès avait de lui-même.

Avant de partir des Enfers, Perséphone s'arrêta pour voir Hécate et l'informer de son projet, ainsi que du fait qu'elle parvenait désormais à sentir la vie.

Hécate fit les gros yeux.

– Tu es sûre ?

– Oui, tu peux m'aider, Hécate ?

Perséphone était ravie de sentir sa magie, mais elle n'avait pas la moindre idée de comment s'y prendre pour la maîtriser. Si elle parvenait rapidement à apprendre à s'en servir, elle pourrait mener à bien son contrat avec Hadès.

– Ma chère, dit Hécate. Bien sûr, que je vais t'aider.

Chapitre XXI

UNE TOUCHE DE FOLIE

Quand Perséphone rentra chez elle le dimanche, elle veilla tard pour travailler sur son article et le termina vers cinq heures du matin. Elle avait décidé d'écrire sur le Gala et le Projet Alcyon, et elle avait commencé l'article par des excuses.

Je me suis trompée à propos du roi des Enfers. Je l'ai accusé d'être sans cœur et de piéger les mortels dans des contrats qui ont mené à leur mort. Ce que j'ai appris, depuis, c'est que ces contrats sont en fait bien plus complexes, et leur mobile bien plus pur.

Elle maintenait sa déclaration précédente selon laquelle Hadès devrait les aider d'une manière différente, mais elle admettait que le Projet Alcyon était, en fait, le résultat direct d'une conversation qu'ils avaient eue. *Alors que d'autres dieux pourraient souhaiter se venger parce que j'avais critiqué leur personnalité de façon virulente, Lord Hadès m'a posé des questions, m'a écoutée et a changé. Que peut-on demander de plus à nos dieux ?*

Perséphone rit, se moquant d'elle-même. Jamais elle n'avait pensé dire un jour qu'Hadès était la référence à laquelle tous les autres dieux devraient être comparés, mais plus elle apprenait à le connaître, plus elle était convaincue que c'était le cas. Non pas qu'Hadès soit parfait – d'ailleurs, c'était ses imperfections et son souhait de les accepter qui faisaient de lui un dieu hors pair.

Tu n'es pas libre de ton contrat, se rappela-t-elle avant de mettre Lord Hadès sur un trop haut piédestal.

Après sa visite de l'Élysée et sa conversation avec Thanatos, elle avait eu énormément de questions à lui poser. *Pourquoi moi ? Que vois-tu quand tu me regardes ? Quelle faiblesse essaies-tu de défier en moi ? Quelle partie de moi souhaites-tu sauver ? Quel destin les Moires ont-elles pu me forger que tu souhaites défier ?*

Mais elle n'en avait pas eu l'occasion, car lorsqu'Hadès était revenu aux Enfers, il l'avait prise dans ses bras et l'avait emmenée dans son lit, mettant fin à toute pensée rationnelle.

Rentrer chez elle lui avait apporté ce dont elle avait besoin. Elle avait désormais le recul nécessaire pour se rappeler que si elle voulait que… sa relation avec Hadès, quelle qu'elle soit… fonctionne, leur contrat devait prendre fin.

Après quelques heures de sommeil, Perséphone se leva et se prépara pour sa journée, car elle devait travailler au journal avant d'aller en cours. Elle était dans la cuisine et préparait du café quand la porte d'entrée s'ouvrit en claquant.

– Je suis rentrée ! cria Lexa.

Perséphone sourit et servit une autre tasse avant de la faire glisser sur le comptoir.

– Comment s'est passé ton week-end ?

– Magique, répondit Lexa en souriant.

Perséphone ricana, mais elle comprenait son amie, elle se demanda si elles avaient vécu les mêmes expériences.

– Je suis contente pour toi, Lex.

Elle l'avait dit par le passé, et elle lui redirait autant que possible à l'avenir.

– Merci pour le café, dit Lexa.

Elle partit vers sa chambre, mais marqua une pause.

– Oh, mais au fait… comment c'était, aux Enfers ?

– De quoi tu parles ?

– Perséphone, je sais que tu es partie avec Hadès samedi soir. Tout le monde ne parle que de ça, de la fille en rouge kidnappée aux Enfers.

Perséphone pâlit brusquement.

– Est-ce que… personne ne sait que c'est moi, si ?

Lexa sembla compatir.

– Ben, Hadès venait d'annoncer que c'est toi qui avais inspiré le Projet Alcyon, donc les gens ont tiré leurs propres conclusions.

Perséphone poussa un grognement. Elle n'avait vraiment pas besoin de ça, d'articles sur elle et sa supposée relation avec Hadès.

Une partie sombre et très virulente d'elle-même se demanda soudain si le comportement d'Hadès au Gala avait été intentionnel. Cherchait-il un moyen d'écarter l'attention de ses contrats en mettant leur relation sous le feu des projecteurs ? Et si c'était le cas, n'était-elle qu'un pion ?

– Je sais que tu n'as pas envie d'avouer ce qui se passe entre Hadès et toi, dit Lexa, mais je suis ta meilleure amie. Tu peux tout me dire. Tu le sais, n'est-ce pas ?

– Je sais, je sais. Je n'avais vraiment pas prévu de partir avec lui. Je pensais appeler un taxi, mais…

– … il a fait chavirer ton cœur ? finit Lexa en jouant des sourcils, faisant rire Perséphone. Dis-moi juste une chose… est-ce qu'il t'a embrassée ?

Perséphone rougit avant de répondre.

– Oui.

– Mes Dieux, Perséphone ! Dis-moi tout !

Perséphone regarda l'heure.

– Je dois partir… on déjeune ensemble, avec Sybil ?

– Je ne raterais ça pour rien au monde.

Elle eut beau partir en retard de chez elle, Perséphone prit son temps pour marcher jusqu'à l'Acropole, savourant la vie qu'elle sentait autour d'elle. Elle n'en revenait pas. Sa magie était apparue, et elle s'était réveillée aux Enfers. Elle ne savait toujours pas quoi en faire ; elle ne savait ni comment exploiter ce qu'elle ressentait ni comment créer des illusions, mais elle comptait voir Hécate le soir même pour son premier cours.

Lorsqu'elle arriva à l'Acropole, Demetri demanda à la voir. Il proposa quelques corrections à son article et, avant qu'elle ne s'asseye pour le rédiger, elle alla dans la salle de pause pour se servir un café.

– Salut Perséphone, dit Adonis en arrivant juste après elle.

Il avait dégainé son sourire le plus charmant, comme si cela pouvait effacer le passé.

– Je n'ai pas très envie de te parler, répondit Perséphone.

Elle n'eut pas besoin de le regarder pour savoir que son sourire avait disparu. Sans doute était-il choqué que son Charme n'ait pas son effet habituel.

– Tu vas arrêter de me parler ? Tu sais que c'est impossible. On travaille ensemble.

– Je resterai professionnelle, dit-elle.

– Pourtant, tu n'es pas très professionnelle en ce moment.

– En fait, je n'ai pas besoin d'échanger des banalités avec toi pour être professionnelle. J'ai juste besoin de faire mon travail.

– Ou tu pourrais juste me pardonner, répondit-il. J'étais saoul et je t'ai à peine touchée.

À peine touchée ? Il lui avait tiré les cheveux et avait essayé de forcer sa bouche.

Perséphone l'ignora et sortit de la salle de pause, mais il lui emboîta le pas.

– C'est à cause d'Hadès ? demanda-t-il. Tu couches avec lui ?

– Cette question est inappropriée, Adonis, et ça ne te regarde pas.

– Il t'a dit de ne pas m'approcher, c'est ça ?

Perséphone se tourna vers lui. Elle n'avait jamais rencontré une personne aussi aveugle face à ses propres erreurs.

– Je suis capable de prendre mes propres décisions. Je pensais que tu t'en souviendrais, après avoir volé mon article, rétorqua-t-elle. Mais qu'on soit bien d'accord : je n'ai pas envie de te parler parce que tu es un manipulateur, que tu n'acceptes jamais la responsabilité de tes erreurs et que tu m'as embrassée alors que je t'avais clairement dit non, ce qui fait de toi un prédateur.

Il y eut un court silence, le temps qu'Adonis encaisse ce qu'elle venait de lui dire. Il lui fallut un moment, mais il sembla enfin comprendre. Ses narines se dilatèrent et il serra les poings si fort que ses phalanges en devinrent blanches.

– Espèce de garce !

– Adonis ! gronda la voix de Demetri.

Stupéfaite, Perséphone se tourna et vit son patron à la porte de son bureau. Elle n'aurait jamais pensé qu'il puisse se montrer aussi furieux.

– Tu as un moment ? siffla-t-il.

Adonis sembla choqué et il fusilla Perséphone du regard, comme si c'était de sa faute.

Il entra dans le bureau et Demetri la regarda d'un air désolé avant de fermer la porte. Dix minutes plus tard, un vigile entra dans le bureau de Demetri. Il en ressortit accompagné de Demetri, qui tenait Adonis par le bras. Ce dernier passa devant le bureau de Perséphone en se tenant bien droit, les poings fermés.

– C'est ridicule. C'est une balance, marmonna-t-il.

– Tu t'es balancé tout seul, dit Demetri.

Ils partirent vers son bureau puis vers l'ascenseur, escortant Adonis et son carton d'affaires vers la sortie.

Lorsque Demetri revint, il s'arrêta devant le bureau de Perséphone.

– Tu as une minute ?

– Ouais, répondit-elle calmement avant de le suivre.

Elle s'assit dans un fauteuil, Demetri en fit de même.

– Tu veux me dire ce qui s'est passé ?

Perséphone lui expliqua qu'Adonis avait volé son article et l'avait soumis à publication sans qu'elle le sache, mais elle ne raconta pas le reste, car ça n'avait rien à voir avec le travail.

– Pourquoi tu ne me l'as pas dit ?

Elle haussa les épaules.

– Je comptais le soumettre de toute façon, c'est juste que ça s'est fait plus vite que prévu.

– À l'avenir, je veux que tu viennes me voir quand tu te sens flouée, Perséphone. Ton bonheur ici compte à mes yeux.

– Je… j'apprécie.

– Et je comprendrais que tu veuilles cesser d'écrire à propos d'Hadès.

– Ah bon ? demanda-t-elle en le regardant dans les yeux. Mais pourquoi ?

– Je n'irai pas jusqu'à dire que je n'ai pas remarqué la frustration et le stress que ça a causés chez toi, dit-il, surprenant Perséphone. Tu es devenue célèbre du jour au lendemain, et tu n'as même pas encore fini tes études.

Elle regardait ses doigts qu'elle triturait nerveusement.

– Mais… les lecteurs ?

Demetri haussa les épaules.

– C'est l'avantage des infos. Il y en a toujours de nouvelles.

Perséphone parvint à rire, puis elle réfléchit à la situation. Si elle cessait d'écrire maintenant, elle n'aurait pas fait justice à Hadès. Elle avait commencé par une critique très sévère et, peut-être était-ce égoïste, mais elle voulait explorer davantage sa personnalité. Elle réalisa qu'elle n'avait pas besoin d'écrire un article pour faire ça, mais une part d'elle-même souhaitait montrer Hadès aux yeux de tous. Elle voulait que d'autres le voient comme elle, comme un dieu gentil et attentionné.

– Non, dit-elle, ça va. Je veux continuer à écrire sur lui… pour l'instant.

Demetri sourit.

– Très bien, mais si tu souhaites arrêter, je veux que tu me le dises.

Elle acquiesça et retourna à son bureau, mais elle n'arrivait pas à se concentrer, car elle était encore secouée par son altercation avec Adonis. En vérité, elle avait espéré que ça n'en arriverait pas là, mais après ce qui s'était passé aujourd'hui, elle savait que c'était la bonne décision. Elle n'oublierait sans doute jamais son regard, elle avait vu et senti sa colère.

Après le travail, elle alla au campus. Pendant les cours, elle eut encore plus de mal à se concentrer. Sa courte nuit la rattrapait, elle prit des notes, qu'elle ne parvint pas à relire à la fin du cours.

Elle avait vraiment besoin de repos.

On tapota sur son épaule et elle sursauta. Elle se retourna sur une jeune femme avec un petit visage aux traits de fée. Son nez était couvert de taches de rousseur et elle avait de grands yeux ronds.

– Tu es bien Perséphone Rosi ?

Elle commençait à s'habituer à cette question et en venait même à la redouter.

– Oui, répondit-elle d'un ton hésitant. Je peux… t'aider ?

La jeune femme prit le magazine qui était sur sa pile de livres et montra la couverture à Perséphone. C'était le *Delphi Divine*, et Hadès était en une. Perséphone n'en revenait pas,

Hadès s'était laissé photographier. Le journal titrait *Le dieu des Enfers attribue le crédit du Projet Alcyon à une journaliste.*

Perséphone prit le magazine et l'ouvrit à la double page qui parlait d'Hadès. Elle lut l'article en levant les yeux au ciel.

Le pire, en dehors du fait que l'article supposait que le projet n'avait vu le jour que parce qu'Hadès s'était entiché de la « belle mortelle blonde », c'était qu'ils avaient déniché une photo d'elle. C'était la photo d'identité qu'ils avaient prise pour son stage au *New Athens News*.

– Est-ce que c'est vrai ? demanda la fille. Tu sors vraiment avec Lord Hadès ?

Perséphone la dévisagea et se leva en prenant son sac sur son dos. Aucun terme ne pouvait décrire ce qui se passait avec Hadès. Il l'avait appelée sa maîtresse, mais Perséphone se décrirait encore comme sa prisonnière ; et cela resterait le cas jusqu'à ce que leur contrat soit terminé.

– Tu sais que le *Divine* ne fait que colporter des rumeurs, non ? répondit-elle.

– Oui, mais… il a créé le Projet Alcyon rien que pour toi.

– Ce n'est pas pour moi, dit-elle en passant devant la fille. C'est pour les mortels en difficulté.

– N'empêche, c'est romantique, non ?

Perséphone s'arrêta pour lui faire face.

– Il a écouté, c'est tout. Ça n'a rien de romantique.

La jeune fille la regarda en clignant des yeux, confuse, Perséphone s'expliqua.

– Je n'ai pas envie d'idéaliser Hadès parce qu'il fait quelque chose que tous les hommes devraient faire.

– Alors, tu ne crois pas qu'il a flashé sur toi ?

– Je préférerais qu'il me respecte.

Le respect construisait les empires. La confiance les rendait inébranlables. L'amour pouvait les rendre éternels. Et elle saurait qu'Hadès la respectait quand il retirerait la marque sur son poignet.

– Excuse-moi, dit-elle en partant.

Il était presque midi et elle devait déjeuner avec Lexa et Sybil.

Perséphone sortit de la Salle Hestia et traversa le campus en passant par le Jardin des dieux, suivant le sentier pavé, comme d'habitude. Elle passait devant la statue d'Apollon lorsque le parfum de la magie d'Hadès la frappa. Ce fut la seule mise en garde avant qu'elle ne soit téléportée. Elle apparut dans un autre endroit du jardin, face à Hadès, entourée de narcisses en fleur.

Il tendit la main et empoigna son cou pour l'embrasser. Elle lui répondit, mais elle était distraite par son article ainsi que par ses réflexions à propos du contrat.

Il recula et la scruta longuement en fronçant les sourcils.

– Tu vas bien ?

Son estomac fit un saut périlleux. Elle n'était pas habituée à cette question ni à la façon qu'il avait de la poser, sur ce ton sincère et plein d'inquiétude.

– Oui, murmura-t-elle.

Dis-lui, parle-lui du contrat, s'exhorta-t-elle. *Demande-lui de te libérer s'il veut être avec toi.*

Mais elle n'en fit rien.

– Qu'est-ce que tu fais ici ? demanda-t-elle plutôt.

Il esquissa un sourire et caressa sa lèvre inférieure avec son pouce.

– Je suis venu te dire au revoir.

– Quoi ? demanda-t-elle d'un ton plus inquiet qu'elle ne le voulait.

Comment ça, il lui disait au revoir ?

Hadès gloussa dans sa barbe.

– Je dois aller à Olympe, pour un Conseil.

Le Conseil des dieux se tenait tous les trimestres, sauf en temps de guerre. Si Hadès y allait, Déméter devait y aller aussi.

– Ah ! dit-elle, déçue, en baissant la tête. Tu pars combien de temps ?

– Si j'ai mon mot à dire, un jour, tout au plus, répondit-il en haussant les épaules.

– Pourquoi tu n'aurais pas ton mot à dire ?

– Ça dépend si Zeus et Poséidon se disputent.

Elle avait envie de rire, mais après les avoir vus au gala, elle se dit que leurs disputes ne devaient pas avoir grand-chose de drôle. Elle se demandait aussi comment sa mère traiterait le dieu des Morts.

Elle frissonna et leva la tête vers Hadès, mais il regardait le magazine. Il le prit et fronça les sourcils en le lisant.

– C'est pour ça que tu as annoncé le Projet Alcyon au Gala ? Pour que les gens se concentrent sur autre chose que l'article que j'ai écrit sur toi ?

– Tu crois que j'ai créé le Projet Alcyon en pensant à ma réputation ?

Elle haussa les épaules.

– Tu ne voulais pas que je continue d'écrire sur toi. Tu l'as dit toi-même hier.

Il la dévisagea longuement d'un air frustré.

– Je n'ai pas lancé le Projet Alcyon dans l'espoir que le monde m'admire. Je l'ai initié pour toi.

– Pourquoi ?

– Parce que j'ai vu du vrai dans ce que tu as dit. Est-ce que c'est vraiment si difficile à croire ?

Elle ne pouvait pas répondre et Hadès fronça encore plus les sourcils.

– Mon absence ne t'empêchera pas d'entrer aux Enfers. Tu peux aller et venir comme tu le souhaites.

Elle n'avait pas envie qu'il parte. Elle fit un pas vers lui, saisit le col de sa veste et pencha la tête en arrière pour le regarder dans les yeux.

– Avant que tu partes, je me disais… j'aimerais organiser une fête aux Enfers… pour les âmes.

Hadès saisit ses poignets et étudia son regard. Perséphone n'arrivait pas à savoir s'il allait la repousser ou l'attirer contre lui.

– Quel genre de fête ?

– Thanatos m'a dit que des âmes allaient se réincarner à la fin de la semaine et qu'Asphodèle prévoyait déjà de les fêter. Je me disais qu'on pouvait déplacer la fête au palais.

– On ?

Perséphone se mordit la lèvre en rougissant.

– Je te demande si je peux organiser une fête aux Enfers.

Il continuait de la dévisager.

– Hécate est déjà d'accord pour m'aider.

– Tiens donc, dit-il en haussant les sourcils.

– Oui, acquiesça-t-elle en regardant ses mains qui étaient posées à plat sur le torse d'Hadès. Elle pense qu'on devrait organiser un bal.

Hadès resta silencieux si longtemps qu'elle supposa qu'il était en colère, et elle finit par le regarder dans les yeux.

– Est-ce que tu essaies de me séduire pour que je dise oui à ton bal ? demanda-t-il.

– Est-ce que ça marche ?

Il éclata de rire et l'attira contre lui. Elle sentit son érection contre son ventre et retint son souffle. C'était la seule réponse dont elle avait besoin, mais il chuchota quand même à son oreille.

– Ça marche, déclara-t-il avant de l'embrasser fougueusement. Prépare ton bal, Lady Perséphone.

– Rentre vite, Lord Hadès.

Il lui offrit un sourire machiavélique avant de disparaître.

Elle réalisa soudain qu'elle avait eu peur de parler du contrat parce qu'elle risquait d'être déçue. Elle risquait de comprendre que ça ne marcherait jamais entre eux.

Or elle ne s'en remettrait pas.

***

Perséphone retrouva Lexa et Sybil à La Pomme Dorée pour déjeuner. Heureusement, Sybil étant là, Lexa n'interrogea pas Perséphone sur son baiser avec Hadès, même s'il était possible que Sybil soit déjà au courant. Les filles parlèrent de leurs examens, de la cérémonie de diplôme, du Gala et d'Apollon.

Tout avait commencé parce que Lexa avait questionné Sybil.

– Alors, est-ce que toi et Apollon, vous…

– Est-ce qu'on sort ensemble ? Non, répondit Sybil. Mais je crois qu'il espère que je vais accepter.

Perséphone et Lexa se regardèrent.

– Attends, dit Lexa. Il t'a demandé ? Genre… ta permission ?

Sybil ricana et Perséphone admira sa capacité à parler de tout ça avec autant de légèreté.

– Oui, et j'ai répondu non.

– Tu as répondu non à Apollon, le dieu du Soleil, la perfection incarnée ? s'exclama Lexa, consternée. Pourquoi ?

– Lexa, tu ne peux pas demander ça ! gronda Perséphone.

Mais Sybil se contenta de sourire.

– Apollon n'est pas capable d'aimer une seule personne, et je ne souhaite pas partager.

Perséphone comprenait que Sybil ne veuille pas d'une relation romantique avec Apollon. Le dieu avait une longue liste d'amants divins, semi-divins et mortels. Cette liste prouvait que le dieu du Soleil ne restait jamais avec quelqu'un très longtemps.

Les jeunes femmes en vinrent à parler de leurs projets pour le week-end et, lorsqu'elles eurent décidé où elles iraient boire et danser, Perséphone partit pour les Enfers.

Elle arrosa son jardin et alla trouver Hécate dans sa maisonnette. Son petit chalet était niché dans une clairière sombre et, s'il était plutôt charmant, il était aussi… inquiétant. Peut-être était-ce à cause de sa couleur : les murs étaient gris, la porte pourpre, et du lierre grimpait sur les murs et le toit, recouvrant même les fenêtres.

Perséphone passa la porte et eut l'impression d'entrer dans un jardin nocturne. Une glycine poussait au plafond noir et ses fleurs blanches pendaient comme des amas stellaires, le sol était couvert de nicotianas. Une table, des chaises et un lit étaient faits de bois noir qui semblait avoir poussé dans le but de former chaque meuble. De petits globes flottaient dans l'air et il fallut un moment à Perséphone pour réaliser que c'étaient des lampades, de sublimes petites fées à la peau argentée et dont les cheveux noirs étaient décorés de fleurs blanches.

Hécate n'était assise ni sur le lit ni sur une chaise, mais par terre. Elle était en tailleur, les yeux fermés. Devant elle, la flamme d'une petite bougie noire oscillait.

– Hécate ? dit Perséphone en frappant à la porte, mais la déesse ne bougea pas. Hécate ? répéta-t-elle en entrant dans la pièce.

Toujours pas de réponse ; elle semblait dormir.

Perséphone se pencha et souffla pour éteindre la bougie. Hécate ouvrit brusquement ses yeux noirs et, durant une seconde, elle parut à Perséphone véritablement diabolique. Elle comprit soudain le genre de déesse qu'Hécate pouvait devenir si on l'y poussait, le genre qui avait transformé Gale la sorcière en petit furet.

La déesse sourit en reconnaissant Perséphone.

– Contente de te revoir, Milady, dit-elle.

– Perséphone, corrigea celle-ci, faisant sourire Hécate de plus belle.

– Je m'entraîne, c'est tout. Tu sais, pour le jour où tu deviendras reine des Enfers.

– Tu t'emballes un peu, Hécate, répondit Perséphone en rougissant.

La déesse haussa un sourcil et Perséphone leva les yeux au ciel.

– Qu'est-ce que tu faisais ?

– Oh, je maudissais un mortel, répondit Hécate d'un ton presque joyeux.

Elle prit la bougie et se leva pour la ranger.

– Tu as déjà arrosé ton jardin, ma chère ?

– Oui.

– Alors on peut commencer ?

Elle ne perdit pas de temps et dit à Perséphone de s'asseoir par terre. Perséphone hésita mais, encouragée par Hécate qui souhaitait voir si ses mains ôtaient toujours la vie aux végétaux, elle s'agenouilla sur le sol. Lorsqu'elle posa ses mains dans l'herbe, il ne se passa rien.

– Incroyable, chuchota Perséphone.

Hécate passa la demi-heure suivante à lui expliquer comment méditer, ce qui était censé l'aider à visualiser son pouvoir et à l'utiliser.

– Tu dois t'entraîner à appeler ta magie, dit Hécate.

– Et je fais comment ?

– La magie est malléable. Quand tu l'invoques, tu dois imaginer qu'elle est comme de l'argile. Tu peux la modeler pour en faire ce que tu veux puis… tu lui donnes la vie.

Perséphone secoua la tête.

– À t'entendre, on croirait que c'est facile.

– Ça l'est, répondit Hécate. Il faut juste y croire.

Perséphone n'en était pas si sûre, mais elle suivit les instructions d'Hécate. Elle imagina la vie qu'elle sentait dans la glycine au-dessus de sa tête comme quelque chose qu'elle pouvait modeler et elle ordonna aux plantes de grandir. Mais quand elle ouvrit les yeux, rien n'avait changé.

Hécate dut remarquer sa déception, car elle posa une main sur son épaule.

– Ça prendra du temps, mais tu vas y arriver.

Perséphone sourit à la déesse, même si elle se sentait triste. Elle n'avait pas d'autre choix que d'y arriver si elle devait exécuter son contrat avec Hadès. Car elle avait beau apprécier le dieu des Enfers, elle n'avait aucune envie d'être prisonnière de son royaume.

– Perséphone ?

– Hein ?

Elle cligna des yeux et regarda Hécate, qui souriait.

– Tu penses à notre roi ?

Elle détourna les yeux.

– Tout le monde le sait, n'est-ce pas ?

– Ben, il t'a portée à travers son palais pour t'emmener dans sa chambre.

Perséphone regarda l'herbe. Elle n'avait pas prévu d'en parler mais même si les mots la peinaient, elle décida néanmoins de se confier à Hécate.

– Je ne suis pas sûre que ce soit une bonne chose.

– Pourquoi ça ?

– Pour des tas de raisons, Hécate.

La déesse attendit en silence.

– À cause du contrat, premièrement. Et parce que ma mère ne me quittera plus jamais des yeux si elle l'apprend. Imagine qu'elle le voie en me regardant ? Et si elle découvrait que je ne suis pas la déesse virginale qu'elle a toujours voulu que je sois ?

Hécate éclata de rire.

– Aucun dieu n'est capable de voir si tu es vierge ou pas.

– Peut-être pas un dieu, une mère, si.

Hécate fronça les sourcils.

– Tu regrettes d'avoir couché avec Hadès ? Oublie ta mère et le contrat, tu le regrettes ?

– Non. Je ne pourrais jamais le regretter.

– Ma chère, tu es en guerre avec toi-même. Et ça a créé une noirceur en toi.

– Une noirceur ?

– La colère, la peur, la rancœur, dit Hécate. Si tu ne te libères pas d'abord toi-même, personne ne le pourra.

Perséphone savait qu'elle avait toujours eu de la noirceur en elle et que celle-ci avait pris de l'ampleur au cours des derniers mois, jaillissant quand elle se sentait défiée ou qu'elle était en colère. Elle repensa à la manière dont elle avait menacé la nymphe, au Coffee House, à sa façon de répondre à sa mère, à la jalousie qu'elle éprouvait envers Menthé.

Sa mère pouvait dire que c'était le monde des mortels qui avait changé sa noirceur en quelque chose de tangible, mais Perséphone savait que c'était faux. Les ténèbres avaient toujours été en elle, comme une graine sombre qui nourrissait ses rêves et ses passions. Hadès l'avait fait germer, l'avait charmée et nourrie.

« *Laisse-moi extirper la noirceur qui est en toi ; je t'aiderai à la façonner.* »

Et elle l'avait laissé faire.

– Quand as-tu senti la vie pour la première fois ? demanda Hécate d'un ton curieux.

– Après qu'Hadès et moi avons…

Elle n'eut pas besoin de terminer sa phrase.

– Hmmm, murmura la déesse en tapotant son menton. Je me demande si, peut-être, ce n'est pas le dieu des Morts qui a créé de la vie *en toi*.

Chapitre XXII

LE BAL DE L'ASCENSION

Le vendredi suivant, Hadès n'était toujours pas revenu d'Olympe et Perséphone était surprise d'être aussi anxieuse. Elle savait qu'il comptait être présent au bal de l'Ascension, le soir, car lorsqu'elle était arrivée aux Enfers pour aider à installer la décoration, Hécate l'avait emmenée dans un autre endroit du palais pour qu'elle se prépare.

– Lord Hadès t'a envoyé une robe. Elle est magnifique, lui avait-elle dit.

– Est-ce que je peux la voir ?

– Plus tard, ma chère, répondit la déesse en ouvrant deux grandes portes donnant sur une suite qui ne ressemblait en rien au reste du palais.

Au lieu des sols et des murs noirs, ceux-ci étaient en marbre blanc avec des éclats dorés. Sur le lit luxueux étaient étalées des couvertures duveteuses et des tapis en fourrure couvraient le sol. Un grand chandelier pendait d'un plafond en forme de dôme.

– Pour qui est cette chambre ? demanda Perséphone en entrant, promenant ses doigts sur la coiffeuse blanche.

– Pour la maîtresse des Enfers, répondit Hécate.

Perséphone y réfléchit quelques instants. Elle savait qu'Hadès avait tout créé dans son royaume, donc s'il avait ajouté une suite pour une femme, c'est qu'il avait envisagé d'en avoir une. Elle se souvint qu'Hermès avait mentionné le sujet au Gala. Cette suite prouvait-elle que le dieu avait l'espoir de se marier ?

– Mais… Hadès n'a jamais eu de femme, dit Perséphone.

– En effet.

– Alors… cette chambre n'a jamais été occupée ?

– Pas que je sache, non. Viens, il est temps de te préparer.

Hécate appela ses lampades qui se mirent au travail. Perséphone prit un bain et, pendant qu'elle se détendait dans l'eau, les nymphes d'Hécate lui firent une manucure, puis une pédicure. Une fois sortie de l'eau, elles hydratèrent sa peau avec des huiles aux parfums de lavande et de vanille, ses préférés. Lorsqu'elle le dit à Hécate, la déesse sourit.

– Lord Hadès nous a dit que tu les aimais.

– Je ne me souviens pas d'avoir dit à Hadès quels étaient mes parfums préférés.

– Je suppose que tu n'as pas eu besoin de le faire, dit-elle d'un ton absent. Il peut les sentir.

Elle emmena Perséphone devant la coiffeuse, dont le miroir était si grand qu'elle pouvait voir tout le mur derrière elle. Les nymphes prirent le temps de lui faire un élégant chignon et, lorsqu'elles eurent terminé, de jolies boucles encadraient son visage et des broches dorées scintillaient dans ses cheveux.

– C'est superbe, dit Perséphone aux lampades. J'adore.

– Attends de voir ta robe, dit Hécate.

La déesse de la Sorcellerie entra dans un dressing et revint avec un tissu doré et chatoyant dont Perséphone ne comprit la coupe qu'une fois qu'elle l'eut enfilée. Le tissu était frais contre sa peau et, lorsqu'elle se regarda dans le miroir, elle eut du mal à se reconnaître. La robe qu'Hadès avait choisie pour elle tombait sur son corps comme de l'or liquide. Elle avait un décolleté plongeant, le dos nu, et elle était fendue sur la cuisse. Elle était à la fois sublime, osée et travaillée.

– Tu es superbe, dit Hécate.

– Merci, répondit Perséphone en souriant.

La déesse de la Sorcellerie partit se préparer à son tour, laissant Perséphone seule.

– Je n'ai jamais autant ressemblé à une déesse, dit-elle à voix haute en lissant sa robe.

Soudain, elle sentit la magie d'Hadès, chaude, sécurisante et familière, et elle attendit. Elle se prépara à être téléportée, puisque c'est ce qui s'était produit la dernière fois qu'elle avait senti sa magie. Mais cette fois, Hadès apparut derrière elle. Elle croisa son regard dans le miroir et allait se tourner vers lui, mais Hadès l'arrêta.

– Ne bouge pas. Laisse-moi te regarder.

C'était une demande plus qu'un ordre et Perséphone déglutit, supportant à peine la vague de chaleur qui embrasait ses veines. Le pouvoir et les ténèbres émanaient d'Hadès et son corps y répondait – il avait désespérément envie de pouvoir, était affamé de sentir sa chaleur et désirait ardemment sa noirceur. Perséphone brûlait de le toucher, mais elle suivit son regard pendant qu'il tournait autour d'elle.

Lorsqu'il eut fini, il passa son bras sur son ventre et l'attira contre son torse, faisant fusionner leurs corps.

– Lâche ton Charme, dit-il.

Elle hésita, car son Charme humain était pour elle une protection, et l'ordre d'Hadès lui donnait envie de s'y accrocher plus fort encore.

– Pourquoi ?

– Parce que je souhaite te voir.

Elle se cramponna davantage à son Charme, mais Hadès l'encouragea d'une voix qui la fit fondre.

– Laisse-moi te regarder.

Elle ferma les yeux et lâcha son Charme. Il disparut comme de l'eau ruisselant sur sa peau, et elle sut qu'il était parti parce qu'elle se sentit à la fois nue et soulagée.

– Ouvre les yeux, encouragea Hadès.

Lorsqu'elle le fit, elle se découvrit sous sa forme divine.

Toute sa présence s'était intensifiée et elle brillait contre les ténèbres d'Hadès.

– Chérie, tu es une déesse, dit Hadès avant d'embrasser son épaule.

Perséphone passa sa main autour de son cou pour l'attirer à elle et leurs lèvres s'unirent.

– Tu m'as manqué, dit-il en prenant son visage dans ses mains, fouillant son regard.

Elle se demanda ce qu'il y cherchait.

– Tu m'as manqué aussi.

Son aveu la fit rougir et Hadès sourit avant de l'embrasser à nouveau. Il effleura sa bouche une fois, deux fois, en la titillant, puis Perséphone s'empara de sa bouche. Elle était affamée et il avait un goût riche et fumé, comme le whiskey qu'il buvait. Elle promena ses mains sur son ventre ; elle voulait le toucher, sentir sa peau contre la sienne, mais Hadès l'arrêta en empoignant ses mains et en rompant le baiser.

– J'en ai autant envie que toi, ma chérie, dit-il. Mais si nous ne partons pas maintenant, nous allons rater ta fête.

Elle savait qu'il avait raison.

– Tu es prête ? demanda-t-il en lui tendant la main.

Lorsqu'elle la prit, Hadès retira son Charme. Elle pourrait regarder toute la journée la façon dont sa magie se mouvait comme une ombre, se dégageant de lui comme de la fumée pour révéler sa forme divine. Ses cheveux tombaient sur ses épaules et une couronne en argent avec des bords tranchants reposait à la base de ses grandes cornes. Le costume qu'il avait porté quelques instants plus tôt était remplacé par des robes noires aux coutures argentées.

– Attention, Déesse, gronda Hadès. Sinon on ne quittera pas cette chambre.

Elle frissonna et se dépêcha de détourner les yeux.

Main dans la main, Hadès l'emmena dans le couloir jusqu'à de grandes portes dorées. Derrière, elle pouvait entendre le brouhaha d'une foule. Son angoisse augmenta, sans doute parce qu'elle n'avait pas son Charme pour la protéger. Elle se rendit compte que c'était idiot, car elle connaissait ces gens, et ils la connaissaient.

Néanmoins, elle se sentait comme un imposteur, une déesse imposteur, une reine imposteur, une amante imposteur.

Chaque pensée la blessa plus que la précédente et elle s'obligea à les mettre de côté pour entrer aux côtés d'Hadès.

Un silence tomba sur la salle.

Ils étaient en haut d'un grand escalier qui menait à la piste de danse. La salle était bondée et elle reconnut de nombreux convives, que ce soit des dieux, des âmes ou des créatures. Elle repéra Euryale, Ilias et Mekonnen et leur sourit, oubliant son angoisse. Ils s'inclinèrent, et Hadès l'escorta au bas de l'escalier.

Ils traversèrent la foule et Perséphone sourit, saluant tout le monde, jusqu'à ce qu'elle voie Hécate, et elle lâcha Hadès pour prendre les mains de la déesse.

– Hécate ! Tu es superbe !

La déesse de la Sorcellerie était resplendissante dans une robe argentée et scintillante qui moulait son buste avant de s'évaser. Dans ses cheveux épais, qui tombaient sur ses épaules, brillaient des étoiles.

– Tu me flattes, ma chère, répondit-elle.

Soudain, Perséphone se trouva entourée d'âmes qui la prirent dans leurs bras et la remercièrent, lui disant combien le palais était beau, combien elle était magnifique. Elle ne sut combien de temps elle resta à parler au peuple des Enfers, mais c'est la musique qui finit par disperser la foule.

La première danse, elle la partagea avec des enfants. Ils sautillaient en cercle autour d'elle et la suppliaient de les soulever et de les faire tourner. Perséphone obéit, comblée par leur joie.

Ce fut ensuite Charon qui l'invita. Il était vêtu tout de blanc, sa couleur habituelle, mais le bord de sa robe était cousu de fil turquoise. Il s'inclina, la main sur le cœur.

– Milady, puis-je avoir cette danse ?

– Bien sûr ! répondit-elle en souriant.

Perséphone rejoignit une danse en ligne et virevolta parmi les âmes. Le rythme était rapide et elle fut bientôt à bout de souffle. Elle applaudit et éclata de rire, souriant jusqu'à en avoir mal aux joues. Deux danses plus tard, elle se tourna et vit Hermès s'incliner.

– Milady, dit-il.

– C'est Perséphone, Hermès, dit-elle en prenant sa main.

La musique était différente à présent, la mélodie plus lente et plus douce.

– Tu es aussi canon que moi, lui dit-il d'un ton suffisant, tout en la faisant tournoyer.

– Quel compliment attentionné ! se moqua-t-elle.

Le dieu sourit et se pencha près de son oreille.

– Je n'arrive pas à savoir si c'est à cause de ta robe ou de toutes tes parties de jambes en l'air avec le dieu de ce royaume.

– Tu n'es pas drôle, Hermès ! rétorqua-t-elle en rougissant.

– Ah non ?

– Comment tu le sais, de toute manière ?

– Ben, la rumeur veut qu'il t'ait portée à travers son palais jusqu'à son lit.

Perséphone rougit de plus belle. Elle ne le pardonnerait jamais à Hadès.

– Je vois que la rumeur est vraie.

Perséphone leva les yeux au ciel, mais ne le nia pas.

– Alors, dis-moi : c'était comment ?

– Je ne vais pas en parler avec toi, Hermès.

– Je parie qu'il est fougueux, supposa-t-il.

Perséphone détourna le regard pour cacher son rire gêné.

– Tu es insupportable.

Hermès gloussa.

– Plus sérieusement… l'amour te va bien.

– L'amour ? répéta-t-elle, choquée.

– Oh, chérie… Tu ne l'as pas encore compris, n'est-ce pas ?

– Compris quoi ?

– Que tu es amoureuse d'Hadès.

– Pas du tout !

– Bien sûr que si. Et il t'aime aussi.

– Je préférais presque quand tu m'interrogeais sur ma vie sexuelle.

Hermès éclata de rire.

– Tu es entrée dans cette salle comme si tu étais sa reine. Tu crois qu'il laisserait n'importe qui le faire ?

Honnêtement, Perséphone n'en savait rien.

– Je crois que le dieu des Enfers a trouvé son épouse.

Elle eut envie de rétorquer qu'Hadès ne l'avait pas trouvée, qu'il l'avait capturée. Mais elle préféra sourire et froncer les sourcils.

– Hermès, tu es saoul ?

– Un peu, admit-il honteusement.

Perséphone éclata de rire, mais les paroles de son ami ne la quittèrent pas. Est-ce qu'elle aimait Hadès ? Elle ne s'était autorisée à l'envisager que brièvement, après leur première nuit ensemble, puis elle avait mis l'idée de côté.

Hermès la fit tournoyer et elle balaya la salle du regard, cherchant Hadès dans la foule. Elle ne l'avait pas vu depuis qu'ils étaient descendus ensemble et qu'elle avait été happée par les âmes. Elle le repéra sur son trône noir. Il était enfoncé dans son siège et l'observait, une main sur la bouche. Thanatos se tenait à côté de lui, vêtu de noir, ses ailes repliées comme une cape. Menthé se tenait de l'autre côté, radieuse dans une robe noire brillante. Ils étaient comme un ange et un diable sur les épaules du dieu de la Mort.

Perséphone tourna vite la tête, mais Hermès avait vu qu'elle était distraite et s'arrêta de danser.

– T'inquiète, Sephy, dit-il en la lâchant. Va le voir.

Elle hésita.

– Non…

– Fais-le tien, Perséphone.

Elle sourit à Hermès et la foule se fendit pour la laisser passer. Hadès la regardait, mais elle n'arrivait pas à déchiffrer son expression. Quelque chose l'attirait à lui. Lorsqu'elle approcha, il reposa sa main sur l'accoudoir de son trône. Elle fit une révérence, puis se redressa.

– Milord, veux-tu danser ?

Le regard d'Hadès pétillait et sa bouche tressauta. Il se leva de toute sa stature imposante, puis il prit sa main et l'escorta sur la piste de danse. Les âmes leur firent de la place et s'agglutinèrent contre les murs pour les regarder. Hadès l'attira contre lui et posa une main sur son dos tandis que, de l'autre, il prenait la sienne et entrelaçait leurs doigts.

Elle avait été plus proche de lui que ça, mais la façon dont il la tenait maintenant, devant tous ses sujets, fit bouillir son sang. L'atmosphère devint tendue entre eux, et pendant un moment, ils se contentèrent de se regarder.

– Tu n'es pas heureux ? finit-elle par demander.

– Suis-je agacé que tu aies dansé avec Charon et Hermès ?

Était-ce ce qu'elle voulait dire ? Elle le regarda dans les yeux et il se baissa pour murmurer à son oreille.

– Je suis agacé de ne pas être en toi.

Elle essaya de ne pas sourire.

– Milord, pourquoi tu ne l'as pas dit plus tôt ?

– Attention, Déesse, gronda-t-il, et ses yeux s'assombrirent. Je n'aurais aucun scrupule à te prendre devant mon royaume entier.

– Tu ne ferais pas ça.

Il la défia du regard, comme pour dire « Chiche », mais elle n'en fit rien.

Ils dansèrent en silence pendant un moment, puis Hadès finit par prendre sa main pour l'emmener en haut de l'escalier. Derrière eux, la foule les applaudit en sifflant.

– Où va-t-on ? demanda-t-elle.

– Remédier à mon agacement.

Ils sortirent de la salle de bal et il l'emmena dehors, sur un balcon qui était au bout du couloir. La terrasse était immense et Perséphone fut distraite par la vue sur le royaume drapé de noir, illuminé par les étoiles. Elle était sans cesse émerveillée par le talent d'Hadès et son attention aux détails.

C'était sa magie.

Quand elle avança, il la retint en arrière. Ses yeux étaient encore plus noirs et ne laissaient aucun doute quant à ses intentions.

– Pourquoi tu m'as demandé d'enlever mon Charme ? demanda-t-elle.

Hadès coiffa une de ses mèches derrière son oreille.

– Je te l'ai dit, je ne veux pas que tu te caches, ici. Tu dois comprendre ce que c'est que d'être une déesse.

– Je ne suis pas comme toi, dit-elle.

Il caressa ses bras en souriant.

– Non, nous n'avons que deux choses en commun.

– Ah, et c'est quoi ? demanda-t-elle en haussant un sourcil.

– Notre sang divin, dit-il en se rapprochant. Et l'espace que nous partageons.

Il la souleva et la pressa contre le mur puis, de ses mains avides, il releva sa robe et ouvrit la sienne. Il s'enfouit en elle sans prévenir et ils grognèrent tous les deux, il appuya son front contre le sien.

– C'est ce qu'implique d'être un dieu ?

Hadès recula le visage pour la regarder dans les yeux.

– C'est ce qu'implique d'avoir ma Faveur, répondit-il avant de se retirer pour la pénétrer à nouveau.

Ses allers-retours l'envahissaient de la plus délicieuse des manières. Ils continuèrent de se regarder dans les yeux et leurs souffles devinrent plus rapides, plus laborieux.

Perséphone pencha la tête en arrière, la plaquant contre le mur qui irrita son crâne et son dos, mais elle s'en fichait. Chaque coup de bassin la frappait profondément, augmentant peu à peu la tension et le plaisir qui s'accumulaient en elle.

– Tu es parfaite, dit-il en plongeant sa main dans ses cheveux.

Il empoigna sa nuque et ralentit ses va-et-vient de sorte qu'elle ressentait chaque partie de sa verge.

– Tu es sublime. Je n'ai jamais désiré quelqu'un comme je te désire.

Il fit suivre son aveu d'un baiser, puis il accéléra, la pénétrant plus fort que jamais. Le corps de Perséphone l'engloutit et ils jouirent ensemble, étouffant leurs cris de leur baiser.

Hadès se retira délicatement en la tenant contre lui jusqu'à ce que ses jambes ne tremblent plus. Soudain, le ciel s'illumina derrière eux et Hadès l'emmena près de la rambarde du balcon.

– Regarde, dit-il.

À l'horizon, des boules de feu filaient dans l'air avant de disparaître dans une traînée d'étincelles.

– Les âmes retournent au royaume des mortels, dit Hadès. C'est la réincarnation.

Perséphone regarda le spectacle, émerveillée de voir de plus en plus d'âmes s'élever dans le ciel, laissant des sillons de feu sur leur passage.

– C'est magnifique, dit-elle.

C'était magique.

À leurs pieds, les habitants des Enfers s'étaient réunis dans la cour et quand les dernières âmes partirent dans le ciel, la foule applaudit, la musique recommença et les festivités reprirent. Perséphone se rendit compte qu'elle souriait et, quand elle tourna la tête vers Hadès, elle vit qu'il l'observait.

– Quoi ? demanda-t-elle.

– Laisse-moi te vénérer, dit-il.

Elle se souvint de ce qu'elle lui avait dit à l'arrière de la limousine, après La Rose. « *C'est toi qui vas me vénérer, et je n'aurai même pas à te l'ordonner.* » La demande du dieu sonnait comme une promesse de péché et de perversion, et elle adorait ça.

– Oui, répondit-elle.

Chapitre XXIII

UNE TOUCHE DE NORMALITÉ

Perséphone avait hâte de revoir Hadès.

Plusieurs semaines s'étaient écoulées depuis le bal de l'Ascension et elle avait passé beaucoup de temps avec lui. Il avait pris l'habitude de se joindre à elle lorsqu'elle était aux Enfers, lui proposant une balade ou un jeu qu'il lui laissait choisir. Elle s'était mise à lui faire des requêtes, elle aussi ; il avait joué avec les enfants des Enfers, avait ajouté une aire de jeux à son royaume et avait organisé quelques dîners pour les âmes et ses employés.

C'était dans ces moments que leur lien se renforçait, et la passion qu'elle ressentait n'avait jamais été aussi intense. Celle-ci se manifestait lorsqu'ils se retrouvaient tard, la nuit, et faisaient l'amour comme s'ils ne devaient plus jamais se revoir. Ils semblaient désespérés, et Perséphone avait compris que c'était parce qu'aucun des deux n'employait les mots pour exprimer leurs sentiments.

Elle avait l'impression de tomber, plus, de succomber.

Un soir, après une partie de strip-poker particulièrement intense, Perséphone avait posé sa tête sur le torse d'Hadès et il avait caressé ses cheveux, l'esprit ailleurs.

– Laisse-moi t'emmener dîner, avait-il dit.

Elle avait brusquement relevé la tête.

– Dîner ? Genre… en public ?

Son estomac s'était noué à l'envisager, car elle craignait de refaire le buzz dans les médias. Depuis qu'Hadès avait annoncé le Projet Alcyon, de plus en plus d'articles paraissaient aux quatre coins de Nouvelle Grèce, comme dans la *Chronique de Corinthe* ou dans *L'Investigateur d'Ithaque*. Ceux qui l'inquiétaient le plus étaient ceux qui essayaient d'enquêter sur ses origines. Pour l'instant, ils avaient trouvé suffisamment de matière pour s'en satisfaire : elle aurait fait l'école à la maison jusqu'à ses dix-huit ans, elle aurait ensuite quitté Olympe pour venir à l'Université de Nouvelle Athènes où elle étudiait le journalisme et effectuait un stage au *New Athens News*, enfin, elle aurait commencé sa relation avec Hadès après l'avoir interviewé.

Mais ce n'était qu'une question de temps avant qu'ils veuillent en savoir plus. En tant que journaliste, elle était bien placée pour le savoir.

– Pas tout à fait en public, non, avait-il répondu. Mais je veux t'emmener au restaurant.

Elle avait hésité et Hadès l'avait regardée d'un air sérieux.

– Je te protégerai.

Elle savait que c'était vrai. D'ailleurs, cela faisait des siècles que le dieu des Morts évitait les médias, grâce à son pouvoir d'invisibilité et à la peur qu'il inspirait dans l'esprit des mortels.

– Ok, avait-elle dit en souriant.

En dépit de ses craintes, elle avait trouvé très romantique qu'Hadès veuille faire quelque chose de si… normal et si simple, comme l'emmener au restaurant.

Depuis ce soir-là, elle n'avait pas eu une minute à elle. Elle avait eu des tonnes de devoirs à la fac, le travail avait été stressant et elle avait continué d'être abordée par des inconnus, en personne et par mail. On l'interrogeait sur sa relation avec Hadès dans le bus, lorsqu'elle se promenait, et quand elle révisait au Coffee House. Des journalistes lui avaient écrit pour lui demander une interview, d'autres pour lui proposer un poste. Elle avait pris l'habitude de consulter ses mails une fois par jour et d'en supprimer la majorité sans même les lire. Mais cette fois, lorsqu'elle se connecta, l'objet d'un message l'interpella : *Je sais que tu baises avec lui.*

En général, les journalistes étaient un peu plus professionnels que ça.

Son estomac se noua quand elle cliqua sur le mail et découvrit une série de photos d'elle et Hadès. Toutes avaient été prises aux Enfers, lorsqu'ils étaient sur le balcon pendant le bal de l'Ascension. La conclusion du mail était sans équivoque : *Je veux récupérer mon job, sinon je les enverrai à tous les médias.*

C'était donc Adonis. Elle sortit son téléphone pour l'appeler.

Elle devina qu'il avait décroché, mais il ne dit rien, pas même bonjour, il attendait qu'elle parle.

– À quoi tu joues, Adonis ? demanda-t-elle. Où as-tu eu ces photos ?

– Tu aimerais le savoir, hein ?

– Hadès va t'étriper.

– Il peut essayer, mais j'imagine qu'il n'a pas envie d'affronter la colère d'Aphrodite.

– Tu es vraiment un connard.

– Tu as trois semaines, dit-il.

– Comment je suis censée te faire retrouver ton job ?

– Tu trouveras bien un moyen. Après tout, c'est toi qui m'as fait virer.

– Tu t'es fait virer tout seul, Adonis, siffla-t-elle. Tu n'aurais pas dû voler mon article.

– Ça t'a rendue célèbre.

– Tu as surtout fait de moi une victime, et je n'ai aucune envie de poursuivre sur cette trajectoire.

Il y eut un long silence avant qu'Adonis n'ajoute :

– Le temps passe, Perséphone.

Puis il raccrocha et Perséphone en fit de même, son cerveau tournant à mille à l'heure. Le plus simple était de demander à Demetri s'il envisagerait de rendre son boulot à Adonis, donc elle se leva et frappa à sa porte.

– Tu as une minute ?

Son patron leva la tête de son ordinateur. Sa chemise bleue et sa cravate jaune se reflétaient dans les verres de ses lunettes, si bien qu'elle ne pouvait pas voir ses yeux.

– Oui, entre.

Perséphone fit trois pas dans la pièce et s'arrêta.

– Quelles sont les chances qu'Adonis… revienne ?

– Il a été malhonnête, Perséphone. Je n'ai aucune envie de le réengager.

Elle hocha la tête et il haussa les sourcils.

– Pourquoi ?

– C'est juste que… je me sens mal pour lui, c'est tout, parvint-elle à dire alors que chaque mot était une torture.

Demetri enleva ses lunettes et elle put voir son regard inquiet et dubitatif.

– Tout va bien ?

– Ouais, acquiesça-t-elle. Oui. Pardon.

Elle sortit du bureau de Demetri, prit ses affaires et partit. Les photos étaient vraiment compromettantes et si Adonis les partageait, cela prouverait que tout ce que les magazines people disaient était vrai.

Enfin, pas tout.

Car Perséphone ne dirait pas qu'elle et Hadès sortaient vraiment ensemble. Elle hésitait encore à mettre une étiquette sur leur relation, étant donné leur contrat. Et c'était sans parler du fait que si ces photos étaient publiées, sa mère les verrait, ce qui mettrait un terme à sa vie à Nouvelle Athènes. Elle n'aurait même pas à s'inquiéter du buzz médiatique qui s'ensuivrait, car elle ne serait pas là pour le voir. Déméter l'enfermerait à jamais.

Perséphone se prépara pour son rendez-vous. Elle aurait dû être tout excitée, mais elle pensait sans cesse à la menace d'Adonis. Elle réfléchit aux différentes façons de gérer la situation : elle pourrait le dire à Hadès et le problème serait réglé aussi vite qu'il était survenu, mais elle ne voulait pas que le dieu des Morts mène ses combats à sa place. Elle voulait régler ce problème elle-même.

Elle décida donc qu'Hadès serait sa solution de dernier recours, le joker qu'elle dégainerait si elle ne trouvait pas d'autre issue.

Elle dut paraître perturbée quand Hadès passa la chercher, car il l'interrogea avant même qu'elle ne monte dans la limousine.

– Est-ce que tout va bien ?

– Oui, dit-elle de sa voix la plus joyeuse.

Il s'était mis à lui poser cette question souvent, et elle se demandait s'il était parano.

– La journée a été chargée, c'est tout.

– Alors viens te détendre, dit-il en souriant.

Il l'aida à monter dans la limousine et ferma la portière derrière elle.

– Milady, dit Antoni, installé au volant.

– Je suis contente de te revoir, Antoni.

Le cyclope sourit.

– N'hésitez pas à appuyer sur l'intercom si vous avez besoin de quoi que ce soit, dit-il avant de remontrer la vitre qui séparait sa cabine de la leur.

Hadès et elle étaient assis côte à côte, assez proches pour que leurs cuisses se touchent, et cela suffit à embraser son sang.

Elle se mit à gigoter, croisant et décroisant les jambes. Hadès finit par le remarquer et posa une main sur sa cuisse.

Elle ne sut pas ce qui la poussa à le dire, peut-être le stress de sa journée et la tension qui régnait dans l'habitacle, mais elle avait désespérément envie de se perdre en lui.

– Je veux te vénérer.

Ses paroles étaient calmes et détendues, comme si elle venait de lui demander comment s'était passée sa journée ou qu'elle parlait de la météo. Elle sentit le regard d'Hadès sur elle et elle leva lentement les yeux vers lui.

– Et comment voudrais-tu m'aduler, Déesse ? répondit-il d'une voix parfaitement maîtrisée.

Elle essaya de réprimer son sourire et s'agenouilla sur le sol devant lui, s'installant entre ses jambes.

– Tu veux que je te montre ?

Il déglutit et répondit d'une voix rauque.

– Une démonstration serait appréciable, oui.

Elle ouvrit son pantalon et libéra son sexe pour le prendre dans sa main. Il était doux et dur, et elle regarda Hadès dans les yeux en le caressant de bas en haut, juste une fois. Il serra les poings et lorsqu'elle le goûta, il poussa un grognement et pencha la tête en arrière.

Mais la voiture s'arrêta.

– Merde, gronda-t-il avant d'appuyer sur le bouton de l'intercom.

Perséphone continua de le prendre jusqu'au fond de sa gorge tout en le léchant.

– Antoni, roule jusqu'à ce que je te dise d'arrêter.

– Oui, Monsieur.

Hadès siffla et gonfla ses poumons, serrant les dents. Il plongea sa main dans ses cheveux, défit sa tresse tandis qu'elle le branlait, promenant sa langue sur son gland. Il avait un goût de sel et de ténèbres et sa verge devint plus dure, se gonflant dans sa bouche.

Elle sut qu'elle l'avait poussé au bord du précipice parce qu'il grogna son nom en commençant des allers-retours avec son bassin. Elle s'agrippa au siège, ne pouvant plus respirer, seulement capable de le prendre, et il frappa encore et encore le fond de sa gorge jusqu'à jouir en criant son prénom.

Perséphone le but entièrement, puis elle lécha son sexe pour le nettoyer. Lorsqu'elle eut fini, Hadès saisit ses bras et la souleva sur ses genoux pour l'embrasser.

– J'ai envie de toi, grogna-t-il en arrachant sa bouche à la sienne.

– Et tu me veux comment ? demanda-t-elle en penchant la tête sur le côté.

Il répondit aussitôt, sans hésitation.

– D'abord, je veux te prendre par-derrière, à quatre pattes.

– Et ensuite ?

– Je te prendrai sur moi et t'apprendrai à me chevaucher jusqu'à ce que tu jouisses.

– Hmmm, celle-là me plaît bien.

Elle ne perdit pas une seconde à se relever, et Hadès l'aida à s'asseoir sur son sexe. Elle poussa un long grognement lorsqu'il la combla, et Hadès empoigna sa taille pour l'aider à trouver son rythme jusqu'à ce qu'elle ondule de son propre chef, se servant de sa verge pour son seul plaisir. Elle s'accrocha à son cou et le tint contre elle pour mordre son oreille.

– Dis-moi comment tu me sens, comment je suis, chuchota-t-elle lorsqu'il poussa un grognement.

– Comme la vie, répondit-il.

Il plongea une main entre eux et titilla son clitoris jusqu'à ce que la tension en elle soit telle qu'elle ne puisse plus tenir, et son souffle laborieux céda à un cri d'extase. Elle s'effondra contre lui, le visage niché dans le creux de son cou.

Elle ne sut combien de temps il la tint ainsi, mais elle finit par descendre de ses cuisses et Hadès se rhabilla avant d'informer

Antoni qu'ils étaient prêts à arriver à leur destination. Le chauffeur entra dans un garage et s'arrêta devant un ascenseur, devant lequel Hadès aida Perséphone à sortir de la limousine. Une fois à l'intérieur, il sortit une carte magnétique, la scanna et appuya sur le bouton du quatorzième étage.

– Ou sommes-nous ? demanda-t-elle.

– Au Bosquet. Mon restaurant.

– C'est *ton* restau ?

C'était un des plus prisés de Nouvelle Athènes, connu pour sa déco unique et sa cuisine végétale.

– Pourquoi personne ne le sait ?

– Je laisse Ilias le diriger, dit-il. Et je préfère que les gens pensent que c'est lui le propriétaire.

L'ascenseur s'ouvrit sur le toit de l'immeuble et Perséphone retint son souffle. Le rooftop du Bosquet ressemblait à une forêt des Enfers. Un sentier de pierre serpentait entre des parterres de fleurs, et les arbres étaient décorés de guirlandes. Hadès l'escorta le long du sentier, qui s'ouvrit sur un espace où étaient installés une table et deux fauteuils confortables, illuminé par les guirlandes qui étaient tendues au-dessus de leurs têtes, entre les arbres.

– C'est magnifique, Hadès.

Il sourit et l'emmena à la table, où une bouteille de vin les attendait. Il leur servit un verre et trinqua à leur soirée, qui fut merveilleuse.

Cela faisait longtemps que Perséphone n'avait pas autant ri, et elle oublia complètement le poids de sa journée en écoutant les histoires qu'Hadès lui racontait sur la Grèce antique. Lorsqu'ils eurent fini de manger, ils marchèrent main dans la main dans le petit bois.

– Tu fais quoi pour t'amuser ? demanda Perséphone.

La question pouvait paraître idiote, mais elle était curieuse. Au fil des mois, elle avait appris qu'Hadès aimait jouer aux cartes, se promener, passer du temps avec ses animaux, mais elle se demandait ce qu'il faisait d'autre.

– Comment ça ?

Elle éclata de rire.

– Le fait que tu répondes ça en dit long… Quels sont tes passe-temps ?

– Les cartes, la lecture… Boire.

– Tu n'as pas d'activités qui ne soient pas liées à ton rôle de dieu des Morts ?

– Boire n'a rien à voir avec le fait d'être le dieu des Morts.

– Mais ce n'est pas un passe-temps. À moins que tu sois alcoolique.

Hadès haussa un sourcil.

– Et toi, quels sont tes hobbies ?

Perséphone sourit et accepta de répondre, même si elle savait qu'il évitait de parler de lui.

– La pâtisserie.

– La pâtisserie ? J'ai l'impression que j'aurais déjà dû le savoir.

– Tu ne m'as jamais posé la question.

Un silence suivit et ils marchèrent encore un peu, jusqu'à ce qu'Hadès s'arrête.

– Apprends-moi, dit-il.

Elle le dévisagea quelques secondes, choquée.

– Quoi ?

– Apprends-moi, répéta-t-il. À cuisiner quelque chose.

Elle ne put s'empêcher d'éclater de rire et il haussa un sourcil. À l'évidence, il ne trouvait pas ça drôle.

– Pardon… C'est juste que j'essaie de t'imaginer dans ma cuisine.

– Et… c'est amusant ?

– Ben… ouais. Tu es le dieu des Enfers.

– Et toi, tu es la déesse du Printemps, dit-il. Et tu fais bien des gâteaux dans ta cuisine. Pourquoi je ne pourrais pas, moi ?

Elle plongea dans les yeux, incapable de détourner son regard. Elle réalisa soudain que quelque chose avait changé entre eux. Cela s'était produit peu à peu mais, ce soir, la vérité la percuta de plein fouet.

Elle était amoureuse de lui.

Elle ne se rendit compte qu'elle fronçait les sourcils que lorsqu'il posa une main sur son visage et caressa sa joue.

– Tu vas bien ?

– Très bien, répondit-elle en souriant.

Elle se mit sur la pointe des pieds pour l'embrasser brièvement.

– Je vais t'apprendre.

Hadès sourit à son tour.

– Très bien. Alors, allons-y.

– Attends, tu veux apprendre maintenant ?

– Pourquoi pas ?

Elle ouvrit la bouche, prête à expliquer qu'elle n'avait pas les ingrédients nécessaires aux Enfers, mais Hadès l'interrompit.

– Je pensais qu'on… pouvait passer du temps chez toi.

Elle lui fit les gros yeux et il haussa les épaules.

– Tu viens toujours aux Enfers.

– Tu… veux passer du temps dans le monde des mortels ? Dans mon appartement ?

Il se contenta de la regarder.

– Je… dois préparer Lexa à ton arrivée.

Il hocha la tête.

– Je comprends. Antoni va te déposer, dit-il avant de baisser les yeux sur son costume. Je dois me changer.

***

Perséphone n'eut aucun mal à convaincre Lexa d'accueillir Hadès pour une soirée pâtisserie. Au contraire, quand

Perséphone lui en parla, elle cria si fort de joie que Jaison sortit de sa chambre, armé d'une lampe, ses yeux bleu gris grands ouverts, ses boucles brunes ébouriffées. Il semblait prêt à se battre et les filles éclatèrent de rire.

– J'ai entendu quelqu'un crier, dit-il en baissant son arme.

– Et tu allais me sauver avec une lampe ? demanda Lexa.

– C'est l'objet le plus lourd que j'ai trouvé.

Elles gloussèrent à nouveau et Perséphone lui expliqua pourquoi Lexa avait crié.

– Waouh, Hadès ? dit-il en se massant la nuque.

– Oui, Hadès ! s'exclama Lexa en lui prenant la main. Allez, viens ! Faut ranger le salon, sinon il va nous prendre pour des paysans.

Perséphone sourit et les regarda partir dans le salon, Jaison tenant toujours sa lampe.

Ils firent le ménage et elle était en train d'enfiler une tenue d'intérieur lorsqu'on sonna à la porte. Elle avait beau avoir passé beaucoup de temps avec lui, son cœur se mit à battre la chamade lorsqu'elle alla lui ouvrir.

Il se tenait sur leur perron, vêtu d'un tee-shirt noir qui faisait ressortir ses muscles et d'un pantalon de jogging. Perséphone n'en revenait pas ; même dans une tenue décontractée, le dieu était toujours aussi magnifique.

– Tu possédais ce jogging avant ce soir ? demanda-t-elle en désignant son pantalon.

Hadès baissa les yeux en souriant.

– Non.

Elle le fit entrer, se sentant légèrement gênée. Son appartement était beaucoup trop petit pour lui, il était presqu'aussi large que la porte et dut se baisser pour entrer.

– Quoi ? demanda-t-il lorsqu'elle fronça les sourcils.

– Rien, se dépêcha-t-elle de répondre.

Elle l'emmena dans le salon, où Lexa et Jaison étaient assis après avoir fini le ménage.

– Euh… Hadès, voici Lexa, ma meilleure amie, et Jaison, son copain.

Jaison le salua de la main sans se lever du canapé, mais Lexa se jeta sur Hadès pour le prendre dans ses bras.

Perséphone fronça les sourcils, épatée par l'intrépidité de Lexa ainsi que par la réaction d'Hadès. Il ne parut pas surpris le moins du monde, serrant à son tour Lexa dans ses bras.

– Je suis ravie de te rencontrer, dit Lexa.

– Très peu de gens ont prononcé ces mots, répondit-il.

Lexa recula en souriant jusqu'aux oreilles.

– Tant que tu prends soin de ma meilleure amie, je continuerai d'être heureuse de te voir.

Hadès sourit.

– C'est noté, Lexa Sideris, répondit-il en s'inclinant. Si je peux me permettre, c'est un plaisir de te rencontrer, également.

Lexa rougit en souriant.

Bon sang, le dieu des Enfers était vraiment charmant.

Perséphone l'emmena dans sa cuisine. Si elle était déjà petite pour Lexa et elle, elle était encore plus minuscule avec Hadès. Sa tête touchait presque le plafond, mais ce fut assez pratique car les éléments dont Perséphone avait besoin étaient sur l'étagère la plus haute du placard.

– Pourquoi tu mets tout ça aussi haut ? demanda-t-il en l'aidant à rassembler les ingrédients.

– Ça ne rentre nulle part ailleurs. Tu ne l'as peut-être pas remarqué, mais je n'habite pas dans un palais.

Il la regarda d'un air qui semblait dire « *Je pourrais y remédier* ».

Lorsque tout fut rassemblé sur le plan de travail, Hadès se tourna vers elle.

– Que ferais-tu sans moi ?

– Je le ferais moi-même, répondit-elle simplement.

Il rit et elle se tourna vers lui. Appuyé contre le plan de travail, les bras croisés, il était beau à couper le souffle. Mais elle eut envie de rire en réalisant que le roi des Enfers se tenait dans son horrible cuisine, prêt à faire des biscuits.

– Eh ben, viens ici. Tu ne peux pas apprendre depuis là-bas.

Hadès haussa un sourcil en esquissant un sourire narquois, et vint à elle. Elle ne s'attendait pas à ce qu'il se colle à elle, mais il se plaça dans son dos, les mains de part et d'autre de sa taille sur le comptoir.

– Je t'en prie, apprends-moi, chuchota-t-il d'une voix suave en effleurant son oreille avec sa bouche.

Elle se racla la gorge.

– La chose la plus importante dont il faut se souvenir quand on fait de la pâtisserie, c'est que les ingrédients doivent être pesés et mélangés comme il faut, sinon c'est le désastre.

Il promena ses lèvres sur son cou puis sur son épaule, et elle frissonna.

– Oublie ce que je viens de dire. La chose la plus importante dont il faut se souvenir, c'est de se concentrer.

Elle le fusilla du regard par-dessus son épaule et il feignit un air innocent.

– D'abord, la farine, dit-elle en lui tendant le verre doseur.

Hadès le prit et mesura la quantité de farine requise. Il maintint ses bras autour d'elle, travaillant comme si elle n'était pas là, même si elle sentait son sexe durcir contre elle.

– Ensuite ? demanda-t-il.

Concentre-toi, se dit-elle.

– Le bicarbonate de soude.

Il poursuivit ainsi jusqu'à ce que tous les ingrédients soient mélangés dans le saladier. Perséphone en profita pour s'échapper en passant sous son bras, et elle prit la plaque de cuisson ainsi qu'une cuillère. Elle dit à Hadès de former des boules de pâte d'environ deux centimètres et demi, puis de les poser sur la plaque.

Lorsque les biscuits furent au four, Hadès se tourna vers elle, prêt à l'interroger sur la suite, mais elle le devança.

– On prépare le glaçage, déclara-t-elle en se frottant les mains.

C'était sa partie préférée et Hadès haussa un sourcil, l'air amusé.

Elle recommença à lui donner ses instructions et lui tendit un fouet.

– Qu'est-ce que je suis censé faire avec ça ?

– Tu bats les ingrédients pour les mélanger, dit-elle en versant le sucre en poudre, l'extrait de vanille et le sirop de maïs dans un saladier, qu'elle poussa devant lui. Allez, bats, ordonna-t-elle.

– Avec joie, répondit-il en souriant.

Lorsque le glaçage fut prêt, ils le séparèrent dans des bols différents pour y verser le colorant alimentaire. Perséphone n'était pas la plus soignée des pâtissières et ses doigts étaient couverts de glaçage.

– Ça a quel goût ? demanda Hadès en prenant sa main.

Il porta ses doigts à sa bouche et les suça pour les nettoyer.

– C'est délicieux, dit-il.

Elle rougit et retira sa main.

– Et maintenant ? demanda Hadès en la regardant dans les yeux.

Il fit deux pas vers elle, posa ses mains sur son bassin et la souleva sur le plan de travail. Elle poussa un cri et éclata de rire, l'attirant contre elle pour entourer sa taille avec ses jambes. Il l'embrassa fougueusement, penchant sa tête en arrière pour plonger sa langue dans sa bouche, mais le baiser fut court, car Lexa entra dans la cuisine en se raclant la gorge.

Perséphone rompit le baiser et Hadès cacha sa tête dans le creux de son cou.

– Oui, Lexa ?

– Je me demandais si vous vouliez regarder un film ?

– Dis non, chuchota Hadès dans son oreille.

Perséphone éclata de rire.

– Quel film ?

– *Le choc des Titans.*

Hadès poussa un grognement en se redressant pour regarder Lexa.

– Le premier ou le nouveau ?

– Le premier.

Il y réfléchit en penchant la tête sur le côté.

– Ok, dit-il avant d'embrasser Perséphone sur la joue. Il me faut une minute.

Il sortit de la cuisine et Perséphone resta sur le plan de travail, balançant ses jambes d'avant en arrière.

– Bon, d'abord, commença Lexa, pas dans la cuisine ! Mais il est complètement amoureux de toi.

– Arrête, Lexa, gronda Perséphone en rougissant.

– Meuf, il te vénère !

Perséphone ignora son amie et se mit à ranger.

Quand les biscuits furent prêts, elle les laissa refroidir et ils s'installèrent tous les quatre pour regarder le film. Perséphone se blottit contre Hadès et ce fut là, nichée contre lui, qu'elle réalisa à quel point sa vie était bizarre depuis qu'elle avait rencontré le dieu des Enfers. Certains des moments les plus heureux de sa vie, elle les avait partagés avec lui, aussi. Et celui-ci en faisait partie. Il était prêt à essayer des activités mortelles avec elle. Il voulait participer aux choses qui la rendaient heureuse et apprendre à les faire.

Elle gloussa en le revoyant dans sa cuisine avec ses maniques, essayant de sortir la plaque de biscuits du four.

Hadès la serra contre lui et chuchota dans son oreille :

– Je sais à quoi tu penses.

– C'est impossible.

– Après ce que tu m'as fait endurer ce soir, je suis sûr que plusieurs souvenirs te font rire.

Perséphone s'endormit peu de temps après et elle sentit qu'Hadès la portait dans sa chambre.

– Ne pars pas, dit-elle, tout endormie, lorsqu'il la déposa sur son lit.

– Je ne pars pas, répondit-il en l'embrassant sur le front. Dors.

Elle se réveilla en sentant la bouche chaude d'Hadès sur sa peau et elle poussa un grognement en se tournant vers lui. Il l'embrassa langoureusement, comme s'il ne l'avait pas fait depuis des semaines, puis il promena sa bouche sur sa mâchoire, sa gorge et sa poitrine, avant d'empoigner le bas de son tee-shirt. Elle se cambra pour l'aider à le lui enlever et il le jeta par terre. Il se baissa alors pour caresser ses seins avec ses mains et sa langue. Elle retira bientôt son pantalon et il écarta ses lèvres pour la laper tout en titillant son clitoris, lui faisant rapidement atteindre le septième ciel.

Lorsqu'il eut fini, il remonta le long de son torse et l'embrassa avant de se déshabiller à son tour et de s'installer entre ses jambes. Elle écarta les cuisses et il plongea aisément en elle. Elle se cambra sous l'effet du plaisir, il la remplissait parfaitement et elle ne s'était jamais sentie aussi comblée.

Il se baissa pour presser son front contre le sien, le souffle rauque.

– Tu es sublime, dit-il.

– J'aime te sentir, dit-elle en prenant une profonde inspiration.

La pression s'accumulait derrière ses yeux et plus l'expérience euphorique durait, plus elle perdait le contrôle.

– Tu es… le pouvoir incarné, ajouta-t-elle.

Perséphone savoura ses allers-retours qui furent d'abord lents, mais le dieu était affamé et ses attentions furent remplacées par des coups de bassin plus charnels et plus sauvages.

Il poussa un grognement féroce et baissa la tête pour embrasser et mordiller ses lèvres, accélérant encore ses va-et-vient, faisant bouger tout le corps de Perséphone.

Elle s'agrippa à lui et planta ses chevilles dans son dos, griffant sa peau avant de plonger ses mains dans ses cheveux, essayant de s'accrocher à lui et à l'instant.

Hadès posa ses mains sur la tête de Perséphone pour qu'elle ne se cogne pas aux montants du lit alors qu'il s'enfouissait brusquement en elle. Le lit entier tremblait, et l'on n'entendait plus que leurs souffles rauques, leurs gémissements, leurs tentatives désespérées de sentir l'autre davantage encore. Le corps de Perséphone était électrisé, nourri par la chaleur intoxicante d'Hadès qui la poussait toujours plus loin dans son plaisir, jusqu'à ce qu'elle ne puisse plus y résister. Lorsqu'elle finit par crier, Hadès la rejoignit en se déversant en elle, et elle en savoura la sensation. Elle voulait le prendre tout entier et le vider de son essence.

Ils restèrent silencieux, l'un contre l'autre. Hadès reprit lentement ses esprits et sembla soudain réaliser qu'il avait perdu la tête et qu'il l'avait prise avec tant de force qu'ils étaient collés à la tête de lit.

Il regarda Perséphone et s'aperçut qu'elle pleurait.

– Perséphone, dit-il d'un ton paniqué. Je t'ai fait mal ?

– Non, chuchota-t-elle en se couvrant les yeux.

Il ne lui avait pas fait mal, et elle ne savait pas pourquoi elle pleurait.

Elle se força à prendre une profonde inspiration.

– Tu ne m'as pas fait mal.

Au bout d'un moment, Hadès retira la main qui couvrait ses yeux. Elle détourna son regard, il essuya ses larmes et elle fut soulagée qu'il ne lui pose pas davantage de questions.

Il roula sur le côté et l'attira contre lui avant de les couvrir avec la couette.

– Tu es trop parfaite pour moi, chuchota-t-il en l'embrassant sur la tête.

Elle eut l'impression qu'elle venait à peine de s'endormir quand Hadès s'assit brusquement à ses côtés. Elle eut tout de suite froid et elle se tourna vers lui, bras tendus, à moitié endormie.

– Reviens te coucher, dit-elle.

– Éloigne-toi de ma fille ! gronda la voix de Déméter.

Perséphone fut soudain parfaitement réveillée et elle s'assit en tenant la couette contre elle.

– Mère ! Sors d'ici !

Le regard glacial de Déméter se posa sur Perséphone et la jeune femme y vit la promesse de souffrances et de destruction. Elle imaginait déjà les gros titres : *Les dieux olympiens se battent et détruisent Nouvelle Athènes*.

– Comment oses-tu ? s'écria Déméter d'une voix tremblante de rage.

Perséphone ne savait pas si elle s'adressait à elle ou à Hadès, peut-être aux deux.

Elle rejeta la couette et enfila une chemise de nuit alors qu'Hadès restait assis dans le lit.

– Depuis combien de temps ?

– Ça ne te regarde pas, Mère, rétorqua Perséphone.

– Tu oublies ta place, répondit Déméter avec un regard assassin.

– Et tu oublies mon âge. Je ne suis pas une enfant !

– Tu es mon enfant et tu as trahi ma confiance.

Perséphone savait ce qui était sur le point de se passer, elle sentait la magie de sa mère s'accumuler tout autour d'eux.

– Non, Mère !

Perséphone regarda Hadès d'un air paniqué et il la regarda en retour, tendu mais calme, ce qui ne fit rien pour la rassurer.

– Tu ne mèneras plus cette honteuse vie mortelle !

Perséphone ferma les yeux en grimaçant au moment où Déméter claqua des doigts. Mais au lieu d'être téléportée dans la prison qu'était l'orangerie, il ne se passa rien.

Elle rouvrit lentement les yeux et se tint plus droite en regardant sa mère, qui écarquilla les yeux avant de scruter la manchette dorée que Perséphone portait à son poignet.

La déesse empoigna sa main et enleva violemment le bijou pour révéler la marque noire sur la peau blanche de sa fille.

– Qu'est-ce que t'as fait ? gronda Déméter en s'adressant à Hadès.

– Ne me touche pas ! dit Perséphone en essayant de retirer sa main, mais Déméter la serra plus fort et elle poussa un cri de douleur.

– Lâche-la, Déméter.

La voix d'Hadès était calme, mais son regard brillait d'une lueur assassine. Perséphone l'avait déjà vu ainsi et savait que sa colère augmentait.

– Je t'interdis de me dire quoi faire de ma fille !

Hadès claqua des doigts et se retrouva soudain vêtu de la même façon que la veille. Il se leva de toute sa taille et lorsqu'il s'approcha d'elles, Déméter lâcha sa fille. Perséphone se dépêcha de s'éloigner de sa mère.

– Ta fille et moi avons un contrat, expliqua Hadès. Elle restera jusqu'à ce qu'elle l'ait accompli.

– Non.

Le regard de Déméter était rivé sur le poignet de sa fille, et Perséphone eut le sentiment que sa mère ne reculerait devant rien pour la sortir d'ici, même si elle devait lui couper la main.

– Tu vas retirer ta marque. Enlève-la, Hadès !

Le dieu des Enfers était impassible face à la colère de Déméter.

– Le contrat doit être exécuté, Déméter. Les Moires l'ordonnent.

La déesse de la Moisson pâlit avant de regarder Perséphone.

– Comment as-tu pu ?

– Comment ai-je pu ? répéta Perséphone d'un ton sec. Ce n'est pas comme si je l'avais voulu, Mère !

Elle vit Hadès grimacer du coin de l'œil.

– Ah non ? Je t'avais mise en garde à son sujet ! gronda Déméter en désignant Hadès. Je t'avais prévenue de ne pas t'approcher des dieux !

– Et en faisant cela, tu m'as poussée vers ce destin.

Déméter haussa le menton.

– Tu rejettes la faute sur moi ? Alors que je n'ai jamais cherché qu'à te protéger ? Eh bien, tu connaîtras très vite la vérité, ma fille.

La déesse tendit la main et arracha toute la magie qu'elle avait donnée à Perséphone.

Ce fut comme si des milliers de petites aiguilles la piquaient en même temps tandis que le Charme qu'elle avait créé pour cacher son apparence divine disparaissait. La douleur lui coupa le souffle et elle tomba au sol, haletante.

– Quand le contrat sera terminé, tu rentreras à la maison avec moi, dit Déméter, et Perséphone la fusilla du regard. Tu ne reviendras jamais à cette vie mortelle et tu ne reverras plus jamais Hadès.

Puis Déméter disparut.

Hadès releva Perséphone et la tint dans ses bras, la serrant fort contre lui, elle fondit en larmes.

– Je ne te regrette pas, parvint-elle à dire entre deux sanglots. Je ne voulais pas dire que je te regrettais.

– Je sais, dit Hadès en embrassant ses larmes.

On frappa à la porte et ils levèrent la tête. Lexa se tenait dans l'embrasure, les yeux grands ouverts.

– Putain, c'est quoi ce bordel ?

Perséphone recula et se tint plus droite.

– Lexa, dit-elle, j'ai quelque chose à te dire.

Chapitre XXIV

UNE TOUCHE DE RUSE

Lexa encaissa le fait qu'elle vivait depuis quatre ans avec une déesse, par intermittence. Elle fut d'abord incrédule, puis se sentit trahie, ce que Perséphone comprenait parfaitement. Lexa accordait beaucoup d'importance à la vérité, et elle venait de découvrir que celle qu'elle appelait sa meilleure amie lui avait menti à propos d'une énorme partie de sa vie.

– Pourquoi tu me l'as caché ? demanda-t-elle.

– C'était un accord que j'avais passé avec ma mère, répondit-elle. Et puis, je voulais savoir ce que c'était de mener une vie normale.

– Je comprends, admit Lexa. Ta mère est une garce, dit-elle avant de se baisser comme si elle s'attendait à être frappée par la foudre. Est-ce qu'elle va me tuer d'avoir dit ça ?

– Elle est trop furieuse contre Hadès et moi pour penser à toi, répondit Perséphone.

Lexa secoua la tête en regardant son amie. Elles étaient assises dans le salon, ce qui aurait pu sembler tout à fait normal si sa mère n'avait pas confisqué sa magie pour l'exposer sous sa forme divine. Heureusement, Hadès lui avait prêté sa magie pour rappeler son Charme humain.

– Je n'en reviens pas que tu sois la déesse du Printemps. Tu peux faire quoi ?

Perséphone rougit.

– Ben, justement. J'apprends à peine à connaître mes pouvoirs. Jusqu'à récemment, je ne sentais même pas ma magie. Plus jeune, je voulais désespérément être comme les autres dieux, expliqua-t-elle. Mais quand mes pouvoirs ne se sont pas développés, j'ai juste voulu être dans un endroit où j'étais douée pour quelque chose.

Lexa posa sa main sur celle de Perséphone.

– Tu es douée pour plein de choses, Perséphone. Surtout pour être déesse.

Elle ricana.

– Comment tu le saurais ? Tu viens juste d'apprendre qui je suis.

– Je le sais parce que tu es gentille et pleine de compassion, et que tu te bats pour ce en quoi tu crois. Mais surtout, tu te bats pour les autres. C'est ce que les dieux sont censés faire, et quelqu'un devrait le leur rappeler parce que la plupart semblent l'avoir oublié. Peut-être que c'est pour ça que tu es née, ajouta-t-elle.

– Je t'aime, Lex, dit Perséphone en essuyant ses larmes.

– Je t'aime aussi, Perséphone.

***

Perséphone eut beaucoup de mal à dormir durant les jours qui suivirent les menaces de Déméter. Son angoisse était au plus haut et elle se sentait encore plus piégée qu'avant. Si elle ne parvenait pas à exécuter le contrat d'Hadès, elle serait coincée aux Enfers pour toujours. Si elle parvenait à créer la vie, elle deviendrait prisonnière de l'orangerie de sa mère.

Si elle aimait Hadès, elle voulait pouvoir aller et venir aux Enfers de son plein gré. Elle voulait continuer à mener une vie de mortelle, obtenir son diplôme et commencer sa carrière de journaliste. Elle expliqua tout ça à Lexa.

– Parle-lui. C'est le dieu des Morts, il ne peut pas t'aider ? répondit son amie.

Mais Perséphone savait qu'en parler ne servirait à rien. Hadès lui avait répété plein de fois que le contrat n'était pas négociable, y compris devant Déméter. Le seul choix à sa disposition était de remplir le contrat ou pas. La liberté ou l'emprisonnement.

Et cette réalité la rongeait.

Pire encore, Perséphone se servait de la magie d'Hadès pour son Charme, et si cela avait des avantages, elle avait l'impression qu'il était constamment à ses côtés. Il était une présence permanente, un rappel de l'impasse dans laquelle elle était, du fait qu'elle avait perdu le contrôle et qu'elle se retrouvait amoureuse de lui.

Il restait deux semaines avant sa remise de diplôme et la fin de son contrat avec Hadès.

Lorsque Perséphone arriva à l'Acropole pour le travail, elle remarqua que quelque chose n'allait pas. Elle sortit de l'ascenseur et trouva Valérie debout derrière son bureau, comme si elle l'attendait. La secrétaire l'arrêta pour lui chuchoter :

– Perséphone, il y a une femme pour toi. Elle dit qu'elle a un scoop sur Hadès.

Elle se retint de grogner à voix haute.

– Tu l'as approuvée ?

Perséphone avait donné à Valérie une série de questions à poser à quiconque prétendait avoir une histoire sur Hadès.

Certaines des personnes qui avaient appelé ou étaient venues pour l'interviewer n'étaient que des curieux ou des journalistes déguisés qui cherchaient un scoop.

– Elle semble légitime, même si je crois qu'elle ment à propos de son prénom.

– Pourquoi ? demanda Perséphone en penchant la tête.

Valérie haussa les épaules.

– Je ne sais pas, c'était sa façon de le dire. Comme si elle venait d'y penser.

Ça ne rassura pas beaucoup Perséphone.

– Elle s'appelle comment ?

– Carol.

Bizarre.

– Si tu veux que quelqu'un t'accompagne, je peux venir, proposa la secrétaire.

– Non, répondit Perséphone. Ça va, merci.

Elle rangea ses affaires, se fit un café, jeta un œil à ses mails et entra dans la salle de réunion.

– Alors, vous avez un scoop pour moi ? demanda-t-elle en passant la porte.

– Un scoop ? Oh, non, Lady Perséphone. Mais je veux te parler d'un marché.

Perséphone se figea, elle aurait reconnu ces cheveux dorés n'importe où.

– Aphrodite !

Perséphone vida tout l'air de ses poumons. Pourquoi la déesse de l'Amour était-elle venue la voir ?

– Qu'est-ce que tu fais ici ?

– Je pensais te rendre visite, étant donné que tu approches de la fin de ton contrat avec Hadès.

Perséphone couvrit instinctivement son poignet, même si la marque était cachée sous son bracelet.

– Comment tu le sais ?

Aphrodite eut un rictus, mais son sourire n'atteignit pas son regard.

– Hélas, je crains que tu te sois retrouvée empêtrée dans mon pari avec Hadès.

L'estomac de Perséphone se noua douloureusement et elle eut du mal à déglutir.

– Votre pari ?

La bouche d'Aphrodite se pinça.

– Je vois qu'il ne te l'a pas dit.

– Ne fais pas mine d'avoir de la compassion pour moi, Aphrodite, et viens-en au but.

Le visage de la déesse se transforma, il devint à la fois plus sévère et plus beau qu'avant. Lorsqu'elle l'avait vue au Gala, Perséphone avait cru percevoir sa solitude et sa tristesse, or maintenant, ces émotions étaient clairement visibles dans son expression. Perséphone était choquée qu'Aphrodite, la déesse de l'Amour, la femme qui collectionnait les liaisons avec les dieux comme avec les mortels, se sente si seule.

– Eh bien, dit Aphrodite, tu es sacrément exigeante. Peut-être est-ce pour ça qu'Hadès t'apprécie autant.

Perséphone ferma les poings et la déesse lui offrit un petit sourire.

– J'ai défié Hadès à un jeu de cartes. Ce n'était que pour le fun, mais il a perdu. Alors j'ai parié que personne ne tomberait amoureux de lui pendant six mois, dit-elle.

Il fallut quelques secondes pour que Perséphone encaisse ce qu'elle venait de dire. Hadès avait un contrat avec Aphrodite : *que personne ne tomberait amoureux de lui.*

Perséphone déglutit.

– Je dois admettre que j'ai été impressionnée par la vitesse à laquelle il s'est focalisé sur toi. À peine une heure après que j'avais établi mes conditions, il t'avait leurrée dans un contrat. Et depuis, j'ai continué d'observer ses progrès.

Perséphone voulait accuser la déesse de mentir, mais elle savait que tout ce qu'Aphrodite disait était vrai.

Il s'était servi d'elle depuis le début, et le poids de la vérité l'écrasa, la brisa, l'anéantit.

Elle n'aurait jamais dû penser qu'Hadès était capable de changer. Le jeu était sa vie. C'était tout pour lui, et il aurait fait n'importe quoi pour gagner.

Même si cela impliquait de briser le cœur de Perséphone.

– Je suis désolée de te faire du mal, dit Aphrodite. Mais je constate que j'ai vraiment perdu.

Perséphone fusilla la déesse du regard malgré ses larmes.

– Tu l'aimes vraiment, dit Aphrodite.

– Pourquoi serais-tu désolée ? grinça Perséphone. C'est ce que tu voulais.

La déesse secoua la tête.

– Parce que… jusqu'à aujourd'hui, je ne croyais pas à l'amour.

***

Perséphone n'avait jamais voulu choisir entre les prisons d'Hadès ou de Déméter. Elle avait voulu trouver un moyen d'être libre. Mais, après avoir appris qu'on l'avait utilisée, elle prit sa décision.

Une fois qu'Aphrodite s'était volatilisée, elle avait vite fait son choix. Elle mettrait fin à son contrat avec Hadès une bonne fois pour toutes et elle en affronterait les conséquences plus tard. Elle rassembla ses affaires, informa Demetri qu'elle devait partir sur-le-champ et se rendit à Nevernight en bus.

Elle arriva aux Enfers et traversa le champ en direction du mur des montagnes noires, déterminée à trouver le Puits de la Réincarnation.

Elle aurait dû écouter Menthé.

Dieux, elle n'aurait jamais cru penser ça un jour.

Elle était tellement en colère qu'elle peinait à réfléchir, et elle était contente de se sentir ainsi, parce qu'elle savait que quand elle se calmerait, elle serait inconsolable.

Elle avait tout donné à Hadès, son corps, son cœur, ses rêves.

Elle avait été tellement stupide.

Son Charme, se dit-elle. Il avait dû la charmer.

Son esprit la trahit et lui rappela les six derniers mois, chaque souvenir la faisait souffrir encore plus que le précédent. Elle ne comprenait pas pourquoi Hadès avait pris autant de soin à élaborer son plan. Il l'avait bernée. Il avait berné tant de gens.

Et Sybil ?

L'Oracle lui avait dit que leurs couleurs étaient entremêlées. Qu'elle et Hadès étaient faits pour être ensemble.

Peut-être est-elle un très mauvais Oracle ?

Au bord des larmes, Perséphone n'entendit pas le bruissement dans l'herbe près d'elle. Lorsqu'elle tourna la tête, un mouvement attira son attention et son cœur accéléra, mais elle trébucha sur quelque chose et elle ferma les yeux en couvrant son visage. Toutefois, elle ne fut attaquée que par un nez froid et mouillé contre sa main. Lorsqu'elle rouvrit les yeux, elle trouva l'un des chiens d'Hadès en train de la dévisager.

Elle éclata de rire et s'assit pour caresser Cerbère. Sa grosse langue pendait et elle se rendit compte qu'elle avait trébuché sur sa balle rouge.

– Où sont tes frères ? demanda-t-elle en le grattant derrière l'oreille.

Il répondit en lui léchant la joue et Perséphone le repoussa pour se lever et ramasser la balle.

– C'est ça que tu veux ?

Cerbère s'assit, même s'il tenait à peine en place.

– Allez, cherche !

Perséphone jeta la balle et le chien partit en courant. Elle le regarda quelques instants avant de poursuivre son chemin jusqu'au pied de la montagne.

Plus elle approchait, plus le sol devenait rocailleux, désertique et irrégulier. Cerbère revint rapidement, la balle dans la gueule. Cette fois, il ne la lâcha pas et regarda en direction des montagnes.

– Tu peux m'emmener au Puits de la Réincarnation ? demanda-t-elle.

Le chien la regarda avant de partir en courant.

Elle le suivit sur une pente raide jusqu'au cœur du massif. Elle avait admiré ce relief de loin, mais c'était autre chose d'arpenter la montagne sous le halo des nuages noirs qui tourbillonnaient au-dessus d'elle. Des éclairs zébraient le ciel et le tonnerre faisait trembler la terre. Elle continua à suivre Cerbère, craignant de le perdre de vue ou, pire, qu'il se blesse.

– Cerbère ! cria Perséphone lorsqu'il disparut derrière un labyrinthe de rochers.

Elle s'essuya le front avec le revers de sa main ; il faisait chaud dans les montagnes et la température continuait d'augmenter.

En arrivant à l'angle d'un bloc de pierre, Perséphone hésita en remarquant un petit ruisseau à ses pieds, un ruisseau de feu. Un frisson parcourut son échine. Elle entendit Cerbère aboyer plus loin, elle sauta par-dessus la coulée de lave et trouva le chien au bord d'une falaise qui surplombait un fleuve de feu. La chaleur était presque insupportable et Perséphone comprit soudain où elle était.

Au Tartare.

C'était le fleuve Phlégéthon.

– Cerbère, trouve une sortie ! ordonna-t-elle.

Le chien aboya, comme s'il acceptait ses ordres, et il courut vers un escalier de pierre taillé dans la montagne. Les marches étaient glissantes et raides, et elles disparaissaient derrière la corniche.

Ces marches l'emmèneraient plus loin encore au cœur des montagnes.

– Cerbère !

Le chien continuait et elle le suivit.

Les marches débouchaient sur une caverne. Des lanternes éclairaient le passage, mais la lumière atteignait à peine ses pieds. Le tunnel lui offrit un répit à la chaleur du Phlégéthon et Perséphone pensa que Cerbère l'emmenait peut-être bien au Puits de la Réincarnation, comme elle le lui avait demandé.

Elle en était là de ses pensées lorsqu'elle arriva au fond du tunnel. Celui-ci s'ouvrait sur une superbe grotte à la végétation luxuriante et dont les arbres étaient pleins de fruits dorés. À ses pieds, l'eau d'un bassin scintillait comme des étoiles dans la nuit.

Ce doit être la Puits de la Réincarnation, pensa-t-elle.

Au centre du bassin se dressait une colonne en pierre au sommet de laquelle était posée une coupe en or. Perséphone ne perdit pas de temps, elle entra dans l'eau pour l'attraper. Mais une voix jaillit par-dessus le clapotis de l'eau.

– À l'aide, dit la voix rauque. De l'eau.

Elle se figea et regarda autour d'elle, mais elle ne vit rien.

– A… allô ?

– Le pilier.

Le cœur de Perséphone se mit à battre la chamade, elle fit le tour de la colonne et trouva un homme enchaîné à la pierre, de l'autre côté. Il avait la peau sur les os, littéralement, et ses cheveux ainsi que sa barbe étaient longs, blancs et sales.

Les chaînes auxquelles il était menotté étaient tout juste trop courtes pour l'empêcher d'atteindre la coupe posée sur le pilier et les fruits tombant des arbres.

Elle retint son souffle et quand l'homme la regarda, elle vit que ses pupilles étaient baignées de sang.

– À l'aide, répéta-t-il. De l'eau.

– Oh, mes dieux !

Perséphone attrapa la coupe, la remplit d'eau et aida l'homme à boire.

– Attention, dit-elle alors qu'il buvait aussi vite que possible. Sinon tu vas vomir.

Elle recula le gobelet et l'homme inspira plusieurs fois.

– Merci, dit-il.

– Qui es-tu ? demanda-t-elle en étudiant son visage.

– Je m'appelle Tantale, répondit-il entre deux respirations.

– Et depuis quand es-tu ici ?

– Je ne me souviens pas, dit-il lentement, comme si chaque mot lui prenait toute son énergie. Je suis condamné à être éternellement privé de nourriture.

Perséphone se demanda ce qu'il avait bien pu faire pour mériter une telle torture.

– Je supplie tous les jours le dieu de ce royaume de m'entendre afin que je trouve la paix à Asphodèle, mais il refuse d'accéder à ma prière. Le temps que j'ai passé ici m'a beaucoup appris, je ne suis plus le même homme que j'étais il y a toutes ces années. Je le jure.

Elle réfléchit à ses paroles et, malgré ce qu'elle avait appris d'Hadès aujourd'hui, elle faisait confiance à son pouvoir. Hadès connaissait l'âme des gens. S'il avait pensé que cet homme avait changé, il lui aurait accordé son vœu de résider à Asphodèle.

Perséphone fit un pas en arrière pour s'éloigner de Tantale, dont le regard se mit à luire d'un éclat lugubre tandis que sa mâchoire se crispait. *Les voilà*, pensa-t-elle. *Les ténèbres qu'Hadès a vues.*

– Tu ne me crois pas, dit-il, soudain capable de parler sans s'essouffler.

– Hélas, je n'en sais pas assez pour en décider, dit Perséphone, essayant de rester aussi neutre que possible.

Elle avait le mauvais pressentiment que la colère de cet homme méritait d'être crainte.

À ces mots, l'étrange lueur de colère qu'elle avait vue dans son regard disparut, et il hocha la tête.

– Tu es sage, dit-il.

– Je crois que je devrais y aller, dit Perséphone.

– Attends, cria-t-il quand elle se tourna pour partir. Laisse-moi croquer un fruit, s'il te plaît.

Perséphone déglutit. Son instinct lui dit de ne pas le faire, mais elle cueillit néanmoins un gros fruit bien doré sur l'arbre. Elle approcha de l'homme, tendant la main autant que possible pour garder ses distances, et Tantale tendit le cou pour atteindre le fruit charnu.

Soudain, quelque chose percuta les jambes de Perséphone.

Elle perdit ses appuis et tomba sous l'eau. Elle était sur le point de sortir la tête lorsqu'elle sentit le pied de l'homme sur sa poitrine. Il avait beau avoir souffert, il était assez fort pour la maintenir sous l'eau. Elle se débattit, mais elle perdait ses forces. Elle ne parvint plus à retenir son Charme et elle revint à sa forme divine.

Lorsqu'elle cessa de se débattre, Tantale enleva son pied.

Perséphone en profita.

Elle traversa le bassin en ayant l'impression de nager dans du goudron, et elle s'affala sur le bord en éclaboussant de l'eau partout.

– Une déesse ! s'exclama Tantale. Reviens, petite déesse. Je suis affamé depuis si longtemps, laisse-moi te goûter !

Les berges du bassin étaient glissantes et elle peina à grimper dessus, s'égratignant les genoux sur la roche. Mais elle ne sentit pas la douleur, trop impatiente de sortir de cet horrible endroit. Lorsqu'elle arriva à la sortie plongée dans le noir, elle percuta un corps, et deux mains empoignèrent ses épaules.

– Non ! S'il vous plaît…

– Perséphone, dit la voix d'Hadès en la tenant à bout de bras.

Elle se figea et leva les yeux vers lui, immédiatement soulagée.

– Hadès !

Elle se jeta contre lui et fondit en larmes.

Hadès était puissant, fort et chaud, il posa une main sur sa nuque et l'autre sur son dos.

– Chut, dit-il contre son oreille. Qu'est-ce que tu fais ici ?

L'horrible voix de l'homme les interrompit.

– Où es-tu, petite garce ?

Hadès se crispa et plaça Perséphone derrière lui avant d'avancer vers l'ouverture de la grotte. Il claqua des doigts et le pilier tourna pour que Tantale se retrouve face à eux. Il ne sembla pas effrayé par l'arrivée d'Hadès.

Le dieu des Enfers tendit brusquement la main, les genoux de Tantale se plièrent et les chaînes se raccourcirent.

– Ma déesse a été généreuse avec toi, dit Hadès d'une voix glaciale. Et c'est ainsi que tu la remercies ?

Tantale se mit à vomir toute l'eau que Perséphone lui avait donnée. Hadès avança d'un pas déterminé vers son prisonnier en fendant l'eau afin de créer un passage à sec jusqu'à l'homme. Tantale essaya de se relever afin de soulager ses bras et prit plusieurs inspirations rauques.

– Tu mérites de te sentir comme moi, gronda Tantale. Désespéré, affamé et seul !

Hadès regarda Tantale quelques instants. Soudain, il souleva l'homme en l'attrapant par la gorge. Tantale agita les jambes, mais Hadès ricana en le voyant se débattre.

– Comment peux-tu savoir que je n'ai pas ressenti ces choses pendant des siècles, mortel ? lança-t-il en faisant disparaître son Charme. Tu n'es qu'un ignorant. Avant, je n'étais que ton geôlier, mais je serai désormais ton bourreau. Je crois d'ailleurs que mes juges ont été trop cléments avec toi. Dorénavant, tu seras condamné à ressentir une soif et une faim insatiables. Je vais même te mettre à portée de l'eau et des fruits, mais tout ce que tu avaleras sera comme du feu dans ta gorge.

Sur ces paroles, Hadès lâcha Tantale. Les chaînes se détendirent et il tomba brusquement sur la pierre. Il finit par lever les yeux vers Hadès et grogna comme un animal. Il s'apprêtait à se jeter sur les fruits lorsqu'Hadès claqua des doigts et le fit disparaître.

Dans le silence qui s'ensuivit, Hadès se tourna vers Perséphone qui ne put contrôler sa réaction. Elle fit un pas en arrière et glissa sur la pierre. Hadès se jeta sur elle et la rattrapa pour la serrer contre lui.

– Perséphone, dit-il d'une voix chaude et grave, comme une prière. N'aie pas peur de moi, s'il te plaît. Pas toi.

Elle leva les yeux vers lui. Hadès était magnifique, féroce et puissant ; mais il l'avait trompée.

Perséphone ne put contenir ses larmes. Elle fondit en sanglots et Hadès la retint plus fort tandis qu'elle enfouissait son visage dans le creux de son cou. Elle ne se rendit pas compte qu'il se téléportait et elle ne leva pas la tête pour voir où ils étaient, mais elle sentit un feu près d'elle. La chaleur ne la réchauffait pas, elle était gelée jusqu'aux os et comme elle continuait à greloter, Hadès l'emmena aux bains.

Elle le laissa la déshabiller et la tenir contre lui quand ils entrèrent dans l'eau, mais elle refusa de le regarder. Il laissa le silence durer un moment jusqu'à ce qu'il ne le supporte plus ; du moins, c'est ce que Perséphone supposa.

– Ça ne va pas, dit-il. Est-ce qu'il… t'a fait du mal ?

Elle resta silencieuse, les yeux fermés, espérant que ça l'empêcherait de pleurer.

– Dis-moi, supplia-t-il. S'il te plaît.

C'est en l'entendant dire *s'il te plaît* que Perséphone ouvrit des yeux larmoyants.

– Je suis au courant pour Aphrodite, Hadès.

Son visage se transforma, elle ne l'avait jamais vu si choqué et blessé.

– Je ne suis guère plus qu'un jeu pour toi.

Il fronça les sourcils.

– Je ne t'ai jamais considérée comme un jeu, Perséphone.

– Le contrat…

– Ça n'a rien à voir avec le contrat, gronda-t-il en la lâchant.

Perséphone peina à reprendre pied dans l'eau.

– Ça a tout à voir avec le contrat ! Dieux, que j'ai été stupide ! J'ai voulu croire que tu étais bon, même si je devais être ta prisonnière !

– Prisonnière ? Tu te pensais prisonnière d'ici ? T'ai-je traitée si mal que ça ?

– Un geôlier clément reste un geôlier, rétorqua Perséphone, et le visage d'Hadès s'assombrit.

– Si tu le penses, pourquoi as-tu couché avec moi ?

– C'est toi qui l'avais prédit, répondit-elle d'une voix tremblante. Et tu avais raison, j'ai aimé ça. Mais maintenant que c'est fait, on peut passer à autre chose.

– Passer à autre chose ? siffla-t-il d'un ton furieux. C'est ce que tu veux ?

– On sait tous les deux que c'est le mieux qui puisse arriver.

– Je commence à croire que tu ne sais rien, dit-il. Je commence à comprendre que tu ne réfléchis pas par toi-même.

Ses paroles la transpercèrent comme un poignard dans le cœur.

– Comment oses-tu…

– Comment est-ce que j'ose *quoi*, Perséphone ? Te mettre face à la vérité ? Tu te comportes comme si tu étais impuissante, mais tu n'as jamais pris la moindre décision par toi-même. Est-ce que tu vas laisser ta mère décider avec qui tu baises, maintenant ?

– Tais-toi !

– Dis-moi ce que tu veux, gronda-t-il en la plaquant contre le bord du bassin.

Elle détourna le regard, serrant si fort les dents qu'elle en eut mal à la mâchoire.

– Dis-moi !

– Va te faire foutre ! siffla-t-elle en bondissant pour entourer sa taille avec ses jambes.

Elle l'embrassa violemment, douloureusement, mais aucun des deux n'arrêta. Elle plongea sa main dans ses cheveux et les tira fort, penchant sa tête en arrière pour l'embrasser dans le cou. Quelques secondes plus tard, ils étaient sortis de l'eau, assis sur le sol carrelé, et Perséphone poussa Hadès en arrière pour s'empaler sur sa verge et le prendre profondément en elle.

Le bruit des mouvements brutaux de leurs corps et de leurs souffles remplit les bains, résonnant contre les parois. Elle n'avait jamais rien fait d'aussi érotique et, pendant qu'elle ondulait sur lui, elle sentit une décharge en elle, c'était autre chose que l'attirance électrique et envoûtante d'Hadès. Elle ne pouvait pas mettre le doigt dessus, mais la sensation était vivante et vibrait dans ses veines.

Hadès tendit une main pour palper ses seins, empoignant sa cuisse avec l'autre avant de s'asseoir pour prendre son téton dans sa bouche. Cette nouvelle position arracha un cri guttural à Perséphone et elle serra Hadès contre elle, bougeant de plus en plus vite.

– Oui, siffla Hadès. Sers-toi de moi. Plus fort. Plus vite.

C'était le seul ordre auquel elle était prête à obéir.

Ils jouirent ensemble et dès que ce fut fini, Perséphone se leva, saisit ses vêtements et sortit des bains. Hadès la suivit, nu.

– Perséphone, appela-t-il.

Elle continuait de marcher tout en se rhabillant.

Hadès jura et finit par la rattraper, l'attirant dans une pièce voisine, la salle du trône.

Elle se tourna vers lui et le repoussa violemment, mais il ne bougea pas d'un iota et la prit dans ses bras.

– Je veux savoir pourquoi.

Perséphone sentait quelque chose brûler dans son sang. Qui partait de son ventre et parcourait ses veines comme du venin.

– J'étais une cible facile, c'est ça ? Est-ce que tu as regardé mon âme et vu une femme désespérée d'être aimée, d'être adulée ? Est-ce que tu m'as choisie parce que tu savais que je ne pouvais pas remplir les conditions de ton contrat ?

– Ça ne s'est pas passé comme ça.

Il était trop calme.

– Alors, explique-moi ! hurla-t-elle.

– Oui, Aphrodite et moi avons un contrat, mais celui que j'ai établi avec toi n'avait pas de rapport.

Perséphone croisa les bras, prête à le repousser.

– J'ai proposé ce contrat d'après ce que j'ai vu dans ton âme, une femme emprisonnée par son propre esprit.

Perséphone le fusilla du regard.

– C'est toi qui as déclaré que ce contrat était impossible, dit-il. Mais tu es puissante, Perséphone.

– Ne te moque pas de moi ! cria-t-elle d'une voix tremblante.

– Je ne ferais jamais ça.

Le ton sincère de sa voix lui donna la nausée.

– Menteur.

Son regard s'assombrit.

– Je suis beaucoup de choses, Perséphone, mais je ne suis pas un menteur.

– Pas un menteur, alors, mais un charlatan assumé.

– Je t'ai toujours donné des réponses, dit-il. Je t'ai aidée à retrouver ton pouvoir, mais tu ne t'en es jamais servie. Je t'ai offert un moyen d'échapper au joug de ta mère, et tu refuses de le saisir.

– Comment ? demanda-t-elle. Qu'as-tu fait pour m'aider ?

– Je t'ai vénérée ! hurla-t-il. Je t'ai donné ce que ta mère t'a empêchée d'avoir, des fidèles.

Perséphone s'arrêta un instant, choquée.

– Tu veux dire que tu m'as piégée dans un contrat alors que tu aurais pu me dire que j'avais besoin de fidèles pour obtenir mes pouvoirs ?

– Ce n'est pas une question de pouvoirs, Perséphone ! Il n'a jamais été question de magie, d'illusion ou de Charme. C'est une question de confiance, de croire en soi !

– C'est tordu, Hadès…

– Ah bon ? gronda-t-il. Dis-moi, si tu avais su, qu'aurais-tu fait ? Tu aurais annoncé ta Divinité au monde entier pour pouvoir rassembler des fidèles et te servir de tes pouvoirs ?

Perséphone connaissait la réponse à sa question, aussi bien que lui.

– Non, tu n'as jamais été capable de décider ce que tu voulais être, parce que tu places le bonheur de ta mère avant le tien !

– J'étais libre avant toi, Hadès.

– Parce que tu te croyais libre ? demanda-t-il. En venant à Nouvelle Athènes, tu as simplement troqué une prison contre une autre.

– Mais je t'en prie, continue de me dire combien je suis pathétique ! aboya-t-elle.

– Ce n'est pas ce que je…

– Ah non ? Tu veux que je te dise l'autre raison pour laquelle je suis pathétique ? J'ai craqué pour toi, Hadès !

Les larmes surgirent dans ses yeux et Hadès voulut la toucher, mais elle tendit la main pour l'arrêter.

– Non !

Il se figea instantanément. Jamais elle n'aurait pensé le voir aussi blessé.

– Qu'aurait gagné Aphrodite si tu avais échoué ? demanda-t-elle lorsqu'elle eut recouvré son calme.

Hadès déglutit et répondit d'une voix grave et rauque.

– Elle a demandé qu'un de ses héros retourne au monde des mortels.

Perséphone ferma la bouche et hocha la tête. Elle aurait dû s'en douter.

– Eh bien, tu as gagné. Parce que je t'aime. Ça en valait la peine ?

– Ce n'était pas comme ça, Perséphone ! dit-il alors qu'elle lui tournait le dos. Tu choisis de croire les paroles d'Aphrodite plutôt que mes actes ?

Elle s'arrêta à quelques pas de lui et lui fit face. Elle était si furieuse qu'elle en tremblait. S'il essayait de lui faire comprendre qu'il l'aimait, il allait devoir le dire. Elle avait besoin de l'entendre.

Mais au lieu de ça, il secoua la tête.

– Tu es ta propre prisonnière.

Quelque chose en elle craqua. C'était douloureux, elle ressentit comme des flammes dans ses veines. Sous ses pieds, le sol de marbre se mit à trembler. Leurs regards se croisèrent au moment où d'épaisses lianes noires surgirent du sol et s'enroulèrent autour du dieu des Morts jusqu'à ce que ses chevilles et ses poignets soient ligotés.

L'espace d'un instant, ils restèrent immobiles, figés.

Elle venait de créer de la vie, si on pouvait dire que ce qui avait jailli du sol était vivant, car les lianes étaient noires et desséchées. Perséphone respirait fort. Contrairement aux autres fois, la magie qu'elle sentait en elle était puissante et son corps pulsait douloureusement.

Hadès étudia ses poignets menottés et tira sur les lianes pour en évaluer la force. Lorsqu'il regarda Perséphone, il rit d'un rire aussi noir et morne que son regard.

– Eh bien, Lady Perséphone. On dirait que c'est *toi* qui as gagné.

Chapitre XXV

UNE TOUCHE DE VIE

Perséphone ne retira son bracelet manchette qu'une fois sous la douche, chez elle. Elle resta sous le jet d'eau brûlante jusqu'à ce qu'elle devienne froide, puis elle glissa en position assise dans la baignoire. Quand elle enleva le bracelet, la marque était partie.

Elle avait toujours imaginé ce moment différemment. En vérité, elle avait imaginé obtenir ses pouvoirs *et* Hadès. Elle pensait avoir le meilleur des deux mondes.

Au lieu de ça, elle n'avait aucun des deux.

Elle savait que ce n'était qu'une question de temps avant que sa mère vienne la chercher. Un sanglot monta dans sa gorge et elle le retint avant de sortir de la baignoire.

Elle était sa propre prisonnière.

Hadès avait raison, et le poids de ces mots s'abattit sur elle dans la nuit, faisant jaillir un nouveau flot de larmes. À un moment – elle ne sut quand – Lexa s'allongea dans son lit et la prit dans ses bras, la serrant contre elle. C'est ainsi que Perséphone s'endormit.

Lorsqu'elle se réveilla le lendemain matin, Lexa l'observait. Sa meilleure amie coiffa ses cheveux en arrière pour dégager son visage.

– Est-ce que ça va ?

– Oui, répondit-elle doucement.

– Est-ce que c'est… fini ?

Perséphone hocha la tête en repoussant ses larmes. Elle en avait assez de pleurer. Ses yeux étaient gonflés et elle ne pouvait plus respirer par le nez.

– Je suis désolée, Perséphone, dit Lexa en se baissant pour lui faire un câlin.

Elle haussa les épaules. Elle avait peur de dire quoi que ce soit, peur de fondre à nouveau en larmes.

En dépit de tout ça, elle se sentait différente. Elle avait une détermination nouvelle à prendre le contrôle de sa vie.

Et comme par hasard, son téléphone vibra. Quand elle regarda l'écran, elle vit un message d'Adonis : Tic-tac.

Elle avait oublié son échéance. Elle avait jusqu'à demain pour lui faire récupérer son job. Consciente que c'était impossible, Perséphone n'avait pas le choix.

Si seulement elle pouvait mettre la main sur ces photos, il n'aurait rien pour la faire chanter.

– Lexa, dit Perséphone. Jaison est programmeur, non ?

– Ouais… pourquoi ?

– J'ai une mission pour lui.

***

Perséphone attendait dans le Jardin des dieux, sur le campus. Elle avait choisi le jardin d'Hadès, principalement parce qu'il était plus à l'abri des regards que les autres.

Elle avait passé la matinée à raconter à Lexa tout ce qui s'était passé avec Adonis et avait demandé à Jaison s'il pouvait hacker son ordinateur et supprimer les photos dont il se servait pour la faire chanter. Ce dernier avait pris tant de plaisir à répondre à la demande de Perséphone que c'en avait presque été drôle et, durant son piratage, il avait découvert une mine d'informations, dont l'identité de l'informateur d'Adonis.

Le téléphone de Perséphone vibra et elle le consulta, voyant qu'Adonis lui avait écrit.

Suis là.

Lorsqu'elle leva la tête, elle vit Menthé et Adonis venir vers elle depuis des directions opposées. Menthé la fusillait du regard, Adonis semblait confus.

Ils s'arrêtèrent à quelques pas d'elle.

– Qu'est-ce qu'il fait ici ? gronda Menthé.

– Qu'est-ce qu'*elle* fait ici ? demanda Adonis.

– C'est pour que je n'aie pas à me répéter, expliqua Perséphone. Je sais que Menthé a pris les photos avec lesquelles tu me menaces, dit-elle au moment où son téléphone vibra.

Elle lut le message avant de se corriger.

– Avec lesquelles tu me *menaçais*, plutôt. Car ton matériel informatique vient d'être piraté et les photos ont été détruites.

Adonis pâlit et Menthé sembla encore plus furieuse.

– Tu ne peux pas faire ça, c'est… c'est illégal ! lança Adonis.

– Aussi illégal que le chantage ?

Sa réponse le fit taire et Perséphone se concentra sur Menthé.

– Je suppose que tu vas te dépêcher de me balancer ? demanda la nymphe.

– Pourquoi je ferais ça ?

La question de Perséphone était sincère, mais elle sembla irriter Menthé davantage.

– Arrêtons ce cinéma, Déesse. Par vengeance, bien sûr. Je suis surprise que tu n'aies pas dit à Hadès que c'est moi qui t'ai envoyée au Tartare.

– Tu viens de l'appeler Déesse ? s'étonna Adonis, mais les regards de Menthé et Perséphone le firent taire.

– Je préfère mener mes propres batailles, dit Perséphone.

– Avec quoi ? Tes mots ? ricana Menthé sur un ton sarcastique.

– Je comprends que tu sois jalouse de moi, commença Perséphone. Mais ta colère est mal placée.

En fait, elle aurait plutôt dû être en colère contre Hadès, ou contre elle-même pour s'être languie d'un homme qui ne l'aimait pas.

– Tu ne comprends rien ! siffla Menthé. Pendant toutes ces années, j'étais à ses côtés ! Et tout ça pour me tapir dans l'ombre alors qu'il t'a fait parader dans son royaume comme si tu étais déjà sa reine !

Menthé avait raison, Perséphone ne pouvait pas comprendre. Elle ne pouvait pas imaginer ce que c'était de dédier sa vie – et son amour – à quelqu'un qui ne partageait pas ses sentiments.

– Tu étais censée tomber amoureuse de lui, dit Menthé d'une voix tremblante. Pas l'inverse.

Perséphone grimaça. Menthé avait donc été au courant des conditions du pari. Elle se demanda si Hadès le lui avait dit ou si elle était présente quand Aphrodite avait proposé le marché. Elle eut honte d'apprendre que Menthé l'avait regardée tomber amoureuse d'Hadès en connaissant ses manigances.

– Hadès ne m'aime pas, dit Perséphone.

– Petite idiote, rétorqua Menthé en secouant la tête. Si tu n'es pas capable de le voir, alors tu ne le mérites pas.

Son sang ne fit qu'un tour et elle ferma les poings.

– Hadès m'a trahie, dit-elle d'une voix tremblante, et Menthé ricana.

– Comment ? Parce qu'il a choisi de ne pas te parler de son contrat avec Aphrodite ? Étant donné l'article que tu as écrit sur lui quelques jours à peine après l'avoir rencontré, je ne suis pas surprise qu'il ne se soit pas confié à toi. Il devait avoir peur qu'en l'apprenant, tu te comportes comme la gamine que tu es.

Menthé marchait sur des œufs.

– Tu devrais être reconnaissante du temps que tu as passé dans notre monde, dit-elle. Tu ne seras plus jamais aussi puissante.

Perséphone comprit soudain ce que c'était d'être véritablement méchante. Elle esquissa un sourire et Menthé ouvrit grand les yeux mais se tut, comme si elle avait senti le changement.

– Non, dit Perséphone.

Elle agita la main et une liane sortit de terre pour s'enrouler autour des pieds de Menthé. La nymphe se mit à hurler, mais une autre liane couvrit sa bouche pour la faire taire.

– *Là*, je suis puissante.

Elle claqua des doigts et Menthé se mit à rapetisser, se métamorphosant jusqu'à n'être plus qu'une belle plante de menthe verte.

Adonis écarquilla les yeux, incrédule.

– Oh mes dieux ! Tu… tu…

Perséphone marcha jusqu'à la plante pour la ramasser, puis elle se retourna et mit un coup de genoux entre les jambes d'Adonis. Le mortel s'effondra sur le sol, se tordant de douleur en gémissant. Perséphone le regarda un moment, satisfaite de le voir souffrir.

– Si tu essaies de me menacer à nouveau, je te maudirai, dit-elle d'un ton diaboliquement calme.

– Tu… peux pas. J'ai… la… Faveur… d'Aphrodite ! marmonna Adonis.

Perséphone ricana et pencha la tête sur le côté. Ce n'est que lorsqu'une fine liane se dressa pour caresser le visage d'Adonis qu'il se mit à hurler.

Elle avait transformé ses bras en branches, dont jaillissaient des feuilles vertes toutes fraîches.

Ayant oublié sa douleur, Adonis cria de plus belle.

– Retransforme-moi ! Rends-moi mes bras !

Lorsqu'il vit qu'elle ne l'écoutait pas, il se mit à la supplier.

– S'il te plaît, pleura-t-il. Je t'en supplie. Je ferais tout. N'importe quoi.

– N'importe quoi ? répéta Perséphone.

– Oui ! Mais rechange-moi !

– Une Faveur, proposa Perséphone. Que je collecterai quand je le voudrai.

– Tout ce que tu veux ! Fais-le ! Fais-le tout de suite !

Mais Perséphone n'en fit rien et quand Adonis s'en rendit compte, il se tut.

– Tu sais ce qu'est la fleur cadavre, Adonis ?

Il la regarda sans répondre.

– Ne m'oblige pas à me répéter, mortel !

Elle fit tomber son Charme et avança d'un pas menaçant.

– Oui ou non ?

Adonis écarquilla les yeux et gigota en gémissant.

– Non.

– Dommage. C'est une fleur parasite qui sent la charogne. Je suis sûre que tu te demandes quel est le rapport avec toi. Eh bien, c'est mon marché. Si tu touches une femme sans sa permission, je te transformerai en fleur cadavre.

Adonis pâlit et lui lança un regard assassin.

– Un marché implique généralement que j'obtienne quelque chose en retour.

Elle secoua la tête, dépitée par sa bêtise.

– C'est le cas, répondit-elle en s'approchant. Tu gardes ta vie.

Afin de bien lui faire comprendre la générosité dont elle faisait preuve, elle tint en l'air Menthé, la plante fraîchement sortie de terre, et en examina les feuilles vertes.

– Ce sera un bel ajout dans mon jardin.

Elle claqua des doigts et Adonis retrouva ses bras. Il vacilla quelques instants, mais une fois qu'il fut debout, Perséphone tourna les talons et s'éloigna.

– Mais tu es qui, putain ?

Perséphone s'arrêta et le regarda par-dessus son épaule.

– Je suis Perséphone, déesse du Printemps, répondit-elle avant de disparaître.

***

L'orangerie de sa mère était exactement comme dans ses souvenirs : une belle structure en métal couverte de verre, nichée dans le bois luxuriant d'Olympe. Elle se dressait sur deux étages, le plafond était arrondi. En cet instant, le soleil l'illuminait de telle sorte que toute la structure paraissait faite d'or.

Dommage qu'elle ait détesté être là, c'était vraiment superbe.

L'intérieur conservait le parfum de sa mère, un mélange sucré et amer, comme un bouquet de fleurs des champs. Son cœur se serra. Une part d'elle regrettait la façon dont leur relation avait changé. Elle n'avait jamais voulu être une source de déception. Mais, plus que tout, elle ne voulait pas être prisonnière.

Perséphone prit le temps d'arpenter les sentiers, passant devant les parterres de lys, de violettes, de roses et d'orchidées, et devant une variété d'arbres qui ployaient sous le poids de leurs fruits. Elle sentait la vie papillonner tout autour d'elle et cette sensation devenait à la fois plus puissante et plus familière.

Elle s'arrêta et se remémora tous les rêves qu'elle avait eus quand elle était piégée entre ces murs. Des rêves de villes scintillantes, d'aventures trépidantes et d'amour passionnel. Elle avait découvert tout ça, et cela avait été magnifique, horrible et agonisant.

Et elle recommencerait si elle le pouvait, rien que pour goûter, ressentir et vivre à nouveau.

– Coré.

Perséphone grimaça, comme toujours lorsque sa mère employait son surnom d'enfance. Elle se tourna, Déméter se tenait à quelques mètres d'elle, le visage froid et indéchiffrable.

– Mère, dit Perséphone en hochant la tête.

– Je t'ai cherchée, dit sa mère en regardant le poignet de Perséphone. Mais je vois que tu as retrouvé tes esprits et que tu reviens auprès de moi de ton plein gré.

– En fait, Mère, je suis venue te dire que je sais ce que tu as fait.

Sa mère resta impassible.

– Je ne vois pas de quoi tu parles.

– Je sais que tu m'as retenue cachée ici pour éviter que mes pouvoirs se manifestent, dit-elle.

Déméter leva légèrement la tête.

– C'était pour ton bien. J'ai toujours fait ce que je pensais être le mieux pour toi.

– Ce que tu pensais être le mieux, répéta Perséphone. Tu n'as jamais pensé à ce que je ressentais ?

– Si seulement tu m'avais écoutée, rien de tout ça ne se serait produit ! Tout allait bien jusqu'à ce que tu partes. C'est là que tu as changé.

Elle parlait comme si son départ avait été une chose horrible, comme si elle n'aimait pas la personne que Perséphone était devenue. Peut-être était-ce le cas ?

– Tu te trompes, rétorqua Perséphone. J'avais envie d'aventure. Je voulais vivre en dehors de ces murs. Tu le savais. Je t'ai suppliée.

Déméter fuit son regard.

– Tu ne m'as jamais laissé le choix…

– Je ne pouvais pas ! aboya Déméter. Mais en fin de compte, ça n'a pas d'importance. Tout s'est produit comme les Moires l'avaient prédit.

– Quoi ?

Sa mère semblait furieuse.

– Quand tu es née, je suis allée voir les Moires pour connaître ton destin. Cela faisait longtemps qu'une déesse n'était pas née, et j'étais inquiète pour toi. Les sœurs m'ont dit que tu étais destinée à devenir la reine des Ténèbres, l'épouse de la Mort. La femme d'Hadès. Je ne pouvais laisser ça se produire, alors j'ai fait la seule chose que je pouvais, je t'ai mise en sécurité.

– Non, pas en sécurité, dit Perséphone. Tu l'as fait pour que j'aie toujours besoin de toi, pour que tu n'aies jamais à être seule.

Elles se dévisagèrent un long moment, puis Perséphone ajouta :

– Je sais que tu ne crois pas à l'amour, Mère, mais tu n'avais pas le droit de tenir le mien secret.

Déméter cligna des yeux, choquée.

– L'amour ? Tu ne peux pas… *aimer* Hadès.

Perséphone aurait aimé que ce ne soit pas le cas, car elle n'aurait pas autant souffert.

– Tu vois, c'est ça le problème, quand tu essaies de contrôler ma vie. Tu te trompes. Tu t'es toujours trompée. Je sais que je ne suis pas la fille que tu voulais, mais je suis la fille que tu as. Et si tu veux être dans ma vie, tu dois me laisser la vivre.

Déméter la fusilla du regard.

– Alors, c'est ça ? Tu es venue me dire que tu as choisi Hadès plutôt que moi ?

– Non, je suis venue te dire que je te pardonne… pour tout.

Déméter prit un air hautain.

– Tu me pardonnes ? C'est toi qui devrais me supplier de te pardonner. Je t'ai tout donné !

– Je n'ai pas besoin de ton pardon pour mener une vie heureuse et sans fardeau, et il est hors de question que je te supplie pour quoi que ce soit.

Perséphone attendit. Elle ne savait pas quelle réponse elle espérait de sa mère – peut-être qu'elle l'aimait ? Qu'elle voulait une relation avec elle et qu'elles comprendraient ensemble ce que leur nouvelle normalité allait être ?

Mais elle ne répondit rien, et les épaules de Perséphone s'affaissèrent.

Elle était épuisée, émotionnellement. Elle avait plus que tout envie d'être entourée de gens qui l'aimaient pour celle qu'elle était.

Elle en avait assez de se battre.

– Quand tu seras prête à te réconcilier, dis-le-moi.

Perséphone claqua des doigts, prête à se téléporter, mais elle resta sur place, piégée.

Un sourire machiavélique transforma le visage de Déméter.

– Je suis navrée, ma fleur, mais je ne peux pas t'autoriser à repartir. Pas alors que je viens seulement de te récupérer.

– Je t'ai demandé de me laisser vivre, gronda Perséphone.

– Et ce sera le cas. Ici. Où tu as ta place.

– Non, dit Perséphone en fermant les poings.

– Avec le temps, tu comprendras ; ce moment sera oublié dans la longévité de ta vie.

La longévité de ma vie. Les paroles de sa mère lui coupèrent le souffle. Elle ne pouvait s'imaginer enfermée ici toute sa vie, une vie sans aventure, sans amour, sans passion.

Impossible !

– Les choses seront comme avant, ajouta Déméter.

Mais les choses ne seraient jamais comme elles l'avaient été, et Perséphone le savait. Elle avait goûté et touché aux ténèbres – elle les désirerait pour le restant de ses jours.

Perséphone se mit à trembler, le sol en fit de même et Déméter fronça les sourcils.

– Que se passe-t-il, Coré ?

Ce fut à Perséphone d'afficher un sourire diabolique.

– Oh, Mère. Tu ne comprends pas, mais tout a changé.

Soudain, d'épaisses tiges noires surgirent du sol jusqu'à briser le toit en verre au-dessus de leurs têtes, rompant le sort que Déméter avait jeté sur la prison. Des lianes argentées sortirent des troncs et remplirent l'espace, cassant la structure métallique de l'orangerie, écrasant les fleurs et détruisant les arbres.

– Qu'est-ce que tu fais ? hurla Déméter par-dessus le bruit du métal qui se pliait et du verre qui éclatait en des milliers de morceaux.

– Je me libère, répondit Perséphone avant de se volatiliser.

Chapitre XXVI

UNE TOUCHE DE CHEZ-SOI

Le jour de la cérémonie de remise des diplômes arriva et se termina dans un flot de robes noires, de pampilles bleues et blanches, et de fêtes. Ce fut une fin douce-amère, et Perséphone ne s'était jamais sentie aussi fière qu'en traversant la scène... ni aussi seule.

Lexa passait de plus en plus de temps avec Jaison, elle n'avait pas eu de nouvelles de sa mère depuis qu'elle avait détruit l'orangerie et elle n'était pas retournée à Nevernight ni aux Enfers depuis qu'elle avait laissé Hadès ligoté par ses lianes.

Sa seule distraction était le travail. Dès le lendemain de sa remise de diplôme, Perséphone avait commencé à travailler à plein temps au *New Athens News* en tant que journaliste d'investigation. Elle arrivait tôt et partait tard, et quand elle n'avait plus rien à faire, elle passait la soirée cachée dans le Jardin des dieux où elle s'entraînait à maîtriser sa magie.

Elle s'améliorait, mais si l'instinct qui la poussait à saisir ses pouvoirs se faisait plus fort, elle n'avait pas réussi à retrouver la puissance qui lui avait permis de transformer Menthé en plante, les bras d'Adonis en lianes, et qui avait détruit l'orangerie de sa mère. Ces jours-ci, ce qu'elle faisait pousser ressemblait à nouveau à des lianes mortes. Elle regrettait de ne pas pouvoir s'entraîner avec Hécate.

Hécate lui manquait, ainsi que les âmes, les Enfers.

Hadès lui manquait.

De temps en temps, elle envisageait de retourner aux Enfers. Elle savait qu'Hadès n'avait pas révoqué sa Faveur, mais elle avait trop peur et trop honte d'y aller. Comment était-elle censée expliquer son absence aux âmes, et comment pourraient-elles lui pardonner ?

Au fur et à mesure que les jours passaient, Perséphone se sentait de moins en moins capable d'y retourner. Elle continua donc sa routine habituelle : travail, déjeuners avec Lexa et Sybil, et soirées à se promener dans le parc.

Aujourd'hui, sa routine allait être interrompue.

Elle regarda l'heure à sa montre alors qu'elle était assise à sa table habituelle au Coffee House. Elle attendait un message de Lexa, car c'était le week-end de son anniversaire et elles sortaient ce soir avec Jaison, Sybil, Aro et Xerxès. Perséphone était contente d'avoir une distraction, mais elle devait aussi terminer son article sur le dieu des Morts.

Rédiger le texte avait été plus douloureux qu'elle ne le pensait et elle l'avait fait les larmes aux yeux, la mâchoire crispée. En conséquence, la publication avait été repoussée. Elle ne s'était pas attendue à être aussi émotive, mais elle s'était dit qu'elle avait vécu beaucoup de choses au cours des six derniers mois. L'angoisse et le stress liés à son contrat avec Hadès avaient été un poids écrasant. Elle était tombée amoureuse du dieu malgré elle et, depuis, elle cherchait un moyen de recoller les morceaux de son cœur brisé.

Le problème était qu'il ne se reformait plus de la même façon.

Elle avait changé.

C'était à la fois sublime et terrible. Elle avait pris le contrôle de sa vie et coupé court à des relations. Les gens à qui elle faisait confiance il y a six mois n'étaient pas les mêmes qu'aujourd'hui.

Le plus douloureux, dans tout ça, avait été la trahison de sa mère et le silence qui s'ensuivit. Après qu'elle avait détruit l'orangerie, Déméter avait gardé ses distances. Perséphone ne savait pas où était partie sa mère, même si elle supposait qu'elle était à Olympe.

Quoi qu'il en soit, elle s'était attendue à un signe de sa part, même un texto furieux.

Rien. C'était un véritable coup de poignard dans le cœur.

Son téléphone sonna, affichant un message de Lexa :

Prête pour ce soir ?

Elle répondit :

Bien sûr ! Tu as pris une décision ?

Son amie n'avait pas décidé où elle voulait sortir, mais elles étaient d'accord pour dire que Nevernight et La Rose étaient hors de question.

Je pensais aux Bacchanales ou à La Corneille.

Les Bacchanales était un bar appartenant à Dionysos, et La Corneille appartenait à Apollon.

Tu en penses quoi ? demanda Lexa.

Hmmm, La Corneille, c'est clair.

Mais tu détestes la musique d'Apollon.

C'était vrai. Perséphone détestait tous les albums du dieu de la Lumière. Elle ne savait pas pourquoi, mais quelque chose dans sa façon de prononcer les mots l'agaçait, et c'était la seule musique qui passait dans sa boîte de nuit.

Mais c'est ton anniversaire. Et La Corneille est plus ton style.

Alors c'est réglé. C'est parti pour La Corneille ! Merci, Perséphone !

Même si elle voyait moins Lexa, elle était heureuse pour elle. Son amie était épanouie avec Jaison, et Perséphone serait à jamais redevable au couple des mortels de l'aide qu'ils lui avaient apportée ; surtout Lexa, qui était restée avec elle toute une semaine pendant qu'elle se remettait de sa rupture avec Hadès. Son amie avait aussi maintenu Menthé en vie après que Perséphone avait complètement oublié son existence, la laissant sur la fenêtre de la cuisine.

Elle avait prévu de ramener la nymphe aux Enfers pour l'offrir à Hadès, mais elle n'avait pas eu le courage de l'affronter.

Elle écrivit à Lexa qu'elle partait, et elle rangeait ses affaires lorsqu'une ombre tomba sur sa table. Elle leva la tête pour trouver deux yeux sombres et doux qu'elle aurait reconnus partout.

– Hécate !

Perséphone se leva et prit la déesse dans ses bras.

– Tu me manques…

Hécate la serra contre elle et inspira brusquement, comme soulagée.

– Tu me manques aussi, ma chère.

Elle recula pour étudier le visage de Perséphone et fronça les sourcils d'un air inquiet.

– Tu nous manques à tous.

Perséphone se sentit soudain coupable et un nœud se forma dans sa gorge, car elle avait effectivement évité tout le monde.

– Tu t'assois une minute ?

– Bien sûr, répondit la déesse de la Sorcellerie en s'installant à côté de Perséphone.

La jeune femme ne pouvait s'empêcher de regarder Hécate qui était différente sous son Charme humain. Ses cheveux étaient tressés et elle portait une longue robe maxi plutôt que ses péplums habituels.

– J'espère que je ne te dérange pas, dit-elle.

– Non, je… travaillais, répondit Perséphone.

La déesse hocha la tête et elles restèrent silencieuses un moment. Perséphone détestait la gêne qui s'était installée entre elles.

– Comment va tout le monde ? demanda-t-elle d'un ton hésitant.

– Ils sont tristes, dit Hécate, et la poitrine de Perséphone se serra.

– Tu n'es vraiment pas du genre à tourner autour du pot, hein, Hécate ?

– Reviens, dit-elle.

Elle ne pouvait regarder Hécate dans les yeux, et les siens s'embuèrent.

– Tu sais que je ne peux pas.

– Quelle importance, si vous vous êtes trouvés à travers ce contrat ? demanda Hécate.

Perséphone écarquilla les yeux en dévisageant la déesse.

– Il te l'a dit ?

– Je lui ai posé la question.

– Alors, tu sais qu'il m'a menti.

– Ah bon ? Si je me souviens bien, il t'a dit que ton contrat avec lui n'avait rien à voir avec le pari d'Aphrodite.

– Tu vas me dire qu'il n'a pas pensé que je l'aiderais à remporter son pari avec elle, peut-être ?

– Je suis sûre qu'il l'a envisagé, mais seulement parce qu'il était déjà amoureux de toi. Avait-il vraiment tort d'espérer ?

Perséphone resta immobile, digérant les paroles d'Hécate en silence. La déesse était-elle seulement venue pour la convaincre de retourner auprès d'Hadès ?

Elle connaissait la réponse, mais celle-ci était plus complexe qu'un simple oui.

Elle était là pour la convaincre de retourner aux Enfers, dans un royaume où les gens l'avaient traitée comme une reine, de retourner auprès de ses amis.

Elle savait qu'Hécate avait raison. Était-ce si important, s'ils avaient trouvé l'amour l'un auprès de l'autre grâce au contrat ? Les gens trouvaient l'amour de toutes sortes de manières.

Le plus difficile à encaisser était que lorsqu'elle avait dit à Hadès qu'elle l'aimait, il ne l'avait pas dit en retour. Il n'avait rien dit du tout.

Elle sentait qu'Hécate l'observait, et la déesse finit par parler.

– Comment penses-tu que tu as rempli les termes de ton contrat ?

Perséphone la regarda, confuse.

– J'ai… fait pousser quelque chose.

Ça n'avait pas été beau. Elle n'était même pas sûre de pouvoir dire que c'était une plante, mais elle était vivante, et c'est ce qui comptait.

La déesse secoua la tête.

– Non. Tu as rempli les termes de ton contrat parce que tu as créé de la vie à l'intérieur d'Hadès. Parce que tu as créé de la vie aux Enfers.

Perséphone tourna la tête et ferma les yeux. Elle ne supportait pas d'entendre ça.

– C'est morne, sans toi, chuchota Hécate en prenant la main de Perséphone. Est-ce que tu l'aimes ?

La question fit surgir ses larmes, elle les essuya brusquement.

– Oui, chuchota-t-elle en reniflant. Oui. Je crois que je l'aime depuis le début. C'est pour ça que ça fait si mal.

Hadès l'avait défiée de prendre du recul pour voir la situation dans son ensemble, pour qu'elle ne soit plus aveuglée par sa passion. Sauf en ce qui concernait sa passion pour Hadès.

– Alors, vas-y. Retrouve-le. Dis-lui pourquoi tu souffres, et dis-lui comment réparer la situation. Après tout, c'est pour ça que tu es douée, non ?

Perséphone ne put se retenir de rire et elle poussa un grognement en se frottant les yeux.

– Oh, Hécate. Il n'a pas envie de me voir.

– Comment le sais-tu ? demanda-t-elle.

– Tu ne crois pas que s'il voulait de moi, il serait venu me chercher ?

– Peut-être qu'il voulait juste te laisser du temps.

Hécate tourna la tête en direction de la rue piétonne et Perséphone suivit son regard. Son cœur se mit à battre la chamade.

Hadès était à quelques mètres, vêtu de noir de la tête aux pieds, plus beau que jamais. Son regard noir et perçant était rivé sur elle, elle ne l'avait jamais vu aussi vulnérable, plein d'espoir et de craintes.

Perséphone se leva de sa chaise, mais il lui fallut un moment pour réussir à bouger les jambes. Elle tituba, puis se mit à courir. Il l'attrapa au vol quand elle se jeta dans ses bras et entoura sa taille avec ses jambes. Il la tint contre lui et enfouit son visage dans le creux de son cou.

– Tu m'as manqué, chuchota-t-il.

– Tu m'as manqué, toi aussi, dit-elle avant de reculer la tête.

Elle étudia son visage et effleura sa pommette avec ses lèvres.

– Je suis désolée.

– Moi aussi, répondit-il en la scrutant à son tour, comme s'il essayait de mémoriser le moindre détail de ses traits. Je t'aime. J'aurais dû te le dire plus tôt. J'aurais dû te le dire ce soir-là, dans les bains. Je le savais déjà.

Elle sourit et coiffa ses cheveux en arrière.

– Je t'aime aussi.

Leurs bouches fusionnèrent et ce fut comme si le monde entier disparaissait et qu'il n'y avait plus qu'eux, alors qu'ils étaient entourés par une foule qui les filmait et les prenait en photo. Hadès rompit le baiser et Perséphone leva les yeux vers lui, frustrée et légèrement étourdie.

– Je veux réclamer ma Faveur, Déesse, dit-il alors que son regard s'embrasait.

Le cœur de Perséphone accéléra.

– Viens aux Enfers avec moi.

Elle allait protester, mais il la fit taire avec un baiser.

– Vis entre les deux mondes, dit-il. Mais ne nous abandonne pas, mon peuple, ton peuple… moi.

Elle cligna des yeux pour contenir ses larmes. Il comprenait. Elle aurait le meilleur des deux mondes. Elle aurait Hadès.

Le sourire de Perséphone se fit malicieux et elle lissa sa chemise.

– J'ai très envie de jouer aux cartes.

Son sourire imita le sien et son regard s'enflamma.

– Au poker ? demanda-t-il.

– Oui.

– Et la mise ?

– Tes vêtements, répondit-elle.

Et ils disparurent.

FIN

LES BONUS

Chapitre XXVII

MENTHÉ LA PLANTE

Assis derrière son bureau en obsidienne, Hadès soutenait le regard de Perséphone tout en reculant dans son fauteuil, et ses doigts habiles effleurèrent sa bouche. Quand Perséphone était entrée dans son bureau, elle avait été surprise de le trouver ainsi. Depuis qu'elle avait rencontré le dieu des Morts six mois plus tôt, elle ne l'avait jamais vu utiliser son bureau.

– Ah, alors le bureau n'est pas qu'un décor, dit-elle en souriant, oubliant un instant la raison pour laquelle elle était venue.

Hadès haussa un sourcil et la reluqua de haut en bas, les yeux pétillants. Perséphone n'avait pas choisi sa tenue au hasard : une robe rouge avec de fines bretelles qui moulait ses courbes et dont le décolleté plongeant accentuait sa poitrine lorsqu'elle respirait. Sans doute était-ce injuste, mais elle s'était dit que cela aiderait la pilule à passer.

– Je sais être productif quand je veux, dit-il.

– Ah oui ?

– Oui, chérie. Tu sais bien que je suis particulièrement doué pour faire plusieurs choses en même temps, dit-il tandis que l'atmosphère devenait électrique.

– Hmmm. Il semblerait que j'aie oublié que tu possédais ce talent. Peut-être pourrais-tu me faire une démonstration ?

Hadès ferma le poing, mais ne bougea pas.

– Tu m'as apporté quelque chose ? demanda-t-il en regardant la plante.

L'instant était gâché, ce qui n'était guère surprenant. Menthé avait gâché beaucoup de choses lorsqu'elle était nymphe ; et maintenant elle continuait, même sous sa forme de plante.

Perséphone posa la plante sur le bord du bureau d'Hadès.

– En fait, je te rends ce qui est à toi.

Hadès fronça les sourcils.

– Je crois que je me souviendrais d'avoir oublié une plante de menthe chez toi, Perséphone.

– Eh bien, tu vois, cette… *plante* n'en a pas toujours été une.

Hadès attendit en silence.

– C'était une nymphe. Menthé.

Perséphone ne parvint pas à savoir ce qu'il pensait. Son cœur battait la chamade et sa poitrine se contracta sous la pression. Elle avait répété de nombreuses fois devant son miroir avant de se téléporter à Nevernight, où elle avait monté les marches quatre à quatre et déboulé dans le bureau d'Hadès. Elle s'était forcée à marcher vite, sinon elle aurait fait demi-tour.

Mais il était temps qu'il sache la vérité.

Maintenant que les mots avaient quitté sa bouche, il resta immobile, silencieux. Elle s'était attendue à plus de réaction de sa part.

Il finit néanmoins par parler.

– Tu essaies de me dire que cette plante, dit-il en désignant la menthe, est mon assistante ?

– Oui.

Il leva les yeux vers elle.

– Et pourquoi mon assistante est-elle devenue une plante, Perséphone ?

– Parce que…

Elle fuit son regard et prit son courage à deux mains.

– … elle m'a contrariée.

Hadès attendit, mais son silence était chargé de questions auxquelles Perséphone ne répondit pas spontanément.

– Qu'a fait Menthé pour te contrarier ?

La liste était longue : sa proximité avec Hadès, le fait qu'elle pensait que Perséphone n'était pas digne d'Hadès, le fait qu'elle l'avait piégée pour la faire entrer dans le Tartare… Mais ce qui l'avait vraiment agacée, c'est qu'elle dise de Perséphone qu'elle était impuissante.

Toutefois, elle n'aimait pas la délation.

– Ça n'a plus d'importance. Je m'en suis occupée.

Hadès haussa un sourcil et était sur le point de répondre, mais elle lui coupa la parole.

– Je me suis dit que je te laisserais la possibilité de lui rendre sa véritable forme.

Sa bouche tressauta et son regard brilla de malice. Il était clairement amusé, et l'angoisse de Perséphone s'allégea.

– Tu souhaites que ce soit moi qui prenne cette décision ?

Elle cligna plusieurs fois des yeux avant de répondre.

– Ben, c'est *ton* assistante.

Hadès pencha la tête sur le côté pour l'étudier. Il décidait comment procéder, et cela rendait Perséphone nerveuse. Il se leva et fit le tour de son bureau, Perséphone se tourna vers lui et Hadès prit son menton entre ses doigts pour pencher sa tête en arrière.

– Comment dois-je te convaincre de me dire la vérité ? demanda-t-il d'une voix grave et suave qui sonnait comme une promesse de passion.

– Tu veux jouer ?

Il la regarda un moment, mais Perséphone ne parvenait toujours pas à savoir ce qu'il pensait de la situation. Il pressa alors ses lèvres sur sa clavicule et remonta le long de son cou jusqu'à sa mâchoire. Perséphone s'accrocha à lui, empoignant sa veste. Hadès saisit ses hanches et la guida contre son bureau.

– Tu vois, je fais plusieurs choses en même temps, dit-il en glissant ses mains sous sa robe.

Il s'empara de sa bouche et leurs langues ainsi que leurs souffles s'entremêlèrent. Il enleva sa culotte et écarta ses cuisses, étirant sa robe en exposant sa chaleur moite à l'air frais.

Une vague d'excitation tourbillonna dans son ventre lorsque le regard malicieux d'Hadès se posa sur son sexe. Il écarta ses lèvres et la pénétra avec ses doigts, et elle pencha la tête en arrière.

Est-ce qu'Hadès comptait l'obliger à répondre en la torturant de la plus belle façon qui soit ?

Il plongea ses doigts en elle avec force, rapidement, et recula pour la regarder tandis qu'elle gémissait son nom, respirant de plus en plus vite.

– Tu aimes ça ? demanda-t-il sans s'arrêter, allant de plus en plus vite, la poussant au bord d'un précipice dans lequel elle voulait désespérément tomber.

– Oui, siffla-t-elle.

– Dis-moi ce que tu veux.

– Plus. Plus fort. Plus vite.

Il retira brusquement ses doigts et elle fut choquée par leur absence. Elle le fusilla du regard et voulut l'empoigner, mais il fit un pas en arrière. Elle regarda son torse se soulever rapidement et crut un instant que quelqu'un approchait de la porte de son bureau, mais comme Hadès ne fit rien pour la couvrir, elle comprit que c'était autre chose.

– Pourquoi tu as arrêté ?

– Dis-moi pourquoi tu as craqué, dit-il. Qu'a-t-elle dit pour te contrarier ?

Perséphone lui lança un regard meurtrier.

– C'est ça, ton jeu ?

– Tu crois que c'est un jeu ?

Sa colère était si forte et si vive qu'elle se demanda si elle allait le transformer en plante, lui aussi. Elle reconnaissait sa magie coulant dans ses veines, toujours plus forte lorsqu'elle était en colère.

Elle voulut s'éloigner du bureau, mais Hadès la saisit et s'empara à nouveau de sa bouche. Il plongea sa main dans ses cheveux et pencha sa tête en arrière pour explorer sa bouche en profondeur. Elle se crispa un instant et plaqua ses mains sur son torse, comme si elle avait envisagé de le repousser mais n'y parvenait pas. Comme si elle ne pouvait pas lui résister.

Toutefois, elle allait le lui faire payer.

S'il pensait pouvoir faire ça, il se trompait. Et son erreur était encore plus grande s'il pensait pouvoir lui résister, à elle.

Perséphone déboutonna sa chemise et caressa son torse, ses pectoraux, ses abdos, puis le haut de son pantalon. Son érection luttait contre le tissu et quand elle la libéra, Hadès grogna contre sa bouche.

Elle empoigna sa verge et le poussa en arrière, descendant du bureau pour le plaquer contre le mur.

Elle claqua alors des doigts et ils se retrouvèrent aux Enfers, dans le jardin qu'Hadès lui avait dédié au début de leur contrat. Hadès était plaqué contre le mur et elle tenait encore son sexe dans sa main. Elle sourit jusqu'aux oreilles, elle adorait avoir la Faveur d'Hadès.

– Perséphone…

Elle claqua à nouveau des doigts et, cette fois, des lianes s'enroulèrent autour des chevilles et des poignets d'Hadès. Son regard noircit, sa mâchoire se crispa, et il gronda son prénom sur un ton de mise en garde.

– Perséphone…

– Oui, Milord ? dit-elle d'un ton innocent.

– Qu'est-ce que tu fais ?

Elle le branla une fois et Hadès retint son souffle.

– À ton avis ?

Elle le caressa de bas en haut en titillant son gland avec son pouce. Elle se mit ensuite sur la pointe des pieds pour l'embrasser dans le cou, et Hadès tira sur les lianes, désespéré de ne pouvoir lui rendre la pareille.

– Dis-moi ce que tu veux, chuchota-t-elle en mordillant son oreille.

– Toi, Déesse, grogna-t-il.

Elle recula en souriant d'un air machiavélique, puis elle s'agenouilla pour le prendre dans sa bouche. Il avait un goût salé et elle l'avala plus profondément, sentant son gland toucher le fond de sa gorge. Hadès grogna au-dessus d'elle et elle retint ses jambes, dont les muscles se tendaient sous ses doigts. Elle le suça jusqu'à ce qu'il explose dans sa bouche. Elle se leva, soutenant son regard tout en reculant.

– C'est une torture ? demanda-t-elle sur un ton de défi.

Il ne répondit pas, rivant son regard de braise sur elle.

– De prendre le plaisir que je te procure sans m'en donner en retour ?

Elle saisit sa robe et l'enleva avant de la jeter par terre. Elle était nue devant lui.

– Que veux-tu, Hadès ?

Elle avait sous-estimé sa force et son désir de la posséder. Les lianes qu'elle avait créées se brisèrent et il se jeta sur elle pour la soulever et plonger en elle sans la moindre hésitation.

Le cri de Perséphone rompit le silence quand il s'enfouit profondément en elle. Il serrait si fort ses cuisses qu'elle avait l'impression qu'il tenait ses os. Il se tourna pour la plaquer contre le mur de pierre et s'enfoncer à nouveau en elle. Le mur tranchant blessait son dos, mais elle ne le sentait même pas car elle était trop occupée à s'agripper à Hadès, empoignant ses cheveux, perdue dans son corps alors qu'il la comblait entièrement.

Hadès avait réveillé la noirceur en elle, un désir qui avait constamment besoin d'attention. Elle aurait toujours envie de lui.

Son orgasme fut des plus violents, celui d'Hadès aussi.

Il s'agenouilla dans la terre en tenant Perséphone contre lui. Elle s'accrocha à lui, longtemps, les jambes tremblantes, incapable de bouger ou de se lever.

Lorsqu'ils retrouvèrent leur souffle, Perséphone recula pour le regarder dans les yeux.

– Tu n'utiliseras pas le sexe pour obtenir ce que tu veux, compris ?

– Oui, ma reine.

Elle écarquilla les yeux.

– Mais je vais également te dire ce que je veux, dit-il. Une réponse, lorsque je la demande.

Perséphone rougit.

– Pourquoi ? Tu ne me fais pas confiance ?

– Je pourrais te poser la même question.

Perséphone fuit son regard.

– Ce n'est pas si simple de te répondre.

– Pourquoi ?

Elle ne répondit pas et Hadès effleura son menton pour qu'elle le regarde à nouveau.

– Tu as honte ?

Il lui fallut quelques secondes pour répondre.

– J'étais en colère et ma décision était irréfléchie, mais elle a douté de mon pouvoir et j'ai voulu lui prouver qu'elle avait tort.

Hadès resta silencieux quelques secondes, puis il l'embrassa.

– Si tu ne l'avais pas punie, je l'aurais fait pour t'avoir emmenée au Tartare.

Perséphone l'étudia, surprise.

– Tu le savais ?

– Je m'en doutais, dit-il. Et tu viens de le confirmer.

Elle le fusilla du regard et le frappa sur le bras.

– C'est fourbe.

Hadès gloussa avant de redevenir sérieux.

– Il n'empêche. Pourquoi la protéger alors qu'elle t'a mise en danger ?

– Je ne la protégeais pas… je voulais me charger d'elle. Je ne veux pas que tu mènes mes batailles pour moi, Hadès.

Il la regarda d'un air à la fois admiratif et étonné.

– Milady, je n'ai aucun doute sur le fait que tu n'as pas besoin de mon aide pour te défendre.

Il l'aida à se rhabiller et lorsqu'ils furent tous deux couverts, il claqua des doigts, faisant apparaître Menthé la menthe dans sa main.

– Maintenant, que fait-on d'elle ?

– Je pensais lui accorder le confort de retourner aux Enfers.

Hadès étudia quelques feuilles desséchées sur la plante.

– Est-ce parce que tu l'as négligée dans le royaume des mortels ?

– Non ! rétorqua-t-elle sur un ton défensif, et Hadès éclata de rire. Si tu veux tout savoir, je passe plus de temps ici, de toute façon. Et je préférerais qu'elle ne meure pas sous ma responsabilité.

Hadès continuait de sourire et l'embrassa sur la tête.

– Comme tu le souhaites, ma chérie.

Il l'aida à planter Menthé dans le sol noir et sec. Lorsqu'elle fut installée, ils partirent se promener dans les champs des Enfers.

C'était une journée lumineuse, pleine de l'étrange lumière artificielle des Enfers. Ils étaient entourés de hautes tiges et de fleurs couleur orange sanguine et, au loin, par les montagnes noires et les forêts sombres. Ce monde était sublime, irréel et magique ; c'était un paradis pour les morts, une prison pour certains et, depuis quelques mois, c'était devenu un de ses endroits préférés.

Elle avait toujours hâte d'aller aux Enfers – non seulement pour voir Hadès ou ses terres, mais aussi pour rendre visite à Hécate et aux âmes d'Asphodèle. Elles avaient pris l'habitude d'attendre ses visites et de la célébrer. Elles l'appelaient leur reine.

C'est cette dernière pensée qui l'interpella, ainsi que le fait qu'Hadès l'avait appelée sa reine. Elle avait essayé de les empêcher de l'appeler ainsi, mais pourquoi l'écouteraient-elles si leur roi employait le même titre ?

– Hadès… j'aimerais te demander de ne pas m'appeler…

– Lady ?

– Ta reine, dit-elle.

Le dieu s'arrêta, une expression indéchiffrable sur le visage.

– Je sais que tu l'as dit dans un moment de passion… s'empressa-t-elle d'ajouter.

– Je le pensais, dit-il. Tu es ma reine. Il n'y a que toi qui as une emprise sur moi.

– Hadès…

– Pourquoi as-tu peur de ce titre ?

– Ce n'est pas que j'aie peur, c'est… Tes âmes m'appellent déjà leur reine ; tu ne crois pas que c'est un peu… tôt ?

– Alors, c'est bien de la peur, dit-il. Tu as peur que ça ne marche pas entre toi et moi.

Perséphone n'avait pas besoin de répondre. C'était bien de la peur.

– Mon peuple te verra toujours comme sa reine après tout ce que tu as fait pour lui, que tu le veuilles ou non.

Sa poitrine se serra en entendant les paroles d'Hadès. Elle voulut lui dire qu'elle l'aimait, mais il n'avait pas fini.

– Quant à moi, eh bien… tu seras toujours la reine de mon cœur.

– Tu n'en sais rien, dit-elle.

Il ne pouvait pas le savoir, même si elle souhaitait désespérément que ce soit vrai.

– Je t'ai attendue l'équivalent de plusieurs vies, dit-il, comme s'il adressait un serment au firmament, aux océans, à toutes les âmes du monde, à l'univers tout entier. Je le sais, conclut-il.

Il continua de marcher et Perséphone le suivit malgré le poids qu'elle sentait sur ses épaules. Peut-être n'aurait-elle pas dû douter de leur amour, mais elle avait des peurs, des peurs qui planaient au-dessus de leur avenir comme des nuages noirs dans le ciel.

Sa mère n'était qu'une de ces peurs. L'autre était bien plus compliquée.

Perséphone était une déesse, mais elle espérait encore garder cet aspect de sa vie secret. Or, le problème était que le monde entier voulait tout savoir d'elle, maintenant qu'elle était étiquetée comme étant la maîtresse d'Hadès.

Ils s'arrêtèrent au bord d'une falaise. Au loin, des arbres argentés scintillaient comme une mer houleuse et le ciel s'assombrissait sur l'horizon. Perséphone n'avait encore jamais vu cette partie des Enfers, et c'était une des choses qu'elle adorait ici. Chaque jour était une aventure, une découverte.

– C'est magnifique, dit-elle.

Elle sentit le regard d'Hadès sur elle, mais elle continua d'admirer la forêt, en partie parce qu'elle était émerveillée par la vue mais aussi parce qu'elle avait honte de le regarder.

– Je suis content que tu le penses, dit-il, parce que c'est à toi. Bienvenue dans le Bois de Perséphone.

Elle ne pouvait que le regarder, à présent.

– Mais…

– J'ai pensé que tu aimerais avoir un endroit pour toi, un endroit où exercer ta magie. Un endroit qui… ne te rappelle pas nos débuts.

Il faisait référence à son jardin et à leur contrat.

Elle tendit le bras et posa une main sur sa joue.

– Hadès, j'adore nos débuts.

Il esquissa un minuscule sourire, mais elle put voir qu'il ne la croyait pas et cela la rendit triste.

– Il est vrai que je ne les ai pas toujours aimés, mais je ne pourrais jamais détester quelque chose qui m'a menée jusqu'à toi.

Il prit sa main et embrassa sa paume avant de l'attirer contre lui, plaquant leur corps l'un contre l'autre, hanche contre hanche, torse contre torse. Il l'embrassa en la serrant fort contre lui, comme s'il avait peur qu'elle disparaisse. Lorsqu'il recula, Perséphone était à bout de souffle et elle s'agrippa à sa veste.

Le regard d'Hadès transperça le sien et il parla d'un ton solennel.

– Tu seras ma reine. Je n'ai pas besoin des Moires pour me le dire.

LE POINT DE VUE D'HADÈS

Chapitre I

UN JEU DE DIEUX

Hadès apparut dans son bureau, à Nevernight, et ajusta sa cravate. Il avait passé l'après-midi à s'occuper d'une mission plutôt spéciale, il avait réuni une mère et son enfant dans l'au-delà. Il ne faisait pas ça souvent et ne l'encourageait pas, mais ces deux âmes étaient… différentes. À la mort de son fils, la mère n'avait pas demandé à le ramener à la vie ni maudit Hadès d'avoir pris son âme. Au lieu de cela, elle avait souhaité être réunie avec lui dans la mort et Hadès avait juré d'exaucer sa prière.

Il y avait des siècles de cela, il n'aurait pas écouté une telle demande. À l'époque, la mort était simplement la mort. Il n'y avait pas de raison ni de justification pour mener une vie grandiose aux Enfers, à moins de l'avoir mérité. Dans l'Antiquité, la vie et la mort n'avaient pas la signification d'aujourd'hui. Seules les âmes extrêmement vertueuses et ceux qui étaient considérés comme des héros méritaient de mener une existence somptueuse aux Enfers. Hadès ne pensait plus ainsi, mais il avait l'impression qu'il passerait le restant de sa vie éternelle à compenser ses lacunes.

– Tu es en retard, claqua la voix de Menthé comme un fouet, mettant fin à ses pensées.

Il l'avait sentie dès qu'elle était entrée dans la pièce, un mélange de feu et de glace, et avait préféré l'ignorer, comme toujours lorsqu'elle était de cette humeur.

Lorsqu'il eut fini d'ajuster sa cravate et ses boutons de manchette, il se sentit prêt à faire face à la nymphe flamboyante. Ses lèvres étaient à peine plus foncées que ses cheveux et, ce soir, elle faisait la moue. Elle n'aimait pas qu'on l'ignore.

– Comment puis-je être en retard, Menthé, alors que je ne réponds qu'à moi-même ?

Menthé avait toujours été son assistante, depuis le début, et elle traversait des phases où elle essayait d'exercer des droits sur lui – le droit à son temps, à son royaume et à son corps. Son besoin de contrôle ne passait pas inaperçu. D'ailleurs, s'il reconnaissait aussi bien ce trait de caractère, c'est parce qu'il le possédait également.

– Être en retard n'a rien d'attirant, Hadès, même de la part d'un dieu, rétorqua-t-elle.

Il avait envie de sourire, mais il se retint, ça n'aurait fait que l'énerver davantage.

– Pendant que tu t'amusais, j'ai dû m'occuper de tes invités.

Hadès fronça les sourcils.

– Qui m'attend ?

Quelque chose dans le regard de Menthé lui fit comprendre qu'il n'allait pas aimer sa réponse.

– Lady Aphrodite.

Merde !

Menthé haussa un sourcil, avait-il juré à voix haute ?

– Tu devrais te dépêcher, dit-elle. Quand j'ai insisté pour qu'elle t'attende ici, elle a répondu qu'il y avait largement de quoi la divertir en bas.

Super. Lorsqu'Aphrodite se divertissait, le résultat était trop souvent la guerre.

– Merci, Menthé, soupira-t-il.

Ravie de la gratitude d'Hadès, la nymphe décroisa les bras.

– Dois-je dire à Ilias de t'apporter un verre, Milord ?

– Oui. D'ailleurs, dis-lui que je veux que mon verre soit rempli toute la soirée.

Hadès disparut et réapparut à l'étage principal de son club. Il déambula parmi les mortels, silencieux et invisible, préférant les observer. Il commençait souvent sa soirée ainsi : il traversait la foule pour observer les âmes qui étaient venues lui demander un service. Il soupesait le fardeau de leur âme, puis il envoyait ses messagers leur proposer le mot de passe leur permettant d'accéder à la salle de jeux à l'étage.

Un mot de passe ne leur garantissait pas de jouer contre le dieu des Morts, c'était juste une étape de plus dans le processus. Lorsque les mortels passaient la porte du lounge, la peur les accaparait et c'était cette peur qui les poussait à tourner les talons ou les rendait encore plus désespérés. Or c'étaient les âmes désespérées qui intéressaient Hadès. Elles étaient les seules qui étaient prêtes à changer si on leur en donnait l'occasion.

Le processus était délicat et impliquait de nombreux facteurs. Hadès avait perdu bon nombre de marchés, mais s'il pouvait sauver ne serait-ce qu'une seule âme et lui éviter l'autodestruction, il considérait que cela en valait la peine.

Hadès repéra l'odeur de la magie d'Aphrodite, un parfum de sel de mer et de rose. Elle était assise sur les genoux d'un mortel humain et avait plongé ses doigts dans ses cheveux bruns. Il portait un costume gris foncé et avait une bague dorée au doigt. Hadès perçut suffisamment de son âme pour savoir que l'enfoiré trompait sa femme.

– Et si on allait chez moi, bébé ? dit l'homme.

Aphrodite fit la moue et Hadès dut admettre qu'elle jouait bien le jeu ; le mortel n'avait pas la moindre idée du dégoût qu'il lui inspirait.

– Oh, j'aimerais bien rester un peu plus longtemps. Tu ne voulais pas parier contre Hadès ?

L'homme serra plus fort ses fesses.

– Plus maintenant. J'ai tout ce dont j'ai besoin.

– Ah bon ? Et qu'est-ce qui te manquait, avant ?

Elle caressa le torse de l'homme. Hadès savait ce qu'elle faisait, elle le forçait à lui dire la vérité.

– Je manque de confiance. J'ai besoin de savoir que d'autres femmes me désirent.

– Et ça ne te suffit pas de savoir que ta femme te désire ?

Le sourire d'Aphrodite se transforma et l'homme écarquilla les yeux. À l'évidence, son cerveau ne comprenait pas pourquoi il venait de se confier à cette inconnue.

– J'aime ma femme, dit-il. Je veux juste du sexe.

– Ah, rien que ça ? demanda-t-elle en clignant rapidement des yeux et en parlant d'un ton lourd de menaces. Dans ce cas, lorsque tu rentreras auprès de ta femme, ce soir, elle ne te désirera plus. Elle se recroquevillera sous tes caresses et elle aura la nausée lorsque ses lèvres toucheront les tiennes. Elle te repoussera, puis elle te quittera.

L'homme fit de gros yeux et Hadès comprit : il découvrait Aphrodite sous sa véritable nature. La déesse pouvait être horriblement méchante lorsqu'elle le voulait. Depuis le début des temps, les mortels avaient toujours eu des idées toutes faites à propos des dieux et avaient tendance à être choqués lorsque ceux-ci ne rentraient pas dans les cases préconçues. Aphrodite ne dérogeait pas à cette règle. Le monde humain pensait qu'elle n'était qu'un être sexuel et qu'elle cherchait à prendre du plaisir auprès des dieux comme des mortels, mais en vérité, c'était une déesse vengeresse, surtout envers ceux qui trahissaient l'amour.

Sans doute était-il temps pour lui d'apparaître.

– Aphrodite, dit Hadès.

La déesse se tourna pour le regarder et lui sourit.

– Hadès, ronronna-t-elle.

Sa voix était sensuelle et, alors qu'elle venait de maudire le mortel qui lui servait toujours de fauteuil, le regard de ce dernier s'enflamma de désir.

– Je pense que cet homme a connu suffisamment d'excitation pour un soir. Pourquoi tu ne le laisses pas aller se tapir dans l'ombre ?

Le visage d'Aphrodite se transforma lorsqu'il parla du mortel et elle se tourna vers lui.

– File te cacher, serpent, siffla-t-elle d'un ton assassin.

Le mortel obéit.

– Quoi ? gronda la déesse en regardant à nouveau Hadès.

– Rien, répondit-il en haussant les sourcils. Mais tu ne boosteras pas l'ego de ce type en lui enlevant le seul amour qu'il ait jamais connu.

– Il a trahi l'amour, dit-elle en s'époussetant les mains, donc il ne le connaîtra plus jamais.

– Je ne dis pas que ta punition est injuste, je crois juste qu'elle est susceptible de créer un monstre.

– Qu'aurais-tu fait s'il était venu te voir pour parier ?

Hadès n'en était pas certain : il avait vu de nombreux fardeaux dans l'âme de l'homme, et son besoin de gratification à travers le sexe n'était qu'un seul de ses problèmes.

– Je suppose que ça dépend de ce qu'il m'aurait demandé.

Ilias arriva avec un verre de rosé pour Aphrodite et un whiskey pour Hadès. Lorsque le satyre partit, Hadès interrogea la déesse de l'Amour du regard.

– Tu ne me fais pas souvent la grâce de ta présence, Aphrodite. Que puis-je faire pour toi ?

Elle but une gorgée de vin et plongea ses yeux bleus dans les siens.

– J'espérais qu'un petit pari t'intéresserait.

– Je ne joue pas avec les dieux.

– Juste une partie, Hadès, dit-elle d'un ton innocent. Tu as peur ? le nargua-t-elle.

– Sous ce toit, un jeu n'est jamais un simple jeu, répondit-il. Qu'est-ce que tu veux, Déesse ? Pourquoi tu me demandes un jeu ?

– Je veux juste m'amuser, Hadès, répondit-elle d'un ton aussi neutre que possible. Et tu ne décrètes les clauses de ton marché qu'après que le vainqueur a été désigné. Ce n'est pas comme ça que tu procèdes ?

Hadès savait que la déesse cherchait autre chose que du divertissement. Cela se voyait à sa posture rigide et tendue. Quelque chose l'avait amenée ici et s'il avait dû le deviner, il aurait dit que cela avait un rapport avec son mari. En conséquence, ce qu'elle comptait lui demander n'augurait rien de bon.

– Non, Aphrodite.

– Très bien, dit-elle. Mais rappelle-toi que tu m'as forcé la main.

Il la fusilla du regard car il savait ce qu'elle allait dire.

– Tu me dois une Faveur, Hadès. Et je souhaite m'en servir.

Il ne pouvait pas la lui refuser. Une Faveur entre deux dieux était comme un pacte de sang. Lorsqu'il était invoqué, on ne pouvait ni le reprendre ni le refuser.

Il but une gorgée de whiskey, s'empêchant de dire quelque chose qu'il risquait de regretter.

– Une partie, Aphrodite. C'est tout.

Son visage s'illumina, comme s'il lui avait offert toutes les étoiles du ciel.

– Merci, Hadès.

Hadès claqua des doigts et ils furent téléportés dans le petit salon où il acceptait les marchés et jouait contre les mortels. La pièce était petite et peu éclairée. En général, Hadès se sentait à l'aise ici, mais il était tendu parce qu'Aphrodite était sur son territoire. Il voulait qu'elle lui dise pourquoi elle était là, mais la déesse de l'Amour ne montrerait pas son jeu tout de suite. Pourtant, elle n'avait pas toujours été ainsi. Hadès se souvenait d'une époque où elle avait le cœur sur la main et où elle croyait sincèrement à l'amour. Mais tout avait changé depuis qu'elle avait épousé Héphaïstos. Hadès ne connaissait pas les détails, mais ce qui s'était produit entre eux durant les deux heures après leur mariage avait endurci son cœur et brisé sa joie de vivre. Il ne restait plus d'elle qu'une déesse malveillante et cynique.

Hadès avait également été amer, à une époque. Mais, contrairement à Aphrodite qui gérait sa colère et sa solitude en se divertissant avec les mortels et les dieux, Hadès s'était isolé, se coupant de plus en plus de tout et de tout le monde, jusqu'à ce que les gens n'aient plus d'autre choix que d'inventer des histoires et des légendes à propos de l'insaisissable dieu des Enfers.

Un jeu de cartes les attendait sur la table et Hadès les proposa à Aphrodite.

– Tu veux distribuer ?

– Non, dit-elle en souriant. Je vais te laisser conserver un peu de pouvoir, Aïdôneus.

Il la fusilla du regard. Il n'aimait pas ce surnom. Les mortels l'employaient par peur, et la déesse s'en servait pour le narguer.

– Jouons au blackjack, alors.

– Cinq mains. Celui qui en gagne le plus remporte la mise, déclara-t-elle.

Hadès accepta et distribua la première main, qu'il perdit.

Il détestait perdre.

– Que vois-tu quand tu regardes mon âme, Hadès ?

La question ne le surprit pas. On la lui posait souvent, mais Aphrodite ne l'avait jamais fait alors qu'elle le connaissait depuis toujours. Elle avait parlé d'un ton épuisé, las.

– Pourquoi me le demandes-tu ?

– Tu es au courant de ma… situation, répondit-elle en le regardant dans les yeux.

Il l'était. La situation à laquelle elle faisait référence était son mariage avec Héphaïstos. La déesse n'aimait pas employer ce terme. Contrairement à ce que les gens pensaient, ce n'était pas Aphrodite qui ne voulait pas du mariage. C'était Héphaïstos qui ne voulait pas être marié avec elle.

– Je me demandais si… Héphaïstos me déteste parce qu'au fond, je suis aussi horrible qu'il semble le penser.

– Héphaïstos ne pense pas que tu es horrible, Aphrodite. Il a simplement peur de t'aimer.

Elle éclata d'un rire moqueur.

– Est-ce que tu lui as déjà dit que tu l'aimais ? demanda Hadès.

La déesse haussa le menton et il sut qu'elle voulait répondre qu'elle ne l'aimait pas. Elle ne voulait pas être la déesse de l'Amour qui était amoureuse d'un homme qui ne partageait pas ce sentiment.

– Tu as été offerte à Héphaïstos à une époque où tu te vantais de tes dizaines d'amants. De son point de vue, tu étais une épouse récalcitrante.

Et peu importe qu'Aphrodite ait toujours eu le béguin pour le dieu du Feu. Hadès l'avait surprise en train de l'observer plus d'une fois, et elle avait toujours grimacé car il ne faisait pas attention à elle.

Toutefois, Hadès connaissait bien Héphaïstos. Le dieu était différent des autres. Il se fichait d'être sous le feu des projecteurs et n'avait pas besoin de parler. Il aimait la solitude et était un brillant inventeur. Il était l'inverse d'Aphrodite ce qui, du point de vue d'Hadès, les rendait parfaits l'un pour l'autre. Cela dit, il n'était pas entremetteur.

– Je ne suis pas surpris qu'Héphaïstos ne cherche pas à t'imposer la monogamie, ajouta-t-il.

Aphrodite resta silencieuse un long moment et se concentra sur leur partie de cartes. Hadès avait remporté la main précédente, et elle gagna celle-ci – deux contre un.

– J'ai demandé un divorce à Zeus. Il refuse de me l'accorder.

Hadès haussa les sourcils.

– Est-ce qu'Héphaïstos est au courant ?

– Je suppose qu'il l'est, à présent.

– Tu envoies des signaux contradictoires, Aphrodite. Tu veux l'amour d'Héphaïstos, mais tu demandes le divorce. Est-ce que tu as essayé de lui parler, au moins ?

– Et toi ? rétorqua-t-elle sèchement. Il pourrait être muet, ça ne changerait rien !

Hadès grimaça en se disant que si Héphaïstos parlait peu, c'était sans doute à cause du tempérament de feu de son épouse.

– Tu n'as pas répondu à ma question, Hadès.

Le dieu l'étudia longuement. Il n'aimait pas beaucoup répondre aux questions qui concernaient l'âme. Souvent, le dieu ou le mortel n'était pas prêt à entendre ce qu'il avait à dire. Il répondit à Aphrodite.

– Tu as une âme magnifique, Aphrodite. Passionnée et déterminée. Tu es romantique. Mais tu cherches désespérément à être aimée tout en croyant que tu n'es pas digne d'être aimée.

Il parla pendant qu'ils jouaient la dernière main et quand Aphrodite dévoila ses cartes, un sourire illumina son visage.

Elle avait gagné.

– Il est temps de définir les termes de notre contrat, Hadès.

Il recula dans sa chaise, furieux, et la déesse éclata de rire.

– On dirait que tu n'aimes pas être battu !

Il n'aimait pas ça, en effet, et cela arrivait peu souvent.

– Hmmm, réfléchit-elle un instant, tapotant son menton avec son index. Que pourrais-je te demander ?

Elle prit le temps de se décider en le scrutant de façon intense, comme si elle essayait de lire dans son âme en retour, puis elle prononça les mots qu'il redoutait.

– Tombe amoureux, Hadès. Mieux encore, trouve une fille qui tombera amoureuse de toi, dit-elle avant d'applaudir. C'est ça ! Je veux que tu pousses une fille à tomber amoureuse de toi !

La mâchoire d'Hadès se crispa. Si c'était si simple, il serait marié depuis longtemps. Si Hadès était persuadé que des mortels se pensaient amoureux de lui, le problème était que ce n'était pas réciproque. Hadès était comme Aphrodite, il voulait une relation sérieuse et passionnée. Il avait vécu trop longtemps pour désirer moins que ça.

– Et si je n'y arrive pas ?

Elle esquissa un sourire machiavélique.

– Alors tu libéreras Basile des Enfers.

– Ton amant ? demanda Hadès d'un ton dégoûté.

Ils venaient de parler de son amour pour Héphaïstos, et voilà qu'elle lui demandait un homme, ou plutôt un héros. Basile s'était battu et était mort pour elle durant la Grande Guerre.

– Pourquoi ? Tu ne veux pas qu'Héphaïstos t'aime ?

– Héphaïstos est une cause perdue.

– Tu n'as jamais essayé !

– Basile, Hadès. C'est lui que je veux.

– Parce que tu te penses amoureuse de lui ?

– Que sais-tu de l'amour ? Tu n'as jamais aimé personne, de ta longue vie.

Il ignora son commentaire.

– Basile t'aime, c'est vrai, mais si tu ne l'aimes pas en retour, ça n'a aucun sens.

– Mieux vaut être aimé que ne pas avoir d'amour du tout.

Idiote, pensa Hadès, mais il se retint de le dire.

– Tu es sûre que c'est ce que tu veux ? Tu as déjà demandé un divorce à Zeus et, maintenant, tu me demandes de ressusciter ton amant si je n'arrive pas accomplir ton contrat. Héphaïstos va le savoir.

Aphrodite resta silencieuse pendant quelques minutes.

– Oui, c'est ce que je veux, dit-elle avant de sourire. Tu as six mois, Hadès. Ça devrait te laisser suffisamment de temps. Merci de m'avoir divertie. C'était… vivifiant.

Sur ce, la déesse de l'Amour s'éclipsa.

Chapitre II

UN JEU DU DESTIN

Hadès ruminait dans l'ombre de sa boîte de nuit. Il entendait encore le rire sadique d'Aphrodite.

« *Pousse une fille à tomber amoureuse de toi.* »

Ses paroles étaient amères, une moquerie cruelle entretenue par d'autres Olympiens, qui se sentaient davantage concernés par sa solitude à long terme qu'il ne l'était lui-même. Peut-être avait-il été trop loin en critiquant le choix d'Aphrodite de demander un divorce à Zeus, mais Hadès savait qu'elle aimait Héphaïstos. C'était simplement qu'elle refusait de l'admettre. Au lieu de cela, elle cherchait à provoquer le dieu du Feu pour qu'il admette ses sentiments.

Ce qu'Aphrodite ne comprenait pas, c'est que tout le monde ne fonctionnait pas comme elle, et encore moins Héphaïstos. Si elle voulait obtenir son amour, cela se ferait par la patience, la gentillesse et l'attention. Elle devrait se montrer vulnérable, ce qu'Aphrodite, déesse et guerrière, ne supportait pas.

Il fut un temps où Hadès partageait son dédain pour la vulnérabilité, qu'il percevait comme une faiblesse. Aujourd'hui, il voyait ça comme une force, comme un des seuls moyens d'obtenir l'objet de ses désirs. Plus il vivait, plus il était convaincu que la vie était à la fois trop courte et trop longue pour ne pas obtenir exactement ce que l'on voulait.

C'est pour ça qu'il détestait le défi d'Aphrodite qui l'obligeait à endosser un rôle qu'il avait espéré adopter de façon naturelle. Soudain, il avait six mois pour trouver une amante, sinon il devrait rendre à Aphrodite son héros.

Il fronça les sourcils en y pensant. S'il échouait, les Moires s'en mêleraient, et il savait ce qu'elles demandaient lorsqu'il souhaitait renvoyer une âme au royaume des vivants.

Une âme pour une âme.

Quelqu'un devrait mourir, et il n'aurait pas son mot à dire. Il détestait ça, mais c'était le prix à payer pour maintenir l'équilibre dans le monde.

Un parfum attira son attention et il sortit de l'ombre. C'était une odeur familière, comme des fleurs des champs à la fois amères et sucrées.

Déméter.

Le nom de la déesse des Moissons laissait un goût âpre sur ses lèvres.

Mais c'était impossible. Déméter avait peu de passions dans la vie, et l'une d'elles était sa haine envers le dieu des Morts.

Il inspira à nouveau pour mieux sentir l'odeur. Elle avait quelque chose d'étrange, une touche sucrée de vanille ainsi qu'une note entêtante de lavande. Peut-être était-ce une mortelle ? Quelqu'une qui avait la Faveur de la déesse ?

Il avança contre la rambarde du balcon, son verre à la main, et parcourut la foule des yeux. Il la trouva immédiatement, une femme superbe qu'il n'avait jamais vue dans son club.

Elle était assise sur un des canapés, le dos bien droit, la peau dorée. Elle avait de longs cheveux blonds qui ondulaient dans son dos. Sa robe laissait peu de place à l'imagination et accentuait la courbe de ses seins, celle de ses hanches, ainsi que ses longues jambes. Elle levait la tête vers le plafond et il put voir qu'elle avait un petit nez, des lèvres pulpeuses et de hautes pommettes. Elle ne semblait pas remarquer les gens autant que les choses, elle étudiait les narcisses sur la table, les lumières au-dessus de sa tête, le fer forgé du balcon... puis leurs regards se croisèrent.

Une sensation presque sauvage l'envahit.

Saisis-la, lui disait-elle.

Il dut contracter sa mâchoire pour se retenir d'obéir à son instinct, qui lui disait de la prendre et de l'emporter aux Enfers – l'envie était aussi forte qu'un sortilège. Il ne s'était jamais pensé faible, mais sa retenue était fragile et ne tenait qu'à un fil.

Comment pouvait-il désirer autant quelqu'un qu'il venait à peine de découvrir ?

C'est une déesse, comprit-il soudain. Ses yeux la trahissaient : leur couleur vert bouteille était trop vive et surnaturelle. Son Charme avait faibli et Hadès pensa que ce devait être à cause de son pouvoir. Il n'était pas facile pour un dieu d'être sur le territoire d'un autre et de maintenir son Charme, à moins d'être son égal. Hadès n'avait que deux égaux : ses frères Zeus et Poséidon.

Qui était-elle ? D'où venait-elle ? Hadès connaissait chaque dieu, olympien ou autre, et il ne connaissait pas cette déesse.

Il soutint son regard et se rendit compte qu'il n'était pas le seul à sentir la force magnétique de leur connexion. La jeune déesse gigotait et il la vit respirer plus fort, accentuant les mouvements de sa poitrine. Et toutes les parties de son corps qu'il regardait se coloraient en rose. Il aurait adoré suivre son regard avec sa bouche.

Cela le fit sourire.

Elle croisa alors les jambes et il riva ses yeux sur ses cuisses. Il aurait donné n'importe quoi pour savoir ce qu'elle pensait. Il espérait d'ailleurs que ses pensées étaient aussi perverses que les siennes.

Il remonta lentement ses yeux sur son corps, jusqu'à son visage.

Des bras entourèrent sa taille par-derrière ; il avait été si distrait qu'il ne l'avait pas sentie arriver. Il se tourna vers Menthé et saisit ses poignets.

– Tu es distrait, Milord ? ronronna-t-elle d'un ton amusé.

Bien évidemment, la nymphe avait remarqué qu'il reluquait cette femme et elle avait voulu y mettre fin.

– Menthé, rétorqua-t-il en lâchant ses bras, je peux t'aider ?

Il était frustré d'avoir été interrompu, mais il était soulagé, également. S'il avait admiré cette femme plus longtemps, il aurait peut-être quitté son balcon pour la rejoindre.

– Tu as déjà choisi ta proie ? demanda-t-elle.

Hadès mit une seconde à comprendre. Menthé supposait qu'il cherchait une amante potentielle, quelqu'un qui l'aiderait à relever le défi d'Aphrodite.

– Tu écoutes encore aux portes, Menthé ?

La nymphe haussa une épaule.

– C'est pour ça que je suis là.

– Tu es censée recueillir des informations pour moi, dit-il. Pas *sur* moi.

– Alors comment je suis censée t'éviter les ennuis ?

– Je suis âgé de plusieurs millions d'années. Je sais me débrouiller tout seul, ricana-t-il.

– C'est comme ça que tu t'es retrouvé dans un contrat avec Aphrodite ?

Il plissa les yeux et leva son verre.

– Je ne t'avais pas demandé de dire à Ilias que je ne voulais pas que mon verre soit vide ce soir ?

Elle lui offrit ce sourire qui lui disait *va te faire foutre* avant de s'incliner.

– Je vais tâcher de le lui rappeler, Milord.

Lorsque Hadès regarda à nouveau en direction de l'étage principal, la femme s'était tournée vers ses amis. C'est alors qu'il remarqua qu'elle était en compagnie de quelqu'un qu'il détestait : Adonis. C'était un des mortels favoris d'Aphrodite, qui avait plaidé auprès d'Hadès par le passé pour obtenir des richesses. Hadès avait refusé de jouer contre lui, et ce n'était pas parce que le cœur de l'homme était pur. Au contraire, son âme était si abîmée qu'Hadès avait eu du mal à savoir quel était le fardeau le plus lourd. Ce qui était certain, c'était qu'Adonis était un prédateur. C'était un menteur, une ordure. Et ce n'était qu'une question de temps avant qu'il fasse quelque chose dont les conséquences dépasseraient les frontières du royaume des mortels.

Hadès détestait que la belle blonde soit avec lui. Il aurait dû écouter son instinct et la kidnapper. Ç'aurait été bien plus généreux que tout ce qu'Adonis pouvait faire.

Il décida de dire à Mekonnen de garder un œil sur eux. S'il se passait quoi que ce soit, l'ogre interviendrait. Cela apaisa un peu son esprit.

Hadès soupira. Il lui fallait un verre.

Un whiskey frais en main, Hadès alla dans son lounge, plus calme et reposant que l'étage principal. Les mortels et les créatures anciennes y venaient pour discuter, boire, confier leurs secrets et jouer aux cartes. Ceux-ci n'étaient pas prêts à défier Hadès, mais tous étaient là parce qu'ils voulaient quelque chose. Ils avaient besoin de quelque chose, que ce soit de l'argent, de l'amour ou une bonne santé… Et ils pensaient que le dieu des Morts pouvait le leur donner.

Parfois, les contrats fonctionnaient. Les addicts étaient réhabilités, les solitaires et les malades parvenaient à s'aimer.

Parfois, les marchés échouaient et les Moires prenaient leur âme. Parfois, ils préféraient mourir plutôt que d'essayer.

Quoi qu'il en soit, Hadès acceptait chaque contrat en étant convaincu que le mortel pouvait réussir, et chaque échec pesait lourd sur son cœur.

Il repensa à la fille qui était en bas. Quel fardeau pesait sur son âme ? Il n'avait pas regardé car il avait été trop distrait, mais aussi parce qu'il n'avait pas l'habitude de se concentrer sur les vices et les problèmes des autres. Qu'est-ce qui avait pu la mener à Nevernight ?

Soudain, comme si les Moires lui répondaient, il s'arrêta en passant à côté d'une des tables de jeux. La jeune femme avait trouvé le chemin jusqu'ici et était assise à une table de poker.

Pourquoi était-elle là ? Était-elle seulement curieuse ou avait-elle un pari à lui proposer ? Que lui demanderait-elle ? Quelles conditions lui imposerait-il si elle perdait ?

Il ne put s'en empêcher. Il s'approcha.

– Vous jouez ? demanda-t-il.

La déesse tourna la tête vers lui. Elle était encore plus belle de près. Ses yeux verts étaient grands et bordés de cils foncés, et de petites taches de rousseur étaient parsemées sur la pointe de son nez et ses pommettes. Elle rougit, et il remarqua qu'elle serrait les poings.

Hadès but une gorgée et se lécha les lèvres, ce qui attira l'attention de la déesse sur sa bouche. Il réprima un grognement. Elle sembla alors se souvenir qu'il lui avait posé une question, et elle sourit avant de répondre.

– Je veux bien jouer, si vous voulez bien m'apprendre.

Il esquissa un sourire et haussa un sourcil. *Méfie-toi de ce que tu souhaites, Déesse*, eut-il envie de répondre.

Au lieu de cela, il but une autre gorgée en espérant être capable de se retenir, puis il s'assit à ses côtés. Il ne s'était pas trompé sur son parfum de lavande et de vanille sous l'odeur de la magie de Déméter. Son parfum l'enveloppait à présent, aussi puissant qu'entêtant.

– Vous êtes courageuse de vous asseoir à une table sans connaître le jeu, dit-il, lui offrant une mise en garde qu'elle ignora.

Elle le regarda dans les yeux.

– Quel autre moyen y a-t-il pour apprendre ?

– Hmmm.

Elle avait raison, mais Hadès n'aurait jamais conseillé de courir avant d'apprendre à marcher, surtout lorsqu'il s'agissait de jouer contre lui. Mais sa réponse révélait son intelligence et son envie d'essayer de nouvelles choses, ce qu'il trouva terriblement attirant.

– Malin, conclut-il.

Ils restèrent silencieux un moment, s'étudiant l'un l'autre, et Hadès fut frappé par son envie de la connaître. Il ne se l'expliquait pas et, s'il se sentait un peu ridicule d'être ainsi envoûté par cette inconnue, il était curieusement parfaitement à l'aise avec elle.

– Je ne vous ai jamais vue.

– Eh pour cause, je ne suis jamais venue, répondit-elle avant de marquer une pause et de l'étudier d'un air suspicieux. Vous devez venir souvent…

Il esquissa un sourire en coin. Sa remarque sonnait comme une accusation, peut-être en était-ce une. Il doutait que la déesse soit ignorante des marchés qu'il concluait dans cette pièce, mais il comprit également qu'elle ne savait pas qui il était.

– En effet.

– Pourquoi ? demanda-t-elle d'un ton dégoûté.

Elle rougit et se dépêcha de se rattraper.

– Enfin, vous n'êtes pas obligé de répondre.

– Je veux bien répondre, commença-t-il en la défiant du regard. Si vous acceptez de répondre à une de mes questions.

Dis oui, la supplia-t-il en silence, même s'il ne l'y forcerait jamais.

Elle sembla peser le pour et le contre et fronça légèrement les sourcils en l'étudiant. Il avait l'impression qu'elle essayait de comprendre pourquoi il aurait envie de savoir quoi que ce soit à son sujet.

– Très bien, finit-elle par dire.

Il dut se retenir de sourire et répondit à sa question précédente.

– Je viens parce que c'est… *fun*, dit-il en se moquant intérieurement de son choix de mot.

Il était vrai que certains soirs étaient plutôt amusants, mais ce n'était pas toute la vérité. Certaines nuits étaient horribles et le laissaient avec un sentiment de deuil. Mais il s'interdit d'y penser, car une femme sublime était assise à ses côtés et lui avait demandé d'être son professeur.

– Maintenant à vous : pourquoi êtes-vous venue ce soir ?

– Mon amie Lexa était sur la liste, répondit-elle.

– Non. Ça, c'est la réponse à une question différente. Pourquoi êtes-vous venue ici ce soir ?

Elle resta silencieuse et il décida qu'il aimait cet éclat malicieux dans son regard.

– Ça m'a paru rebelle, sur le moment.

– Et vous n'en êtes plus sûre, à présent ?

– Oh, je suis certaine que c'est rebelle, admit-elle en promenant son doigt sur la table, et Hadès se surprit à vouloir être la table. C'est juste que je ne sais pas ce que j'en penserai demain.

Il était vraiment intrigué et il décida de la tutoyer pour l'aider à libérer sa parole.

– Contre qui te rebelles-tu ?

Elle lui décocha un sourire qui lui transperça le cœur comme une flèche : dévastateur, mystérieux, excitant.

– Tu avais dit *une* question.

– En effet.

Il souriait et se retrouva à penser à des choses qui n'avaient pas occupé son esprit depuis bien longtemps.

Bien joué, Déesse.

Elle frissonna à nouveau.

– Tu as froid ?

– Pardon ? s'étonna-t-elle, surprise par sa question.

– Tu frissonnes depuis que tu es assise.

Elle rougit et gigota, gênée.

– Qui était la femme avec toi, tout à l'heure ?

Il fronça les sourcils en se demandant de qui elle parlait, mais il se rendit compte qu'il ne pouvait y en avoir qu'une.

– Ah ! Menthé. Elle met toujours ses mains là où elle ne le devrait pas.

La fille pâlit et il comprit qu'il avait dit ce qu'il ne fallait pas.

– Je… je devrais y aller.

Non. Elle ne pouvait pas partir, pour tant de raisons. Ils n'avaient pas assez parlé, il ne connaissait pas son nom, il voulait lui apprendre… et pas seulement les cartes, mais *tout*.

– Non, dit-il d'un ton trop autoritaire.

Sans réfléchir, il avait saisi son poignet et un courant électrique crépita entre eux. La déesse poussa un cri et retira sa main en le fusillant du regard.

– Je te demande pardon ?

– Ce que je veux dire, c'est que je ne t'ai pas encore appris à jouer, expliqua-t-il de sa voix grave en essayant de se ressaisir. Permets-moi, ajouta-t-il.

Elle n'était pas complètement convaincue. Il le voyait à sa mine suspicieuse et il se retrouva à la supplier par la pensée – *fais-moi confiance, fais-moi confiance, fais-moi confiance.*

Elle finit par prendre sa décision et lui parla avec la voix la plus érotique qu'il ait jamais entendue.

– Alors apprends-moi.

Avec plaisir, pensa-t-il. *Tout ce que tu voudras.*

Il mélangea les cartes et lui expliqua comment jouer.

– Nous jouons au poker à cinq cartes, et nous commençons par la mise.

Elle baissa les yeux et Hadès comprit qu'elle cherchait son sac.

Il esquissa un sourire en coin. Ce n'était pas son argent qui l'intéressait.

– Une réponse à une question. Si je gagne, tu réponds à la question de mon choix, et si tu gagnes, je répondrai à la tienne.

La déesse grimaça. Elle avait sans doute pensé que sa stratégie lui permettrait d'éviter ses questions. Mais ce n'était pas le cas.

– Marché conclu.

Ravi d'avoir réussi, Hadès poursuivit ses explications.

– Au poker, dix mains déterminent le vainqueur. La plus basse est la carte haute, et la plus haute est la quinte flush royale. Le but est de tirer une main plus haute que l'autre joueur…

Il lui expliqua d'autres choses, comme l'action de checker, de se coucher ou de bluffer.

– Bluffer ? répéta-t-elle d'un ton intrigué.

– Parfois, le poker se résume à un jeu de déception… surtout quand on perd.

Hadès leur distribua cinq cartes à chacun. Ils prirent le temps d'étudier leur main, puis le visage de l'autre. Elle finit par révéler ses cartes et il en fit de même.

– Tu as une paire de reines, dit-il. Et moi une main pleine.

– Donc… tu gagnes, dit-elle.

– Oui, acquiesça-t-il, empochant immédiatement sa mise. Contre qui te rebelles-tu ?

Elle lui sourit timidement.

– Ma mère.

Il haussa un sourcil.

– Pourquoi ?

– Tu dois gagner une autre partie si tu veux que je réponde.

Hadès avait hâte. Lorsqu'il gagna une seconde fois, il ne reposa pas sa question et se contenta de l'interroger du regard.

La jeune déesse soupira.

– Parce que… elle m'a mise en colère.

Elle semblait attristée et il se demanda quel genre de relation elle entretenait avec sa mère. Les dieux ne faisaient pas les meilleurs parents, et le temps ne faisait rien pour y remédier.

Il la dévisagea, attendant qu'elle poursuive ses explications, mais elle eut un sourire en coin.

– Tu n'as jamais dit que les réponses devaient être détaillées.

Il sourit à son tour.

– J'en prends note pour l'avenir, crois-moi.

– L'avenir ?

– Eh bien, j'espère que ce n'est pas la dernière fois que l'on joue au poker.

Il ne sut comment déchiffrer son expression, mais il eut l'impression qu'elle n'avait pas prévu de le revoir après ce soir. Et une sensation semblable à de la peur lui glaça le sang.

Il devait la revoir. Il deviendrait fou si ce n'était pas le cas.

Il distribua une nouvelle main et la remporta.

– Pourquoi es-tu en colère contre ta mère ?

Elle réfléchit un instant avant de répondre.

– Elle souhaite que je sois quelque chose que je ne peux pas être.

Hadès comprit alors un aspect de son âme sans qu'il ait à l'étudier. Cette déesse se cherchait.

Elle baissa les yeux sur ses cartes.

– Je ne comprends pas pourquoi les gens font ça.

Il pencha la tête sur le côté.

– Tu n'aimes pas notre jeu ?

– Si. Mais… je ne comprends pas pourquoi les gens jouent contre *Hadès*. Pourquoi veulent-ils lui vendre leur âme ?

Tu n'as jamais désiré quelque chose désespérément ? voulut-il lui demander.

– Ils n'acceptent pas de jouer parce qu'ils souhaitent vendre leur âme, répondit-il. Ils le font parce qu'ils pensent pouvoir gagner.

– Et ça arrive ? Qu'ils gagnent ?

– Parfois.

– Et ça l'énerve, tu penses ?

Elle avait posé cette question les lèvres pincées, et la poitrine d'Hadès se serra. Cette déesse avait des liens avec Déméter, ce qui impliquait qu'elle avait entendu les pires choses à son sujet. S'il voulait une chance de déconstruire le mythe qui avait été érigé à propos de lui, il allait devoir passer du temps avec elle. Elle devait donc savoir qui il était.

– Chérie, je gagne d'une façon ou d'une autre, admit-il.

Elle écarquilla les yeux et se leva brusquement, manquant renverser sa chaise. Il n'avait jamais vu quelqu'un aussi pressé de le fuir.

– Hadès, siffla-t-elle comme une injure.

Il frissonna. *Redis-le*, voulut-il implorer, mais il se retint. Son expression choquée, effrayée et embarrassée le hanterait pour toujours. Elle avait commis une erreur, c'était évident à la regarder.

– Je dois y aller.

Elle lui tourna le dos et partit aussi vite que possible, comme si la Mort elle-même était venue prendre son âme.

Il envisagea de la poursuivre, mais il savait que ça n'avait pas d'importance. Elle reviendrait. Elle avait perdu contre lui et il l'avait marquée, ce qui signifiait que tant qu'elle n'avait pas rempli le contrat qu'il lui proposerait, elle était à lui.

Il finit son whiskey et sourit.

Peut-être le contrat d'Aphrodite n'était-il pas impossible à relever, finalement ?

NOTE DE L'AUTEURE

Je n'avais jamais pensé écrire une romance mais, l'an dernier, j'ai trouvé le courage de le faire, et commencer par raconter l'histoire d'Hadès et Perséphone m'a semblé tout à fait approprié.

J'ai toujours aimé la mythologie grecque. Les histoires y sont perverses, violentes et vicieuses, et quand j'ai découvert l'histoire d'Hadès et Perséphone, le personnage de la déesse m'a intriguée. Qui était la déesse du Printemps, la reine des Enfers ? Comme tant d'autres, elle était prise entre la lumière et les ténèbres.

Lorsque j'ai commencé à écrire leur histoire, je rédigeais de petits extraits. Des bouts de leurs dialogues me venaient à l'esprit, et j'ai commencé à poster des textes sur Tumblr. Celui-ci était mon premier.

Ce jardin est mon réconfort.

C'est la seule source de vie dans ce lieu horrible – ce désert sombre.

Les roses sont sucrées. Les fleurs des champs amères. Les étoiles brillent de leur lumière vive.

Au fond, je suis émerveillée par sa capacité à créer une telle illusion.

Sa capacité à mêler les parfums et les textures – un maître avec son pinceau, traçant des pointillés, lissant sa peinture.

Mais je ricane devant mon émerveillement.

Bien sûr qu'il peut remuer l'air et percer des trous dans le firmament pour que la lumière y passe – c'est un dieu.

Ainsi que mon geôlier.

Je pourrais faire mieux, me dis-je amèrement. Je pourrais transformer ce paysage lugubre en une oasis – l'air sentirait le printemps, et ce canevas noir serait couvert de couleurs vives et vibrantes.

Mais ce serait lui faire un cadeau.

Et je ne suis pas d'humeur généreuse.

L'air se transforme. Il n'est pas loin. J'ai appris à reconnaître sa sensation. Le maître des dieux n'est pas froid. Il brûle comme un feu de cheminée au cœur de l'hiver. Je frissonne tandis qu'il me recouvre de son ombre et de son odeur. Il sent le pin – la maison.

Je serre plus fort ma robe.

Il est tout ce que je déteste, et tout ce que je désire.

Le ton de ce texte est très différent de celui que j'ai choisi dans le roman, mais la dynamique est la même – un dieu ancien qui prend plaisir à modeler son monde et une déesse envieuse qui est émerveillée par cette œuvre qu'elle déteste.

Dès la première scène, j'ai commencé à poser des questions et à créer mon monde et mes personnages. J'ai fini avec une Perséphone qui désire plus que tout vivre une aventure et connaître la passion. Elle veut désespérément être douée pour quelque chose, et elle juge trop vite Hadès, pensant qu'il abuse de son pouvoir en acceptant de parier contre les mortels. Mais le Hadès final est aussi désespéré qu'elle de connaître la passion, et il en a assez d'être seul. Lorsque Perséphone arrive pour le défier, il fait le contraire de ce à quoi elle s'attend et l'écoute.

A Touch of Darkness est le premier roman sur Hadès et Perséphone, mais je compte explorer davantage leur histoire Perséphone doit accepter son pouvoir, en tant que déesse du Printemps puis comme reine des Enfers, et Hadès cache des secrets qui entraveront la nouvelle vie qu'il souhaite mener avec Perséphone.

Je suis tellement heureuse de partager, enfin, ma version d'Hadès et Perséphone. J'espère que vous l'aimerez autant que j'ai aimé l'écrire.

Love,
Scarlett

À PROPOS DE L'AUTEURE

Scarlett St. Clair vit dans l'Oklahoma avec son mari. Elle a un master en bibliothéconomie et en sciences de l'information. Elle est obsédée par la mythologie grecque, les romans policiers, par l'amour et par la vie après la mort. Si vous êtes également fascinés par ces choses, vous aimerez forcément ses livres.

Pour plus d'informations
sur ses livres, ses tournées ou à propos
du contenu, rendez-vous sur
www.ScarlettStClair.com